DE FROIDES VÉRITÉS

DE FROIDES VÉRITÉS

LE SOMMEIL DES JUSTES – LES NÉGOCIATEURS

TONI ANDERSON

Traduction par

DIANE GARO

Traduction par

VALENTIN TRANSLATION

À ma consœur auteure Jenn Stark.
Grande prêtresse et guide spirituelle. Amie et source d'inspiration.
Une magicienne à l'état pur !

CHAPITRE UN

TJ se glissa hors du tunnel et s'enfonça dans les bois qu'il avait passé toute sa vie à explorer, évitant soigneusement les caméras qu'il avait contribué à installer dix ans plus tôt. Pendant des années, la seule chose qui comptait pour les membres de sa famille avait été de rester cachés, en sécurité. Puis la perte déchirante et inattendue de sa mère au printemps lui avait appris que malgré toute la planification et l'attention du monde, il n'y avait aucune garantie de survie. Et, même s'ils essayaient de l'éviter, le monde, avec tous ses dangers, venait les chercher.

Cette région reculée et tranquille de l'État de Washington attirait les exploitants forestiers et les défenseurs de l'environnement, et la menace de confrontation qui avait toujours semblé si abstraite par le passé devenait à présent une réalité tangible. TJ ne voulait pas de conflit, mais il était prêt. Il n'y avait qu'un seul problème...

Son souffle se figea, formant un nuage qui s'éleva pour rejoindre la brume qui nimbait la cime des arbres. Une branche craqua sous sa botte et un chevreuil leva la tête, surpris, puis s'éloigna en bondissant, s'enfonçant dans l'épaisse végétation. TJ aurait dû faire attention à l'endroit où il mettait les pieds. La moindre distraction était dangereuse.

Il ne voulait être vu que par la personne qu'il était venu retrouver. Il ne pouvait pas risquer d'être découvert. Pas encore. Il n'était pas prêt à l'abandonner, même s'il savait que son père l'aurait écorché vif en découvrant ce que TJ avait fait tout l'été.

Il traversa les bois et descendit le ravin aux parois abruptes jusqu'au lit du ruisseau presque asséché qui marquait la limite de la propriété des Harrison. TJ jeta un coup d'œil au panneau avertissant les intrus de ne pas s'approcher sous peine de se faire tirer dessus. Ce n'était pas une menace en l'air.

Il enjamba l'étroit filet d'eau – acte de rébellion en soi. Il n'était pas censé quitter le territoire des Harrison. Pas sans la permission de son père.

TJ ne doutait pas de l'amour de son père, mais il était surprotecteur. À dix-huit ans, TJ était assez grand pour faire ses propres choix.

Il gravit la rive opposée en silence, son cœur battant la chamade en pensant à la jeune fille qu'il allait retrouver. Il retint son souffle en franchissant le sommet de la colline et en observant le versant boisé et escarpé en contrebas.

Il inspira lentement l'air glacé, sentant la déception le gagner. Elle n'était pas là.

Il fronça les sourcils. Il avait vingt minutes de retard. Il n'avait pas pu s'éclipser plus tôt en catimini. Avait-elle renoncé ?

Tous les mercredis depuis des mois, ils se retrouvaient secrètement et passaient la matinée ensemble à parcourir ses sentiers préférés, à repérer la faune et la flore. Ils s'étaient même éclipsés une fois pour aller au cinéma lorsque son père était parti en ville. C'était la première fois que TJ allait voir un film, et il avait été bouleversé – pas par le bruit, ni par les odeurs, ni par l'écran géant, mais par la sensation des lèvres de Kayla contre les siennes. Son goût sucré. C'était la première fois qu'il embrassait une fille, et il s'était avéré qu'embrasser Kayla était addictif.

Il voulait la voir pour l'embrasser à nouveau.

Où était-elle ? Il ne pouvait pas l'appeler. Il n'avait pas de portable – même si le gouvernement ne pouvait pas suivre les allées et venues des gens grâce à ces appareils, ils étaient inutiles dans ces montagnes.

TJ se fraya un chemin avec précaution à travers les conifères vert foncé, restant dans leur ombre. Peut-être que c'était ce que Kayla faisait ; rester cachée jusqu'à ce qu'il se montre.

Il y avait plus de monde que jamais dans ces montagnes reculées. La fréquentation avait explosé en mai lorsqu'un Canadien avait affirmé à tout le monde qu'il avait vu un Sasquatch dans la vieille forêt au nord, là où les bûcherons étaient censés opérer.

TJ ne voulait pas que les arbres soient coupés, mais son père lui avait dit de ne pas s'en mêler. De ne pas attirer l'attention sur leur complexe ou sur les personnes qui y vivaient.

TJ essaya de ne pas se presser, scrutant les alentours à la recherche de signes de vie. Il ne voulait pas être puni et enfermé à clé si quelqu'un de chez lui le repérait. Il ne voulait pas qu'on lui interdise de revoir Kayla.

TJ atteignit l'arbre où ils s'étaient donné rendez-vous – un sapin de Douglas massif et endommagé qui avait échappé à la hache des bûcherons et sauvé cette partie de la forêt. Il abritait en effet un couple reproducteur de chouettes tachetées du Nord, une espèce rare. Les écologistes avaient remporté une victoire majeure pour leur cause en découvrant cette espèce menacée.

C'était grâce aux hiboux que Kayla et lui s'étaient rencontrés. Ils étaient tous deux venus voir les bébés oiseaux tenter de s'envoler pour la première fois et avaient fini par se croiser. La première fois qu'il l'avait vue, elle était en train de dessiner, ses longs cheveux tombant constamment d'un côté de son visage.

Plus de six mois de réunions hebdomadaires plus tard, TJ aurait voulu de tout son être la voir plus de quelques heures par semaine. Il voulait être avec elle en permanence. Bientôt, la neige serait trop épaisse pour ces moments volés. Les premières grosses chutes avaient eu lieu tardivement cette année-là et TJ l'avait pris comme un signe de l'approbation divine de leur relation.

Il ravala la frustration qui se mêlait à l'excitation familière. Il s'appuya contre le tronc massif de l'arbre ancien, l'écorce rugueuse contre sa colonne vertébrale. Les échanges agacés des écureuils et le cri des oiseaux de la montagne flottaient dans l'air frais et vif.

Il avait envisagé de partir de chez lui, de rejoindre Kayla dans son combat pour protéger la forêt et les créatures qui y vivaient. Elle avait une tente et il avait mis un peu d'argent de côté. Il savait qu'elle voyageait avec une amie, mais ils pouvaient s'arranger. Sa famille avait de l'argent, de l'argent liquide et de l'or, enterrés dans des endroits dont nul autre ne connaissait l'existence. Il pourrait en prendre un peu, suffi-samment pour vivre. C'était le sien autant que celui de son père.

Mais ce dernier l'avait prévenu que la fin des temps approchait et qu'ils devaient être prêts à se défendre. TJ serra la mâchoire. Et Kayla ? Qui la protégerait ?

TJ ne la laisserait pas mourir, pas en sachant qu'il pouvait lui offrir la sécurité. Il se moquait bien de ce que les autres disaient. Le fait de ne pas accepter d'animaux errants dans leurs rangs. D'aussi loin que TJ se souvienne, sa mère avait toujours accueilli des étrangers. La plupart d'entre eux étaient des parents éloignés, et ils devaient tous promettre de contribuer à la communauté et de respecter les règles de son père. Ses parents n'avaient jamais refusé personne. Pourquoi TJ devrait-il se détourner de la seule personne à laquelle il tenait, hormis son père ?

En supposant que Kayla accepte de vivre avec lui...

Il enfonça les mains dans ses poches et courba les épaules. Si elle ne voulait pas venir vivre avec eux, l'attendrait-elle dans son campement jusqu'au printemps ? S'en sortirait-elle ? Ou bien serait-elle forcée de partir pour un endroit où il ne la retrouverait jamais ?

L'idée de la perdre lui faisait l'effet d'un coup de massue en pleine poitrine.

Devait-il abandonner le seul foyer qu'il ait jamais connu, la seule protection qu'ils avaient contre l'apocalypse qui s'annonçait ? Peut-être. Peut-être pour cette fille qui ne survivrait jamais sans lui. *Si* elle acceptait qu'il la rejoigne...

Il jeta un coup d'œil vers le bas de la montagne, se demandant si elle était déjà partie et s'il l'avait manquée. Une infime tache rouge attira son attention. Il fit un pas dans sa direction. Puis un autre. Kayla avait un bonnet de laine rouge de la même couleur... L'avait-elle fait tomber ?

Elle n'était jamais en retard. Était-elle repartie et avait-elle laissé un mot avec le bonnet, sachant qu'il le trouverait ?

Il avança plus vite, faisant attention aux racines et aux rochers, aux irrégularités du terrain. Lorsqu'il atteignit le bonnet, il s'aperçut qu'il n'y avait pas de mot. Il le récupéra, confus.

Il ressemblait à celui que Kayla portait habituellement, mais il ne passait pas beaucoup de temps à regarder son bonnet quand son visage était si proche du sien.

Il regarda autour de lui et aperçut un objet qui ne semblait pas à sa place, dans l'ombre des bois.

Ses pieds le poussèrent dans cette direction. Il eut un moment de prescience en se glissant derrière une pruche de l'Ouest. Ce n'était pas bon signe. Il le sut avant même que la forme ne s'allonge pour devenir un bras humain. Le reste de la personne apparut au fur et à mesure qu'il s'approchait. Sa bouche s'assécha et sa gorge se resserra tandis que l'air restait bloqué dans ses poumons.

Ne regarde pas !

Mais son cerveau exigeait des réponses.

— Kayla ?

Le corps d'une jeune femme portant des chaussures de randonnée, un jean dézippé et un t-shirt vert soulevé et révélant un sein nu gisait dans la terre et les aiguilles de pin. Son manteau se trouvait à quelques mètres de là. Elle avait l'air d'avoir froid. Cette pensée résonna dans son esprit comme un morceau d'os brisé.

Des cheveux noirs recouvraient les traits de la femme, qui détournait le visage. Elle avait la même taille que Kayla. Sa Kayla.

Les larmes lui montèrent aux yeux et il s'approcha encore d'un pas, sachant qu'il devait vérifier son pouls, même s'il ne voulait pas accepter la vérité.

Il ne voulait pas la toucher.

Il ne voulait pas voir son visage.

Il ne voulait pas que ce soit vrai.

Il s'accroupit à côté du corps et ne put s'empêcher de baisser le t-shirt sur la poitrine de la jeune fille, par respect. Ses doigts tremblèrent lorsqu'il remarqua des coupures et des écorchures sur la poitrine, le cou et le visage de la jeune femme.

Il se força à presser ses doigts sur le côté de sa gorge, là où son pouls palpitait d'habitude timidement contre sa chair délicate. Sa peau était inerte et étrangère. Elle n'était plus chaude, douce ou vibrante comme quand il la touchait. Il retira rapidement ses doigts, les frottant sur le côté de son jean, tandis qu'une vague de répulsion horrifiée déferlait sur ses épaules, remontait le long de sa nuque et de son cuir chevelu, jusqu'à sa gorge en feu.

Il avait reconnu le t-shirt, mais il ne pouvait se résoudre à écarter ses cheveux noirs et à voir son beau visage assombri par la mort. Sa main planait, hésitante, au-dessus de son front.

Le craquement d'une brindille l'avertit qu'il n'était pas seul.

— Qu'est-ce que tu as fait ? Éloigne-toi d'elle !

TJ leva la tête et se retrouva face à un agent de l'US Fish & Wildlife furieux. Ce ne fut que lorsque l'agent agrippa l'étui de son arme que TJ réalisa l'impression qu'il devait donner.

Il n'était pas question qu'il aille en prison pour quelque chose qu'il n'avait pas fait, pas alors que la fin du monde était imminente. Il serait piégé dans un système où il mourrait à coup sûr. Il sortit son propre pistolet 9 mm et le pointa sur l'agent des forces de l'ordre surpris.

— Vous vous trompez. Je l'ai trouvée comme ça.

La voix de TJ était dure et gutturale.

— Mais bien sûr, petit.

La lèvre supérieure de l'agent de protection de la nature se retroussa.

— Et si tu rangeais ton arme pour qu'on parle ?

Mais TJ vit la vérité dans les yeux de l'homme. Il était déjà convaincu qu'il avait tué Kayla. Il commença à reculer à travers les branches des arbres.

— Ne me suivez pas, l'avertit TJ, avant de se retourner et

de sprinter, plus rapide qu'un cerf mulet, se faufilant entre les arbres pour remonter la pente.

Cette fois-ci, il ne s'inquiétait pas des racines ou du bruit qu'il pourrait faire. S'il se faisait prendre, il mourrait en prison. Personne ne le croirait quand il affirmerait que Kayla était déjà morte quand il l'avait trouvée.

Les larmes l'aveuglaient à moitié. Ça devait être Kayla. Qui d'autre aurait pu se trouver là-haut ? Il serra le bonnet de laine qu'il tenait encore entre ses mains, réalisant qu'il l'avait toujours sur lui.

Et merde.

Sa gorge se resserrait, mais il se força à inspirer l'oxygène dont il avait besoin pour retourner à l'enceinte. Là où il serait en sécurité. Il jeta le bonnet et, avec lui, l'espoir d'un avenir avec la femme dont il était tombé amoureux.

L'agent criait derrière lui. TJ sauta le ruisseau et parvint à remonter la rive opposée, glissant plusieurs fois sur le sol glacé avant de passer par-dessus.

— Arrête ! Agent fédéral de protection de la nature. Arrête-toi ! Espèce de petit morveux.

TJ ne ralentit pas. Les fédéraux l'enfermeraient pour toujours sans lui donner la possibilité de se défendre. Qui croirait un marginal comme lui ?

Personne.

Il courut vers le seul refuge qu'il ait jamais connu, la poitrine sifflante, ne faisant aucun effort pour se cacher des caméras cette fois, mais s'assurant à l'inverse que la personne de garde le voie et l'entendre arriver, pour lui ouvrir la porte principale.

À une centaine de mètres de l'entrée, TJ entendit le grincement des charnières en acier qui auraient désespérément eu besoin d'un bon coup de WD40.

— Ne bouge plus ! hurla l'agent derrière lui.

TJ entendit le bruit d'une balle frappant l'acier renforcé de l'entrée principale en même temps qu'il sentit une brûlure sur sa joue. Un centimètre plus loin et il était aveugle. Il passa la porte en courant alors qu'un des gardes ripostait.

— Non ! s'écria, TJ la respiration sifflante. Ne tirez pas. C'est un agent fédéral.

Le son du fusil de longue portée fendit l'air, et TJ sut qu'il était déjà trop tard. Il n'y avait aucune chance que le garde rate sa cible à cette distance.

Toute sa vie, ils s'étaient préparés à la révolution. TJ venait de l'amener à leur porte.

CHAPITRE DEUX

L'agent spécial superviseur Charlotte Blood sortit précipitamment du gigantesque avion de transport militaire C-17, traînant sa petite valise derrière elle. Le chef de l'équipe de libération d'otages haussa un sourcil, apparemment amusé par le fait que son bagage ait des roues.

Elle leva les yeux au ciel et l'ignora.

La seule chose qui importait à Charlotte était de résoudre cette situation sans qu'il y ait d'autres pertes humaines.

Le chef de section de la cellule de négociation de crise l'avait nommée responsable des négociations pour l'occasion. Elle le remercierait ou le blâmerait plus tard, selon l'issue de l'affaire. Elle était reconnaissante d'avoir l'occasion de démontrer ses capacités. Trois de ses formidables collègues de la CNU étaient déjà sur place, et une autre négociatrice du Bureau devait arriver de San Francisco dans la matinée. Avec un peu de chance, ils pourraient recruter un flic local pour gonfler les rangs et leur donner accès à des informations pertinentes que seul quelqu'un du coin connaîtrait.

Dans l'idéal, il aurait fallu mettre un terme à la prise d'otages le plus tôt possible, mais les fédéraux avaient appris à leurs dépens qu'en précipitant les choses, les victimes risquaient d'être plus nombreuses. Juste après Thanksgiving et avec les fêtes de fin d'année qui se profilaient, certains voudraient en finir au plus vite afin de pouvoir rentrer dans leur famille. Elle voulait s'assurer que tout le monde ait cette possibilité et que justice soit rendue.

Il faisait déjà nuit, et la zone était faiblement éclairée pour masquer leur arrivée sur cette base militaire secrète du nord de l'État de Washington. Annoncer l'arrivée de l'équipe de libération d'otages dans les médias locaux ou nationaux risquerait d'envenimer la situation, et c'était la dernière chose qu'ils voulaient.

En descendant de l'avion, elle scruta le hangar et aperçut un homme qui attendait à côté d'un SUV noir dont les portes et le coffre étaient grands ouverts.

Leur contact appartenait à l'agence locale la plus proche, qui se trouvait à une centaine de kilomètres de cette partie reculée de l'État.

— Du nouveau ? demanda-t-elle en se présentant lorsqu'elle fut suffisamment proche.

— Pas depuis que le directeur nous a dit que vous étiez en route.

L'agent lui montra sa carte. Devon Truman. Il avait le physique d'une star de cinéma, avec des yeux d'obsidienne, des cheveux noirs et la peau bronzée. S'il était en plus doué en langues, elle était certaine que la section d'infiltration devait l'avoir déjà repéré pour de futures missions.

Il prit sa valise et la rangea dans le coffre.

— Je dois aller chercher du matériel pour le commandant de l'intervention. J'en ai pour quelques minutes.

Il sourit et ses ovaires commencèrent à s'agiter dans tous les sens tandis qu'elle le regardait s'éloigner. Pas d'alliance.

Beau à en crever. Cette mission ne serait peut-être pas si déplaisante que ça, après tout.

Elle remonta la fermeture éclair de son manteau noir jusqu'à son menton, essayant d'ignorer la morsure du froid qui lui glaçait le bout des oreilles et du nez. Elle portait un legging en polaire, des bottes épaisses et des sous-vêtements en soie qui n'avaient rien de sexy. Lorsqu'elle avait découvert où ils allaient, elle en avait pris d'autres du même style.

Elle n'en était pas à sa première intervention dans cette partie du monde. Elle avait passé plusieurs semaines, par intermittence, au cours de l'année, à convaincre les Freemen de renoncer à leur dernière insurrection en date.

L'agent Truman parlait avec l'un des membres de la HRT. Il pointait du doigt plusieurs grandes caisses, que des hommes commencèrent à tirer en direction du SUV.

Charlotte croisa de nouveau le regard du chef de la section Gold de la HRT. Payne Novak. Il lui adressa un sourire en coin avant de se détourner pour continuer à orchestrer le déchargement des tonnes d'équipement dont la HRT avait besoin.

Pourtant, il trouvait amusant qu'elle ait une valise à roulettes.

Le commandant tactique et le commandant des négociations travaillaient tous deux avec le commandant de l'intervention pour former la « triade de contrôle », ce qui signifiait que Charlotte était sur le point de passer du temps avec l'odieux Novak. *Formidable.*

Bien qu'ils n'aient jamais eu de rapports directs, elle avait compris, aux fréquents regards et aux froncements de sourcils qu'il lui adressait, que, pour une raison quelconque, il n'approuvait pas sa présence. Elle n'avait pas le temps de s'occuper de questions territoriales ou machistes, et espérait qu'il parviendrait à travailler avec une femme comme égale.

Charlotte s'installa sur le siège passager du SUV et attendit que l'agent Truman termine de ranger le matériel. Puis il monta à bord et mit le contact.

Elle aurait menti en feignant ne pas être excitée à l'idée de passer un peu de temps seule avec ce beau gosse – et peut-être découvrir s'il était déjà pris, ou célibataire et à la recherche de l'âme sœur.

À trente-deux ans, après avoir mis ses relations entre parenthèses au profit de sa carrière, elle s'était finalement rendu compte qu'elle allait devoir être plus proactive en matière de rencontres. Elle n'était plus à l'université et la plupart des hommes sympathiques, hétérosexuels et célibataires étaient déjà pris. L'agent Truman correspondait exactement à l'image qu'elle se faisait de son futur partenaire idéal. Poli, éduqué, cultivé. Quelqu'un qui se sentirait à l'aise au volant du SUV familial avec deux enfants et un chien à l'arrière. Quelqu'un d'assez beau pour être léché de partout et d'assez viril pour lui rendre la pareille.

Un coup sur la vitre fit bondir son cœur dans sa poitrine.

L'agent spécial superviseur Payne Novak la fixait à travers la vitre embuée.

Elle la fit descendre de quelques centimètres.

— Je viens avec vous pour qu'on fasse un point en route et qu'on gagne du temps. Ouvrez la portière, dit Novak à Truman.

Il monta à bord et Charlotte sentit ses espoirs s'envoler. Elle remonta la fenêtre et regarda à travers le verre givré.

C'était probablement une bonne idée. Cela ne signifiait pas pour autant qu'elle devait apprécier son attitude de bulldozer.

— Qu'est-ce qu'on sait de la situation ? Du nouveau ? demanda Novak.

Truman répondit :

— C'est un sacré bordel. Un agent fédéral de protection de la nature, Bob Jones, a été abattu sur un terrain privé en bordure de la forêt nationale de Colville. Il avait signalé par radio qu'il avait découvert le corps d'une jeune femme et qu'il était à la poursuite d'un suspect. Il a été abattu, vraisemblablement par le suspect ou par des membres d'un groupe de survivalistes propriétaires du terrain où vit le suspect. Le shérif et d'autres agents de protection de la nature se sont rendus sur place pour aider l'agent Jones, mais un échange de coups de feu s'en est suivi et ils ne peuvent plus s'approcher pour récupérer le corps. Un autre adjoint a été blessé et se trouve dans un état critique à l'hôpital. Le shérif nous a contactés à Spokane, et on a appelé Seattle, qui a appelé le QG. Le directeur est intervenu. Tout le monde a reçu l'ordre d'attendre l'arrivée de la cavalerie.

La cavalerie. La branche du FBI chargée des opérations tactiques. Le Groupe de réaction aux incidents critiques. Divisé entre la cellule de négociation de crise et l'équipe de libération d'otages.

— Comment la femme est-elle morte ? demanda Charlotte.

Truman secoua la tête.

— On l'ignore pour l'instant. Des agents de mon agence locale analysent la scène. Le médecin légiste est arrivé il y a environ trente minutes.

— Le corps est toujours là ? demanda Charlotte, surprise.

— Le directeur a demandé à notre SAC de ne pas laisser les flics locaux toucher quoi que ce soit. Je suppose qu'il est fébrile.

Charlotte ne pouvait pas le blâmer. Cet incident présentait des similitudes avec deux des plus grands échecs du Bureau, Waco et Ruby Ridge.

— Pouvez-vous me conduire à l'endroit où se trouve le

corps ? J'aimerais le voir avant que le légiste ne le déplace, si possible.

— Ce n'est pas votre travail, déclara fermement Novak depuis la banquette arrière.

Elle se retourna vers lui. Ses cheveux blond foncé coupés de près étaient cachés sous un bonnet noir, mais ses sourcils glacés étaient visibles et se rejoignaient en un froncement désapprobateur. Charlotte haussa un sourcil, abasourdie par l'audace de Novak, mais elle ne perdit pas patience.

— SSA Novak, le commandant de l'intervention n'est pas encore arrivé. Mon équipe met en place le centre de négociation et s'efforce d'établir les premières communications avec les habitants d'Eagle Mountain. En attendant, j'aimerais aller voir où tout a commencé pour comprendre ce qui s'est passé, afin que nous puissions clore l'incident sans que personne d'autre ne soit blessé.

Charlotte plongea son regard dans ses yeux bleu-vert et serra les dents, s'efforçant de rester polie.

— Nous pouvons vous déposer si vous avez besoin de superviser votre personnel.

Truman les regarda successivement, Novak et elle, d'un air inquiet.

Novak lui lança un regard noir.

— En fait, non. Une reconnaissance rapide n'est pas une mauvaise idée.

Elle sentit l'irritation monter.

— Êtes-vous sûr d'avoir le temps, SSA Novak ?

— Oui. Qu'est-ce qu'on attend pour y aller ? demanda Novak avec impatience.

— J'ai pensé que vous voudriez que la HRT nous suive jusqu'au ranch où sont basées nos opérations, dit Truman.

Novak jeta un coup d'œil à son équipe par-dessus son épaule.

— Donnez-moi les coordonnées GPS et je les leur trans-
mettrai. Ils trouveront. Allons-y.

Charlotte souffla un grand coup, déployant des trésors de
patience.

— Yippee-kai-yay, murmura-t-elle, ce qui lui valut un petit
sourire fort agréable de l'agent Truman.

— Pauvre con.

La fin de la réplique vint de la banquette arrière.

— Je n'aurais pas mieux dit, souffla Charlotte.

Payne Novak se pencha en avant sur son siège, impatient
de passer aux choses sérieuses. Le fait qu'un autre agent des
forces de l'ordre soit allongé dans la poussière, exposé aux
intempéries et abandonné comme un déchet, le rongeait. On
ne laisse aucun homme derrière. C'était un mantra qu'il
suivait depuis l'époque où il était béret vert. Il déglutit,
essayant de détendre sa gorge, pensant à un autre soldat sur
une autre colline, à l'autre bout du monde. Il n'avait pas l'intention de répéter cet échec.

Une brève reconnaissance n'était pas une mauvaise idée
tant qu'elle ne l'empêchait pas de mettre ses hommes en position avant l'aube. En tant que commandant tactique de la
HRT sur le terrain, son travail consistait à évaluer la menace,
à s'y préparer et à élaborer des plans d'action pour l'éliminer.

Mais d'un point de vue personnel, il voulait aussi rendre
le corps de l'agent Jones à ses proches le plus rapidement
possible.

Les négociateurs pourraient peut-être convaincre les dirigeants de l'enceinte de faire une trêve et d'arrêter de tirer,

mais Novak en doutait. Cette blonde à l'air affable ne semblait pas être du genre à jouer les gros durs avec les tueurs. Elle avait l'air du genre à faire des gâteaux, à vous tenir la main et à embrasser les bobos pour les faire disparaître.

Novak l'avait déjà croisée sur plusieurs incidents depuis l'été, toujours en train de sourire et de plaisanter avec ses collègues. Elle jeta un coup d'œil par-dessus son épaule et plissa ses yeux bleus en une critique tacite.

Pour une raison ou une autre, elle ne l'aimait pas.

Il lui sourit en retour.

Il s'en fichait.

L'agent spécial Truman roulait vite, manifestement conscient de la tension qui emplissait l'atmosphère comme du gaz lacrymogène, mais suffisamment intelligent pour ne pas ouvrir la bouche et l'inhaler.

Charlotte Blood était responsable des négociations pour cet incident, ce qui signifiait que Novak devait traiter avec elle, qu'elle l'apprécie ou non. Jusqu'à l'arrivée sur place du commandant de l'intervention, Novak et Blood étaient à la tête de ce bordel. Le supérieur direct de Novak était à l'étranger pour une mission secrète au sein de l'équipe spéciale antiterroriste de l'US Navy. Probablement en train d'abattre une cible importante dans une région reculée du Moyen-Orient. Si Novak foirait, il en entendrait parler pendant longtemps.

Les équipes de libération d'otages étaient des groupes très soudés. Comme les négociateurs. Théoriquement, ils étaient tous du même côté, et ils partageaient des objectifs communs, jusqu'à un certain point. Mettre fin à la prise d'otages. Protéger les innocents. Ils avaient simplement des idées très différentes de la manière d'y parvenir.

— Avez-vous de l'expérience en matière d'enquêtes criminelles ?

Le ton de la SSA Blood était mordant et elle ne semblait s'adresser ainsi qu'à lui. Avec tous les autres, elle était douce comme un agneau.

— Pas beaucoup.

Il s'adossa au siège en cuir et jeta un coup d'œil par la fenêtre. Il avait travaillé deux ans en tant qu'agent de terrain, ce qui lui avait permis de découvrir l'aspect répressif de l'agence, mais il n'avait pas trouvé cela aussi gratifiant que son rôle actuel, qui consistait à enfoncer des portes et à éliminer des terroristes.

— J'ai fait partie de la brigade d'arrestation des criminels violents à Miami avant de rejoindre la HRT.

Il comptait les jours avant de pouvoir se présenter à la sélection. C'était cinq ans plus tôt. Son ascension avait été davantage liée à son savoir-faire militaire qu'à ses compétences de maintien de l'ordre.

— Évidemment, marmonna-t-elle.

Novak vit Truman jeter un regard surpris en direction de la SSA Blood, probablement en raison de son ton amer, mais il ne dit rien. Il ne valait mieux pas.

— Je suppose que *vous* avez une grande expérience en matière d'enquêtes criminelles ?

Il n'avait pas l'intention de se montrer sournois, mais c'était raté. Ses épaules se raidirent.

— J'ai mené plusieurs enquêtes criminelles dans trois bureaux régionaux différents. Nous avons procédé à des arrestations à chaque fois, sauf dans deux affaires, qui n'ont pas encore été bouclées.

Il ne fut pas surpris qu'elle garde le compte.

— Restez à l'écart du médecin légiste et ne contaminez pas la scène, indiqua-t-elle.

— Je suis un agent du FBI qualifié, SSA Blood. Pas un clochard qu'ils ont ramassé dans la rue.

— Nous savons tous que le Bureau vous voulait pour vos compétences tactiques et votre expérience, pas pour vos prouesses en matière d'enquête.

Suggérait-elle sérieusement qu'il n'avait pas le même niveau que les autres candidats alors qu'il les dépassait largement ?

— Mettez-vous en doute mes capacités, SSA Blood ?

— Seulement votre expérience sur les scènes de crime et dans les résolutions pacifiques, SSA Novak.

Aoutch.

— La HRT est le fer de lance. Nous ne sommes pas payés pour tenir la main aux gens.

— Les négociateurs non plus.

Il ouvrit la bouche, mais elle lui coupa la parole.

— Vous savez que le FBI a pour mission de poursuivre les négociations aussi longtemps que possible, tant que des vies ne sont pas en danger.

— Bien sûr que je le sais.

Novak croisa les bras et fixa l'arrière de la tête exaspérante de Charlotte Blood. Elle le considérait manifestement comme un idiot. Lorsqu'elle serait capable de résoudre des équations d'algèbre complexes après une semaine sans dormir et après avoir couru l'équivalent de quatre marathons en tenue tactique complète, ils en reparleraient.

CHAPITRE TROIS
____

Novak était assis en silence sur la banquette arrière, essayant d'ignorer sa collègue irritante. De longues routes serpentaient à travers un désert aride avant de grimper sur des contreforts rocheux, s'élevant toujours plus haut, en passant par des rives escarpées recouvertes de forêts épaisses. Il leur fallut quarante minutes pour atteindre la vallée la plus proche de l'incident et la petite ville d'Eagle Creek. Des flocons de neige flottaient dans la brise, les avertissant que le temps pouvait changer d'un moment à l'autre. Il devait ramener l'agent tombé dans l'exercice de ses fonctions à sa famille avant que la neige ne l'ensevelisse jusqu'au printemps.

Truman indiqua le ranch abritant leurs opérations. Ils laissèrent derrière eux le convoi de véhicules de la HRT qui les avait rattrapés vingt minutes plus tôt. Il leur fallut dix minutes pour atteindre un chemin caillouteux, dix minutes de plus à grincer des dents avant d'arriver à un cordon de police et à une série de véhicules d'urgence garés le long de la route.

Truman s'arrêta à côté d'une ambulance. L'agent de terrain avait appelé à l'avance sur le téléphone satellite pour que quelqu'un les accueille et les guide jusqu'au lieu de l'incident. Truman montra la fenêtre latérale avec un soulagement évident.

— C'est l'agent Fontaine, là-bas. Elle vous emmènera jusqu'à l'endroit où ils ont trouvé la victime. Je vais chercher un endroit où faire demi-tour et vous attendre ici.

Charlotte Blood adressa à l'agent un sourire mielleux.

Ah ah. C'était donc pour ça qu'elle était énervée qu'il l'accompagne. Elle voulait draguer le beau gosse Truman, et Novak avait ruiné ses projets. Eh bien, tant pis.

Il sortit du SUV et jeta un coup d'œil autour de lui en fronçant les sourcils. Une foule de personnes, dont les médias, était agglutinée à une extrémité du chemin de terre. Les forces de l'ordre devaient sécuriser l'ensemble de la montagne et s'assurer que personne ne s'aventurait là où il n'était pas autorisé à le faire. Ce ne serait pas une mince affaire.

L'activité de la police locale était également très intense. Trop d'yeux et d'oreilles à son goût. Trop d'indiscrets, d'aspirants héros et de victimes potentielles qui se retrouveraient dans la ligne de mire si les hommes du complexe décidaient de s'enfuir avant que la HRT ne prenne le contrôle de la situation.

Novak reporta son attention sur leur guide. L'agent Fontaine avait de longs cheveux noirs attachés en queue de cheval et des lèvres rouges souriantes. Ses yeux s'illuminèrent lorsqu'elle l'aperçut. Certaines femmes avaient un penchant pour les gilets pare-balles et les étuis de cuisse.

Mais pas son ancienne responsable des négociations. Ni son ex-femme, d'ailleurs. Elle n'avait même pas pris la peine de lui dire qu'elle le quittait pour un autre. Il était simplement rentré chez lui après un long déploiement à l'étranger et avait trouvé la maison vide avec une note sur le plan de travail lui indiquant le montant qu'il lui devait pour couvrir les charges.

Il chassa ces pensées de son esprit.

La bouche de Charlotte Blood se tordit lorsqu'elle remarqua la réaction de Fontaine à son égard. Novak se redressa et bomba légèrement le torse. Non pas parce qu'il voulait flirter avec l'agent Fontaine, mais parce qu'agacer Charlotte Blood l'amusait au plus haut point, d'autant plus qu'elle le considérait comme un imbécile.

— SSA Payne Novak.

Il se présenta en serrant la main de Fontaine.

— Voici la SSA Charlotte Blood.

L'agent Fontaine aboya un rire surpris.

— Blood et Payne.[1] Parfait. Vous devriez vous associer et avoir votre propre émission de télé.

Charlotte et lui se regardèrent, ses yeux reflétant exactement la même horreur que la sienne.

— Ah ah. C'est vrai, déclara la SSA Blood en serrant les dents. S'il vous plaît, appelez-moi Charlotte.

— Et *vous* pouvez m'appeler Payne.

Novak adressa son plus beau sourire à Fontaine.

— C'est drôle, murmura Charlotte. C'est comme ça que je vous ai toujours appelé.

Il lâcha la main de Fontaine et haussa un sourcil devant sa collègue.

— Je croyais que vous étiez censée être diplomate ?

Charlotte soupira.

— C'est vrai. C'était un coup bas. Je m'excuse. Une idée de l'identité de la victime ou de son origine, agent Fontaine ?

L'agent Fontaine regarda Charlotte, puis lui. Il ne faisait aucun doute qu'elle s'intéressait à autre chose qu'à l'étui de son arme. Il n'avait pas l'habitude de fréquenter ses collègues, surtout plus jeunes, mais il n'était pas un agent de terrain ordinaire et Fontaine vivait à l'autre bout du pays. Une relation temporaire sans attaches ne serait pas totalement exclue si elle était réellement intéressée par son équipement. Mais il n'au-

rait probablement pas le temps de profiter d'une telle opportunité si elle se présentait. C'était sans doute aussi bien.

Fontaine ramena son regard sur Charlotte.

— Nous pensons qu'elle faisait partie d'un groupe d'écologistes et de défenseurs de l'environnement qui campent dans
cette direction.

Fontaine désigna l'est.

— L'un des adjoints du shérif pense l'avoir reconnue lors
d'une manifestation, mais nous n'avons pas encore obtenu
confirmation de son identité. Le directeur du FBI a dit au
shérif Lasalle de laisser le FBI s'occuper de tout, mais nous
n'avons pas encore eu le temps ou le personnel nécessaire
pour interroger les gens sur place. Les adjoints consignent
l'identité de toute personne qui quitte les lieux.

— Contre quoi est-ce qu'ils protestent ?

Novak observa les épaisses forêts qui les entouraient et
devina avant même qu'elle ne réponde.

— L'abattage des arbres.

Charlotte le regarda, surprise.

*Eh oui, SSA Blood, j'ai quelques cellules grises sous ce
crâne épais.*

— Allons-y.

Charlotte fit signe à l'agent Fontaine de les précéder, et
Novak la laissa passer devant, se plaçant en queue de peloton.
En dehors des lumières vives des véhicules de police, il faisait
nuit noire, le genre de nuit où l'on devait tendre les mains
devant soi pour ne pas se prendre un arbre. Ses yeux s'ajuste-
raient avec le temps, mais les autres étaient impatients. Ils
allumèrent leurs lampes de poche et grimpèrent péniblement
sur le sentier escarpé et irrégulier.

— Il y a plusieurs entités qui se sont regroupées, y
compris, récemment, un petit contingent de passionnés de
Bigfoot. Apparemment, quelqu'un l'aurait aperçu dans le

coin, et pour eux, ce serait plausible, déclara Fontaine, le visage impassible.

Novak secoua la tête pour être sûr d'avoir bien entendu. *Plausible... ?*

— Vous dites que la victime croyait au Bigfoot ?

Fontaine s'éclaircit la gorge.

— Pas nécessairement. La plupart des activistes du coin protestent contre la destruction des forêts qui abritent des oiseaux rares et sont l'habitat des mammifères, mais... c'est possible, et je ne voudrais pas que vous vous lanciez à l'aveuglette.

Formidable.

Charlotte Blood ne dit rien tandis qu'ils poursuivaient leur chemin à flanc de colline. Il suivait du regard le balancement des fesses de sa collègue qui grimpait devant lui. Elle portait un legging noir qui moulait ses jambes minces et des bottes adaptées au sol inégal. Malheureusement, ce n'était pas le cul de l'agent Fontaine qu'il reluquait, mais celui de l'irritante Charlotte Blood.

Peu importe.

Son cerveau animal l'avait bien observée et à présent son cerveau civilisé pouvait balayer le fait que la négociatrice cachait un corps en pleine forme sous cette façade glaciale.

Une brindille craqua et ils se figèrent tandis qu'il braquait sa lampe torche vers les bois.

Un jeune cerf le fixait, les rétines de ses yeux se reflétant étrangement dans le faisceau. Ce n'était pas Bigfoot.

Il rit de lui-même et fit un pas de plus. Son pied buta contre une racine et il tomba lourdement, emportant la SSA dans sa chute. Il réussit à enrouler une main autour de ses cuisses pour amortir un peu l'impact, mais il pesait 90 kg, sans compter son équipement. Son visage atterrit contre ses fesses et ils restèrent figés pendant une nanoseconde.

— Je suis vraiment désolé. Ça va ?

Il s'écarta en roulant, mais pas avant que la sensation de sa forme ne s'imprime sur la sienne à partir de la taille.

Elle se mit sur le dos, lui jetant un regard noir, puis se leva et s'époussseta comme s'il avait des poux.

— Ça va.

— Faites attention où vous mettez les pieds. Le sol est traître par endroits.

La voix de l'agent Fontaine renfermait une pointe d'amusement.

Formidable. Il n'avait jamais été maladroit. Il était censé être un putain de soldat d'élite.

— J'ai trébuché sur une racine.

— Peut-être devriez-vous sortir vos lunettes de vision nocturne pour voir où vous allez ? cracha Charlotte.

Pensait-elle qu'il l'avait fait exprès ?

Les deux femmes commencèrent à remonter la colline à grandes enjambées.

— C'était un accident, lança-t-il avec amertume.

— Bien sûr.

Charlotte lui lança un regard noir.

Il poussa un juron. Charlotte Blood pensait qu'il l'avait délibérément plaquée au sol comme un défenseur stupide. Elle avait vraiment une piètre opinion de lui.

Un doux bruissement de feuilles ramena l'attention de Novak sur les bois. Les poils de sa nuque se hérissèrent soudain, et il ne put se défaire de la sensation d'être observé.

Une partie de lui voulait partir à la recherche de ce qui lui avait flanqué la chair de poule. Mais il jeta un coup d'œil vers les autres qui s'éloignaient rapidement. Il ne voulait pas les laisser sans protection. Même s'il s'agissait de professionnelles des forces de l'ordre qui lui botteraient le cul s'il suggérait quelque chose d'aussi sexiste que de veiller sur elles. Il trottina pour les rattraper. Charlotte se retourna et s'arrêta à contrecœur pour l'attendre.

— Nous y sommes presque, déclara Fontaine.

Charlotte montra du doigt de lointaines lueurs perceptibles à travers la forêt.

— C'est là que les écolos campent ?

Fontaine acquiesça.

— À environ 800 mètres en bas de la colline. Les bûcherons avaient prévu de venir dans cette partie de la forêt ancienne l'été dernier et d'abattre les plus gros arbres, mais ils ont été contraints d'abandonner quand on a découvert que des oiseaux en voie de disparition y nichaient. Les manifestants sont convaincus qu'à la minute où ils partiront, l'entreprise d'exploitation forestière reviendra.

Novak eut une moue de dégoût. L'idée que quelqu'un puisse couper ces arbres majestueux lui laissait un goût amer. Non pas que ses sentiments aient une quelconque importance. Retrouver le corps de l'agent de protection de la nature, protéger les innocents et les propriétés fédérales, tel était son travail. Assurer le respect de la loi, telle était la raison de sa présence en ces lieux.

Pourtant, il aimait les arbres. Au moins, eux ne répondaient pas.

— Vous semblez en savoir beaucoup sur la situation, fit remarquer Charlotte à la femme.

Fontaine afficha un sourire modeste.

— Je m'intéresse à la conservation des espèces. Mon premier diplôme était en sciences biologiques, et j'ai un faible pour la nature.

— Les exploitants forestiers vont devoir reporter toute activité sur cette montagne jusqu'à ce que nous ayons résolu cette affaire, fit Charlotte d'un ton déterminé.

— Vous pensez que ça aurait pu être le mobile ? demanda l'agent Fontaine.

— Interrompre l'abattage ? Ça semble extrême.

Charlotte fronça les sourcils.

L'humeur de Novak s'assombrit. Il avait vu toutes sortes de raisons de mourir. La plupart d'entre elles étaient extrêmes. Rester à spéculer ne résoudrait rien.

— Allez, on se bouge.

— On attendait que vous nous rattrapiez.

Charlotte le regarda comme s'il était lent d'esprit.

Il éclata de rire.

— Vous pensez que j'ai du mal à monter ?

— À la faire monter ?

Le regard qu'elle lui adressa montra qu'elle cherchait à le provoquer. C'était réussi.

— Très drôle. Ah ah.

Il sentit la chaleur lui monter aux joues.

— On y va ?

Charlotte lui adressa un sourire satisfait et continua à remonter le sentier à la suite de Fontaine.

Elle était probablement la femme la plus agaçante avec laquelle il avait eu le désagrément de travailler. Cette mission allait être la croix et la bannière.

— J'ai cru voir quelque chose dans les arbres, dit-il, cédant au besoin de se défendre.

— Qu'est-ce que c'était ? demanda-t-elle.

Il se sentit encore plus bête.

— Probablement un cerf.

Il s'éclaircit la gorge. Il était pourtant certain qu'il y avait autre chose, à l'affût, mais il ne comptait pas le dire à voix haute.

Même si ce n'était probablement pas *Bigfoot*.

— Allez. Rattrapons Fontaine. Il ne faudrait pas la perdre de vue, s'impatienta Charlotte.

Il serra les dents. De son côté, ça ne l'aurait pas dérangé le moins du monde d'être débarrassé de Charlotte et qu'un autre négociateur prenne les commandes. En fait, ça lui aurait parfaitement convenu.

Cinq minutes plus tard, ils aperçurent la première indication qu'ils étaient au bon endroit. Les adjoints du shérif étaient postés à différents endroits le long du ruban jaune de scène de crime qui délimitait une vaste zone.

Un homme prit leurs noms et ils signèrent le registre, enfilant des surchaussures avant de se glisser sous le ruban.

En amont, la zone était bien éclairée par des lampes portatives. Novak aperçut un groupe de personnes près du corps d'une jeune femme et s'assombrit immédiatement. Ce n'était pas le lieu pour les petits différends ou les combats d'ego.

Un homme d'âge moyen était accroupi à côté du corps. Il leva les yeux à leur approche.

— SSA Blood ?

Charlotte hocha vigoureusement la tête.

— Affirmatif. Désolés de vous avoir fait attendre dans le froid. Nous sommes venus le plus vite possible.

Elle jeta un coup d'œil à Novak, comme si c'était lui qui les avait retardés, et il eut envie de lever les yeux au ciel.

— Voici le SSA Novak. Mon collègue de la HRT.

Le médecin légiste fit un signe de tête.

— Je ne suis pas là depuis très longtemps. Nous sommes sur le point de mettre la jeune femme dans le sac mortuaire. Peut-être pouvez-vous nous aider ?

Il adressa sa demande à Novak et Charlotte se hérissa.

Le fait qu'on ait besoin de lui pour ses muscles n'était pas un compliment. Il doutait sincèrement que quelqu'un apprécie son QI digne de Mensa, pas quand il y avait des corps à déplacer.

Novak inspecta les environs avant de ranger ses gants de protection contre le froid dans une poche et d'enfiler les gants en latex qu'on lui tendait. Il s'approcha du corps de la jeune femme par le côté gauche. Une longue entaille lacérait le côté droit de son visage. On avait touché à ses vêtements. On lui avait enlevé son manteau – à supposer qu'elle en ait eu un, mais l'inverse aurait été très étonnant. La fermeture éclair de son jean était défaite.

— Elle aurait pu tomber contre ce tronc d'arbre. Et se fracturer le crâne.

Novak désigna le tronc voisin, maculé d'une substance qui aurait pu être du sang.

Le légiste eut l'air impressionné.

— Vous avez l'œil. C'est ce que je me suis dit dans un premier temps.

— Pouvez-vous nous dire si elle a été agressée ? demanda Charlotte au légiste.

— À première vue, c'est possible, mais il peut aussi s'agir d'un accident. Tant que je ne l'aurais pas autopsiée, je ne pourrais pas vraiment me prononcer. Elle a peut-être voulu se soulager, a trébuché et s'est cogné la tête contre l'arbre, comme l'a suggéré le SSA Novak.

— Il est facile de trébucher dans ces bois, dit Charlotte d'un ton sec.

Novak la regarda en plissant les yeux.

— Allez, on la déplace. En faisant attention.

Novak saisit le bras de la victime et aida quatre hommes à la placer délicatement dans le sac mortuaire. Il serra les dents en entendant le bruit de la fermeture éclair. Il l'avait déjà entendu, dans les hôpitaux de campagne du désert. Ce glas fatidique et glauque.

Il leva les yeux et découvrit Charlotte Blood qui l'observait, l'air pour une fois compatissant. Il se renferma.

Il n'avait pas besoin que Charlotte Blood s'apitoie sur son sort. Il n'avait pas besoin que l'on s'apitoie sur son sort, point final.

Il retira ses gants et les jeta à un assistant qui ramassait les déchets. La scène de crime avait été dévastée. Bonne chance aux techniciens de la scientifique pour tirer quelque chose d'utile de ce champ de bataille.

— Où est le campement ? demanda-t-il à Fontaine, tandis que les autres s'attelaient à la sinistre tâche d'identifier la jeune femme et de déterminer comment elle était morte.

— À quatre cents mètres par là, de l'autre côté d'un petit ruisseau.

Fontaine s'éloigna des autres et désigna l'ouest.

Il y avait encore des amas de neige dans certains creux. Pas assez pour s'accumuler sur le sol, mais suffisamment pour leur rappeler que l'hiver était proche. Il était en retard cette année. Novak aurait parié qu'en temps normal, à cette époque, ils se seraient enfoncés jusqu'aux genoux dans la poudreuse.

Fontaine grimpa encore dix mètres, puis orienta sa lampe de poche vers des plots de marquage jaunes et rouges disposés sur le sol à deux mètres d'écart.

— Voici ce que nous pensons être les empreintes de notre suspect ainsi que celles de l'agent Jones.

Elle sortit de sa poche un stick à lèvres pour se protéger du froid.

— Quand les adjoints du shérif sont arrivés, ils n'ont pas préservé la scène de crime aussi bien qu'ils l'auraient dû, mais nous avons réussi à prendre des photos et à mouler une empreinte décente du suspect, mais le sol est dur et rocailleux.

Nous n'avons pas trouvé autant de choses que nous l'espérions. Nous avons perdu sa trace plus loin.

— L'un de nos négociateurs est un ancien membre du SAS britannique. Il est très doué pour le pistage. Il pourrait venir demain pour voir s'il peut nous aider ?

Charlotte Blood les suivait de près, craignant sans doute que Novak ne s'éloigne et ne se perde.

— Le SAS britannique ? demanda Fontaine avec intérêt.

— Il a dû renoncer à sa citoyenneté britannique pour rejoindre le FBI, mais il a gardé son joli accent.

Charlotte sourit.

Novak connaissait Max Hawthorne. C'était un agent solide, mais Novak avait été adjudant dans les Bérets verts. Il avait plus d'une corde à son arc. Il prit la direction du campement.

— On devrait rentrer.

Charlotte haussa le ton comme devant un enfant dissipé.

— Je veux seulement jeter un rapide coup d'œil.

Il continua d'avancer, balayant le sol avec sa lampe torche, mais il voyait à la longueur des foulées que leur suspect s'était déplacé au pas de course. Les empreintes étaient faciles à suivre quand on savait vers où les gens se dirigeaient. Après un premier zigzag à travers les arbres, le suspect avait pris vers l'ouest.

L'agent Fontaine ajoutait des plots de marquage à chaque nouvelle empreinte qu'il lui indiquait.

Novak atteignit les rives escarpées d'un petit ruisseau. Il y avait suffisamment d'arbres entre le bâtiment et lui pour le protéger. Il ne craignait donc pas d'être pris pour cible. Néanmoins, il s'abstint de braquer le faisceau lumineux droit devant.

Il inspecta le lit du ruisseau, puis s'accroupit.

— On a les mêmes empreintes ici, mais elles se dirigent vers là où on a trouvé la fille.

Il indiqua une légère indentation dans la boue sèche.

— Les empreintes ont été faites quasiment au même moment, mais cette fois, il marchait, il ne courait pas.

Essayait-il de frimer ? De prouver à ces agents qu'il était un aussi bon pisteur que Max Hawthorne ? Probablement. Il secoua la tête, dégoûté par sa propre attitude.

Il regarda en direction des arbres. Il était si proche de l'endroit où gisait l'agent qu'il ne put résister à l'envie de s'approcher encore plus près. Le souvenir d'avoir été forcé d'abandonner le corps d'un de ses hommes lorsqu'un nombre écrasant d'ennemis avait pris d'assaut son régiment le rongeait toujours. Il avait réussi à persuader le commandement d'y retourner avec des renforts le lendemain, mais entre-temps, le corps du sergent Frankie Duke avait été enlevé et profané par l'ennemi. Ils n'avaient jamais retrouvé sa dépouille. Il n'avait jamais donné à sa famille éplorée de corps à enterrer pour faire son deuil.

La nausée s'empara de lui et il inspira à deux reprises par le nez pour ne rien montrer. Il fixa à nouveau le sol, cherchant à retrouver le calme et la concentration dont il avait besoin pour faire son travail.

Il y avait aussi d'autres empreintes de pas, pas beaucoup, mais quelques-unes. Novak ne savait pas si elles appartenaient à des membres des forces de l'ordre, à des habitants du complexe, à des défenseurs des arbres ou à des randonneurs de passage.

Il poursuivit, prudemment. Fontaine et Blood le suivaient, mais ils commençaient à devenir nerveux à mesure que le camp se rapprochait.

À présent qu'il était là, il pouvait tout aussi bien jeter un coup d'œil et essayer de trouver la méthode la plus efficace et la plus rapide pour récupérer l'agent Jones.

— Novak, siffla Charlotte alors qu'il atteignait la rive opposée du ruisseau.

Il leva la main pour lui intimer le silence et, miracle des miracles, elle obtempéra.

Cette sensation de picotement à l'arrière de son cou se manifesta à nouveau. C'était un avertissement différent du précédent, mais ça restait une mise en garde. Le panneau « Défense d'entrer » servait de mise en garde supplémentaire.

Deux adjoints du shérif commencèrent à s'approcher d'eux par le sud. Bien trop tard, selon lui. Cela prouvait que la zone n'était pas sécurisée et que les personnes qui s'y trouvaient avaient peut-être déjà pris la fuite. Novak laissa Fontaine s'occuper des flics. Il ne pouvait rien voir à travers le dense bosquet d'arbres. Il n'y avait aucune lumière, mais ce n'était pas surprenant. Il sortit une paire de lunettes à vision nocturne d'une poche.

— Baissez d'un ton, ordonna Novak lorsque les adjoints s'approchèrent suffisamment pour entamer la conversation.

Charlotte lui lança un regard noir.

Il s'en fichait.

Il mit les lunettes et observa la nuit teintée de vert. Un homme gisait quelque part dans l'obscurité, assassiné alors qu'il faisait son travail. Et les connards à l'intérieur du bunker fortifié ne les laissaient même pas récupérer son corps ? Pourquoi ?

Il ne laisserait aucun homme derrière.

Pas cette fois.

Un ronronnement mécanique subtil attira son attention. Une caméra. Pointée dans sa direction. Putain de merde.

— Vous saviez qu'il y a des caméras de surveillance dans ces bois ? demanda Novak en retirant ses lunettes de vision nocturne pour que les lampes de poche des autres ne l'aveuglent pas.

— Quoi ?

Charlotte fit un pas vers lui.

— C'est quoi, ce bordel ?

L'un des adjoints se précipita.

Novak désigna la petite boîte grise à cinq mètres de haut dans l'arbre. L'adjoint sortit immédiatement son arme et visa, mais Novak ramena son bras vers le sol.

— Qu'est-ce que vous comptez faire ?

— M'en débarrasser.

— Rangez votre arme. C'est le FBI qui est aux commandes maintenant. À moins que votre vie ou celle d'autrui ne soit en danger imminent, gardez votre arme dans son étui et la bouche fermée.

L'adjoint fulminait, mais Novak l'ignora et s'éloigna à grands pas. Charlotte l'accompagna et tous deux fixèrent l'obscurité qui englobait le campement.

Les adjoints du shérif local étaient un peu trop enthousiastes et avaient la gâchette facile. Novak comprenait — il réagissait de la même façon parfois. Il comprenait ce que c'était que d'être en colère et de vouloir se venger de quelqu'un qui vous avait tiré dessus ou avait blessé l'un des vôtres. Mais ce n'était pas l'enjeu le plus important de ce moment.

Ces survivalistes étaient prêts à se défendre contre un assaut tactique. N'ayant rien à perdre, ils tireraient sur tout ce qu'ils considéreraient comme une menace. Comment les convaincre qu'il n'était pas armé et que la seule chose qui l'intéressait, pour l'heure du moins, c'était de récupérer la dépouille du défunt ?

Peut-être qu'ils ne tireraient pas sur ses collègues féminines, mais Novak refusait de courir ce risque. La seule façon pour ces gens là-dedans d'accepter l'idée que quelqu'un ne soit pas armé, c'était qu'il soit complètement nu.

Novak s'immobilisa, n'appréciant guère l'idée qui se frayait un chemin dans son cerveau. Mais si les rôles étaient inversés, ce serait la seule façon pour lui d'être certain qu'une personne ne portait pas d'arme à feu.

Il se dirigea vers un endroit situé entre deux arbres et entendit le ronronnement d'une deuxième caméra qui le suivait. Toutes deux étaient désormais pointées sur lui. Les personnes à l'intérieur de l'enceinte le surveillaient activement.

— Novak... siffla Charlotte.

— Restez à couvert.

— Espèce d'homme des cavernes, murmura-t-elle, mais il l'ignora.

Il enleva son gilet d'équipement de base, puis sa polaire, et défit la chemise tactique noire et le t-shirt à manches longues qu'il portait en dessous. Il jeta le tout en vrac derrière lui.

— Qu'est-ce que vous faites ? demanda Charlotte, visiblement atterrée.

— Je me déshabille.

— Vous vous déshabillez ?

— J'enlève mes habits.

— Je sais ce que veut dire « se déshabiller », s'emporta Charlotte, et il ne put s'empêcher de sourire.

Il se débarrassa ensuite de l'étui de son arme, ce qui lui donna vraiment l'impression d'être nu. Il posa lentement son SIG Sauer par terre, sur la pile de vêtements, exagérant ses gestes. Puis il abandonna son couteau et ses munitions de rechange, s'assurant qu'ils le voient retirer son Glock-22 de secours de son étui de cheville.

Il enleva ensuite son maillot de corps thermique et l'air glacial le piqua comme des abeilles tueuses. Il se pencha et enleva ses bottes, ainsi que ses surchaussures et ses chaussettes, qu'il jeta dans le tas qui grossissait à vue d'œil.

En dessous de zéro, avec en plus un vent glacial, il faisait si froid qu'il avait du mal à respirer.

— SSA Novak, je ne sais pas ce que vous pensez faire, mais...

La voix de Charlotte s'éleva brusquement, mais elle s'éteignit lorsqu'il retira son boxer. Il le jeta derrière lui et entendit une exclamation étranglée.

Il leva les mains en signe de reddition, regardant par-dessus son épaule sa collègue SSA qui restait bouche bée et essayait tant bien que mal de regarder le haut de son corps. Ce qui l'arrangeait, étant donné la température.

— Je vais aller récupérer le corps de l'agent Jones sans menacer les habitants de cette enceinte. Quant à vous, restez en arrière, ne sortez pas vos armes et ne faites rien qui me ferait tuer.

Sa voix résonna dans le silence de la nuit, puis il ajouta à voix basse à l'intention de Charlotte et de l'agent Fontaine :

— Vous devriez peut-être fermer les yeux.

Il tourna lentement à trois cent soixante degrés devant les caméras pour prouver qu'il n'avait rien de scotché dans le dos. Il prit sa lampe de poche et l'alluma pour qu'elle éclaire son corps et le sol devant lui. Il était illuminé comme un sapin de Noël humain nu, et se gelait les couilles.

Yippee-kai-yay, pauvre con. Place à l'action.

---

1. NdT : « Blood » signifie « sang » et « Pain » (prononcé « Payne ») veut dire « douleur » en anglais.

CHAPITRE QUATRE

—Qu'est-ce qu'il fout, ce bouffon ?

Malcolm Resnick se leva de son siège devant les écrans.

TJ n'était pas un grand fan de son oncle. Il avait failli le jeter aux loups un peu plus tôt, même si c'était l'un des amis de Malcolm qui avait appuyé sur la gâchette et tué l'homme qui le poursuivait.

Son oncle ne vivait pas avec eux depuis très longtemps. Malcolm, l'un des quatre frères de sa mère, était arrivé en mars.

L'un des hommes assis dans la salle de surveillance ricana.

— On dirait qu'il se déshabille.

Tout ça était de la faute de TJ. Il aurait dû rester et expliquer la situation à l'agent. Assumer les conséquences. Il risquait à présent d'y avoir des blessés simplement parce qu'il avait pris peur. Les autorités allaient l'accuser d'être responsable des deux décès, et elles auraient probablement raison.

Kayla ne serait pas morte s'il ne lui avait pas donné rendez-vous. L'agent ne serait pas mort si TJ ne s'était pas enfui.

La boule dans sa gorge semblait dentelée et tranchante lorsqu'il déglutit. Comment pouvait-elle être morte ? L'effort pour retenir ses larmes, la douleur dans sa poitrine qui l'empêchait de respirer étaient insoutenables. Que lui était-il arrivé ?

Son oncle s'apprêtait à appuyer sur l'interphone qui reliait la salle de surveillance aux gardes postés aux sorties avant et arrière, mais le père de TJ le devança.

— Ne tirez pas.

Tom Harrison observait l'homme nu comme un ver. Il leva les mains, tourna sur lui-même et se dirigea vers leur enceinte. Le père de TJ était peut-être surprotecteur, mais il privilégiait toujours la réflexion. Il n'était pas téméraire ni sujet à des accès de violence. Contrairement à certains hommes qui les avaient rejoints, Tom ne tolérait pas qu'un homme frappe une femme ou des enfants.

— Je répète, ne tirez pas. Il n'est pas armé.

TJ serra la mâchoire. Il n'avait pas encore parlé de Kayla à son père. Il ne supportait pas de prononcer ces mots à haute voix. Les habitants de l'enceinte penseraient que l'agent s'était mis à le poursuivre sans raison.

Son estomac se serra à l'idée de dire la vérité à son père. L'idée de décevoir la seule personne au monde à laquelle il tenait était insoutenable. Surtout devant les autres. S'il parvenait à parler seul à seul à son père...

— Je pense qu'il essaie de prouver qu'il ne nous veut aucun mal. Quelqu'un le reconnaît ?

TJ vint se placer à côté de son père et tout le monde secoua la tête. TJ n'avait jamais vu ce type auparavant, mais, à en juger par les vêtements et l'équipement qu'il avait enlevés, c'était soit un militaire, soit un policier. L'armée n'étant pas autorisée à combattre des citoyens sur le sol américain, il s'agissait probablement d'une sorte de policier tactique. Non pas que le gouvernement suive toujours les règles, comme le lui rappelait souvent son père.

— C'est un piège, rétorqua Malcolm. Forcément.

Tom se tourna vers lui, l'air las.

— En quoi c'est un piège ? Tu penses qu'il a un fusil d'assaut coincé dans le cul ?

Des hommes ricanèrent.

Pas TJ. Il voyait les conséquences de ses actes sur son père, et la culpabilité s'ajoutait à la confusion qui se répandait dans ses veines. Tom avait vieilli de dix ans depuis la mort de la mère de TJ. Son décès l'avait anéanti, et Malcolm en avait profité pour prendre en main la gestion quotidienne de la communauté, consolidant son statut de second, même s'il n'était pas là depuis très longtemps.

TJ ne l'aimait pas. Il ne lui inspirait pas confiance.

Tom appuya à nouveau sur l'interphone.

— Ne tirez pas. Je répète, ne tirez pas. Mais gardez un œil sur lui.

— Il pourrait franchir les murs, pénétrer nos défenses, rétorqua Malcolm.

— Nos défenses suffiraient à repousser un homme seul, et il mourrait de froid avant de réussir à entrer.

Tom secoua la tête.

— Le moyen le plus facile d'entrer serait d'avoir un hélicoptère et une longue corde. Non. Il veut récupérer le corps de leur homme, ce qui me va parfaitement.

Son père grimaça.

— Je n'ai pas particulièrement envie de voir son cadavre pourrir devant la porte. Il a besoin d'être enterré avec décence.

TJ savait que son père regrettait la mort de cet homme, tout comme lui. Leurs gardes avaient été réprimandés, mais le mal était fait. Un agent fédéral était mort. Le gouvernement allait revenir avec la cavalerie et tenter de les anéantir.

— Nous avons besoin de l'appui des médias si nous voulons perdurer.

Tom regarda les hommes qui l'entouraient.

— Les médias ? La télévision d'État ? Et comment ils nous aideraient ? s'esclaffa Malcolm.

Les hommes présents dans la pièce avaient l'air mal à l'aise. Son père était intelligent, mais Malcolm était rusé. TJ espérait que son père chasserait son oncle quand tout serait terminé, mais pour l'heure, c'était impossible, et c'était sa faute à lui.

TJ jeta un coup d'œil à Malcolm, qui lui répondit par un regard noir.

— Ça va créer un tollé si on ne laisse pas les Fédéraux récupérer le corps. Et on passera pour une bande de fous si on tue un homme nu et désarmé, ce qui retournera tous nos alliés potentiels contre nous, dit Tom patiemment. Nous n'avons aucun otage. Si nous prouvons que nous sommes capables de faire la différence entre un acte de guerre et un acte de miséricorde, le monde nous croira peut-être lorsque nous affirmerons que nous avions des raisons d'ouvrir le feu sur l'agent qui tirait sur TJ. Mais j'aurais aimé que les nôtres ne soient pas si prompts à user de la gâchette.

L'avertissement s'adressait à Malcolm et à ses sbires.

La bouche de TJ s'assécha sous l'effet de la culpabilité. C'était aussi sa faute.

— Tu penses qu'ils vont nous faire quoi ?

Son père pinça les lèvres et soutint son regard.

— Je ne sais pas, fils. Mais nous avons toujours su que ce jour viendrait. Nous sommes en sécurité ici, même s'ils nous lâchent une bombe dessus.

Ils disposaient d'un bunker d'urgence à dix mètres sous

terre, mais l'idée d'être bombardés n'était pas rassurante. Et s'ils étaient enterrés vivants ? Abandonnés à l'obscurité ?

— Tu ne nous as jamais expliqué ce que tu fabriquais là-bas, TJ, souligna Malcolm d'un air narquois.

— J'étais juste allé faire un tour.

TJ passa la langue sur ses lèvres sèches et craquelées.

— Ce type a commencé à me poursuivre et m'a tiré dessus

— Et nous avons le droit de nous protéger sur notre terri-toire, déclara Tom avec fermeté.

Malcolm fixait TJ comme s'il savait qu'il mentait. TJ lui rendit son regard.

Son père appuya à nouveau sur l'interphone.

— Veillez à ce que ce type ne récupère pas l'arme du fédé-ral. Braquez les projecteurs sur lui.

TJ tourna à nouveau les yeux vers l'écran alors que l'in-connu sortait lentement des bois, se dirigeant droit vers le corps de l'homme qui l'avait poursuivi.

La bile lui monta à la gorge.

D'autres écrans montraient les autres membres des forces de l'ordre présents dans le secteur. Des hommes et des femmes qui regardaient ce type nu hisser le corps de l'agent sur son épaule.

Était-ce un piège ou une diversion ?

Les yeux de TJ se tournèrent vers les écrans situés près de la sortie arrière, à l'est et à l'ouest, mais personne ne semblait venir de cette direction. Peut-être que les fédéraux n'avaient pas encore trouvé l'autre sortie ? Peut-être que TJ devrait s'en-fuir ? Se rendre.

S'il se livrait aux autorités, personne d'autre ne serait blessé...

Novak commença à avancer lentement, conscient des caméras de surveillance qui suivaient sa progression et des nouvelles qui captaient son approche sous différents angles sur son chemin. Vraisemblablement, les caméras couvraient l'ensemble de l'enceinte, ce que la HRT devait régler avant de pouvoir s'introduire en toute sécurité dans le secteur.

Cailloux et branches lui entaillaient les pieds. La brise était si glaciale qu'il craignait de perdre ses parties, ou qu'elles se rétractent tellement qu'il devrait pisser comme une fille pour le restant de ses jours. Il aurait menti en prétendant ne pas craindre de recevoir une balle en pleine poitrine s'il avait mal évalué l'état d'esprit des gens terrés derrière le mur de béton. Il avait pris le pari que ces types ne tireraient pas sur un homme manifestement désarmé qui avait simplement l'intention de récupérer un corps.

Ils craignaient que leur enceinte soit attaquée et qu'un ou plusieurs d'entre eux soient emmenés par les autorités fédérales et incarcérés. Ça ne signifiait pas que Novak ne reviendrait pas le lendemain avec une unité lourdement armée pour essayer de faire exactement ce qu'ils craignaient, mais pour l'heure, tout ce qu'il voulait, c'était ramener l'agent Jones à ses proches et le traiter avec le respect qu'il méritait.

Novak commença à balayer le sol quelques mètres devant lui, décrivant un arc avec le faisceau de sa lampe torche. Il suivait une piste parallèle à celle du suspect et des empreintes de bottes qu'il supposait appartenir à l'agent de protection de la nature.

Le sentiment d'être observé l'envahit à nouveau. D'autres caméras ? Probablement. C'était sûrement ce qui l'avait effrayé dans la forêt un peu plus tôt. Ils devraient cartographier l'ensemble de la zone pour déterminer où étaient toutes les caméras.

Aucun rapport avec Bigfoot.

Novak quitta la sécurité relative des arbres, s'arrêta et se retourna entièrement pour prouver qu'il ne cachait pas d'arme. Tous les muscles de son corps se tendirent alors qu'il imaginait des canons de fusils pointés dans sa direction par des miliciens mal entraînés, leurs doigts charnus caressant de délicates gâchettes. Le plus souvent, c'étaient ses collègues de la HRT qui pointaient leurs armes sur lui, mais il leur aurait confié sa vie. Il le devait.

Mais ces hommes-là, il ne leur faisait pas confiance. Ils le tueraient probablement pour un regard de travers. D'où ses efforts extrêmes pour prouver qu'il n'était pas armé.

Un monticule sombre apparut devant lui, et le mince faisceau de sa lampe de poche lui révéla qu'il s'agissait de l'agent fédéral Jones, chargé de la protection de la nature. Novak balaya le corps de l'homme avec sa lampe torche, de ses bottes jusqu'à sa calvitie. La casquette de l'homme était posée à l'envers sur le sol à proximité, son 9 mm près de sa main droite. Novak ne pouvait pas s'approcher de cette arme à moins de vouloir finir criblé de plomb.

Il saisit les jambes de l'agent Jones et le traîna quelques mètres en arrière, vers les arbres, loin de l'arme. Les gestes de Novak étaient maladroits, car il essayait de tenir la lampe de poche pour que les gens à l'intérieur de la forteresse puissent voir ce qu'il faisait. Il n'eut pas à s'en soucier bien longtemps. Un énorme projecteur s'alluma, aussi éblouissant que le soleil. Il était clairement disproportionné, mais particulièrement efficace pour aveugler toute personne qui s'approchait, surtout si elle portait des lunettes de vision nocturne.

En supposant que Novak survive aux trente secondes suivantes, il connaissait quelques petites choses sur les effectifs derrière ce mur.

C'étaient des professionnels, ils étaient organisés et

avaient accès à des équipements de haute technologie que l'on ne se serait pas attendu à trouver au milieu de nulle part.

Il ramena les jambes de l'agent contre sa poitrine et s'éloigna encore, entraînant l'homme avec lui.

Un gémissement soudain le fit tressaillir, mais il ne montra pas sa surprise. L'agent Jones était vivant. Novak s'éloigna progressivement du projecteur géant et de la grande porte en acier renforcé encastrée dans ce qui ressemblait à la façade d'un bunker en béton. Il y avait un talus, six mètres de béton et, au-dessus, une haute clôture de fil barbelé qui encerclait vraisemblablement le complexe.

Charmant.

Lorsque Novak se trouva à environ cinq mètres de l'arme de l'agent Jones, il posa délicatement les jambes de l'homme sur le sol, puis le hissa sur ses épaules à la façon des pompiers.

Jones gémit à nouveau et Novak pria pour ne pas causer de dommages irréparables à l'agent qui se vidait lentement de son sang. Il avait une blessure par balle à l'épaule droite. Une fois l'homme en sécurité, Novak se retourna et s'enfonça rapidement dans les bois. Priant à chaque pas pour ne pas recevoir une balle dans le dos.

— S'ils ne le tuent pas d'abord, je vais m'en charger, murmura Charlotte en regardant les fesses nues et musclées de Novak disparaître entre les arbres.

Il s'était mis en danger sans les consulter, sans discuter de son plan farfelu... Elle avait envie d'enrouler ses mains autour de sa gorge et d'étrangler ce maudit agent spécial superviseur.

Ce n'était pas la façon dont elle gérait habituellement les conflits.

L'agent Fontaine lui adressa un sourire inquiet.

— Ne vous inquiétez pas. Il est plus gradé que vous. Vous n'aurez pas d'ennuis pour son imprudence, la rassura Charlotte.

Fontaine ne répondit rien.

Quel genre de connard machiste se déshabillait et s'approchait d'une enceinte remplie de tueurs armés – *de tueurs présumés* – pour récupérer le corps de l'homme qu'une douzaine d'adjoints du shérif n'avaient pas réussi à rapatrier plus tôt, sans même en avoir discuté avec elle au préalable ?

Ce n'était pas qu'elle n'avait pas de peine pour le mort et sa famille, mais ajouter un corps à la collection n'aiderait personne. Et si elle parvenait à parler à ces gens, elle pourrait, avec un peu de chance, organiser la récupération en toute sécurité de la dépouille de l'homme dès que les esprits et les craintes se seraient calmés.

Un projecteur s'alluma, l'aveuglant pendant une seconde. Elle se protégea les yeux et observa Novak, dont la silhouette parfaite se découpait dans le faisceau. Il se pencha et hissa l'agent sur son épaule, puis se retourna vers les arbres, marchant vers eux comme s'il était en train de faire une maudite promenade dans un camp de naturistes.

— On ne devrait probablement pas regarder, murmura Charlotte à l'autre agent, se demandant ce que dirait le Bureau de la responsabilité professionnelle s'il l'apprenait.

— Vous plaisantez, ricana Fontaine. Le corps de cet homme est une œuvre d'art.

Charlotte s'était efforcée de ne pas y prêter attention, mais il était impossible de ne pas voir ses muscles parfaitement dessinés et sa silhouette affûtée. Son pouls s'accéléra et elle se reprocha de reluquer son collègue. Puis elle soupira. Certains jours, elle avait l'impression d'être une vieille fille. Elle devait vivre un peu, mais ce n'était pas le moment.

Novak avançait plus vite à présent, hors de portée des tirs, mais pas hors de vue des caméras qui surveillaient chacun de leurs mouvements.

Fontaine avait placé les affaires de Novak dans le lit du ruisseau, hors de portée du complexe. Soudain, Novak se mit à trottiner, se dirigeant droit vers elle.

— Il est vivant, murmura-t-il.

Sérieusement ? Charlotte se précipita à la suite de son collègue SSA, ne se laissant plus distraire par la vue de ses abdominaux bien dessinés, de ses cuisses épaisses ou de ses fesses musclées. Ni par son pénis qui était une partie de l'anatomie qu'elle n'avait pas l'habitude de voir chez ses collègues – ni nulle part ailleurs ces derniers temps.

Novak déposa délicatement l'agent Jones sur le sol et entreprit de déchirer ses vêtements au niveau de sa blessure à l'épaule.

— Où se trouve le médecin le plus proche ?

— On a le légiste sous la main, suggéra Charlotte en s'agenouillant près de l'agent blessé et en hypothermie.

— Appuyez ici, ordonna Novak.

Charlotte s'exécuta tandis que Novak se rhabillait.

— Fontaine, appelez le légiste et dites-lui qu'on arrive.

Novak se rhabilla rapidement en claquant des dents. Il enfilait ses chaussures quand les deux adjoints arrivèrent en courant.

Tout ce petit monde faisait tellement de bruit que Charlotte n'entendait pas ce que disait Novak.

— Silence ! cria-t-elle.

Envolée sa célèbre diplomatie.

— Jones est toujours en vie, mais il est salement amoché.

Novak replaçait ses armes dans leurs différents étuis.

— À ce stade, chaque seconde compte. Je vais le porter jusqu'au légiste. Que l'un d'entre vous demande une extraction médicale par hélicoptère le plus près possible. Charlotte, j'ai besoin que vous continuiez à appuyer pendant que je le transporte.

Novak hissa Jones sur ses épaules, en maintenant la blessure près du centre de sa propre colonne vertébrale. Charlotte enleva sa doudoune pour séparer le dos de Novak de l'endroit où la balle était entrée. Puis elle appuya fort sur la blessure de sortie qui suintait en utilisant un maillot de corps que Novak lui avait jeté.

Elle s'accrocha à une sangle du pantalon de Novak pour s'ancrer à lui, et ils se déplacèrent rapidement en tandem. Ses pieds furent trempés par l'eau glacée lorsqu'ils traversèrent le petit ruisseau. Fontaine leur éclairait le chemin à l'aide d'une lampe de poche. Le terrain était accidenté, mais Charlotte tenait fermement le blessé et Novak. Cinq minutes plus tard, elle entendit le bruit de gens qui se dirigeaient vers eux à travers bois.

— Qu'avons-nous là ? demanda le légiste, inquiet.

Novak allongea Jones dans une clairière, et le médecin légiste et ses assistants prirent le relais, les écartant, criant des instructions et improvisant une perfusion sur le terrain. Ils s'occupaient peut-être des morts en temps normal, mais ils étaient tous des professionnels de santé.

Charlotte croisa les bras sur sa poitrine et tenta d'arrêter de grelotter, mais ses orteils mouillés étaient comme des glaçons, et son manteau n'était plus qu'un bandage improvisé. Elle qui se pensait bien préparée.

Quelque chose de chaud l'enveloppa. En levant les yeux, elle s'aperçut que Novak lui avait mis sa doudoune noire autour des épaules.

Elle avait son odeur.

— Vous en aurez besoin... protesta-t-elle, l'enlevant à contrecœur.

Novak s'éloignait déjà à grandes enjambées.

— Vous en avez davantage besoin. Je ne peux pas me permettre que vous tombiez malade. Retournons au centre de commandement dès que possible. Nous avons encore beaucoup à faire ce soir.

CHAPITRE CINQ

Charlotte leva la tête lorsqu'un hélicoptère passa au-dessus d'elle dans l'obscurité. Le pilote prit soin de contourner la forteresse en béton de Tom Harrison. Fort heureusement, personne ne comptait prendre les mêmes risques que Novak. Plus elle pensait à la façon dont il avait agi sans la consulter, plus elle était en colère.

Il aurait pu se faire tuer. Et alors quoi ? Ça aurait entraîné une guerre et Dieu sait combien de victimes.

Tous trois descendaient de la montagne en trottinant. Il était pressé de rentrer. Elle essayait de produire suffisamment de chaleur corporelle pour ne pas mourir de froid.

L'agent Truman les rejoignit avec le véhicule alors que, vraisemblablement, le même hélicoptère survolait à nouveau le ciel. Cette fois-ci, il devait transporter l'agent blessé vers le centre de traumatologie le plus proche. Quelqu'un devrait l'interroger dès qu'il reprendrait connaissance – *s'il* reprenait connaissance.

Personne ne pipa mot sur le chemin du ranch. L'adréna-line retombait, et Charlotte réfléchissait aux récents événements.

Truman s'engagea sur une route caillouteuse en direction d'une vaste ferme avec de nombreuses dépendances, dont une gigantesque grange.

L'enseigne indiquait « Maple Tree Ranch ».

Rustique. Pittoresque.

Bien qu'il y ait de la lumière aux fenêtres, rien n'indiquait qu'une force tactique importante y ait installé ses quartiers. C'était ce genre de professionnalisme qui faisait du groupe de réaction aux incidents critiques du FBI l'une des meilleures unités de ce type au monde. Mais Novak et elle n'avaient pas travaillé ensemble ce soir-là.

Une fois devant le bâtiment principal, Truman arrêta le SUV avec un soupir de soulagement. Charlotte jeta la doudoune de Novak sur ses genoux. Elle ne voulait en aucun cas se présenter devant ses collègues vêtue de sa veste à lui, telle une adolescente éprise. Ce n'était pas l'image qu'elle voulait donner.

Elle était furieuse.

Elle poussa la porte, sa frustration à l'égard de Novak augmentant de seconde en seconde. L'agent spécial adjoint responsable Steve McKenzie les attendait au niveau du porche en bois, les poings sur les hanches, l'air impatient.

Le commandant de l'intervention était arrivé.

Il jouissait d'une bonne réputation au sein du Bureau et avait contribué à empêcher un attentat à la bombe au QG, sauvant ainsi des centaines, voire des milliers de vies, plus tôt dans l'année. Il avait une expérience des nationalistes blancs remontant à plusieurs dizaines d'années. Bien sûr, personne ne connaissait l'idéologie des gens d'Eagle Mountain. Tous les survivalistes n'étaient pas des nationalistes blancs et tous les nationalistes blancs n'étaient pas des survivalistes.

Quelques hommes sortirent de la maison. Les négociateurs Eban Winters et Dominic Sheridan se tenaient d'un côté de McKenzie. Deux membres de la HRT, vêtus de jeans et de chemises à carreaux et ressemblant à des mannequins du catalogue LL Bean, se trouvaient à sa gauche.

Chacun avait choisi son camp.

Elle monta les marches pour rencontrer son nouveau patron temporaire.

— Que s'est-il passé là-bas ?

Le regard de McKenzie était critique et calculateur.

Novak et elle étaient couverts de sang, et devraient se nettoyer. Mais elle voulait d'abord aborder un sujet en particulier.

Novak prit la parole.

— Il s'est avéré que l'agent Bob Jones était encore en vie, et nous l'avons amené au légiste pour qu'il s'occupe de lui. À l'heure qu'il est, il a dû être transporté à l'hôpital le plus proche.

Son visage se fendit d'un sourire. Il avait toutes les raisons d'être fier. Et il ne s'en était même pas attribué le mérite.

— Je peux vous parler, patron ?

Charlotte s'efforça de garder un ton neutre. Novak avait sauvé la vie d'un homme, après tout.

McKenzie la regarda elle, puis Novak, en plissant les yeux, comme si la tension entre eux était palpable. Même ses collègues négociateurs échangèrent des regards inquiets.

Ils entrèrent tous dans le salon principal où un feu brûlait dans l'âtre.

Même si elle mourait d'envie de se placer devant les flammes, elle ne bougea pas et s'éclaircit la gorge.

— En fait, pouvons-nous parler en privé, monsieur ? Tous les trois ? Charlotte indiqua Novak.

Elle ne voulait pas dire ce qu'elle avait à dire devant quelqu'un d'autre.

McKenzie fronça à nouveau les sourcils, puis les précéda

jusqu'aux portes-fenêtres qui donnaient sur une petite annexe. La pièce était équipée de deux fauteuils en cuir qui se faisaient face et ses murs étaient bordés d'étagères. Un autre feu brûlait dans l'âtre. En d'autres circonstances, Charlotte se serait *extasiée* devant la beauté des lieux, mais elle était trop en colère pour ça.

McKenzie croisa les bras.

— Il y a un problème ?

Charlotte ignora son inconfort physique. Ses orteils gelés et les frissons qui la secouaient jusqu'à la moelle.

— J'ai un problème avec le comportement du SSA Novak ce soir.

Elle lui expliqua ce qui s'était passé.

— Il ne m'a pas consultée et n'a pas suivi le protocole, conclut-elle.

— Quel protocole ? Nous n'avons pas de procédure opérationnelle standard pour récupérer les morts ou les blessés devant des complexes paramilitaires situés sur le sol américain.

Novak s'approcha si près qu'elle pouvait sentir l'odeur boisée de sa peau. Peut-être essayait-il de l'intimider, mais il recula brusquement, comme s'il réalisait qu'il pouvait sembler menaçant.

— On dirait que vous êtes furieuse que j'aie sauvé la vie de cet homme.

Elle se cabra.

— Ce n'est pas pour ça que je suis furieuse. *Vous* auriez pu être tué. Vous auriez pu mettre la vie d'autres personnes en danger si nous avions dû venir vous sauver.

— Je ne pense pas que je doive m'inquiéter que vous vous mettiez en danger pour moi.

L'amertume dégoulinait de chaque syllabe.

— Qu'est-ce que ça veut dire ? grogna Charlotte. Vous me

traitez de lâche ? Vous pensez que je ne viendrai pas vous sauver ? Vous protéger ?

Novak cligna des yeux, comme déstabilisé par sa réaction véhémente, mais il continua à défendre son point de vue.

— Vous préféreriez que cet homme soit encore là-bas, en train de se vider de son sang ?

Charlotte pinça les lèvres, frustrée.

— Bien sûr que non.

— C'est mon travail de protéger les civils et les otages.

— C'est mon travail aussi, rétorqua-t-elle.

— Alors peut-être que vous auriez dû vous déshabiller et aller le chercher.

Cherchait-il à la provoquer par rapport à sa bravoure, sa force ou son sexe ?

— Nous sommes censés travailler en équipe. Pourquoi n'avez-vous pas pris trente secondes pour discuter de votre plan avec moi avant de foncer ?

— Parce que je savais que vous tenteriez de m'en dissuader, admit-il.

Elle était folle de rage.

— Vous avez supposé que je serais déraisonnable.

— Nous ne passons pas tous nos journées assis derrière un bureau, SSA Blood.

Novak leva les yeux au ciel.

— J'ai pris une décision.

Il regarda McKenzie. Charlotte avait presque oublié sa présence dans la pièce.

— Je me suis dit que les personnes à l'intérieur seraient prêtes à ouvrir le feu pour se défendre, mais pas sur quelqu'un qui n'était manifestement pas une menace.

— Vous avez pris un risque énorme, déclara McKenzie, appuyant la remarque de Charlotte.

Elle lui adressa un regard reconnaissant.

— Un risque calculé, corrigea Novak.

— Le SSA Novak est un électron libre, déclara Charlotte.

— Si ça n'avait tenu qu'à vous, *SSA Blood*, Bob Jones n'aurait pas passé la nuit. Il serait mort de froid ou se serait vidé de son sang, sans que personne ne s'en aperçoive. Que j'aie suivi le protocole ou non n'est pas le sujet. J'ai agi avec prévoyance et de la manière la plus sûre possible compte tenu des circonstances. Si nous avions procédé à votre manière, nous n'aurions même pas su qu'il avait survécu jusque-là.

Charlotte cilla. Il n'avait pas tort. Mais ce n'était pas de sa faute si elle avait supposé que les forces de l'ordre avaient correctement évalué la situation. Novak semblait également avoir oublié le fait que c'était elle qui avait insisté pour gravir la montagne ce soir-là.

— SSA Novak, si vous avez des tendances suicidaires, j'aimerais le savoir avant que nous commencions à travailler ensemble, déclara McKenzie à voix basse. J'ai déjà le directeur du FBI et le président Joshua Hague en personne qui me demandent un rapport toutes les heures. Je n'ai pas le temps pour m'occuper de ces conneries en plus.

— Je n'ai pas de tendances suicidaires, patron. Mais parfois, la situation exige une réaction immédiate, sans tergiverser.

Charlotte écarquilla les yeux.

— Vous ne m'avez même pas donné la possibilité d'approuver votre action.

— Assez, dit McKenzie d'un geste de la main. Vous ne pouvez manifestement pas travailler ensemble...

— Je n'ai jamais dit ça, dirent-ils tous les deux à l'unisson.

McKenzie fronça les sourcils.

Charlotte était aussi surprise que McKenzie par le fait que Novak soit d'accord avec elle.

— Je ne veux tout simplement pas que le SSA Novak

prenne des décisions unilatérales dans des situations dangereuses. Nous devons communiquer en permanence.

Novak se pencha en arrière.

— La prochaine fois que je déciderai de me déshabiller dans les bois, vous serez la première à le savoir.

Elle lui jeta un regard noir, mais ses mots évoquèrent le souvenir de son corps tonique et provoquèrent chez elle une réaction qu'il n'avait pas voulu susciter, elle en était sûre. Il valait mieux qu'il n'en sache rien.

— Un négociateur doit être certain que la HRT ne va pas agir dans son dos et le faire passer pour un idiot ou un menteur. Vous savez que ça peut se retourner contre nous.

— Vous pensez vraiment pouvoir travailler ensemble comme des professionnels ? Ce ne sont pas seulement vos emplois qui sont en jeu, mais aussi le mien. Le directeur a été très clair à ce sujet.

L'expression de McKenzie était glaciale.

Elle jeta un regard à Novak.

— Oui.

— Oui, monsieur.

McKenzie hocha la tête.

— Ce désaccord entre vous nous fait déjà perdre du temps et je ne suis pas convaincu.

— Je suis d'accord de travailler avec le SSA Novak s'il accepte de me consulter à l'avenir. Je suis ici pour mon expertise ; pas pour rester assise et me taire, déclara Charlotte.

Novak fit un pas en avant.

— Je veillerai à ce que la SSA Blood soit mieux informée des décisions que je prendrai, monsieur. Je suis ici pour effectuer une mission, pas pour provoquer des querelles internes.

Ils attendirent que McKenzie prenne une décision.

— Combien de négociateurs avons-nous sur place ? demanda McKenzie.

— Nous sommes quatre pour l'instant. Une autre arrive de San Francisco demain matin.

— Prévoyez deux autres négociateurs. Je me fiche de savoir comment. C'est la priorité du Bureau et le directeur a promis de m'accorder tous les moyens nécessaires.

— Oui, monsieur.

Cela représentait beaucoup d'effectifs, mais signifiait qu'ils pourraient travailler huit heures au lieu de douze, en supposant qu'ils parviennent à faire parler les habitants de l'enceinte.

Novak écarta d'un geste sa chemise tachée de sang.

— Si ça ne vous dérange pas, monsieur, j'aimerais me débarrasser du sang de Bob Jones et mettre mes tireurs d'élite en position avant le matin.

— Nous devons éviter toute escalade, intervint rapidement Charlotte.

— Une démonstration de force leur fera comprendre que le gouvernement est sérieux et qu'ils ne peuvent pas faire n'importe quoi.

Novak avait l'air d'accord, à l'exception de la pointe d'irritation qu'il essayait de dissimuler.

— Je doute que l'envoi d'opérateurs lourdement armés rassure les gens à l'intérieur et donne l'impression que nous voulons trouver une solution pacifique, déclara-t-elle calmement.

Elle devait sembler raisonnable et faire preuve d'esprit d'équipe. Elle savait très bien lequel d'entre eux serait remplacé si McKenzie décidait qu'ils ne pouvaient pas travailler ensemble, et ce n'était pas Novak.

Charlotte poursuivit :

— Placez les policiers loin de l'entrée pour qu'ils aient l'air moins agressifs. Ces dernières années, nous avons réussi à faire face à des sièges de ce type en faisant preuve de patience et de retenue.

— Il y a un temps pour la retenue et un temps pour la force. Si j'admets que nous devons privilégier la première option pour l'instant, nous devons nous préparer à la seconde, répondit Novak.

— Je suis d'accord, acquiesça Charlotte.

La préparation était essentielle.

Novak hocha la tête, ne parvenant pas totalement à cacher sa surprise.

— Je ne suis toujours pas convaincu que vous puissiez travailler ensemble.

McKenzie la fixa longuement.

— Beaucoup d'erreurs du passé ont été aggravées par l'absence de communication entre responsables. L'absence d'écoute.

— C'est une évidence.

Elle enseignait souvent les échecs du passé aux nouvelles recrues. Elle était contente de trouver un commandant de l'intervention qui partageait son avis sur la question.

— Alors, si vous pensez vraiment pouvoir travailler ensemble... dit McKenzie.

Charlotte eut un sourire qui se voulait rassurant.

Novak croisa les bras et baissa le menton.

— Je vais apporter quelques ajustements.

Charlotte se dit que ça n'augurait rien de bon.

— Que voulez-vous dire exactement, monsieur ? demanda Novak.

— Je fais de vous des partenaires, affirma McKenzie. Je veux dire par là que vous allez passer les soixante-douze prochaines heures ensemble et, si vous ne parvenez pas à me convaincre que vous pouvez travailler ensemble efficacement pendant cette période, vous serez tous les deux renvoyés à Quantico.

Charlotte fronça les sourcils.

— Comment suis-je censée gérer mon équipe de négociation si je dois assister toute la journée aux réunions de la HRT ?

— Et vice-versa, se renfrogna Novak.

— C'est pour ça que je veux plus de négociateurs. Au moins trois équipes de deux avec la SSA Blood pour chapeauter le tout. Vous avez tous les deux des personnes compétentes sous vos ordres qui peuvent gérer cette affaire les yeux bandés. N'est-ce pas ?

À contrecœur, Novak et elle acquiescèrent.

— Nous savons tous que ce genre de situation, en particulier lorsqu'il n'y a pas d'otages... commença McKenzie.

— Nous ne sommes pas sûrs qu'il n'y ait pas d'otages, souligna Novak.

— ... peut prendre des semaines, voire des mois, avant d'être résolue, termina McKenzie, ignorant le chef de la HRT. Je ne veux pas rester là des mois. Je veux passer Noël avec ma fiancée, mais ce n'est pas ça qui compte. Ce qui importe, c'est de s'assurer que toutes les personnes présentes dans ce complexe en sortent vivantes et que quiconque a tué cette femme et tiré sur ces deux représentants des forces de l'ordre soit arrêté et inculpé. Ensuite, nous laisserons, je l'espère, ces personnes célébrer les fêtes de fin d'année comme elles l'entendent.

Les yeux de McKenzie se mirent à briller.

— En fait, comme nous allons manquer d'espace, il y a une chambre d'enfant au bout du couloir avec des lits superposés. Vous pourrez la partager. À moins que vous n'ayez des objections liées à votre sexe ?

Elle secoua la tête.

— Répartissez votre temps entre les différentes tâches à accomplir. Je veux que vous preniez le petit déjeuner, le déjeuner et le dîner ensemble et que vous dormiez dans la même chambre en même temps. Vous êtes des siamois jusqu'à ce que je sache que je peux vous faire confiance pour vous respecter et vous inclure l'un l'autre dans tout processus décisionnel important. Des objections ?

Des protestations furieuses lui traversèrent l'esprit, mais si elle en laissait échapper une seule, elle ne serait plus dans le coup.

— Aucune de ma part. Elle m'a déjà vu nu, plaisanta Novak.

— Ce qui ne se reproduira plus, SSA Novak, rétorqua McKenzie.

Novak se rembrunit.

— Bien sûr que non. Je plaisantais.

— SSA Blood ? Des objections ?

Charlotte secoua la tête. Elle était stupéfaite par la tournure des événements.

— Charlotte ? insista McKenzie. Voulez-vous laisser votre place de responsable des négociations à quelqu'un d'autre ?

La colère l'envahit et fit trembler ses mains. Se faire remplacer parce qu'elle ne voulait pas partager la chambre d'un homme qu'elle ne connaissait pas et en qui elle n'avait pas confiance ?

— Non, monsieur.

McKenzie semblait dubitatif.

— Allez vous nettoyer, tous les deux. Dites-moi où vous retrouver dans trente minutes pour le premier briefing.

— Oui, monsieur.

Charlotte se détourna, abasourdie par la décision de McKenzie. Novak avait l'air tout aussi choqué.

Formidable. C'était tout simplement génial. Elle allait

devoir essayer de faire la paix alors que tout son être était en guerre.

Novak savonnait nerveusement sa peau pour faire partir le sang séché. Le fait que sa collègue SSA ait essayé de le jeter sous un bus et de le faire réprimander lui nouait l'estomac. Bien que ses actions aient pu être peu conventionnelles, elles avaient été couronnées de succès, et toute autre solution aurait certainement entraîné la mort de quelqu'un. Bob Jones, par exemple.

Il frotta les taches de sa chemise et, après quelques minutes sous le jet d'eau chaude, il se lava les cheveux avec du gel douche.

Il sortit de la douche, s'essuyant avec une serviette en microfibres et se sécha rapidement les cheveux. L'un des membres de son équipe avait déposé son sac dans la salle de bain, comme demandé, de sorte qu'il avait de quoi se changer. Il essora son haut mouillé dans le lavabo, enfila un pantalon et un t-shirt propres et rangea ses armes dans leur étui. Il se sentait à nouveau présentable.

Il n'arrivait pas à croire qu'il allait devoir partager la chambre de Miss Sainte-Nitouche pendant les prochains jours, mais il avait déjà enduré pire au fil des ans. *Bien* pire. Il espérait seulement qu'elle s'en accommoderait et n'irait pas se plaindre au patron chaque fois qu'il la regarderait de travers.

Une fois que les choses fonctionneraient et qu'ils cesseraient d'essayer de s'arracher les yeux, il était certain que McKenzie reviendrait sur cet arrangement. Novak retrouverait son équipe. Elle retournerait auprès de la sienne. Ils devaient simplement démontrer qu'ils pouvaient communiquer et s'entendre sans que la situation tourne au bain de sang.

Sa pile de linge sale en mains, il décida de chercher une machine à laver. Il s'engagea dans le couloir vide. Le reste de la HRT avait été logé dans la grange et quelques dépendances, et il détestait être séparé d'eux. Ses hommes étaient probablement occupés à vérifier le matériel et à s'installer, se battant pour avoir la meilleure couchette.

Il attendait quant à lui que Charlotte Blood se prépare. Il se retenait de taper du pied d'impatience. Il n'avait jamais rencontré une femme qui prenait moins de vingt minutes pour se laver les cheveux, se raser les jambes ou tout ce qu'elles pouvaient bien faire dans la salle de bains. La seule fois où il passait autant de temps sous la douche, c'était lorsqu'il avait de la compagnie féminine. L'image de Charlotte Blood se tenant nue sous un jet d'eau lui vint soudain à l'esprit.

Oh, non.

Non, non, non.

Il refusait de penser à cette femme incroyablement irritante de cette façon. Bien sûr, elle était jolie et sexy. Aucune de ces choses ne compensait le fait qu'elle était une miss je-sais-tout qui avait l'intention de l'empêcher de faire son travail et de lui faire perdre la tête.

Non.

En fait, s'il devait partager une chambre avec elle, il n'y avait aucune chance qu'il la considère comme une femme et encore moins une femme attirante. Il avait travaillé trop longtemps et trop dur pour se faire réprimander simplement parce que quelqu'un n'aimait pas ses méthodes – comprendre « avoir les couilles de faire son putain de travail » – ou avait simplement décidé de se le faire.

Et merde. Pas *se le faire* dans ce sens. Il secoua la tête.

Le baiser.

Non, pas le *baiser* sous quelque forme que ce soit. Qu'est-ce qui clochait chez lui ? Il serra les dents, cherchant des termes appropriés qui n'impliquaient pas le sexe.

Le *chercher*. L'*agacer*. *Saboter* sa carrière. Le *décrédibiliser*. Le *juger*. Le *sous-estimer*.

Il était déjà passé par là.

L'image de son ex s'immisça dans son esprit, mais il la chassa. Elle ne pensait certainement pas que son opinion comptait ; il n'allait pas gaspiller ses cellules grises à ressasser des échecs passés.

La porte de la salle de bain à côté de lui s'ouvrit. Charlotte Blood apparut, vêtue d'un legging noir et d'un pull à col roulé couleur avoine. Ses cheveux mouillés étaient plus foncés à présent et plaqués sur son crâne. Ses yeux bleu clair étaient immenses et des cercles sombres assombrissaient la peau délicate en dessous. Elle semblait fatiguée et vulnérable, rien à voir avec la pile électrique qui s'en était prise à lui un peu plus tôt. Elle tenait sa propre pile de linge sale.

La colère le quitta. Le fait qu'elle lui ait tenu tête montrait qu'elle avait du cran. Et elle ne l'avait pas fait dans son dos, ce qui témoignait de son honnêteté et de son courage. Ils devaient travailler ensemble, alors autant faire preuve de politesse pour accélérer les choses. Il s'éclaircit la gorge.

— Je vais mettre ça dans la machine à laver la plus proche pour que ce soit sec demain matin.

— Bonne idée. Laissez-moi poser ma trousse de toilette sur ma couchette et je descendrai faire de même.

— Je m'en charge.

Il tendit la main.

— Si vous voulez.

— D'accord. Merci.

Elle eut l'air surprise et hésitante face à cette offre. Pensait-elle qu'il ne savait pas faire fonctionner une machine à laver ?

— Je vous retrouve à la cuisine dans cinq minutes. On mangera un bout avant de décider qui briefer en premier, dit-elle, tenant toujours ses affaires.

Il lui tendit à nouveau la main. Un rameau d'olivier. Charlotte lui passa la pile de vêtements humides et sales. Elle avait frotté les taches de sang dans le lavabo, comme lui.

McKenzie apparut au bout du couloir. Il était au téléphone. Parfait. Ils étaient là, tout gentils et polis. Ils coopéraient. Charlotte et lui souriaient comme des prisonniers en passe d'être libérés sur parole.

Le commandant de l'intervention acquiesça sèchement et s'éloigna vers le bout du couloir.

— Vous avez un autre manteau ? demanda-t-il à Charlotte.

Il faisait trop froid dehors pour sortir sans être couverte.

Elle secoua la tête.

— J'ai envoyé un message à la négociatrice qui doit arriver demain et je lui ai demandé de m'en prendre un sur le chemin de l'aéroport.

Il hocha la tête. Il verrait bien ce qu'il pourrait récupérer auprès des gars en attendant, car ses vêtements seraient bien trop grands pour elle. Il avait remarqué qu'elle avait aussi appuyé ses bottes contre le radiateur. Elles avaient pris l'eau lorsqu'ils s'étaient précipités pour mettre l'agent Jones à l'abri. Avec un peu de chance, elles seraient sèches au matin, sinon ce serait compliqué pour elle de sortir pendant un certain temps.

Et merde. Il devait cesser de s'inquiéter pour elle. Malgré son côté blonde délicate, c'était une dure à cuire qui l'avait confronté sans broncher. Beaucoup de mecs n'auraient pas osé.

Mais il savait prendre soin des siens. La force d'une équipe dépendait de son maillon faible, et vous pouviez vite le devenir si vous négligiez des choses comme des bottes mouillées ou la propreté en situation de survie. Charlotte faisait désormais partie de son équipe, qu'il le veuille ou non.

Elle disparut dans sa chambre – *leur* chambre. Cette idée le fit frémir. À quand remontait la dernière fois qu'il avait partagé une chambre avec une femme ? Des années. Apparemment, il était difficile à vivre pour certaines personnes, généralement les femmes avec lesquelles il couchait, à en juger par ses relations amoureuses.

Il se dirigea vers l'escalier de service, traversa la cuisine et arriva dans la buanderie. Il trouva une machine de taille industrielle et fourra tout à l'intérieur. Un tissu soyeux couleur jade tomba par terre, et il récupéra rapidement la culotte et la jeta dans la machine. Il refusait d'imaginer ce qu'elle devait donner sur Charlotte Blood. Il ne pouvait pas tenter de deviner ce qu'elle portait en ce moment même.

Il ferma les yeux et appuya sa tête contre le haut de la machine. Il ne l'appréciait même pas.

Mais depuis quand était-ce nécessaire ?

Il grogna.

— Tout va bien ? demanda Charlotte derrière lui.

Il inspira profondément pour se calmer.

— Très bien.

Il mit une capsule de lessive dans la machine et lança le cycle de lavage.

— Jouons à pile ou face pour savoir qui doit être briefé en premier.

— En fait, fit-elle en levant la main comme une institutrice de premier cycle. J'ai une idée à ce sujet.

Il se prépara mentalement.

— On pourrait aller chercher les négociateurs là où ils ont

installé les systèmes de communication et les amener dans la grange. On fera un briefing complet de l'équipe avec la HRT. Comme ça, on pourra se mettre au diapason plus rapidement.

Il la regarda, surpris.

— C'est une bonne idée.

— J'ai parfois des éclairs de génie, répondit-elle sèchement.

Il lui adressa un sourire. Ça allait être une réelle partie de plaisir.

CHAPITRE SIX

— Tu penses qu'ils font quoi, papa ? Il n'y plus l'air d'avoir de mouvement. Tu crois qu'ils sont partis ?

TJ savait que c'était un peu optimiste, mais la façon dont Malcolm renifla lui donna l'impression d'avoir à nouveau dix ans.

Son père soupira, tout en gardant un œil sur les écrans et un autre sur les caméras de surveillance.

— Non, fils. Ils sont là. Ils s'installent. À mon avis, le type qui s'est pointé tout nu faisait probablement partie d'une équipe du SWAT ou de l'équipe de libération d'otages du FBI. Ce qui veut dire qu'ils évaluent nos défenses. Le fait qu'ils n'aient pas masqué nos caméras est révélateur. Ils veulent nous bercer d'un faux sentiment de sécurité. Ils vont probablement essayer de nous convaincre de sortir.

TJ se rembrunit. Il avait espéré que l'absence de mouvement du côté des policiers signifiait qu'ils allaient les laisser tranquilles, d'autant plus que l'agent de protection de la nature était en vie, du moins selon les médias. TJ avait ressenti un soulagement énorme en l'apprenant. Il y avait peut-être encore un moyen de réparer ce gâchis.

Les chaînes d'information passaient en boucle des reportages montrant des manifestants écologistes, des grumiers et de vieilles prises de vue aériennes. La plus grande partie de leur refuge était souterraine, cachée sous le jardin où ils cultivaient des légumes.

Beaucoup spéculaient sur leurs croyances et sur le fait qu'il s'agissait ou non d'une secte. C'étaient des conneries. Les médias utilisaient le mot de « secte » pour effrayer les gens. Parfois, les gens du coin allaient à l'église en ville, mais le plus souvent, c'était sa mère qui les accompagnait dans la prière. Malcolm avait repris le flambeau après sa mort. Ça n'en faisait pas une secte. Ils étaient simplement autosuffisants.

Son père avait acheté et retapé la propriété pour apaiser les craintes de sa mère et pour fuir le monde extérieur, mais des gens avaient commencé à affluer et à demander asile, et sa mère n'avait pas eu le cœur de dire non. Ils étaient sa famille, qu'elle le veuille ou non.

L'image d'une femme noire en tailleur s'afficha sur les quatre écrans encastrés dans un autre mur. Elle se tenait devant l'hôpital où ils avaient emmené l'agent de protection. Il s'appelait Bob Jones.

L'estomac de TJ se serra. Était-il mort ?

— Monte le son, demanda Tom en pointant du doigt le journal télévisé.

D'après le bandeau affiché à l'écran, la femme en tailleur faisait partie du bureau des relations publiques du FBI. Elle commença sa déclaration en annonçant que l'agent de protection de la nature avait survécu à l'opération et qu'il devrait se rétablir totalement, même s'il lui faudrait du temps.

— Dans une déclaration, l'agent Jones a expliqué que, dans l'exercice de ses fonctions officielles de maintien de l'ordre, il a assisté à l'agression d'une jeune femme et s'est lancé à la poursuite de l'assaillant. Le suspect s'est enfui à l'intérieur d'une structure fortifiée sur Eagle Mountain. Des habitants ont tiré sur l'agent Jones alors qu'il tentait d'arrêter l'agresseur.

Et merde. TJ sentit tous les regards se tourner vers lui, mais il ne détourna pas les yeux de l'écran.

L'agent termina en expliquant que, lorsque le shérif était arrivé pour mener l'enquête, les habitants leur avaient tiré dessus, blessant un autre adjoint, et que c'était à ce moment-là que le FBI était intervenu. La responsable des relations publiques regarda la caméra.

— Nous souhaitons bien évidemment trouver une issue pacifique à cette situation, mais nous aimerions interroger toute personne dans la région qui pourrait avoir des informations concernant la jeune femme retrouvée morte à Eagle Mountain et les coups de feu visant les forces de l'ordre

Un silence de plomb compressa le crâne de TJ.

— Tu as tué quelqu'un ? s'exclama Malcolm.

TJ redressa la tête.

— Bien sûr que non.

Mais les paroles de l'agent du FBI le faisaient passer pour un menteur. TJ regarda autour de lui. Tout le monde l'observait avec dégoût.

— J'ai trouvé une fille, admit-il.

Les larmes lui montèrent aux yeux en parlant de Kayla comme d'une inconnue. Une personne sans importance. Mais il ne pouvait admettre qu'il la connaissait.

— Je suis allée vérifier son pouls, et ce type est arrivé.

Il désigna l'écran sur lequel apparaissait une photo officielle de l'agent Bob Jones souriant.

Il sentit la colère l'envahir. Le monde entier qualifiait l'agent de protection de la nature de héros et TJ de lâche meurtrier, et la seule personne qui comptait vraiment était morte.

— J'ai couru pour lui échapper. Il a essayé de me tirer dans le dos, expliqua-t-il d'une voix rauque. Vous auriez tous fait la même chose. Je ne sais pas ce qui est arrivé à la fille. Je ne la connaissais pas.

Il avait l'impression d'être Judas. Son estomac se contracta à ce mensonge. Mais elle était morte, et il ne pouvait rien faire pour la ramener.

— Elle était déjà morte quand je l'ai trouvée. Peut-être qu'il l'a tuée et qu'il a décidé de me faire porter le chapeau.

TJ désigna l'écran. Son cœur battait la chamade et de la sueur perlait sur son front.

Même son père n'avait pas l'air convaincu.

Malcolm ricana.

— Sacrée histoire, TJ.

TJ cligna des yeux. Ça avait l'air dingue, en effet.

— Je suppose, admit-il lentement. Je ne le croirais probablement pas si je n'avais pas la certitude que c'est vrai. Mais c'est le cas. Je le jure.

Son père s'assit lourdement sur une chaise devant les écrans et se prit la tête entre les mains. Le cœur de TJ se serra en voyant la souffrance qu'il lui causait.

— Je propose que nous donnions aux flics ce qu'ils veulent et que nous envoyions TJ affronter les conséquences de ses actes, comme un homme, lança Malcolm à l'ensemble de la salle et un murmure d'assentiment se fit entendre.

Son père leva les yeux.

— Ça suffit. C'est chez moi ici, et TJ va rester avec moi. Si l'un d'entre vous a un problème avec ça, je ne le retiens pas.

Tom fixa Malcolm jusqu'à ce qu'il détourne le regard.

— Alors ?

Personne ne bougea.

— Papa.

TJ fit un pas en avant.

— Peut-être que je devrais me rendre ? Régler cette affaire avec les flics pour que personne d'autre ne soit blessé.

— Tu penses qu'ils vont croire un gamin comme toi plutôt qu'un des leurs ?

TJ secoua la tête.

— Pour qui crois-tu que j'ai construit cet endroit, fils ?

La voix de son père monta dans les aigus.

— Qui penses-tu que ta mère et moi voulions protéger ?

Les yeux bruns de son père brillaient d'une lueur inhabituelle. La gorge de TJ se serra sous le coup de l'émotion.

— Je ne veux pas que quelqu'un d'autre soit blessé.

TJ regarda les hommes présents dans la pièce. La condamnation se lisait sur leurs visages.

— Et je veux prouver que je suis innocent.

Son père secoua la tête.

— Ce pays est en train de s'effondrer. Je n'ai pas confiance dans le système judiciaire et je n'abandonnerai *pas* mon fils.

Son père appuya sur l'interphone général.

— Tous ceux qui veulent partir peuvent préparer leurs affaires. Ils devront être partis dans les deux heures. Personne n'essaiera de vous arrêter. Si vous restez, je ne peux pas garantir votre sécurité. Pour ceux qui restent, je veux des rotations toutes les quatre heures pour surveiller les sorties avant et arrière. Deux hommes à chaque entrée. Deux autres dans la salle de surveillance. Personne ne tire sur quoi que ce soit, sauf si on nous attaque. Tous les autres, reposez-vous. On va en avoir besoin.

Le téléphone mural se mit à sonner.

Les hommes se dévisagèrent, choqués. TJ ne savait même pas qu'il fonctionnait. Personne n'avait jamais appelé sur ce numéro. Ça ne pouvait signifier qu'une chose. Son père se dirigea calmement vers le mur et débrancha le fil. Le silence s'étira tel un mauvais présage.

CHAPITRE SEPT

Charlotte frissonna en sortant, consciente de la présence du SSA Novak sur ses talons. Eban lui avait appris que les négociateurs s'étaient installés dans un bâtiment non loin du ranch. Étant donné qu'elle avait envisagé de travailler à l'arrière d'une station-service, cet endroit était un véritable palace en comparaison.

L'intérieur ressemblait à une petite cantine avec une cuisine basique et un vaste espace. Les négociateurs avaient poussé quatre tables contre un mur désormais recouvert d'une série de tableaux blancs. Max Hawthorne écrivait des titres sur les feuilles.

Elle surprit Novak en train de regarder leur grand tableau des « choses à ne pas oublier », qui les accompagnait partout et leur rappelait la marche à suivre pour qu'ils ne s'égarent pas lorsque les choses s'envenimaient au cours d'un appel. Il était notamment question d'écoute active et d'expression des sentiments.

Il haussa les sourcils.

La première ligne disait : « Contenir la colère et créer un

lien. » Une autre, « Utiliser le prénom » et « Utiliser un langage sans jugement – ÉCOUTER !! »

Elle devait faire appel à ses talents de négociatrice dans ses interactions avec Novak. Et elle devait commencer à l'appeler Payne.

— Payne – son prénom n'était pas naturel dans sa bouche – et moi, nous nous suivons mutuellement pendant la phase d'installation afin de nous assurer que la CNU et la HRT sont toutes deux pleinement informées et impliquées dans les décisions opérationnelles.

Novak lui lança un regard amusé, comprenant manifestement pourquoi elle utilisait son prénom. Mais ce stratagème pour favoriser leur proximité était étrange et gênant.

Dominic cracha un rire qu'elle ignora également.

— On t'a gardé un lit.

Eban continua à tester les téléphones satellites. Les téléphones portables ne fonctionnaient pas dans les montagnes reculées, mais les techniciens du FBI avaient installé une antenne relais sécurisée qui desservait les environs immédiats du ranch.

— McKenzie a insisté pour qu'il y ait trois équipes de deux négociateurs sous ma supervision, en liaison active avec la HRT. L'un des négociateurs qui va arriver pourra prendre ce lit.

Elle déglutit pour chasser la boule dans sa gorge, mais elle était trop grosse pour être délogée.

— Je vais partager une chambre avec Payne pour l'instant.

Ses trois collègues arrêtèrent ce qu'ils faisaient et se redressèrent, regardant fixement Novak.

Novak leva les mains dans un geste défensif.

— Ce n'était pas mon idée, les gars.

— McKenzie, grogna Dominic.

— Peu importe où je dors.

Elle n'était plus une enfant. En tant que professionnelle du maintien de l'ordre, elle était armée, mais les négociateurs se protégeaient les uns les autres et elle appréciait leur sollicitude, même si ça n'était pas nécessaire.

— Pour l'instant, c'est l'heure du briefing de la HRT. Il est temps de parler stratégie.

Eban repoussa sa chaise et attrapa sa veste.

— Les lignes téléphoniques sécurisées sont prêtes. On a trouvé un ancien numéro de téléphone fixe pour la propriété de Harrison, mais personne n'a décroché.

Elle leur tint la porte et ils se dirigèrent vers la grange où se trouvait la HRT. Elle avait oublié de prendre son bonnet et ses gants, et le vent traversait les mailles de son pull. Les hommes faisaient office de brise-vent, mais le froid restait mordant.

— On dirait que McKenzie s'inquiète, lui murmura Eban à l'oreille.

— Il sait comme ça peut vite dégénérer.

Le commandant de l'intervention avait infiltré les Pionniers, une organisation suprématiste blanche, vingt ans auparavant. Lorsque la police était finalement intervenue pour procéder à des arrestations, une fusillade avait éclaté, malgré la présence d'enfants sur les lieux. Il y avait eu des morts.

Un opérateur de la HRT vêtu de noir, posté devant la porte de la grange, les fit entrer. À l'intérieur, elle fut assaillie par une odeur de foin qui la fit éternuer.

Le « À tes souhaits » d'Eban se confondit avec le « À vos souhaits » de Novak.

Quelques chevaux hennirent à l'autre bout de la grange. Les véhicules de la HRT étaient garés près d'un tracteur. Les avions de l'équipe de libération d'otages étaient toujours à l'aérodrome, mais étaient prêts à être déployés en cas de besoin.

Un autre opérateur de la HRT les accueillit à la porte d'une structure intérieure.

— Voilà comment ça se présente.

Une grande partie de la grange avait été cloisonnée et l'on y trouvait une série de petits ateliers et de selleries, mais aussi plusieurs chambres avec des lits superposés pour quatre personnes et un coin cuisine. Les hommes avaient créé une mini zone de conférence dans la salle commune avec des tables de pique-nique pliantes et des chaises, rappelant un peu le coin des négociateurs, mais avec plus d'armes et moins de mots.

— Le ranch accueille des sorties scolaires et des centres aérés, expliqua Eban pour justifier la présence de lits superposés.

La plupart des opérateurs de la HRT les observaient, les autres négociateurs et elle, avec une curiosité non dissimulée. Même s'ils travaillaient régulièrement ensemble, ils assistaient rarement aux briefings de l'autre équipe.

McKenzie arriva à grands pas derrière eux.

Novak s'approcha de la table et observa la carte qui y était étalée.

— Où en sommes-nous ?

— On s'imprègne de la topographie locale.

Un opérateur indiqua différentes zones sur la carte.

— Il y a un terrain assez accidenté que nous pourrions utiliser pour positionner des snipers si la météo est clémente.

— Ils ont des caméras de surveillance réparties dans la forêt du côté est. Nous devons localiser les autres et les neutraliser, déclara Novak.

— Ou les utiliser à notre avantage, ajouta un autre opérateur. Entrer et sortir sans être vus par les caméras et donner aux personnes à l'intérieur un faux sentiment de sécurité.

McKenzie inclina la tête.

— C'est faisable ?

— Pour l'instant, nous pouvons le faire, répondit Novak. Mais dès qu'il y aura de la neige, ce sera plus difficile de masquer nos traces.

McKenzie leva la tête.

— Il nous faut plus d'informations. Positionnez vos tireurs d'élite. Ils doivent se contenter d'observer à ce stade.

Novak prit le relais.

— Birdman et Demarco, Hersh et Rockwell. Préparez votre matériel pour le premier quart. Équipez-vous pour affronter des conditions hivernales. Je veux que vous vous postiez ici.

Il désigna un emplacement sur la carte.

— Et ici. Les caméras sont équipées de capteurs infra-rouges, alors soyez vigilants.

Charlotte savait que la HRT disposait de trois unités tactiques au total, Gold, Blue et Red, qui alternaient entre les opérations, la formation et le soutien. Chaque unité était composée d'une équipe de tireurs d'élite de huit hommes et de deux escouades d'assaillants de sept hommes, les équipes Echo et Charlie.

— Angeletti, avec Griffin, allez repérer l'emplacement de toutes les caméras et de tous les dispositifs technologiques du périmètre. Montrez-vous – ils s'attendent à nous voir – mais évitez délibérément quelques caméras.

Novak montra à nouveau la carte.

— Laissons-leur ce qu'ils penseront être un corridor de sécurité pour s'échapper et faisons surveiller cette zone par quelques adjoints du shérif en cas de fuite. Après ça, les équipes de tireurs d'élite se relaieront toutes les douze heures dans l'obscurité. Assurez-vous d'être bien équipés. Aucune tempête hivernale n'est prévue dans l'immédiat, mais ça peut changer à tout moment et nous devrons alors réévaluer la situation.

McKenzie faisait les cent pas.

— Je veux que des équipes d'observation nous aident à comprendre exactement ce à quoi nous avons affaire. Au siège, des analystes sont en train de déterminer le nombre de personnes à l'intérieur, leur nom et des informations pertinentes sur leur passé. J'ai un agent qui cherche les plans de l'enceinte et le fournisseur de ce foutu béton pour la structure. Novak, sortez vos joujoux et voyez s'il n'y a pas moyen d'avoir des yeux et des oreilles à l'intérieur. Nous devons obtenir le plus d'informations possible sur les occupants. Quelque chose à ajouter, SSA Blood ? demanda McKenzie.

Charlotte fit un pas dans sa direction.

— Quoi que nous fassions, essayons de ne pas envenimer la situation.

Novak lui jeta un regard et elle releva le menton.

— Pour l'instant, nous voulons parler aux habitants d'Eagle Mountain de la mort d'une femme et des coups de feu ouverts sur l'agent fédéral de protection de la nature et sur un autre adjoint. Nous ne voulons pas déclencher une guerre.

Elle regarda le commandant.

— Des nouvelles de leur état de santé ?

McKenzie posa une hanche sur la table.

— L'état de l'adjoint est stable. Le froid a permis à l'agent de protection de la nature de rester en vie. Vous avez fait un sacré bon boulot en le tirant de là, Novak.

Enfin de la reconnaissance pour sa bravoure.

Charlotte n'oublierait jamais la façon dont Novak était allé chercher l'agent à terre. Elle était peut-être furieuse qu'il l'ait fait sans la consulter, mais elle emporterait ces images dans sa tombe.

— Avec tout le respect que je vous dois, SSA Blood, dit Novak à voix basse, et elle sut qu'elle n'allait pas aimer ce qui allait sortir de sa bouche, ils sont à l'origine de ce conflit. Quelqu'un dans cette enceinte a probablement tué cette femme. Ils ont tiré sur un agent fédéral et l'ont laissé se vider de son sang. Quand le shérif a tenté de le secourir, un autre adjoint a été blessé. Suggérez-vous vraiment que nous nous en allions, comme si de rien n'était ?

— Non, bien sûr que non. Mais compte tenu des personnalités probablement impliquées, si nous assiégeons ce bâtiment, nous risquons de provoquer un confinement et de créer un danger sans raison. De transformer cette situation en une crise qui n'a pas lieu d'être.

Novak pinça les lèvres en signe de désapprobation, mais elle fut sauvée par leur patron.

— La SSA Blood a raison. Nous devons recueillir des informations et déterminer ce qui a réellement déclenché ce conflit.

McKenzie la fixait du regard.

— Je veux que les négociateurs continuent d'appeler l'enceinte jusqu'à ce que quelqu'un décroche ce foutu téléphone. Et s'ils ne veulent pas répondre, utilisez un putain de porte-voix.

— Personne ne s'est jamais fait d'amis avec un porte-voix, patron, dit Charlotte calmement.

Elle vit un opérateur échanger un regard avec Novak, mais ne sut comment l'interpréter.

— Nous supposons qu'il y a une ligne fixe fonctionnelle, mais nous devrions également nous arranger pour faire passer un téléphone satellite à l'intérieur au cas où il n'y en aurait pas.

McKenzie hocha la tête, pensif.

Elle continua tant qu'elle avait la parole.

— Ils ont probablement des téléphones satellites à l'intérieur, déclara-t-elle. Je propose qu'on essaie d'obtenir ces numéros, et que, plutôt que d'essayer de les appeler immédiatement, on écoute leurs conversations avant de prendre le contrôle. Il faut savoir qui sont leurs alliés.

— Bonne idée.

McKenzie pointa du doigt un homme à côté d'un tableau blanc, qui prit un marqueur et commença à écrire.

— Priorité numéro un. Nous devons déterminer s'ils ont des otages ou non. Deuxièmement, qui sont ces personnes, qui sont leurs associés et quel est le risque pour autrui à ce stade ? Troisièmement, il nous fait déterminer les canaux de communication à l'intérieur et à l'extérieur du complexe. Le SIOC surveille tous les médias et les sites Internet. Quatrièmement, comprendre ce qui s'est passé sur cette montagne.

L'agent local, Devon Truman, reçut un appel et se détourna brièvement. Après quelques secondes, il se retourna et leva la main.

— Le shérif dit qu'ils ont arrêté un groupe de femmes et d'enfants qui sortaient de l'enceinte. Il veut savoir ce qu'il doit en faire ?

— Où se trouve la salle communale la plus proche ? s'empressa de demander Charlotte.

C'était une bonne nouvelle.

— Probablement à Eagle Creek, répondit Truman.

McKenzie hocha brusquement la tête.

— Prévoyez-leur des lits et de la nourriture là-bas. Je veux qu'ils soient à l'aise, mais je veux aussi qu'on les photographie – discrètement – et qu'on s'intéresse à leurs antécédents. Je veux savoir qui ils sont et ce qu'ils savent.

Charlotte leva la main.

— Je pourrais leur parler.

— Non, vous ne pouvez pas, marmonna Novak pour qu'elle seule puisse l'entendre, parce que je n'ai pas de temps à perdre avec ces conneries.

Charlotte fit la grimace, mais McKenzie était déterminé. Il se tourna vers Truman.

— Prenez un autre agent avec vous et interrogez toutes les personnes présentes. Soyez *aimable* et recueillez autant d'informations que possible. Proposez des conseillers, en particulier pour les mineurs du groupe. Ils nous considèrent probablement comme Belzébuth personnifiés, alors tâchons de les détromper. Le bureau du shérif local dispose-t-il d'un agent de liaison avec la communauté ?

— Je ne sais pas, admit Truman d'un air las.

— Trouvez-moi cette information. Si ce n'est pas le cas, faites-vous accompagner par un adjoint local pour essayer d'échanger avec ces gens. Une femme, si possible. Dans la matinée, allez parler aux commerçants du coin. Les réponses dont nous avons besoin existent, nous devons juste les trouver.

— Pouvons-nous rayer la présence d'otages de la liste ? demanda Charlotte à McKenzie.

McKenzie secoua la tête, le regard impassible.

— Je suis d'accord pour dire que le risque est faible, mais tant que nous n'aurons pas établi la liste de toutes les personnes à l'intérieur, alors non, nous ne pourrons pas écarter cette éventualité. Maintenant, tout le monde à son poste. On se retrouve ici à huit heures pour le prochain briefing.

McKenzie bondit sur ses pieds et quitta la pièce à grands pas.

Charlotte regarda Novak, mais il lui avait déjà tourné le dos et était penché sur la carte.

— Alors, qu'est-ce que tu veux qu'on fasse, Char ? demanda Evan.

— Mettre la main sur la personne qui contrôle cette enceinte. On doit lui faire entendre raison avant que tout ça ne nous explose au visage et qu'il y ait de nouvelles victimes.

Novak consulta sa montre. Une heure. Les premières équipes étaient en place, mais ça avait pris beaucoup plus de temps que prévu. Ils avaient également élaboré leur plan d'action immédiate au cas où la situation dégénérerait.

— Pourquoi ne pas monter à cheval ?

La suggestion provenait de Cowboy qui avait grandi dans un ranch du Montana, d'où son surnom.

— On n'est pas tous à l'aise à cheval, surtout dans l'obscurité, grommela son partenaire.

— Il suffit de s'asseoir sur la selle et de ne pas tomber. On n'irait pas au galop, mais ce serait quand même beaucoup plus rapide que d'avancer à pied.

Cowboy avait raison. Monter à cheval était plus facile que de grimper la montagne à pied et plus discret qu'utiliser des quads.

— C'est une bonne idée, concéda Novak. Parlez aux propriétaires du ranch. Si quelqu'un tombe et se blesse, vous serez responsable.

Il pointa du doigt Cowboy. Ce dernier sourit.

— Maintenant que tout est arrangé, c'est à mon tour de faire le point avec les négociateurs, dit Charlotte derrière lui, d'un ton enjoué.

Novak se raidit. Il avait oublié qu'elle était là.

— J'ai à peine commencé, déclara-t-il, frustré.

— Et je n'ai pas *du tout* commencé. C'est mon tour, Novak.

Novak poussa un profond soupir. Elle avait raison, mais ce n'était pas pour autant qu'il comptait l'avouer.

— C'est bon pour tout le monde ?

Les hommes hochèrent la tête. Ils s'équipaient ou se reposaient pendant qu'ils en avaient l'occasion.

— Besoin d'un lit, Novak ? lui demanda Angeletti, son second et meilleur ami au sein de la HRT. Il reste un lit dans ma chambre.

— Ça ira.

Angeletti haussa les sourcils d'un air circonspect.

— On partage une chambre, dit Charlotte avec un doux sourire. Sur l'aimable recommandation du commandant.

— Sérieusement ?

Angeletti ne parut pas croire Charlotte, ce qui fit grincer des dents Novak. Il devrait être là avec ses hommes, pas en train de traîner avec la direction.

— Ne vous en faites pas, sourit Charlotte. Je ne mords pas.

— Dommage.

Cowboy lui adressa un sourire dont il avait le secret. Novak savait qu'il avait séduit plus d'une femme.

— Assez, dit Novak d'un ton sec.

Il n'alimenterait pas les ragots ou les insinuations. C'était une relation professionnelle. Ni plus ni moins. Son aboiement n'avait rien à voir avec la jalousie inattendue qui s'empara de lui lorsque Charlotte Blood sourit à l'un des membres de son équipe.

— Il est temps d'y aller, insista Charlotte comme un terrier qui ne voulait pas lâcher un os.

Novak échangea un regard avec Angeletti, un regard qui voulait dire *sérieusement ?* Mais Charlotte avait raison. Elle avait été patiente, et ce n'était pas de sa faute s'ils devaient se comporter comme des *siamois*. Mais c'était elle qui s'était plainte de lui auprès de McKenzie, alors peut-être que c'*était* de sa faute au final.

Bon sang, il avait en tête un million d'autres moyens de se *rapprocher* d'elle, et aucun n'était adapté à un cadre professionnel.

— Appelez-moi s'il y a du nouveau.

Novak se munit d'une radio et d'une oreillette, car, même s'il n'était pas physiquement présent dans la pièce, il ne voulait pas manquer l'action. Il suivit Charlotte hors de la grange, se plaçant légèrement devant elle pour la protéger du souffle glacial du vent, car elle n'avait toujours pas de veste et il avait oublié d'en emprunter une pour elle.

Il ouvrit la porte du centre de négociation et vit McKenzie en communication vidéo avec un profileur du département des sciences du comportement. McKenzie leur jeta un coup d'œil, puis retourna à sa réunion.

Novak suivit Charlotte jusqu'à l'endroit où Dominic et Eban montaient la garde.

— La CNU fait le nécessaire pour que deux négociateurs supplémentaires de Seattle et de Salt Lake City arrivent d'ici demain midi, dit Dominic à Charlotte à voix basse, manifestement conscient que le commandant de l'intervention était en train de discuter à quelques mètres de là. On essaie constamment d'appeler sur la ligne fixe des Harrison, mais personne n'a encore répondu. On ne sait même pas si le téléphone est branché.

Eban Winters leur adressa un signe de tête, puis les ignora. Il portait un casque et avait un bloc-notes devant lui. On avait installé du matériel d'enregistrement high tech, prêt à fonctionner le moment venu.

— Truman a dit autre chose au sujet des personnes qui ont quitté l'enceinte ? demanda Charlotte.

Dominic secoua la tête.

— Non, mais McKenzie sait peut-être quelque chose.

Sauf que McKenzie était occupé.

Charlotte sortit son portable et composa un numéro.

— Agent Truman ? Vous pouvez parler ?

Elle s'assit et commença à entortiller ses cheveux autour de son doigt tout en parlant à l'agent local. Novak tira une chaise, s'y installa et croisa les bras, l'observant. Il perdait son temps.

— Pourriez-vous nous envoyer la liste des noms ? J'aimerais qu'on se renseigne sur eux au plus vite.

Le ton de Charlotte avec Truman était mielleux. Elle parlait comme ça à tout le monde. Sauf à lui. Allez comprendre.

Elle raccrocha.

— Les personnes que Truman a interrogées ne savent pas exactement ce qui s'est passé hier matin, mais la conjecture générale est qu'un jeune homme, du nom de TJ Harrison, est rentré en courant dans l'enceinte avec l'agent fédéral de protection de la nature Bob Jones aux trousses. Apparemment, l'agent aurait tiré sur TJ et un de leurs gardes aurait riposté. Personne n'a donné l'identité du tireur. Les habitants se seraient ensuite défendus à l'arrivée du shérif.

— Comment se fait-il que des femmes et des enfants soient partis ? demanda Novak.

— Tom Harrison, chef du groupe et propriétaire des lieux, a proposé de partir à tous ceux qui le voulaient, et huit personnes l'ont fait. Deux femmes avec six enfants de moins de dix ans.

Charlotte repoussa une mèche de cheveux derrière son oreille. Elle semblait soudain épuisée.

— Truman recueille auprès des femmes une liste des personnes à l'intérieur, mais il n'est pas sûr de leur véracité. Elles attendent que des membres de leur famille viennent les chercher. Il ne leur a pas dit qu'elles ne pouvaient pas encore partir. Pas avant qu'on ne les y autorise, en tout cas.

— Bob Jones a repris connaissance, cria McKenzie par-dessus son épaule. Il a dit à l'agent à son chevet qu'il a vu TJ Harrison étrangler la jeune fille et s'enfuir après avoir été pris en flagrant délit.

— Qu'est-ce que Jones fabriquait là-haut ? demanda Charlotte.

— On lui a signalé la présence d'un cougar. Il est monté vérifier.

Novak prit sa radio et informa les équipes de tireurs d'élite de la présence possible d'un cougar dans la région. Ce n'était pas vraiment surprenant, compte tenu de l'endroit. La présence de cougars, d'ours et de loups était probable. Il fallait juste espérer que Bigfoot passe l'hiver au chaud.

Le danger présenté par le terrain, les conditions météorologiques et la faune était équivalent au risque posé par les hommes armés dans l'enceinte. C'était de plus en plus dangereux à l'approche de l'hiver. Personne ne voulait prendre de risques démesurés.

— Qu'est-ce qu'on sait à propos de la victime ? demanda Charlotte à leur patron.

McKenzie consulta sa montre.

— Pratiquement rien. Le médecin légiste ne prévoit pas de commencer l'autopsie avant 9 heures et nous n'avons pas encore pu l'identifier. Ses empreintes digitales n'étaient pas dans l'AFIS. Son ADN n'est pas dans le CODIS. La scène a été préservée autant que possible, mais elle était déjà excessivement contaminée.

Charlotte tenta de dissimuler un bâillement.

— Vous devriez vous reposer quelques heures.

Novak ouvrit la bouche pour suggérer de retourner à la grange et d'aider la HRT à se préparer.

McKenzie croisa son regard avant que les mots ne quittent sa bouche.

— Tous les deux. Je gère en attendant. Si la situation venait à évoluer d'ici le briefing, je vous le ferais savoir. Maintenant, reposez-vous. C'est un ordre.

CHAPITRE HUIT

Charlotte monta les marches du bâtiment principal du ranch.

— Je ne suis pas une enfant de deux ans. Je n'ai pas besoin qu'on me dise quand dormir.

— Il n'a pas tort, souligna Novak derrière elle. Les journées vont être de plus en plus chargées.

— Ah oui, vraiment ?

Elle leva les yeux au ciel en entrant dans la buanderie. L'ancien soldat des forces spéciales ne vit pas sa réaction.

Elle se dirigea vers la machine à laver et jeta leurs affaires mouillées dans le sèche-linge. Novak l'attendait près de la porte. Devoir se suivre en permanence commençait déjà à devenir ennuyeux. Elle aimait avoir son propre espace.

— Vous avez dormi dans l'avion ?

Il s'appuya contre le chambranle de la porte pendant qu'elle réglait la minuterie.

— Non. Ces avions sont plus bruyants qu'un manège de fête foraine.

Elle se dirigea vers l'escalier de service menant à leur

chambre, ouvrant une fois de plus la marche, pleinement consciente de l'homme qui la suivait.

— Et vous ?

Elle baissa la voix, car d'autres personnes essayaient de s'endormir. C'était probablement une bonne idée. McKenzie pourrait se reposer le lendemain quand Novak et elle seraient aux aguets.

— Non, répondit-il dans un murmure. Mais je m'entraîne régulièrement à dormir peu ou pas du tout.

Il lui parlait comme à une civile qui avait des horaires de bureau.

Elle pensait aux innombrables prises d'otages qu'elle avait dû gérer. L'infinie patience et le bon sens nécessaires pour tirer des gens de situations impossibles lorsque la seule issue qu'ils voyaient était la violence et la mort. À la fin, elle leur montrait la lumière. Certes, ils devaient faire face aux conséquences de leurs actes, et les choses devenaient bien plus délicates lorsqu'il y avait des blessés. Mais c'était son travail de les tirer de là et de leur permettre de reprendre le cours de leur vie.

Elle inspira longuement pour chasser son irritation. Elle devait considérer sa relation avec Novak comme une sorte de prise d'otage à long terme dans laquelle ils étaient tous deux piégés. Ils devaient trouver un moyen de travailler ensemble pour regagner leur liberté.

Une fois dans leur chambre, elle attrapa sa brosse à dents tandis qu'il grimpait simplement l'échelle et se laissait tomber tout habillé sur les draps. Il faisait un froid glacial dans la pièce.

— Vous aurez assez chaud ? demanda-t-elle. Je peux vous trouver d'autres couvertures.

— Pas besoin de me materner, Charlotte. Je ne suis pas un de vos gars.

Son ton l'agaça.

— Je ne « materne » pas les gens plus que vous, rétorqua-t-elle d'un ton amer.

Il grogna, semblant admettre qu'elle n'avait pas tort. Ils aimaient tous deux s'occuper des leurs.

Elle éteignit la lumière et traversa le couloir pour se rendre dans la salle de bains, se brossa les dents et appliqua un peu de crème hydratante avant de retourner sur la couchette inférieure. Elle s'assit sur le matelas fin, enleva ses baskets et décida d'enfiler une chemise de nuit tout en gardant son legging et ses chaussettes au cas où elle aurait besoin d'agir rapidement.

Elle jeta son t-shirt et son sweat sur le dossier d'une chaise à proximité. Elle enfila sa chemise de nuit, puis enleva son soutien-gorge et le jeta avec le reste de ses affaires. Puis elle resta allongée à regarder les lattes du lit du dessus, se demandant comment elle arriverait à dormir alors qu'il se passait tant de choses dans son cerveau et qu'elle avait tant à faire.

Elle se retourna et soupira. Comme la moitié de la population américaine, elle avait voyagé le week-end précédent, passant Thanksgiving avec sa mère, son beau-père et ses demi-frères et sœurs à Miami. Elle était retournée au travail lundi matin. Ensuite, les négociateurs de la CNU étaient sortis pour célébrer le fait que Dominic avait demandé Ava en mariage dans le manoir de son père au cours du week-end, et que la jeune agent avait dit oui. Charlotte était ravie pour eux, mais elle avait éprouvé une pointe de jalousie, pas tant à l'idée des fiançailles que de trouver *la* bonne personne.

Elle avait une idée très claire de sa vie idéale. Un mari séduisant et attentionné qui pourrait ressembler à l'agent spécial Devon Truman. Une belle maison en banlieue avec un jardin rempli de fleurs et de légumes, et peut-être même une vraie clôture. Au lieu de ça, elle se retrouvait dans un appartement isolé et devait garder le chien de Dominic à l'occasion.

Pourquoi était-ce si difficile ?

Elle bâilla. Elle avait travaillé avec une légère gueule de bois le mardi, et le mercredi avait commencé en fanfare avec ce nouvel incident.

Elle entendit des pas dans le couloir devant leur chambre, et elle se prépara à ce qu'on frappe à la porte. Mais la personne allait aux toilettes. Elle poussa un soupir.

— Vous avez des bouchons d'oreille ?

Le sommier en bois grinça de manière inquiétante au-dessus de sa tête, tandis que Novak jetait un coup d'œil par-dessus le rebord.

Elle pensait qu'il dormait.

— Pourquoi ? Vous ronflez ?

Il éclata de rire, et ce son la secoua. Elle ne pensait pas l'avoir déjà entendu rire d'une manière aussi douce et sincère. Il était trop dur, trop dominateur pour faire preuve d'un quelconque sens de l'humour. C'était du moins ce qu'elle pensait.

— Ça permet de masquer le bruit ambiant. Et de mieux dormir.

— Vous utilisez des boules quies ? demanda-t-elle.

— Tout le temps.

Elle en avait dans sa trousse de toilette.

— Et si je ne me réveille pas ? Si je rate la réunion ?

— On est siamois, vous vous souvenez ? Je ne vous abandonnerai pas, déclara Novak à voix basse.

— Vous me le promettez ?

— Je viens de le faire.

Elle renifla. Novak était très attaché à sa parole. Rugueux. Bourru. Il n'était pas doué pour communiquer.

Lui faisait-elle confiance ?

Étonnamment, oui.

Elle se glissa hors du lit et trouva le petit étui en plastique, puis glissa les bouchons dans ses oreilles et se recoucha. Un sentiment de fatigue l'envahit. Ses os lui semblaient soudain peser une tonne. Ses paupières se fermèrent malgré elle.

Elle consulta une dernière fois sa montre et se laissa finalement gagner par le sommeil, sans penser à l'homme qui faisait de même au-dessus.

Malgré la tentation de s'esquiver de bonne heure, Novak avait dû faire preuve de patience et laisser Charlotte se reposer. Il s'était réveillé une heure plus tôt, s'était douché et habillé. Il avait récupéré leur linge dans le sèche-linge et l'avait rangé en deux piles bien ordonnées, essayant de ne pas penser au fait qu'il pliait sa petite culotte. Charlotte Blood était toujours endormie. D'après la pâleur de sa peau et les mouvements de ses yeux sous ses paupières, elle aurait bien eu besoin d'une demi-heure de sommeil en plus, mais malheureusement, ce serait impossible. Il ne pouvait pas attendre plus longtemps.

— Hé, Charlotte. C'est l'heure de se réveiller.

Rien.

Il se pencha et lui toucha l'épaule.

— SSA Blood. Debout là-dedans.

Il se retrouva sur le dos, son coude coincé contre sa trachée tandis qu'elle lui pliait le bras dans un angle impossible. Il se démettrait l'articulation s'il essayait de bouger.

Il lui fallut une seconde pour se réveiller, et une autre pour réaliser où elle était, avec qui, et ce qu'elle était en train de lui faire. Elle eut un mouvement de recul. Puis elle se passa les mains sur le visage.

— Bon sang. Désolée.

Novak se leva et lui attrapa le bras, mais elle se dégagea d'un coup sec.

— Dites donc… vous êtes toujours comme ça, le matin ?

— Ne soyez pas ridicule, dit-elle, puis elle consulta sa montre et poussa un juron. Pourquoi vous ne m'avez pas réveillée plus tôt ?

— Vous aviez l'air d'avoir besoin de vous reposer.

Elle le fixa, ses yeux bleus encore embrumés par le sommeil et la colère. *Formidable.* Lui qui essayait juste de veiller sur elle.

— Ce n'est pas à vous de choisir.

Il croisa les bras.

— Ce matin, si.

Elle récupéra son soutien-gorge sur la chaise et réussit à l'enfiler sans enlever sa chemise de nuit, qui arborait deux W.

— Tournez-vous, ordonna-t-elle.

Il s'exécuta.

— Vous avez changé de sujet. Pourquoi m'avoir attaqué quand je vous ai réveillée ?

Elle poussa un profond soupir.

— Pour rien.

Il ne comptait pas lâcher le morceau.

— C'est comme ça que vous traitez les autres négociateurs quand vous partagez leur chambre ?

— Bien sûr que non.

Ses paroles furent étouffées par le haut qu'elle enfila.

Bien sûr que non. Mais quelque chose en lui déclenchait une réaction chez elle.

— Et mince, je n'ai pas le temps de me doucher. Je vais sentir le bouc d'ici la fin de la journée.

Il perçut l'odeur du déodorant qu'elle appliquait sous son haut.

— Vous sentez bon.

Mais qu'est-ce qui lui avait pris de dire ça ? Il aimait son odeur de citron vert, mais elle n'avait pas intérêt à s'en rendre compte.

— En même temps, on travaille dans une grange, donc... ajouta-t-il.

Il avait un vrai talent pour les compliments.

Elle éclata de rire.

Il attendit un moment.

— Ça vous arrive souvent d'agresser les gens au réveil ?

Elle avait agi instinctivement, sans même savoir qui il était. Il risqua un coup d'œil par-dessus son épaule : elle était en train d'enfiler son pull, puis ajusta son holster d'épaule et glissa son arme de service à l'intérieur. Elle enfila ensuite un sweat à capuche en polaire noire, sans remonter la fermeture.

Elle le regarda enfin. Ses yeux bleus étaient clairs et calmes.

— Pas vraiment. Ce n'est pas ce que vous pensez.

Il haussa un sourcil. Il ne voyait pas d'autre explication pour que quelqu'un réagisse de la sorte. De la peur. Une peur profonde, instinctive.

— Très bien, concéda-t-elle. C'*est* un peu ce que vous pensez. On m'a déjà agressée dans mon sommeil.

Un éclair de fureur s'empara de lui.

— Mais je n'ai pas été violée.

Elle détourna le regard en prononçant ces mots. Il n'était pas sûr de la croire. Il vit sa mâchoire se crisper et ses dents se serrer.

— J'ai eu un demi-frère pendant quelques années, et il a essayé à plusieurs reprises de s'en prendre à moi.

— À plusieurs reprises ?

Pourquoi personne ne l'avait tabassé ? Pourquoi on ne lui avait pas arraché la bite avec un hameçon en passant par la gorge ?

Elle enfila ses bottes et ramena ses cheveux en une queue de cheval.

— Je ne l'ai dit à personne la première fois, mais j'ai réussi à faire assez de bruit pour qu'il arrête. Puis j'ai commencé à prendre des cours de karaté.

Elle eut un sourire satisfait.

— La deuxième fois qu'il a essayé, je lui ai cassé le nez.

Un sourire soulagé incurva le coin de sa bouche.

— Tant mieux.

— Oui. Je suppose que mon père a compris après ça. Il a fait installer un verrou sur ma porte. Il a également fait en sorte que Brad vive avec son père pendant l'année scolaire et avec eux pendant les vacances. Et comme je passais la période scolaire avec mon père et les vacances avec ma mère, je n'ai pas vraiment revu cet abruti après ça.

La petite Miss Cupcake était donc le produit d'un foyer brisé. Il était logique qu'elle essaie d'arranger les choses dans le cadre de son métier.

— Je suis désolé pour ce que j'ai pu dire pour déclencher cette réaction, dit-il calmement.

C'était terrible. Pour elle. Ce n'était pas beaucoup plus plaisant pour lui.

Charlotte secoua la tête en brandissant sa brosse à dents.

— C'est moi qui suis désolée de m'être emportée. Ça n'avait rien à voir avec vous. Ce n'était pas professionnel. Ça ne m'était pas arrivé depuis longtemps, mais dormir dans une chambre avec quelqu'un que je ne connais pas très bien a manifestement provoqué une anxiété subliminale.

Ses mots le frappèrent comme une grenade à la poitrine.

— Je ne vous attaquerais jamais dans votre sommeil ni n'importe quand, Charlotte.

— Je le sais bien.

Le savait-elle vraiment ? Il n'était pas convaincu.

— Je suppose qu'on verra bien demain.

Il lui adressa un sourire carnassier parce qu'il savait que s'il lui offrait de la pitié ou de l'attention, elle serait furieuse.

— Essayez de ne pas me tirer dessus, ajouta-t-il.

— Je ne peux rien vous promettre.

Elle se dirigea vers la salle de bain, et il consulta son téléphone. Rien. Il saisit la radio qu'il avait éteinte la veille au soir. Ils savaient comment le joindre s'il y avait du nouveau. Elle revint trois minutes plus tard et ils descendirent tous les deux. Une odeur de bacon et de café flottait dans la cage d'escalier, le faisant presque saliver lorsqu'il arriva à la cuisine.

Lui qui voulait arriver tôt... Une trentaine de personnes étaient déjà réunies dans le vaste espace, mangeant des roulés au bacon et buvant du café comme si leur vie en dépendait. Il voulait aller parler à Angeletti, mais dès qu'il entra dans la pièce, il repéra McKenzie. Il suivit Charlotte jusqu'à l'endroit où les autres négociateurs petit-déjeunaient. Il devait suivre les ordres afin de pouvoir retourner à son fichu travail le plus tôt possible.

Ces satanés chefs qui inventaient des règles stupides...

Angeletti traversa la pièce pour lui parler.

— Du nouveau ? demanda Charlotte à Dominic.

Novak savait que Dominic Sheridan était lié à des personnes très influentes dans les plus hautes sphères de Washington. Il appréciait que ce dernier n'ait pas utilisé ces contacts à son avantage. La plupart des gens avaient revêtu une tenue tactique ou décontractée, mais Dominic portait toujours un costume. Il avait l'air épuisé. Sa chemise sortait de son pantalon. Sa cravate était de travers.

— Personne n'a décroché le téléphone à l'intérieur, malgré des tentatives toute la nuit, dit Dominic entre deux bouchées. Ce roulé est vraiment délicieux. On a trouvé une adresse électronique fonctionnelle pour Tom Harrison, et un de nos techniciens à Quantico a téléchargé le contenu de ses serveurs de messagerie avant qu'on ne lui envoie un e-mail lui demandant de décrocher et de nous parler. Ça n'a rien donné pour l'instant, mais c'était il y a seulement une demi-heure.

— Quelqu'un d'autre est sorti ? demanda Charlotte.

Dominic secoua la tête. Max Hawthorne, l'ancien soldat du SAS, écoutait attentivement tout en avalant son petit déjeuner. Il avait l'air alerte et reposé. Novak se pencha et prit deux assiettes, et Charlotte récupéra deux tasses de café noir. Ils échangèrent chacun une assiette et une tasse.

— Je ne savais pas comment vous preniez votre café. Je peux aller chercher de la crème, dit-elle poliment, utilisant presque le même ton que celui qu'elle employait avec tous les autres.

Il y avait du progrès. Il suffisait d'une proximité forcée et de couper son alimentation en oxygène.

— J'aime le café noir.

Tout le monde les regardait interagir comme s'il s'agissait d'une sorte d'expérience de science sociale.

Charlotte grimaça, le remarquant également.

Il sourit avant de cacher son expression en avalant une énorme bouchée de roulé au bacon. Le sel lui frappa les papilles. Il gémit. C'était presque aussi bon que le sexe.

Charlotte fit écho à ses pensées, parlant la bouche pleine.

— Pourquoi on n'a pas ça à toutes les missions ?

Il aurait mangé n'importe quoi pour s'alimenter, mais ils avaient la chance que le ranch dispose d'une cuisinière attitrée.

La femme en question se tenait dans l'embrasure de la

buanderie, manifestement déconcertée de voir sa cuisine prise d'assaut par une trentaine de fédéraux lourdement armés. Ils devaient faire attention à la présence de civils sur le site.

— Briefing dans cinq minutes, cria McKenzie pour couvrir le vacarme avant de passer devant la cuisinière.

Il lui serra la main.

Novak aurait été prêt à lui baiser les pieds si elle lui préparait chaque matin un roulé au bacon.

Charlotte et lui empilèrent assiettes et couverts dans le lave-vaisselle de taille industrielle, comme les autres. Dominic se dirigea vers les escaliers.

— Je vais dormir un peu. Appelez-moi si vous avez besoin de moi.

— Repose-toi bien.

Elle se tourna vers Max.

— Dis à Eban de nous rejoindre dans la grange avant d'aller se coucher. Au cas où il aurait des informations pertinentes. Et repose-toi aussi. Ils ont ignoré le téléphone toute la nuit. Il est peu probable qu'ils rappellent dans les vingt prochaines minutes. Laisse un agent sur place qui pourra répondre si quelqu'un appelle, par miracle.

L'homme acquiesça et s'éloigna.

Novak était impressionné par la qualité de leur travail d'équipe. Il était évident qu'ils travaillaient ensemble depuis longtemps et qu'ils connaissent leur travail sur le bout des doigts. Qu'est-ce qui avait poussé un soldat comme Hawthorne à utiliser ses mots plutôt que ses aptitudes au combat ? Novak connaissait la valeur des mots, mais aussi la duplicité des hommes. La confiance se gagnait, et il aurait toujours parié sur sa force plutôt que sur sa capacité à convaincre qui que ce soit. C'était l'une des choses que son ex avait invoquées dans le cadre du divorce – son incapacité à communiquer. Malheureusement, il se trouvait à des milliers de kilomètres d'elle, dans un lieu tenu secret, lorsqu'elle avait décidé qu'elle en avait assez.

Ils sortirent du bâtiment. Le froid n'était pas aussi mordant que la veille, mais il faisait encore glacial. Il espérait que ses hommes allaient bien.

Charlotte portait ses bottes qui avaient séché, mais quelqu'un se souviendrait-il d'aller lui chercher un nouveau manteau ?

— Quoi ? demanda-t-elle, sentant clairement qu'il la regardait.

— Rien, répondit rapidement Novak.

— Vous n'êtes pas un très bon menteur, dit-elle, ce qui le surprit.

Il se renfrogna.

— Je suis un excellent menteur.

— *Vraiment* ? dit-elle.

— Vraiment. On devrait jouer au poker un jour.

— Vous joueriez au poker avec une femme ? Pas au strip-poker ?

Novak manqua de s'étouffer devant les images qui inondèrent son esprit.

— Je n'ai jamais joué au strip-poker de ma vie.

— Vraiment ? répéta-t-elle.

Ses yeux pétillèrent et elle rit de son malaise, mais sans moquerie.

— Si l'on considère que je joue habituellement aux cartes avec mes coéquipiers, je dirais que non. Je n'ai aucune envie de les voir nus.

Elle jeta un coup d'œil aux autres opérateurs de la HRT, qui faisaient tous semblant de ne pas écouter leur conversation, et sourit.

— Pourquoi pas ? Vous ne semblez pas pudique. *Je* vous ai déjà vu nu.

La chaleur remonta le long de son cou. Bon sang, cette femme n'allait pas laisser tomber, et il savait que tous les membres de la HRT allaient se moquer de lui pendant des mois à propos de ce *putain* de strip-poker.

— Vous n'y avez jamais joué ? Même pas à l'université ? insista-t-elle.

Il haussa les épaules.

— J'étais dans l'équipe universitaire de rugby. Entre ça et avoir de bonnes notes, je n'avais pas beaucoup de temps libre.

Il avait obtenu une bourse d'études à Princeton, mais il avait dû travailler dur pour y rester.

Son souffle forma un nuage de buée.

— Je connais ça. J'ai été serveuse pendant mes études. Je vivais avec mon père. Il était tout seul à l'époque.

Novak acquiesça, l'air sérieux, se souvenant de la pression de son avant-bras contre sa gorge. Il ne lui avait pas dit à quel point il aurait facilement pu retourner la situation. Il ne voulait pas lui retirer son pouvoir. La plupart des connards auraient imploré sa pitié. Il s'éclaircit la gorge.

— Qu'est-ce que vous avez étudié à la fac ?

Elle lui jeta un regard.

— La psychologie.

Ils étaient presque arrivés à la porte de la grange, mais il ne put s'empêcher de la taquiner.

— Donc une majeure en psychologie et une mineure en strip-poker. Je m'en souviendrai la prochaine fois que je jouerai au Texas hold'em.

Il avait voulu plaisanter, mais, une fois de plus, son cerveau le trahit en lui imposant une image en couleur de la SSA Charlotte Blood assise à une table de poker, vêtue uniquement des sous-vêtements qu'il avait déjà vus.

Il trébucha sur la marche qui menait à la grange.

— Bon sang, Novak, vous êtes toujours aussi maladroit ? le taquina Charlotte.

Dès qu'elle se fut détournée et continua à marcher vers la salle de réunion, Angeletti secoua la tête et se pencha près de son oreille.

— Tu es trop grillé.

— Je fais mon putain de travail, rétorqua Novak.

— Mais bien sûr. Je te parie tout ce que tu veux que tu as récemment réalisé que la jolie négociatrice était *carrément sexy* et ce n'est *pas* comme ça qu'on fait notre putain de travail.

Novak grogna et passa devant lui. Angeletti le repoussa et Novak sourit, lui rappelant la véritable raison de sa présence. Hors de question qu'il tombe amoureux d'elle. Il obéissait à McKenzie pour retrouver sa place. Dans la grange, avec ses hommes. Rien n'était plus important que son équipe, hormis faire son travail et rendre justice à la victime et aux hommes qui s'étaient fait tirer dessus. Il ne pouvait pas laisser Charlotte Blood, sous ses airs faussement angéliques, le détourner de sa mission.

<h1 style="text-align:center">CHAPITRE NEUF</h1>

Lorsque Charlotte entra, elle vit Eban à l'autre bout de la grange, en pleine conversation avec l'opérateur de la HRT que tout le monde appelait Cowboy. Eban la repéra et s'approcha.

— Vous vous connaissez ? lui demanda Charlotte.

— On a grandi dans la même ville.

— Tu plaisantes ? Le monde est petit.

Il grogna.

Sous ses yeux, il y avait des cernes qui n'existaient pas auparavant. Elle était presque sûre qu'ils avaient quelque chose à voir avec la rousse qu'il avait aidé à sauver en Indonésie, mais chaque fois qu'elle soulevait la question, il refusait d'en parler.

McKenzie prit la parole.

Elle chercha Novak du regard, mais il restait debout, les bras croisés, adossé au mur avec d'autres opérateurs vêtus de noir. Elle ressentit un certain manque, puis réalisa que c'était absurde. Ils devaient être ensemble pour avoir accès aux mêmes informations et pour suivre les ordres ridicules de McKenzie, et non parce qu'ils étaient les meilleurs amis du monde. Elle l'avait senti se radoucir. Elle lui inspirait probablement de la pitié après avoir partagé son histoire pathétique à propos de son trou du cul de demi-frère. Elle n'avait pas revu ce crétin depuis plus de dix ans, mais certains souvenirs restaient ancrés dans votre ADN, malgré le passage du temps. Le fait que Novak ait essayé de la réveiller ce matin-là avait fait basculer les choses.

Elle n'avait pas besoin de sa pitié, mais elle commençait à comprendre qu'il n'était pas le gratte-papier qu'elle avait d'abord supposé. Il était piquant et irritant, mais il s'occupait aussi des gens, et c'était ce qu'elle aimait le plus. Elle faisait la même chose.

— Nous pensons qu'il y a une trentaine d'individus à l'intérieur, d'après le témoignage des femmes qui ont quitté les lieux hier soir. De cinq mois à environ soixante-quinze ans.

Charlotte ferma les yeux. Il y avait des bébés à l'intérieur. Des *bébés*.

— Y a-t-il des documents qui confirment cette information ? demanda Novak, qui soupçonnait naturellement qu'il s'agissait de désinformation destinée à limiter leur réaction.

McKenzie regarda Truman, que Charlotte n'avait même pas remarqué. Ses cheveux étaient ébouriffés et il portait la même chemise et le même costume que la veille. Il était toujours aussi sexy. Cette prise de conscience fut presque un soulagement. Elle jeta un nouveau coup d'œil à Novak qui croisa son regard et détourna les yeux.

— Pas de dossiers médicaux. Apparemment, les habitants de l'enceinte ne croient pas beaucoup aux hôpitaux.

— Formidable. Je suis sûr que les femmes enceintes adorent cette idée quand le travail commence.

Novak leva les yeux au ciel.

— Ils ont dit quelque chose sur ce fameux TJ ?

Truman acquiesça.

— Tout le monde apprécie TJ, même les enfants. Il joue avec eux et a appris à certains d'entre eux à lire et à écrire, et qu'à monter à cheval.

— Ils ont des animaux ? demanda Novak en se détachant du mur.

Truman hocha la tête.

— Quatre chevaux. Ils ont également un cochon et quelques poules. Ils avaient une vache, mais elle est tombée malade et est morte, et ils ne l'ont pas encore remplacée.

— Qu'ont-ils dit à propos des accusations portées contre TJ ? demanda Charlotte.

— Que c'étaient des mensonges et que TJ ne ferait jamais de mal à une mouche, répondit Truman.

— Quelles sont ses facultés intellectuelles ? demanda Novak.

Charlotte se hérissa. Les gens sympathiques avaient forcément des problèmes mentaux, maintenant ?

— C'est un garçon intelligent. Il a été scolarisé à domicile, mais il est connu dans la communauté pour sa gentillesse et sa politesse. Il a dix-huit ans et ses parents ont déclaré sa naissance dans un hôpital de l'Utah. Son père est plus intéressant. Tom Harrison a été ingénieur de l'armée pendant vingt ans et a travaillé pour le US Army Corps of Engineers, principalement basé à Fort Belvoir. Il est parti moins d'un an après avoir rencontré sa femme Martha, qui est décédée au printemps dernier. Martha était issue d'une famille nombreuse et, selon des sources locales et les deux femmes qui ont quitté l'enceinte hier soir, c'étaient les membres de sa famille qui vivaient là. Le bâtiment est bien fortifié et approvisionné, et ils sont armés, déclara Truman.

— Quantico et le QG rassemblent autant d'informations que possible sur les noms que Truman a soutirés aux femmes, ajouta McKenzie. On a du nouveau des équipes d'observateurs en place ?

Elle appréciait qu'ils appellent les tireurs d'élite des « observateurs ». Cela permettait de calmer le ton de la réunion.

— Ils observent les défenses, mais rien n'a l'air de se préparer pour l'instant, déclara Novak.

Charlotte se demanda quand il avait reçu cette information. Probablement pendant qu'elle dormait comme un loir.

— Est-ce qu'on a reçu le rapport du légiste ? demanda Charlotte.

McKenzie secoua la tête et consulta sa montre.

— Il n'a pas encore fait l'autopsie.

Elle serra les dents de frustration.

Un opérateur de la HRT désigna les dessins disposés sur la table.

— Nous avons examiné les plans originaux.

Charlotte s'avança pour mieux voir. Le bâtiment était circulaire avec deux sorties indiquées.

— Les portes sont en acier fortifié. Harrison les a probablement renforcées après avoir acheté la propriété et il a peut-être apporté d'autres modifications.

— Qui veut vivre dans un bunker ? demanda Truman.

McKenzie de poursuivre :

— Quelqu'un qui pense sauver sa famille d'une apocalypse imminente, ce qui est plus courant qu'on ne le pense.

Charlotte savait qu'il avait vécu avec un groupe antigouvernemental suprématiste blanc dirigé par David Hines. Elle savait également que McKenzie était désormais fiancée à la fille de Hines. Il avait beaucoup plus d'expérience avec ce type de personnalité que la plupart des agents du FBI. Mais ils ne connaissaient toujours pas l'idéologie exacte des personnes impliquées dans cet incident et n'en sauraient pas plus avant d'avoir établi le dialogue, ce qui pourrait prendre des mois. Elle réprima un soupir. L'idée de rester là aussi long-temps alors qu'il y avait tant d'autres affaires à résoudre et de personnes à aider était déprimante. Cependant, l'idée que des gens meurent parce qu'elle manquait d'endurance était pire.

Novak pointa du doigt une fine ligne qui menait à la sortie du bâtiment.

— Qu'est-ce que c'est ?

— Épuration ou conduit d'aération ? suggéra le gars à côté de lui.

Les yeux de Novak s'illuminèrent.

— Il faut qu'on s'y intéresse. C'est peut-être notre moyen d'entrer.

— Nous sommes loin de devoir prendre d'assaut l'endroit, s'empressa de lui rappeler Charlotte.

Novak lui adressa un regard exaspéré.

— J'en suis conscient, mais nous devons prévoir toutes les éventualités et nous y préparer dans l'intervalle. Connaître la configuration des lieux est indispensable pour savoir comment y pénétrer avec un minimum de risques pour mes hommes. Cela nous permet de nous préparer à différents scénarios.

Son ton suggérait qu'elle n'avait que faire de la sécurité de ses hommes, ce qui était particulièrement agaçant.

— Est-ce qu'on a des yeux ou des oreilles à l'intérieur ? demanda McKenzie en observant leurs interactions à Novak et elle avec un froncement de sourcils.

Elle s'efforça de détendre ses traits.

Un autre opérateur secoua la tête.

— La plupart de nos méthodes traditionnelles ne fonction-neront pas. Le béton est trop épais pour être foré, même si nous pouvions y accéder sans être repérés. Les joints autour des portes sont étanches. Je pense que nous pourrions essayer d'introduire des câbles de fibres optiques, soit par une conduite d'égout vers la fosse septique, soit par l'autre sortie que nous voulons examiner, soit par certaines des fentes qui semblent être conçues à des fins d'observation et de défense.

— Je vote pour le système de ventilation. Aucune envie de plonger dans une fosse septique, plaisanta un opérateur.

Charlotte était tout à fait d'accord, mais elle savait qu'ils feraient tout ce qui était nécessaire.

— Nous examinerons d'autres options plus tard dans la matinée, lorsque nos autres joujoux arriveront de Quantico, déclara Novak d'un ton énigmatique.

Elle se retint de poser des questions, car c'était ainsi que ces gens travaillaient. Ils avaient des bottes secrètes qu'ils dissimulaient même aux autres agents. Il n'en restait pas moins que si le pire scénario se produisait et que des vies étaient menacées, la HRT devrait entrer le plus rapidement possible.

— Je veux savoir combien de temps ils peuvent survivre si la situation s'éternise, déclara McKenzie. De quelles sources d'eau disposent-ils ? Pouvons-nous en tirer profit ?

Novak haussa les épaules.

— Nous pourrions peut-être ajouter un sédatif dans l'eau, mais comme les gens ne boivent généralement pas tous en même temps, cette méthode n'est pas vraiment fiable. Et avec des enfants en bas âge à l'intérieur, je ne le recommanderais pas.

McKenzie hocha la tête comme s'il était satisfait de sa réponse. Cette question était-elle un test ? Charlotte pensait que oui. Il la regarda.

— Pas de communication avec l'intérieur ?

Elle secoua la tête.

— Il n'est pas surprenant, dans ce genre de situation, que les gens fassent l'autruche et prétendent que rien n'a changé. Que le gouvernement fédéral ne campe pas sur le pas de leur porte. C'est pourquoi je pense que si nous nous montrons discrets, ils auront plus de chances de sortir de là avant le printemps.

Les visages se décomposèrent. Personne n'avait envie de rester là pendant des mois.

— Suggérez-vous que nous nous retirions complètement ? demanda McKenzie.

— Pour l'instant, aucune vie humaine ne semble menacée. Donc, oui, ou bien nous devrions au moins *faire semblant* de nous retirer.

Il y eut un murmure de désapprobation de la part des responsables de la HRT. Novak resta silencieux, ce qu'elle apprécia, mais elle sentait qu'il l'observait. Qu'il la jugeait.

Mais c'était son tour de parler et, malgré sa spécialité de négociatrice, elle n'était pas là pour se faire des amis.

— Nous allons faire semblant de nous retirer. Nous allons enquêter sur la mort de la femme, déterminer s'il s'agit d'un homicide et surveiller l'enceinte. Il nous faut attendre que TJ recommence à s'aventurer dehors, puis le retenir dans un endroit sans mettre en danger la vie d'autrui, en particulier des enfants. Avec un peu de chance, il sera seul. Nous pourrons l'interroger et découvrir qui a tiré ces coups de feu. Ensuite, nous arrêterons le coupable.

McKenzie pinça les lèvres.

Un muscle se contracta dans la mâchoire de Novak.

— Ou bien nous pourrions passer des mois à faire le siège de ce complexe, dépenser des millions de dollars du contribuable simplement pour prouver notre puissance. Nous n'allons pas entrer de force alors que des bébés sont en danger et ils le savent. Nous ne pouvons pas nous permettre de passer pour les méchants. Cela détruirait une fois pour toutes la confiance du public dans le FBI.

— Nous ne pouvons pas nous permettre que toutes les milices du pays pensent que nous avons peur de les affronter si elles se cachent derrière des femmes et des enfants, déclara calmement Novak, mais Charlotte perçut le côté mordant de sa réplique.

Aucune des options proposées n'était bonne.

— Vous avez tous les deux raison, annonça McKenzie. C'est une opération délicate à une période de l'année délicate. Malheureusement, nous ne choisissons pas ce sur quoi nous travaillons ni quand. Le directeur suit tout cela de près, tout comme la plupart des médias du monde, ce qui signifie qu'il en va de même pour tous les terroristes nationaux et étrangers qui ont un jour songé à s'en prendre à nous. Je souhaite que cet incident soit désamorcé, mais je ne veux pas que tous les antigouvernementaux ou les terroristes en herbe pensent que le FBI a trop peur des conséquences pour agir. Car ce n'est pas le cas.

Charlotte pinça les lèvres pour ne pas l'interrompre et se faire retirer la mission. Elle appréciait le fait que McKenzie écoute plusieurs opinions ; elle voulait juste qu'il soutienne la sienne.

— Nous en sommes là. N'allons pas plus loin pour l'heure. Personne ne parle aux médias, sauf par mon intermédiaire ou par celui de la responsable des relations publiques, qui est actuellement à l'hôpital, mais qui sera là plus tard dans la journée. Cette région est une poudrière, et nous ne voulons pas mettre le feu aux poudres.

Avec l'arrivée constante d'effectifs supplémentaires, Charlotte ne voyait pas comment on pouvait percevoir autre chose qu'une escalade de la part du FBI.

— Je veux également qu'aucune information provenant de ce ranch ne fuite. Les propriétaires ont signé un accord de confidentialité.

— Vous leur faites confiance ? demanda Novak en croisant les bras.

Ses avant-bras étaient parsemés de poils dorés.

— Les propriétaires déménagent et ne semblent pas porter les locaux dans leur cœur. En plus, ils gagnent de l'argent en nous louant le ranch, et je doute qu'ils veuillent courir le risque de perdre cette rentrée d'argent ou de se faire arrêter. Le QG gardera un œil sur eux, déclara McKenzie. À l'avenir, le nombre d'agents visibles sur la propriété pendant la journée sera limité à quatre ou cinq. Nous ferons en sorte que la nourriture soit apportée du bâtiment principal à la grange pendant la journée.

Il regarda tous les opérateurs vêtus de noir.

— Les médias cherchent où nous sommes installés, et les locaux ont forcément déjà compris. Je ne veux pas que des images de ce bâtiment soient diffusées à la télévision ou sur Internet, et je ne veux pas que nous soyons vulnérables.

McKenzie avait une mine sinistre.

— Le nombre de groupes terroristes nationaux et de groupes antigouvernementaux qui souhaitent nous attaquer ne cesse de croître, tout comme leur arsenal. Nous les considérons comme une plus grande menace que tout ce qui vient du Moyen-Orient en ce moment. Je veux que personne ne baisse la garde.

Tout le monde se redressa à cette annonce. Ils devaient se rappeler qu'ils ne travaillaient pas en vase clos et qu'ils étaient eux aussi vulnérables.

— A-t-on parlé d'une attaque quelque part ? demanda Novak.

McKenzie tira sur sa lèvre inférieure.

— Seulement ce à quoi on pouvait s'attendre. Mais je sais comment ces gens pensent, et cette situation est une opportunité pour eux par bien des aspects.

Charlotte prit rapidement la parole pendant qu'elle en avait l'occasion.

— Si nous maintenons le statu quo à court terme, comme Harrison et ses amis ne nous parlent pas encore, et que nous aurons bientôt *sept* négociateurs de premier plan ici, j'aimerais avoir la permission d'aller parler aux écologistes du campement. Voir s'ils peuvent nous aider à découvrir l'identité de la victime, ou s'ils ont eu des contacts avec les personnes de l'enceinte.

Truman prit la parole :

— Les adjoints du shérif devaient les interroger ce matin.

Charlotte plissa les yeux.

— Je croyais qu'on devrait s'en charger ?

— Nous n'avions pas les effectifs nécessaires, admit McKenzie.

— Raison de plus pour que j'y aille, insista Charlotte.

— Vous ne pouvez pas y aller parce que je ne peux pas y aller, rétorqua Novak.

Ils fixaient tous deux McKenzie, chacun essayant d'utiliser ses compétences pour lui faire faire ce qu'ils voulaient, c'est-à-dire partir chacun de leur côté. Il secoua la tête.

— Bien essayé. Vous êtes coincés l'un avec l'autre jusqu'à ce que je décide le contraire.

McKenzie la regarda pensivement.

— Allez parler aux gens du campement.

Charlotte savait qu'elle ne devait pas trahir un quelconque sentiment de victoire et n'osait pas regarder Novak.

McKenzie poursuivit.

— Nous devons identifier la victime. J'aimerais également savoir qui a signalé l'incident du cougar qui a valu à Bob Jones de se retrouver là-haut. L'US Fish and Wildlife n'a aucune trace d'un appel, et nous espérons avoir accès aux relevés téléphoniques de Jones avec sa permission. Il doit s'agir d'une personne qui vit ou a passé du temps dans cette région. Il y a de fortes chances que ce soit quelqu'un du campement.

— Peut-être que la jeune femme est morte de causes naturelles, mais que le gamin l'a trouvée et s'est enfui lorsqu'il est tombé sur elle, suggéra Novak.

McKenzie acquiesça.

— Ensuite, à part le fait d'avoir tiré sur les deux représentants des forces de l'ordre – ce qui était passible d'une lourde peine de prison s'ils trouvaient qui inculper –, il y a des délits moins graves dont ils devront répondre, ce que nous pourrions transmettre aux gens du bunker par l'intermédiaire des médias. En supposant qu'ils disposent d'une télévision par câble ?

— Ils sont reliés à la télévision par satellite. Ils ne paient pas pour le service, mais ils y sont branchés.

— Est-ce qu'on veut le bloquer ? demanda Novak.

— Pas encore, répondit McKenzie d'un ton pensif. J'ai soumis quelques options au DSC pour voir ce que les profileurs peuvent trouver. Voyons si nous pouvons les manipuler pour leur faire croire qu'ils peuvent sortir en toute sécurité.

C'était une bonne idée. Charlotte s'attendait à ce que quelqu'un du DSC débarque à tout moment et commence à élaborer une stratégie, mais peut-être le faisaient-ils déjà depuis Quantico.

La réunion se termina et chacun s'attela à la tâche qui lui avait été confiée.

Elle jeta un coup d'œil à Novak, remarquant la barbe blond pâle sur ses joues et la façon dont les rayons de l'aube glissaient sur ses cheveux. Il parut sentir son regard et lui montra qu'il n'était pas ravi de la situation, mais qu'il comprenait qu'il n'avait pas le choix.

— Novak et toi, ça va ? demanda Max à voix basse, derrière elle.

Elle adorait son accent britannique. Ils s'en servaient avec les femmes preneuses d'otages chaque fois qu'ils en avaient l'occasion.

— Il aboie plus qu'il ne mord.

Max grogna.

— S'il aboie trop, fais-le-moi savoir.

Charlotte lui adressa un petit sourire.

— Je peux m'occuper de lui.

— Je n'en doute pas.

Max haussa un sourcil.

— McKenzie reste un problème potentiel. Son équipe a pris possession d'une partie de la cantine, et si le groupe de Harrison commence à nous parler, tu devras les mettre dehors.

Formidable.

— Quelque chose me dit que ces gens ne veulent pas négocier.

Ses yeux sombres plongèrent dans les siens.

Charlotte était d'accord.

— Pas pour l'instant, en tout cas. Ils espèrent qu'on va disparaître.

Ils se berçaient d'illusions. Le FBI n'oubliait pas, ne pardonnait pas. Ils pourraient cependant prendre leur mal en patience. Il y avait du mieux par rapport aux anciennes méthodes, plus violentes. Mais en définitive, le Bureau attrapait toujours son homme.

CHAPITRE DIX

Novak conduisait l'un des Chevrolet Suburban spécialement équipés pour la HRT. Heureusement, il avait les mains prises, et ne pouvait étrangler sa collègue SSA. Charlotte était assise à côté de lui, coiffée d'un bonnet en laine avec un pompon. Elle était si mignonne qu'on avait du mal à croire qu'elle était un agent fédéral dure à cuire. Il aurait parié qu'elle s'en servait souvent à son avantage. Cette délicatesse trompeuse. Ce cliché du *doux comme un agneau.*

Elle avait un sacré culot pour le défier devant tout le monde, défier leur patron. Demander à partir enquêter de son côté ? Traîner son cul hautement qualifié avec elle ? Oui, sous ses airs innocents se cachait une personnalité de bouledogue, et il ferait mieux de s'en souvenir la prochaine fois qu'ils se battraient pour prendre le dessus.

Mais c'était le moment ou jamais de poser des questions auxquelles ils avaient désespérément besoin de réponses. Jusqu'à ce qu'ils construisent une maquette de la forteresse où ils pourraient s'entraîner aux entrées tactiques, il n'avait pas grand-chose à faire à part superviser ses hommes et attendre que les informations affluent. Angeletti était tout à fait capable de gérer.

Laisser les habitants de l'enceinte vivre sur le qui-vive pendant quelques jours avant qu'ils ne finissent par relâcher leur attention. Les laisser se détendre. Les opérateurs de la HRT, quant à eux, ne relâcheraient pas leur attention. Ils ne se détendraient pas. C'était pour ça qu'ils s'entraînaient en permanence à ces situations et plus ils disposaient d'informations pour se préparer, moins il y avait de risques que quelqu'un soit blessé – de leur côté en tout cas.

— C'est là, signala Charlotte, comme s'il ne voyait pas la rangée de voitures de police et les tentes aux couleurs vives à l'arrière-plan. On dirait bien que le shérif nous a devancés.

Pff.

Il y avait beaucoup de voitures de police pour une poignée d'interrogatoires. Il s'arrêta au bout de la rangée, et Charlotte et lui descendirent.

C'était le chaos. Des civils couraient en criant, des adjoints poursuivaient et plaquaient les gens au sol, les menottant. La moitié des écologistes n'étaient même pas habillés correctement, ce qui laissait penser qu'ils avaient lancé un raid à l'aube, alors que les gens étaient encore dans leurs sacs de couchage.

— Mais qu'est-ce qu'il se passe, bordel ? C'est comme ça qu'il conçoit les interrogatoires ?

Charlotte poussa un juron, ce qui était une première. Ils repérèrent le shérif et se dirigèrent vers lui.

Novak vit un adjoint regarder sa collègue SSA comme si elle méritait d'être plaquée au sol comme les autres, mais lorsqu'il croisa son regard, le policier sembla remarquer tardivement le badge du FBI que Charlotte portait autour du cou et son arme de poing.

L'adjoint recula, mais Novak enfonça le clou en affichant

une mine renfrognée. À l'insistance de Charlotte, il avait revêtu des vêtements moins intimidants. Un jean, un t-shirt et une chemise à carreaux pour s'intégrer. Il portait toujours ses bottes tactiques et toutes ses armes. Mais il n'était pas très rassuré de se retrouver au milieu de cette folie sans gilet pare-balles ni renforts.

Charlotte brandit son badge en s'approchant du shérif qui surveillait la clairière, les mains sur les hanches. Devant lui, trois hommes étaient allongés par terre, tous menottés. Charlotte les présenta tous les deux.

— Agents spéciaux superviseurs Blood et Novak. Qu'est-ce qui se passe ici, shérif Lasalle ?

L'homme se redressa et fixa son insigne doré. Puis il cracha par terre et leva les yeux, croisant le regard de Novak au-dessus de la tête de Charlotte.

— Nous expulsons ces intrus.

Les hommes allongés sur l'herbe gelée protestent avec colère.

— Nous avons le droit de manifester pacifiquement.

Le shérif donna un coup de botte à l'homme.

Novak grimaça, attendant la réaction de Charlotte. Le shérif prit son expression pour de l'approbation.

— Rappelez vos hommes, Lasalle. Le FBI est en charge de cet incident et vous m'empêchez de mener à bien ma partie de l'enquête.

Le shérif regarda par-dessus sa tête et ne fit rien pour arrêter ses hommes. Des femmes criaient.

Bon sang.

Novak serra et desserra les poings.

Charlotte se mit dans la ligne de mire du shérif en se hissant sur la pointe des pieds.

— Rappelez vos adjoints. Sinon, mon collègue et moi-même allons procéder à des arrestations, en commençant par vous.

Elle sortit ses menottes.

Charlotte avait beau être une adepte des résolutions pacifiques, elle n'était pas du genre à se laisser faire. Novak ressentit une soudaine bouffée de désir. Cette femme était sexy quand elle était en colère.

Il balaya ces sentiments. Ils ne signifiaient rien. C'étaient des réactions animales de la part d'un homme qui aimait les femmes sûres d'elles et affirmées. Il aurait pourtant dû savoir à quoi s'en tenir. Et un jour ou l'autre, il en aurait assez d'être traité comme un moins que rien par deux d'entre elles. Mais peut-être pas.

Il prit son téléphone satellite et demanda à Angeletti d'équiper quelques gars et de les faire venir dès que possible. Il lui donna sa position. Puis il raccrocha.

Lorsqu'il refusa de contredire Charlotte, le shérif croisa enfin le regard de cette dernière.

— Vous n'oseriez pas.

Son expression suggérait le contraire.

— Vous avez appelé le FBI parce que vous aviez besoin de notre aide. Je ne peux pas vous dire comment gérer votre comté, *en temps normal*, mais nous sommes là et notre mandat couvre tous les aspects de cet incident, y compris l'interrogatoire des témoins potentiels.

— Si ces salauds n'étaient pas là à semer le trouble, rien de tout ça ne serait arrivé.

— Vous avez déjà interrogé tout le monde ? demanda Charlotte avec une fausse politesse. Indiquez-moi lequel d'entre eux a causé la mort de la femme hier. Et dites-moi, s'il vous plaît, qui a tiré sur l'agent fédéral Jones ? Et lequel de *ces* individus a tiré sur votre adjoint et l'a blessé ?

Elle n'éleva pas la voix, mais il suffisait d'observer son langage corporel pour comprendre qu'elle était furieuse.

Le shérif se mordilla la moustache.

— Rappelez vos hommes, Lasalle, ou je jure devant Dieu que je vais vous menotter et vous emmener dans le centre de détention fédéral le plus proche, et ça ne m'amusera pas de perdre mon temps avec un homme qui devrait savoir comment se comporter.

Le mépris se lisait sur les traits de Lasalle, et Novak changea de position.

— Elle ne bluffe pas, dit-il à voix basse.

La lèvre supérieure du shérif se retroussa. Puis il aboya un ordre à un agent en uniforme qui se tenait à proximité et qui les observait avec des yeux ronds.

— Rappelez tout le monde. Laissez les autorités fédérales agir seules à partir de maintenant.

— Adjoints, retournez à votre voiture. Libérez vos prisonniers. Les Fédéraux prennent le relais.

Novak grimaça lorsque cette annonce résonna dans le haut-parleur de la voiture. Il n'était pas question pour lui de passer la journée à parler à des hippies. Il scruta les alentours et vit plusieurs têtes se tourner nerveusement vers eux.

Formidable.

— Je suppose que ça signifie que vous n'aurez pas besoin de mes adjoints pour d'autres aspects de cette affaire.

Le shérif adressa à Charlotte un sourire arrogant qui laissait penser qu'il avait toutes les cartes en main.

— J'indiquerai clairement au procureur général qu'avant qu'il ne sollicite à nouveau mon aide, j'exigerai des excuses toutes personnelles de votre part, jeune fille.

Le shérif regarda Charlotte de haut. Les implications de sa phrase étaient à la fois sexuelles et misogynes. Novak était à deux doigts d'intervenir et de s'occuper de cet enfoiré arrogant. Puis il se souvint que Charlotte était un agent spécial superviseur du FBI qui maîtrisait ce type d'enjeux. Elle pouvait se débrouiller seule.

Charlotte acquiesça.

— La police d'État peut prendre en charge tout ce que vous n'êtes pas en mesure de gérer, shérif. Nous ne voulons pas imposer un stress excessif à un service qui est déjà ébranlé par la blessure d'un adjoint. Nous comprenons parfaitement. Très peu de bureaux de shérifs ont la capacité ou l'aptitude requise pour faire face à ce type de crise...

La police locale et la police d'État se disputaient souvent le pouvoir.

Lasalle s'emporta :

— Je n'ai jamais dit qu'on ne pouvait pas faire face. Je ne veux pas que la police d'État sillonne mon comté.

— Vous *pouvez* donc vous en charger ? demanda vivement Charlotte. Tous les barrages routiers et les patrouilles ont déjà fait l'objet d'un accord, comme la police d'État n'a besoin que d'un coup de téléphone, et elle a promis d'envoyer autant de personnes que nécessaire...

La moustache du shérif se hérissa.

— On va s'en charger. Vous, occupez-vous de ces nuisances. Je veux qu'ils s'en aillent de là.

Il jeta un regard autour de lui comme s'il ne voyait pas des êtres humains. Puis il éleva la voix, s'adressant à ses hommes qui étaient rassemblés pour l'écouter.

— Allons-y.

Novak contacta Angeletti par radio et lui dit de faire demi-tour. La crise était évitée.

— Vous voulez que je lui demande s'ils peuvent envoyer quelques agents en civil pour aider à mener les interrogatoires ? demanda-t-il à sa collègue SSA.

Elle secoua la tête, regardant les voitures du shérif défiler les unes après les autres.

— Interrogeons d'abord les gens autour de nous. Nous verrons ce que nous pourrons en tirer.

Le shérif leur jeta un regard noir en passant devant eux. Novak était à peu près sûr qu'il leur faisait un doigt d'honneur en douce.

Il se retourna pour faire face à l'armée d'amoureux des arbres en haillons.

Charlotte s'approcha et aida une femme à se relever. Puis elle passa à une autre, et une autre. Elle s'agenouilla près d'un jeune homme qui pleurait et lui passa le bras autour des épaules.

Novak soupira de frustration. Même s'il voulait retourner auprès de son équipe, il savait qu'il ne fallait pas se précipiter. Charlotte appliquait ce que les forces spéciales faisaient souvent à l'étranger. Vous obteniez de meilleurs résultats en gagnant le cœur et l'esprit des gens qu'en envahissant leurs maisons et leurs vies.

Il tendit la main à l'un des hommes assis par terre devant lui.

L'homme le regarda avec méfiance avant de la prendre. Novak le hissa sur ses pieds et l'aida à se relever.

— Est-ce que c'est une stratégie élaborée de « bon flic/mauvais flic » parce que je suis prêt à tout avouer ?

Novak sourit.

— Non, monsieur. Le FBI tente de découvrir l'identité de la femme décédée hier sur la montagne. Avez-vous déjà vu une photo d'elle ?

L'homme secoua la tête.

Novak afficha une image sur son téléphone portable.

— Vous la reconnaissez ?

Les yeux de l'homme s'écarquillèrent et il se couvrit la bouche.

— Elle vivait au campement. C'est un meurtre ? C'est ce qu'ils ont dit à la radio.

— Nous n'en sommes pas encore sûrs.

Novak n'aurait pas dû en révéler autant. Et merde.

— Et vous êtes monsieur... ?

Il sortit un bloc-notes et un crayon. L'intuition de Charlotte, qui pensait que ces personnes pouvaient savoir quelque chose, portait déjà ses fruits.

— Professeur Alan Kennedy.

L'homme soupira.

— J'aurais dû faire mes valises et partir hier, mais j'étais inquiet...

Lorsqu'il s'interrompit et regarda la montagne, Novak demanda avec impatience :

— Inquiet de quoi ?

Le professeur scruta le visage de Novak, à la recherche de quelque chose. S'il recherchait de la chaleur et du réconfort, il n'était pas face au bon fonctionnaire fédéral.

— J'avais peur que quelqu'un commence à accuser les Sasquatchs d'être responsables de la mort de cette pauvre femme, mais ils n'ont jamais montré de signes d'agressivité à notre connaissance...

Le crayon de Novak se figea au-dessus de sa feuille.

— Vous aviez peur que quelqu'un mette ça sur le dos de *Bigfoot* ?

Le professeur roula des yeux.

— Je suis conscient que cela peut paraître fou à ceux qui ne croient pas à l'existence de ces créatures.

Novak se força à tout consigner. Le professeur ne réalisait pas à quel point sa déclaration semblait folle, mais l'agent

Fontaine l'avait prévenu de cette possibilité. Il devrait la remercier plus tard.

— La plupart d'entre nous préfèrent davantage de preuves

— Comme dans le film de Patterson-Gimlin ? Personne ne peut discréditer ce vieux film et pourtant personne n'y croit.

— Ce film a été tourné dans les années soixante. Cela n'explique pas vraiment comment, à notre époque, il n'y a pas plus de preuves de l'existence d'un grand primate dans un pays qui compte 300 millions d'habitants.

Le professeur soupira.

— À moins que vous n'ayez étudié les témoignages et les vidéos comme moi, je dirais qu'il y a beaucoup d'orgueil chez les personnes qui déclarent que le Sasquatch n'existe *pas*, ne trouvez-vous pas ? J'aime l'idée que nous ne savons pas tout sur notre planète et sur les primates. Comme ça, la vie reste intéressante.

Novak était relativement certain qu'il venait de se faire insulter.

— Dans gens ont déclaré l'avoir vu dans le coin ?

Le professeur passa ses doigts dans ses cheveux qui flottaient au vent.

— Le 4 août, deux randonneurs sont tombés sur une femelle Sasquatch portant un bébé. Elle s'est enfuie avant qu'ils n'aient pu prendre une bonne photo d'elle, bien qu'ils aient pris quelques clichés avec leurs téléphones. Des chercheurs de la Bigfoot Researchers Organization, dont je suis membre, sont venus pour relever des empreintes.

— Vous êtes ici depuis tout ce temps ?

Ce type devait avoir un emploi confortable.

— Non. J'ai fait des allers-retours. Cette fois, je suis arrivé jeudi soir et j'ai retrouvé un groupe d'amis partageant les mêmes idées.

Le professeur parut prendre ombrage de l'expression de Novak. Il avait l'habitude.

— Nous passons souvent nos week-ends et nos vacances à camper et à faire des randonnées nocturnes, à nous effrayer en hurlant dans les bois. Nous ne faisons de mal à personne.

— Vous avez fait une randonnée dans les bois avant-hier soir ?

Le professeur secoua la tête.

— Nous avons passé les nuits de vendredi et samedi à l'extérieur. La plupart des autres sont partis dimanche, mais j'ai décidé de rester quelques jours de plus. J'aime cette partie du monde.

Bien sûr.

— Vous avez vu quelque chose ?

Kennedy soupira.

— Pas cette fois.

— Que pouvez-vous me dire sur la femme qui est morte ?

Novak devait le ramener au sujet qui l'intéressait.

L'expression du professeur s'éclaircit et il détourna le regard.

— Je ne me souviens pas de son nom. Elle et son amie restaient très discrètes et ne se mêlaient pas beaucoup aux autres.

— Son amie ?

Les oreilles de Novak se dressèrent.

— Elles partageaient la tente là-bas. La jaune avec des traits bleus. Je pense que son amie s'appelle Kate ou quelque chose comme ça.

L'homme scruta la foule qui s'agitait.

— Je ne la vois pas.

— A-t-elle un nom de famille ? se renseigna Novak.

— Je suis très mauvais pour me souvenir des noms. Demandez à mes élèves.

Le professeur pinça les lèvres.

— Et maintenant, je ferais mieux de partir d'ici avant que mon université ne me voie aux informations du soir et ne me licencie. Ou bien que le shérif revienne et nous arrête tous parce que nous ne nous rangeons pas du côté des entreprises avides qui financent ses campagnes de réélection.

Novak récupéra les coordonnées de l'homme et une carte de visite. Puis il se dirigea vers la tente jaune, se faufilant entre les campeurs et leurs affaires, éparpillées comme des ordures. Ils les rassemblaient en évitant le contact visuel.

Charlotte se redressa. Il secoua la tête et elle se rapprocha de lui. Lorsqu'elle fut suffisamment proche, il se pencha plus près, remarquant l'odeur de citron vert qui se dégageait de sa peau. Elle était loin de sentir le bouc.

— Selon le professeur là-bas, la victime partageait une tente avec une autre fille, qui s'appellerait Kate, mais il n'en est pas sûr.

— La tente jaune ? demanda-t-elle en la pointant du doigt.

— Ouaip.

Il s'apprêtait à la laisser prendre la tête, mais elle lui fit signe d'avancer.

— Après vous, SSA Novak

— Vous ne pensez pas que je pourrais effrayer une femme seule, surtout dans ces circonstances ?

Elle sourit, et il fut à nouveau surpris par son calme, sa confiance, sans parler de son joli visage.

— C'est vous qui dirigez, Payne. Et je pense que l'on peut être aussi effrayant ou charmant que l'on veut l'être.

Charmant ? S'agissait-il d'un compliment ? Il ne savait pas si quelqu'un l'avait déjà qualifié ainsi.

La tente était proche de la lisière de la forêt, et des arbres s'élevaient tout autour. Un corbeau croassa bruyamment du haut d'un grand pin. Novak observa l'entrée de la tente, fermée hermétiquement. Manifestement, les adjoints n'étaient pas allés jusque-là avant leur arrivée à Charlotte et lui.

Ils s'arrêtèrent devant.

— Quiconque se trouve dans la tente, nous sommes les SSA Novak et Blood du FBI. Sortez. Nous aimerions vous parler.

D'après l'expression de Charlotte, il n'était pas aussi charmant qu'elle l'avait espéré.

— S'il vous plaît, ajouta-t-il tardivement.

Personne ne répondit. Il mit la main sur son arme, se pencha et remonta doucement la fermeture éclair. Encore ce bruit qui lui rappelait une housse mortuaire. Il ne se laissa pas distraire.

Charlotte se tenait de l'autre côté de la tente et avait dégainé son arme, mais la pointait vers le sol.

Au moins, ce n'était pas une pacifiste. Non pas que le FBI en emploie beaucoup.

Il écarta un pan de la toile. À l'intérieur se trouvaient deux sacs de couchage. L'un d'eux était ouvert et vide. Quelqu'un était enfoui dans l'autre, à peine visible sous une pile de vêtements et de draps.

— Madame ? J'ai besoin que vous sortiez de la tente quelques instants pour que je puisse vous parler.

Sa tête bougea d'un côté à l'autre et elle gémit.

Faisait-elle semblant ? Avait-elle une arme dans son sac de couchage ou cachée sous les couvertures ?

— Madame.

Il parla plus fort, mais la seule réponse fut le bruit rauque d'une respiration.

— Je ne suis pas sûre qu'elle soit consciente, dit Charlotte d'un ton ferme.

Des campeurs commençaient à s'agglutiner autour d'eux.

— Laissez-la tranquille, cria quelqu'un. Laissez-nous tranquilles !

Novak fronça les sourcils et regarda par-dessus son épaule, puis s'accroupit, jetant un coup d'œil à l'intérieur pour mieux évaluer la menace. Il avait besoin de savoir qu'ils n'allaient pas être bousculés par la foule avant de pouvoir s'occuper de ce qui semblait être une femme malade.

— Je crois qu'elle ne va pas bien, dit Charlotte à la foule agitée. Quelqu'un est-il allé la voir récemment ?

L'ambiance changea. Elle devint plus calme et rationnelle. C'était en partie en raison de son ton apaisant, et en partie de l'inquiétude évidente qui résonnait dans sa voix. Les gens traînaient des pieds et regardaient autour d'eux d'un air coupable.

— Je n'ai vu aucune d'entre elles depuis avant-hier.

— L'une des filles a parlé d'aller en Arizona pour Thanksgiving. Je ne les ai pas revues depuis.

— Je n'avais pas réalisé qu'elles étaient de retour...

— J'aurais dû aller les voir.

La foule s'éloigna peu à peu pour retourner à ses occupations.

Novak échangea un regard avec Charlotte, qui rangea son arme, indiquant qu'elle pensait également qu'il n'y avait pas de danger.

Novak se glissa à l'intérieur et vit que la femme était jeune. Une adolescente. Elle ne réagit pas à sa présence, mais gémit comme si elle souffrait. Il posa sa paume sur son front et sa peau grésilla sous ses doigts.

— Elle est brûlante. Elle a besoin d'un médecin ou d'aller aux urgences.

Charlotte se pencha vers elle.

— Vous pouvez la porter ?

Il lui jeta un regard.

— On doit l'emmener au ranch et la faire examiner par un médecin. Voir faire venir un hélicoptère pour la transférer à l'hôpital si c'est urgent.

Novak glissa ses bras sous ses épaules et ses genoux. Il la souleva sans difficulté et se traîna à genoux hors de la tente. Il se redressa ensuite.

— Où est Brenna ? demanda une femme qui était restée dans les parages.

Elle avait l'air d'avoir une soixantaine d'années. Elle avait de longs cheveux gris sous un foulard multicolore enroulé autour de sa tête.

— Brenna partage la tente de Kate ? demanda-t-il.

— Kayla, corrigea la femme avant de détourner le regard.

Les gens commençaient à comprendre où se trouvait Brenna.

Charlotte enfila des gants en latex. Elle se glissa dans la tente et la fouilla rapidement jusqu'à ce qu'elle trouve deux sacs à main. Elle les photographia sur place avant d'en retirer deux portefeuilles, de les ouvrir pour y trouver des pièces d'identité et de les placer dans des sacs à scellés qu'elle avait dans ses poches.

— Emmenez-la voir un médecin au plus vite. Je vais sécuriser la scène.

Elle était déjà en train de composer le numéro de McKenzie.

Novak prit la malade dans ses bras. Elle était très mince et frêle. Il ne voulait pas laisser Charlotte seule avec une foule d'étrangers, sans savoir s'ils étaient inoffensifs ou non.

— Allons-y tous les deux. Les techniciens de la scientifique pourront revenir plus tard.

Alors même qu'il prononçait ces mots, il sut qu'elle ne serait pas d'accord. Si c'était là que vivait leur victime, ils devaient analyser la scène. Et la femme qu'il tenait dans ses bras avait un besoin urgent de consulter un médecin.

Il regarda Charlotte d'un air indécis, ce qui ne lui arrivait jamais.

— J'appelle des renforts

— Si seulement nous n'avions pas renvoyé le shérif.

Son ton était léger et gentiment moqueur.

— Allez-y. Aidez cette pauvre fille. Je vais m'en sortir.

Novak perdait du temps. Il se dirigea vers la Chevrolet. Les gens du coin semblaient inoffensifs et Charlotte pouvait se débrouiller seule. Le souvenir de la victime lui traversa l'esprit.

Il se rendit à la voiture et fit glisser Kayla sur la banquette arrière. Elle ouvrit à moitié les yeux.

— TJ ?

Un éclair de satisfaction le traversa. Il y avait là un lien solide avec l'affaire. Elle devait savoir ce qui se passait.

— Non, ma belle, mais vous allez vous en sortir. Reposez-vous. Je vous amène chez un médecin.

Il s'assit sur le siège conducteur et démarra. Il avançait vite, mais pas autant qu'il l'aurait souhaité.

Une minute après le début du trajet, il se maudit déjà d'avoir laissé Charlotte derrière lui. Il sortit son téléphone portable pour appeler Angeletti, mais au moment où il le faisait, un de leurs Suburban blindés passa à proximité. Novak aurait dû savoir qu'ils viendraient l'aider, même s'il leur avait dit de se retirer. Il ne s'arrêta pas et ne ralentit pas lorsque l'appel aboutit.

— Quoi de neuf, patron ?

— Retrouvez la SSA Blood au campement. Interrogez les gens sur ce qu'ils savent de la victime et de son amie, Kayla.

— D'accord.

On aurait dit une question.

— On a sorti son amie de sa tente. Elle délire, mais elle est clairement impliquée d'une manière ou d'une autre. Je n'aime pas l'idée qu'un seul agent soit sur le terrain alors que nous ne connaissons pas la menace.

Il se serait inquiété pour n'importe qui. Ce n'était pas parce que Charlotte était une femme, bien qu'il s'inquiète davantage pour les femmes travaillant sur le terrain. Il savait qu'il s'agissait d'un préjugé, et il faisait de son mieux pour lutter contre.

— Compris. On va veiller sur elle, patron.

D'une manière ou d'une autre, Charlotte s'était faufilée sous son blindage et figurait désormais au nombre de ses responsabilités. *Pile ce dont j'ai besoin.* Il savait qu'Angeletti en ferait toute une histoire à un moment ou à un autre, mais pour l'heure, la priorité était de mener à bien sa mission.

Novak tourna à l'entrée du ranch sans ralentir, passa la porte ouverte de la grange et freina brusquement. La porte se referma derrière lui.

Novak bondit.

— Qu'est-ce que c'est ? aboya McKenzie, se dirigeant à grands pas vers lui.

Un ancien infirmier militaire était déjà sur la banquette arrière, penché sur la jeune malade.

— Un homme du campement a reconnu la victime sur la photo que nous lui avons montrée. Il m'a dit qu'elle partageait une tente avec une autre fille. Quand nous avons examiné la tente, nous avons constaté que cette femme ne réagissait pas. La SSA Blood a insisté pour que je l'amène ici afin qu'elle soit vue par un médecin. Charlotte est restée surveiller la scène.

Novak se pencha plus près de McKenzie pour que lui seul puisse l'entendre.

— La fille délire et m'a appelé TJ.

Les yeux de McKenzie s'écarquillèrent.

— Une idée de ce qu'elle a ?

Cette dernière question s'adressait à l'infirmier qui pinça les lèvres.

— Elle n'a pas de blessures apparentes. Elle a de la fièvre et est gravement déshydratée. Pour l'instant, je suppose qu'elle lutte contre la grippe ou une autre infection.

— Formidable. J'espère que tout le monde est à jour dans ses vaccinations, marmonna McKenzie.

— Toujours, mais il serait bon que les personnes qui la soignent portent un masque jusqu'à ce que nous soyons sûrs de ce qu'elle a.

L'infirmier sortit un masque N95 de sa mallette et le mit.

Novak prit une bouteille de désinfectant pour les mains dans la boîte à gants et s'en aspergea. Il tombait rarement malade et ne voulait pas que ça change.

— Quelles sont les options, patron ?

McKenzie mit ses poings sur ses hanches.

— J'ai besoin de lui parler, et je ne peux pas le faire tant qu'elle ne va pas mieux.

L'infirmier sauta du véhicule.

— Mon conseil serait de demander au médecin le plus proche une visite à domicile. Je peux lui poser une perfusion de sérum physiologique pour la réhydrater. Si elle a besoin d'être hospitalisée, c'est faisable. S'il s'agit d'une grippe sans complications, l'hôpital la renverra de toute façon chez elle et, comme elle vit dans une tente qui est probablement sur le point d'être mise en pièces par des techniciens spécialisés, elle sera sans abri. Au mieux, nous pourrions la perdre dans le système, au pire, elle pourrait mourir dans la rue. Ce serait probablement mieux qu'elle reste à proximité, pour qu'on puisse garder un œil sur elle.

McKenzie fronça les sourcils.

— Elle peut prendre ma chambre au ranch. Elle dispose

d'une salle de bain privée. Je veux limiter l'exposition potentielle du personnel du FBI, mais la garder à proximité pour l'interroger. Je veux savoir comment elle connaît TJ. Ce que faisait son amie sur la montagne. Occupez-vous d'elle jusqu'à ce que je puisse faire venir un médecin. Faites comme si elle était contagieuse pour l'instant.

— Et si c'était elle qui avait tué son amie ? demanda Novak à voix basse.

— Nous fermerons à clé pour assurer la quarantaine et nous posterons un garde devant sa porte. J'en parlerai au procureur général et je demanderai au directeur d'approuver la nomination d'un infirmier.

— Il pourrait vouloir l'enfermer dans un centre de détention, déclara Novak.

— Je le convaincrai. Je ne veux pas l'effrayer. Si elle entre dans le système, elle risque de se fermer. Je dois savoir ce qui s'est passé sur cette montagne, déclara McKenzie.

— Et pourquoi elle pensait que TJ pouvait être son sauveur, murmura Novak en regardant son patron s'éloigner.

CHAPITRE ONZE

Charlotte s'impatientait. Elle n'avait qu'une envie : se glisser dans la tente et commencer à enquêter. Ils avaient enfin une piste sur la victime. Quelqu'un qui devait savoir ce qu'elle fabriquait dans la montagne et qui pouvait être responsable de sa mort. Kayla avait certainement des informations qui leur seraient utiles. Elle envoya à McKenzie des images des permis de conduire des deux femmes. Brenna Longie et Kayla Russell. Puis elle se força à patienter dehors. En l'absence de renforts, elle devait surveiller les alentours afin de ne pas tomber dans une embuscade tendue par quelqu'un qui aurait des intentions cachées.

La plupart des activistes avaient quitté les lieux, mais il restait quelques retardataires.

— Connaissiez-vous les femmes qui vivaient dans cette tente ? demanda-t-elle à une femme qui se trouvait à proximité et qui était en train de démonter la sienne.

La femme, vêtue d'un jean sale, d'une polaire violette et de chaussures de randonnée élimées, se releva et s'essuya les mains sur les cuisses.

— Je m'appelle Charlotte Blood. Avez-vous entendu parler de ce qui s'est passé sur la montagne ?

— Oui.

La femme s'approcha d'un pas et Charlotte lui tendit la main.

— Judith Thomas.

La femme se présenta, comme à contrecœur. Les habitudes et les normes sociales étaient souvent bien utiles dans son travail.

— Il y a eu des échanges de tirs entre la police et les voyous qui vivent à l'intérieur de cette monstruosité en béton. On a entendu les coups de feu. C'était terrifiant. Puis aux informations hier soir, ils ont annoncé qu'ils avaient trouvé le corps d'une femme. C'était Brenna ?

Charlotte ressentit une vague de compassion face à la tristesse qu'elle vit dans les yeux de Judith. Elle sortit son téléphone et fit apparaître une image recadrée du visage de la victime allongée sur la table d'autopsie.

Après y avoir jeté un coup d'œil réticent, Judith se pencha, appuya ses mains sur ses genoux et respira profondément.

— Oui. C'est Brenna. Oh, c'était une fille si gentille.

— Toutes mes condoléances, dit doucement Charlotte.

— Comment est-elle morte ? On lui a tiré dessus ?

— Nous en saurons plus après l'autopsie. Nous essayons toujours de comprendre ce qui s'est passé exactement sur la montagne hier.

Le chagrin était une émotion puissante qu'il fallait du temps pour maîtriser. Le silence était le meilleur outil dont disposait un négociateur. Charlotte attendit patiemment que Judith essuie ses larmes.

Les secondes s'égrenèrent. Dix, vingt. Trente.

— Les filles sont arrivées au printemps, dit Judith en pleurant. Elles étaient toutes les deux calmes et assez timides. Elles se sentaient suffisamment concernées pour venir ici et essayer de sauver les forêts anciennes, mais elles restaient entre elles et ne voulaient pas s'impliquer dans la politique du campement.

— La politique du campement, dit Charlotte en écho.

Judith eut un rire amer.

— Oui. Croyez-le ou non, il y a des gens ici – généralement des hommes – qui croient qu'ils ont le droit de nous dicter comment nous devons nous comporter. Ils disent que nous ne pouvons agir efficacement que si un comité se met d'accord sur les mesures à prendre.

Elle regarda l'ensemble des tentes.

— La plupart d'entre nous sont venus ici pour protester, pour élever la voix contre les grands conglomérats, et nous finissons par être réduites au silence par nos compagnons de protestation.

— Il y a eu des luttes intestines parmi les manifestants ?

Judith laissa échapper un rire amer.

— Oh que oui. Il ne fait aucun doute que nous avions besoin d'un certain degré d'organisation. La moitié de ces gens ne peuvent même pas décider de l'heure à laquelle ils se lèvent le matin, et encore moins organiser des manifestations dignes de ce nom.

Elle plissa les yeux.

— En fait, certains d'entre eux sont tellement nuisibles à notre cause qu'ils sont probablement payés par la société d'exploitation forestière pour rendre notre groupe dysfonctionnel ou le faire imploser. Nous avons le droit de manifester pacifiquement.

Charlotte émit un léger bruit d'encouragement. Quelles que soient ses opinions, elle n'était pas là pour être d'accord ou non avec cette femme. Elle voulait créer un lien et lui soutirer des informations, ce qui était un brin calculateur, mais c'était ainsi qu'elle obtenait des résultats.

— Les personnes qui ont pris les commandes sont une bande d'autocrates qui aiment déléguer et ne pas faire grand-chose.

Le souffle frissonnant de la femme agita ses épaules.

— Ils me rappellent tellement mon ex-mari que j'ai failli partir une dizaine de fois.

— Je suis désolée.

Charlotte lui toucha le bras en signe de compassion.

— Peut-être pourriez-vous me donner certains de leurs noms afin que je puisse les interroger ?

Les lèvres de Judith se retroussèrent en un sourire.

— J'en serais ravie.

Charlotte nota tous les noms à donner aux analystes.

Certaines personnes se préparaient à partir. Charlotte devait toutes les interroger. Mais elle voulait obtenir plus de détails sur la dynamique du campement et, plus important encore, elle avait besoin d'en savoir plus sur Brenna.

— Tout ce que vous pouvez me dire sur les filles me serait utile. Savez-vous d'où elles sont originaires ?

— Pourquoi ? demanda Judith avec méfiance.

— Nous espérions pouvoir informer les proches plutôt que de les laisser apprendre la nouvelle par les journaux télévisés.

La honte s'afficha sur les traits de Judith. Elle se cacha les yeux avec ses mains.

— Bien sûr.

Elle déglutit convulsivement.

— J'étais quelqu'un de bien, je vous le jure. Une imbécile confiante. Je me bats contre les grandes entreprises et la corruption depuis si longtemps que je suis devenue secrète et méfiante à l'égard de l'autorité, un peu comme ces gens qui se sont retranchés dans ce complexe.

— Les avez-vous déjà rencontrés ?

Judith haussa les épaules.

— J'ai croisé des hommes dans les bois. Il aurait pu s'agir de randonneurs ou même d'employés de l'entreprise d'exploitation forestière, mais je ne le pense pas.

Elle frissonna.

— Cette façon dont ils me regardaient...

Elle fit claquer ses solides bottes sur le sol dur.

— Ils ne m'ont jamais souri ni saluée. Ils avaient toujours l'air de se méfier de ce que je faisais là, alors que ce n'étaient pas leurs affaires.

Une rafale de vent glacial balaya le campement, agitant les toiles de tente comme les voiles d'un bateau. Charlotte leva les yeux vers le ciel gris laiteux en espérant qu'il ne neige pas. Elle aurait également souhaité avoir plus qu'un sweat à capuche en polaire pour se réchauffer.

Judith leva des yeux rouges vers le ciel.

— Brenna et Kayla sont toutes deux de bonnes filles. Je suis presque sûre que Brenna était la sœur aînée, mais elles n'ont jamais dit qu'elles étaient apparentées. Seulement amies. Elles ont dit aux gens qu'elles avaient l'intention de visiter la Vallée de la Mort à Thanksgiving, mais je ne suis pas convaincue qu'elles soient parties, en définitive.

La femme fronça ses sourcils gris.

— J'ai toujours eu l'impression qu'elles se cachaient de quelque chose, mais c'est ce que je ressens chez beaucoup de gens ici, même le professeur.

Elle fit un signe de tête en direction de l'homme à qui Novak avait parlé plus tôt et qui était occupé à ranger sa tente.

— C'est l'un des passionnés de Bigfoot.

Judith se mordit la lèvre comme s'il s'agissait d'un aveu.

— Vous y croyez, vous ? demanda Charlotte.

— Non. Mais Alan peut être très persuasif.

Charlotte haussa les sourcils. On aurait dit qu'ils avaient été proches.

— Quelqu'un ici était-il particulièrement amical avec Brenna et Kayla ?

Judith pinça les lèvres.

— Pas vraiment. Je ne m'en étais pas rendu compte jusqu'à présent, mais elles étaient très discrètes. Elles étaient polies et venaient toujours aux manifestations et assistaient aux réunions, mais elles passaient beaucoup de temps dans leur tente, ou dans les bois, à observer la nature. Brenna avait un beau reflex qu'elle emportait partout avec elle.

Charlotte se demanda si l'appareil photo se trouvait quelque part dans la tente ou si Brenna l'avait emmené dans la montagne. Charlotte se souvint du signalement qui avait conduit l'agent de protection de la nature jusque-là.

— A-t-on déjà signalé un problème de cougar dans la région ?

— À part moi ?

Judith éclata de rire, puis redevint sérieuse.

— Ils rôdent dans les parages, mais nous n'avons pas eu de problèmes sérieux avec la faune sauvage. Nous faisons attention aux réserves de nourriture et aux déchets.

Elle indiqua les poubelles à l'épreuve des ours près de la route.

— Quand avez-vous vu Brenna ou Kayla pour la dernière fois, avant aujourd'hui ?

La femme réfléchit.

— J'ai vu Brenna revenir avec des courses mardi matin.

On était jeudi.

— Laquelle est sa voiture ? demanda Charlotte.

— La Toyota hybride bleue.

Judith commença à se tordre les mains.

— J'aurais dû venir leur demander si elles allaient bien. Leur offrir de la nourriture ou une boisson chaude. Je suis tellement habituée à ce que tout le monde soit autonome que j'ai cessé de demander aux gens s'ils avaient besoin d'aide. Quel genre d'être humain cela fait-il de moi ?

Une personne normale. Charlotte lui toucha le bras.

— Je suis sûre que vous avez été gentille avec elles. La gentillesse compte beaucoup plus que ce que l'on croit.

La femme renifla.

— Je suppose. Je vais y aller maintenant. Je pense que nous allons tous partir.

La tristesse planait lourdement dans l'air.

— La société d'exploitation forestière a finalement obtenu ce qu'elle voulait. Dommage qu'il ait fallu la mort d'une femme et deux blessés parmi les forces de l'ordre.

La femme inclina la tête.

— Ce qui est ironique, c'est que le FBI ne serait pas venu pour la mort de Brenna. Le shérif s'en serait certainement moqué. Son meurtre aurait été ajouté à celui de toutes les autres femmes mortes dans le monde dont personne ne se soucie.

— D'autres femmes ?

S'agissait-il d'une déclaration générale sur le nombre de meurtres non élucidés ou de quelque chose de plus spécifique ?

— Croyez-vous qu'un tueur en série opère dans cette région ?

— Non, répondit Judith en croisant les bras sur sa poitrine plate et en frissonnant. Pas que je sache, en tout cas. Je faisais référence aux femmes indigènes disparues et assassinées dont personne ne semble se soucier.

— Je m'en soucie, dit Charlotte avec fermeté. Je m'en suis toujours souciée. C'est pour ça que j'ai rejoint le FBI.

Elle avait besoin que cette femme sache qu'elle n'était pas une sorte de drone du gouvernement. Mais le FBI n'enquêtait pas sur les meurtres en temps normal. Cette tâche incombait aux autorités locales.

— J'apprécie que vous soyez si franche avec moi. Accepteriez-vous de me donner votre numéro de téléphone et votre adresse pour que je puisse vous contacter si j'ai d'autres questions ?

Elles se regardèrent pendant un moment.

Après un long moment, la femme lui donna les informations, mais elle avait l'air contrariée.

— Je suppose que je vais être ajoutée au système comme une sorte de subversive maintenant.

— Le FBI ne cherche pas à priver les gens de leurs droits constitutionnels. Je cherche à savoir exactement ce qui est arrivé à Brenna.

Charlotte lui tendit une carte de visite.

— Appelez-moi si vous vous souvenez de quelque chose. Ou si vous avez des problèmes – en supposant que vous ne les avez pas causés, ajouta-t-elle en souriant.

Judith glissa la carte dans sa banane alors qu'un Suburban noir arrivait et que quatre opérateurs de la HRT en sortaient, tout en muscles.

Judith s'éventa.

— Si je dois être arrêtée un jour, je veux que ce soit par l'un deux. Ce sont de sacrés spécimens, mais ils ne valent pas l'homme avec qui vous êtes arrivée.

Une fossette lui creusa la joue et elle sourit.

— Il y a vingt ans, je lui en aurais fait voir de toutes les couleurs.

La mâchoire inférieure de Charlotte se décrocha, mais la

femme s'éloigna. Charlotte n'avait pas remarqué que Payne Novak avait l'étoffe d'un dieu du sexe. Sauf quand il était nu. Et quand Fontaine l'avait reluqué comme s'il s'agissait d'un sundae au caramel, et qu'elle suivait un régime pauvre en glucides.

— Par quoi devons-nous commencer, SSA Blood ? demanda un opérateur de la HRT lorsqu'il arriva à ses côtés.

Charlotte cligna des yeux pour chasser l'image de Novak nu.

— L'ASAC McKenzie envoie une équipe de la scientifique le plus rapidement possible pour examiner cette tente et la Toyota bleue. En attendant, interrogez les personnes qui font leurs bagages. Récupérez leurs noms et adresses, et comparez-les aux plaques d'immatriculation des véhicules. Demandez-leur si elles connaissent Brenna et Kayla, les femmes qui vivaient cette tente jaune, et quand elles les ont vues pour la dernière fois. Et si elles se trouvaient sur la montagne mardi soir ou mercredi matin.

— Autre chose, SSA Blood ?

— Oui.

Elle croisa le regard intensément sérieux de l'opérateur de la HRT.

— Appelez-moi Charlotte.

— Bien, madame.

CHAPITRE DOUZE

Assis sur une chaise en plastique dans le coin de la pièce, TJ avait du mal à garder les yeux ouverts.

— Va dormir, fils.

La main de son père se posa lourdement sur son épaule et la serra.

TJ secoua la tête et se redressa.

— Je veux rester là pour savoir ce qui se passe.

Il frotta distraitement son pouce sur la crosse de son pistolet.

Tom mit ses mains sur ses hanches et étira son dos.

— Il faut que tu te reposes, tu as passé la nuit debout. Tu as mangé au moins ?

TJ secoua la tête.

— Je n'ai pas faim.

Comment pourrait-il manger alors qu'il avait perdu la fille qu'il aimait, qu'il avait jeté l'opprobre sur le nom de sa famille et qu'il avait mis tout le monde en danger ? Il avait regardé le bandeau défiler en bas des écrans d'information toute la nuit. Son nom et celui de son père étaient affichés sur toutes les chaînes de télévision, alors que Tom Harrison avait toujours tenu à passer inaperçu. Tom sourit patiemment.

— Tu n'as pas mangé depuis le petit déjeuner d'hier. Tu dois garder des forces.

TJ poussa un profond soupir. Il savait que c'était vain de se disputer avec son père, et il était soulagé que ce dernier se tienne fermement à ses côtés.

— Tu veux que j'aille te chercher quelque chose ?

Tom acquiesça.

— Avec plaisir. Quand tu auras mangé, ramène-moi un bol de soupe et un morceau de pain.

TJ hocha la tête. Il savait que c'était un stratagème pour le faire aller à la cantine. Ça ne lui donnerait pas davantage faim. La simple idée de manger lui donnait la nausée.

Il se glissa hors de la pièce, conscient de la désapprobation silencieuse des deux hommes qui regardaient les images de surveillance avec son père. Une fois passée la porte, dans le couloir principal qui faisait le tour du niveau inférieur du complexe, TJ jeta un coup d'œil à droite, vers leurs quartiers d'habitation, à son père et lui.

Bien qu'éreinté, il ne pouvait pas dormir. Chaque fois qu'il fermait les yeux, il revoyait la peau translucide et les cheveux d'un noir d'encre de Kayla, allongée dans la terre. Il se rappela la sensation de sa peau fraîche et sans vie sous ses doigts, et la culpabilité l'envahit. Comment avait-il pu être repoussé par la femme qu'il aimait ? Comment avait-il pu la laisser ? Comment avait-il pu s'enfuir ?

Il n'en savait rien. Il avait commis tellement d'erreurs. Il n'avait même pas encore commencé à digérer sa perte. Il était encore en état de choc et effrayé.

Il tourna à gauche et grimpa, engourdi, une volée de marches en béton jusqu'à la cuisine commune. Son père avait acheté leur maison à un homme qui était persuadé que la guerre froide allait devenir nucléaire. Ça n'avait pas été le cas. Le vieil homme était mort d'un cancer, trop paranoïaque pour accepter les soins appropriés. C'était un des millions de cousins de la mère de TJ, et le père de TJ avait obtenu cette maison pour une bouchée de pain, tant elle était en retrait du monde.

Le couloir était plus large à ce niveau, et TJ se força à avancer lentement. Il connaissait tous ceux qui vivaient là et s'entendait avec la plupart des gens, à l'exception de son oncle qui trouvait toujours à redire à tout ce qu'il faisait.

Ce matin-là, personne ne croisa son regard. La pièce devint silencieuse lorsqu'il entra. Son sourire faiblit. Une femme prit une petite fille dans ses bras alors que l'enfant se précipitait vers elle.

La sensation d'étouffer menaça de s'étendre et de lui couper les voies respiratoires, mais il l'ignora et attrapa calmement un plateau, y déposa un bol de soupe et un petit pain, ainsi qu'un verre d'eau et une pomme. Réalisant qu'il n'avait aucune envie de revenir de sitôt, il ajouta une seconde portion de tout.

— Ne sois pas si vorace. Au cas où tu ne l'aurais pas remarqué, on est rationnés, lui lança brusquement la cuisinière.

TJ tressaillit. De toute sa vie, il n'avait jamais été accusé d'être « vorace ». Mais il n'avait jamais été accusé de meurtre non plus.

— J'apporte son déjeuner à mon père et je viens chercher le mien au passage. Je suppose que tu n'y vois pas d'objection, étant donné que tu te trouves dans sa cuisine ?

La femme pinça les lèvres et détourna le regard.

— Bien sûr que non. Dis à Tom que je peux lui envoyer un plateau quand il a besoin de quelque chose.

— Je ne manquerai pas de le mentionner.

La désapprobation qu'il sentait dans son sillage lui fit l'effet d'un souffle glacial dans le dos. Il serra le plateau plus fort tout en négociant les escaliers qui le ramenaient à la salle des écrans.

Deux hommes discutaient dans le couloir, mais s'arrêtèrent lorsqu'ils l'aperçurent. Ils l'observèrent avec prudence. L'un d'eux était son oncle, Malcolm.

TJ tapa la porte de la salle du bout du pied.

— C'est moi.

Une fois à l'intérieur, la tension se concentra à nouveau sur lui. L'air vibrait de toutes les paroles prononcées en son absence et se tassait sous le poids de la désapprobation.

— Tiens, papa.

Il posa le plateau sur le bureau à côté de son père.

— Merci.

Tom prit le bol et la cuillère. Il souffla sur la soupe avant de la boire.

— Tu ne manges pas ?

Il fit un signe de tête vers l'autre bol.

TJ prit la soupe sur le plateau, mais ne put se résoudre à la goûter. Il jeta un coup d'œil aux écrans, s'attendant à voir encore la même boucle d'information continue. Il se figea lorsque l'image d'une femme apparut à l'écran.

— Monte le son, ordonna-t-il.

L'homme avec la télécommande lui lança un regard maussade qui n'échappa pas à son père. Même les personnes qui connaissaient TJ depuis des années pensaient qu'il avait tué une femme et qu'il avait délibérément amené les ennuis à leur porte.

La femme à l'écran ressemblait beaucoup à Kayla. Elle avait les mêmes cheveux noirs et la même corpulence. Mais ce n'était pas Kayla.

— La femme retrouvée morte sur le flanc d'Eagle Mountain, à l'origine d'un affrontement armé entre le gouvernement fédéral et une milice armée, serait Brenna Longie, originaire de Pennsylvanie. Aucun détail n'a été communiqué sur les circonstances de sa mort.

Les mêmes informations revenaient ensuite inlassablement, mais une seule idée tournait en boucle dans l'esprit de TJ.

Ce n'était pas Kayla. Ce n'était pas Kayla. Ce n'était pas Kayla.

Elle lui ressemblait tellement… Les flics s'étaient-ils trompés ? Kayla pouvait-elle être morte, mais la police l'aurait mal identifiée ? Ils auraient affiché la mauvaise photo à la télé ? Était-ce un piège ?

Cela semblait peu probable, ce qui signifiait que Kayla était peut-être encore en vie.

Où était-elle ? Pourquoi n'était-elle pas venue à leur rendez-vous habituel ? Était-elle en danger ? Avait-elle parlé d'eux aux fédéraux ? Avait-elle encore envie d'être avec lui après tout ce qui s'était passé ? Il devait trouver des réponses.

— Fils ?

La voix de son père s'immisça dans ses pensées tourbillonnantes. De toute évidence, Tom essayait d'attirer son attention depuis un certain temps.

TJ secoua la tête. La situation n'avait pas changé. Le FBI le recherchait toujours pour l'interroger.

— Fils. Tu connais cette femme ?

— Quoi ? Non. Je ne l'ai jamais vue avant hier, quand je l'ai trouvée, et je n'ai pas vu son visage.

— D'après ton expression, tu avais l'air de la connaître, dit Malcolm d'un ton narquois.

TJ n'avait pas vu son oncle entrer dans la pièce.

— Je jure sur ma vie que je n'ai jamais vu cette pauvre femme auparavant.

Les lèvres de Malcom se retroussèrent.

TJ aurait voulu le frapper, mais ça n'aurait fait que démontrer son manque de contrôle et ça aurait prouvé sa culpabilité aux yeux de certaines personnes.

— Tu es sûr que ce n'était pas ta chérie ?

TJ fixa Malcolm du regard.

— Comment ça ?

— Peut-être que tu t'es éclipsé pour goûter au fruit défendu et que tu l'as accidentellement tuée. Je sais que tu sors généralement en douce le mercredi. Je t'ai vu faire quelques fois.

Un fruit défendu ? Kayla n'était pas une putain de pomme.

— J'ai dit que je ne connaissais pas la victime.

TJ haussa le ton alors que la sueur commençait à recouvrir sa peau. La supposition de Malcolm était suffisamment proche de ce qui s'était passé pour que la vérité puisse paraître accablante, même si la conjecture était totalement inexacte.

— Est-ce que tu insinues que je mens ?

Malcolm haussa les épaules, n'étant pas assez courageux pour s'opposer directement à son père.

Les émotions se bousculaient chez TJ. Une partie de lui se réjouissait de la possibilité que Kayla soit en vie, mais était-elle en danger ? Et puis il y avait le mystère de ce qui était arrivé à l'autre femme. Brenna Longie connaissait-elle Kayla ? Étaient-elles apparentées ? Elles se ressemblaient beaucoup, mais Kayla n'avait jamais parlé d'une sœur. Elle avait parlé d'une amie avec qui elle voyageait...

TJ ne voulait pas partager ses pensées avec qui que ce soit. Il ne voulait pas que Malcolm sache que Kayla existait. Ni les autorités. Et s'ils l'utilisaient contre lui ? Ou pire, contre son père ?

Il devait assurer la sécurité de Kayla, et le meilleur moyen d'y parvenir était de garder le secret.

Une sonnerie retentit, et Malcolm sortit un téléphone satellite de la poche de sa veste. Son père avait branché un relais à l'intérieur du bâtiment quelques années auparavant pour augmenter le signal souterrain.

Malcolm s'apprêtait à répondre, mais son père l'en empêcha.

— Tu ne penses pas que les fédéraux surveillent tes appels ?

L'expression de son père était réservée, mais TJ remarqua un infime signe de mépris sur ses lèvres.

Malcolm regarda le téléphone comme s'il était soudain pourvu de dards.

— Il est possible qu'ils l'utilisent également comme dispositif d'écoute. Je ne sais pas quelles sont leurs capacités aujourd'hui, mais je sais que certains hommes politiques devraient être beaucoup plus inquiets qu'ils ne semblent l'être. Tu dois le détruire.

Malcolm poussa un juron et jeta un coup d'œil autour de lui. Il fourra le téléphone dans la poche de sa veste.

— Il a coûté cher.

Tom haussa les épaules. Tous ces gens vivaient de sa charité.

— Je ne te demande pas de le détruire à coups de marteau. Éteins-le et laisse-le dans ton congélateur ou sous un pull dans tes tiroirs.

Il jeta un coup d'œil sévère à la salle.

— Dites à tout le monde que je veux que tous les téléphones portables restent dans les chambres sans batteries ni cartes SIM jusqu'à la fin de l'opération, même ceux sur lesquels les enfants jouent. Qui est-ce qui t'appelait, d'ailleurs ?

Malcolm bégaya avant de cracher :

— Probablement Grand-père Ray. Il a appelé par intermittence toute la matinée après avoir regardé les informations. Il veut savoir ce qui se passe.

Le grand-père paternel de la mère de TJ était encore en vie. À près de cent ans, il avait refusé de vivre avec eux dans le bunker. Il disait qu'il avait hâte de rencontrer son créateur et qu'il se retrouverait bien assez tôt sous terre comme ça. TJ commençait à le comprendre.

Tom jeta un coup d'œil aux écrans.

— Je pense que grand-père Ray en sait autant que nous.

Un mauvais pressentiment s'empara de TJ.

— Peut-être qu'on devrait parler aux autorités fédérales. Leur expliquer qu'il s'agit d'un terrible malentendu.

Il regarda le téléphone qui se trouvait à proximité, déconnecté de la prise téléphonique.

Son père vint se placer devant lui.

— As-tu tué cette femme ?

TJ se redressa.

— Non, monsieur.

Son père passa son doigt sur l'égratignure de la joue de TJ.

— Ce connard a failli te faire perdre un œil.

TJ tressaillit. Il avait oublié la blessure causée par le ricochet.

— Je finirai par leur parler, dit son père à voix basse. J'attends juste le bon moment.

— Et ce sera quand, au juste ? demanda Malcolm, se remettant de son désarroi lié aux téléphones satellites.

— Quand je serai prêt.

Son père éleva la voix, ce qu'il faisait rarement, mais la situation sortait de l'ordinaire.

— En attendant, assurons-nous que notre chez-nous est

sécurisé à la fois physiquement et électroniquement, c'est compris ?

Tom adressa à Malcolm un signe de tête que l'homme lui rendit lentement.

TJ retourna à sa chaise et prit sa soupe. Elle était froide maintenant, mais il se rendit compte qu'il devait être paré à toute éventualité. Il mangea machinalement sans avoir faim. Il regarda la télévision, même s'il n'avait pas envie qu'on lui rappelle en permanence tout ce qui s'était passé. Et il pensa à Kayla, à l'endroit où elle pouvait se trouver et à ce qu'elle pouvait faire. Avait-elle peur ? Croyait-elle qu'il avait tué cette fameuse Brenna ? Cette idée le minait. Il fallait qu'il clarifie les choses. Mais il n'était pas sûr de savoir comment s'y prendre.

CHAPITRE TREIZE

Novak profita d'être libéré de sa jolie collègue quelques instants pour faire le point avec ses troupes. La première équipe de snipers avait mis en place un système de surveillance, mais personne ne semblait vouloir sortir de l'enceinte. La deuxième équipe était désormais en position et on attendait la tombée de la nuit pour permuter. Romano et lui prévoyaient de se rendre au sommet de la montagne pour voir s'ils ne pouvaient pas obtenir de précieuses informations sur l'intérieur de cette installation.

— Tenez-moi au courant, dit McKenzie en traversant la grange à grandes enjambées après avoir déposé ses affaires sur une couchette d'appoint.

— Oui, patron.

Le commandant s'arrêta au milieu de sa course et l'agent Fontaine, qui travaillait en étroite collaboration avec lui, faillit lui rentrer dedans.

— Où se trouve la SSA Blood ? demanda McKenzie.

Novak sentit sa peau se hérisser.

— Toujours au campement.

— N'oubliez pas d'aller la chercher en partant, dit McKenzie d'un air entendu.

— Oui, monsieur.

Novak et Romano échangèrent un regard. *Merde.*

Trente minutes plus tard, Novak s'avança sur l'herbe jusqu'à l'endroit où Charlotte orchestrait l'interrogatoire des écologistes dans leur campement délabré.

— C'est l'heure.

— Je suis occupée.

Elle fronça les sourcils et détourna le regard en ordonnant à l'un de ses hommes d'interroger un autre groupe de personnes.

— Ce sont les ordres de McKenzie.

Elle se tendit.

— Mince. J'avais oublié cette histoire.

— Ne m'en parlez pas. Quoi qu'il en soit, nous avons passé la matinée à faire ce que vous vouliez. Maintenant c'est mon tour.

Elle balaya la zone du regard, frustrée. L'équipe Charlie était occupée à prendre des dépositions, et une équipe de la scientifique s'occupait de la tente jaune et de la Toyota bleue sur le parking improvisé de l'autre côté de la route. Il savait qu'il était logique que ses hommes s'en occupent – ils étaient tous d'anciens agents de terrain – pour éviter au Bureau d'avoir à envoyer des renforts. Mais tout ce qui empêchait ses hommes de s'entraîner ou les détournait de leur mission pouvait coûter la vie à quelqu'un. Le fait qu'il ne grince pas des dents et qu'il ne leur crie pas de retourner au centre de commandement témoignait d'une grande retenue de sa part, une retenue dont Charlotte Blood n'avait pas idée. Elle bondit.

— McKenzie vous a sérieusement demandé de venir me chercher ? Il n'a pas encore abandonné son idée stupide ?

— Apparemment pas.

Novak commençait à se faire à la présence de Charlotte à ses côtés. Sur le plan professionnel. Il était beaucoup moins déçu qu'elle ne semblait l'être.

— Où allons-nous ? demanda-t-elle.

— Faire une randonnée.

Elle acquiesça sans poser plus de questions et le suivit jusqu'à la Chevrolet. Elle s'adressa à tous ses hommes par leur prénom lorsqu'elle passa devant eux. Elle assimilait rapidement les informations, comme tout le monde au CIRG. Il pensa à lui ouvrir la portière, mais s'installa plutôt sur le siège du conducteur. Ce n'était pas qu'il n'était pas un gentleman. Ils étaient au travail, ils étaient des égaux, et les autres devaient la considérer comme telle.

Romano s'assit à l'arrière, avec ses mallettes sur le sol à côté de lui. À l'abri des regards.

— Qu'est-ce qu'il se passe ? demanda Charlotte en bouclant sa ceinture tandis que Novak enclenchait la marche avant et appuyait sur l'accélérateur.

— Romano veut tester quelques gadgets et j'aimerais voir la montagne à la lumière du jour.

— Très bien. On a du nouveau concernant Kayla ?

Charlotte se frotta les mains, puis récupéra ses gants qu'elle avait laissés plus tôt dans la boîte à gants. Pour ce qu'ils lui avaient servi...

— L'un de mes hommes est un ancien infirmier militaire et il l'a mise sous perfusion pour l'hydrater, et un médecin local est en route. L'hypothèse est qu'elle a la grippe.

Il lui tendit une petite bouteille de désinfectant pour les mains.

Elle soupira, retira ses gants et en appliqua généreusement.

— McKenzie veut la faire soigner au ranch.

Charlotte se mordit la lèvre.

— Il est évident que si elle est gravement malade, elle devra être hospitalisée

— Oui. Mais de cette façon, nous ne risquons pas de la perdre.

Charlotte se blottit dans sa polaire. Bon sang, elle avait besoin de quelque chose de plus chaud.

— C'est une bonne idée. Ce n'est pas comme si elle avait un autre endroit où aller de toute façon.

Il hocha la tête. La veille, ils se seraient disputés à propos de cette décision, mais au cours des dix-huit dernières heures, ils s'étaient mis au diapason. Peut-être que McKenzie avait eu raison de les forcer à travailler ensemble. Non pas que Novak n'ait pas eu envie de retourner auprès de la HRT.

Il se gratta l'épaule, surprit le sourire de Romano dans le rétroviseur et plissa les yeux. Novak savait ce que signifiait ce sourire en coin. Il ne mordrait pas à l'hameçon. Les gars pensaient tous qu'il était hilarant qu'il soit forcé de s'associer à Charlotte et faisaient probablement des paris très inappropriés sur leur lieu de travail.

Il reprit la route en direction de l'endroit où ils avaient commencé leur randonnée avec l'agent Fontaine la veille. Il se gara à une centaine de mètres de deux voitures de police.

Charlotte fit un signe de la main affable aux agents, et l'un d'entre eux lui rendit la pareille. Les médias avaient été repoussés à un kilomètre de là et les avions interdits de vol au-dessus de la zone afin qu'ils ne puissent pas rendre compte des activités du FBI.

Novak sortit et balaya la zone du regard. Il ne voyait pas âme qui vive. Ce qui ne voulait pas dire qu'il n'y avait personne.

— Enfilez un gilet pare-balles sous votre polaire, dit-il à Charlotte avant de se rappeler qu'il n'était pas son supérieur.

Elle lui jeta un regard, mais prit ce dont elle avait besoin à l'arrière. Au moins, elle était assez intelligente pour ne pas débattre avec lui sur des questions de bon sens.

Il grogna.

Pensait-elle la même chose de lui ? Il savait qu'elle le prenait pour une tête brûlée. Ce que les autres pensaient de lui en dehors de son équipe n'aurait pas dû avoir tant d'importance, mais pour une raison ou une autre, c'était le cas. Il devrait mettre de côté son ego fragile.

Romano claqua la portière et tendit à Novak l'une des mallettes métalliques. Romano portait la deuxième, plus volumineuse.

— Je peux porter quelque chose ? demanda Charlotte.

— Dit la femme qui a des roues sur ses bagages, plaisanta Novak.

Elle mit les mains sur ses hanches.

— Je savais que vous aviez un problème avec ça.

Elle portait toujours le bonnet à pompon, et il était difficile de la prendre au sérieux. Pourtant, il réalisa soudain que c'était le cas. Bien qu'elle soit douce et agréable à l'extérieur, c'était un sacré bon agent.

— Vous pouvez porter ça si ça ne vous dérange pas.

Romano lui tendit une sacoche d'ordinateur portable, qu'elle passa en bandoulière.

Elle sourit à l'homme et Novak eut l'impression de recevoir un coup de pied dans l'estomac. Elle souriait à tout le monde comme s'ils représentaient quelque chose pour elle. Tout le monde sauf lui.

Il devait arrêter de tout prendre personnellement.

— Les adjoints du shérif sont censés avoir bouclé l'endroit, mais je ne suis pas convaincu que le barrage soit fiable à 100 %, déclara Novak à voix basse. Les snipers n'ont vu aucun mouvement, mais leur champ de vision est limité à l'ouest.

Gardez les yeux grands ouverts et baissez le volume. Je ne veux pas que quelqu'un s'intéresse à ce que nous faisons.

Ils marchaient en silence, Novak en tête, évitant les caméras que son équipe avait repérées le matin même. Ils avaient également trouvé une série de câbles qui avaient probablement déclenché des alertes à l'intérieur du bunker de Harrison. Novak ne comptait pas s'en approcher.

Ils trouvèrent un endroit près du ruisseau, hors de portée des caméras devant lesquelles il s'était déshabillé la nuit précédente. Personne ne l'avait jamais accusé d'être prude. Si cela avait permis de sauver des vies, il n'aurait eu aucun problème à se promener nu en permanence. Il s'en serait moqué, excepté que sa peau n'était pas bien camouflée et qu'elle n'était certainement pas à l'épreuve des balles.

Quelques buissons bas et le tronc d'un arbre mort constituaient un bon abri. Ils posèrent les mallettes sur le sol et Romano ouvrit d'un coup sec les loquets.

Les yeux de Charlotte s'illuminèrent lorsqu'elle jeta un coup d'œil à l'intérieur.

Romano s'assit dans l'herbe gelée, les jambes croisées, et commença à configurer les drones miniatures.

Charlotte s'agenouilla près de lui, regardant la caméra s'afficher.

Novak scruta les alentours à la recherche d'un danger. Du moins, il essayait de le faire. Mais il se laissa distraire par la façon dont les lèvres de Charlotte s'incurvèrent de plaisir lorsque Romano fit décoller le premier engin, qui avait environ la taille et la forme d'un colibri.

Novak entendit le doux ronronnement des ailes mécaniques, puis le petit cri ravi de Charlotte lorsque son visage souriant apparut sur le petit écran. La caméra pouvait pivoter d'un côté à l'autre ou de haut en bas, comme le leur montra Romano.

Ces engins étaient sacrément cool. Des gadgets futuristes peu connus du grand public. Les équipes du département technique du FBI travaillaient avec les militaires sur un tas de projets top-secret. Les engins étaient équipés de minuscules panneaux solaires sur toute leur surface pour compléter l'alimentation par batteries, qui était le principal facteur limitant la réduction de leur taille. La durée de vie de la batterie pouvait s'avérer problématique lors de vols sur de longues distances ou si l'on restait trop longtemps sous terre, d'où la nécessité de s'approcher le plus possible de la cible plutôt que de faire voler les drones depuis le ranch. Le drone transmettait des données à l'aide d'une technologie pratiquement indétectable mise au point par un physicien de Washington. Tant qu'on ne voyait pas le drone ou qu'on ne l'entendait pas, il était impossible de savoir qu'il était là.

Romano fit s'élever l'engin droit dans les airs jusqu'à ce qu'il sorte des arbres. Novak s'agenouilla de l'autre côté de Charlotte et sentit son odeur qui, malgré l'absence de douche ce matin-là, lui donnait toujours envie d'inspirer à pleins poumons. Romano fit voler le drone vers l'ouest, luttant contre les rafales de vent.

— C'est trop fort, chuchota Charlotte.

L'opérateur de la HRT lui sourit comme un petit enfant.

— On garde les yeux sur l'écran, grogna Novak.

La dernière chose dont ils avaient besoin était de faire s'écraser une technologie à plusieurs millions de dollars parce que Romano s'était laissé distraire par une femme.

Romano grimaça et se remit à piloter à l'aide du joystick.

— Toutes ces années passées à jouer aux jeux vidéo sont finalement utiles, commenta Charlotte avec ironie.

— C'est certain.

Romano s'éleva jusqu'à avoir une vue d'ensemble, vue qu'ils avaient déjà obtenue à partir de plus gros drones volant à haute altitude. Il fit ensuite descendre l'engin lentement, jusqu'à ce qu'il plane à cinq mètres au-dessus de la structure. Il y avait des trous dans le béton, probablement destinés à la ventilation et au drainage, mais ils pouvaient aussi être défensifs, comme les archères des vieux châteaux médiévaux. Rien d'assez large pour qu'ils puissent s'y introduire, à moins de bourrer les fissures d'explosifs plastiques, ce qui était une éventualité. Romano fit un zoom sur l'entrée principale. La porte renforcée semblait faite d'acier blindé. Il serait probablement plus facile de détruire les murs. La petite porte à l'intérieur du cadre cependant... s'ils pouvaient faire sauter les charnières, ils pourraient entrer rapidement.

Le problème avec Harrison, qui avait été ingénieur pour l'US Army Corps, était qu'il savait comment les militaires pensaient. Il pourrait piéger toutes les entrées et sorties. Novak voulait jeter un coup d'œil à l'intérieur de ces structures pour s'en assurer avant que quelqu'un ne tente d'entrer par ces portes. Et ces drones étaient sa meilleure chance d'y parvenir.

— Il faudrait faire le tour de l'enceinte et aller voir derrière.

Romano vola un peu plus haut, suffisamment lentement pour que les caméras embarquées puissent filmer clairement chaque centimètre des fortifications extérieures. L'information était retransmise directement au centre de commandement de l'intervention par satellite militaire.

Le drone tourna en rond, puis se concentra sur la porte arrière, beaucoup moins intimidante que la porte avant, mais tout aussi fortifiée. Il s'agissait d'une porte de la taille d'un double garage, en acier massif. Novak se doutait qu'elle devait être renforcée à l'intérieur.

Il fronça les sourcils. La construction en béton, combinée à la clôture en fil de fer barbelé, signifiait qu'il s'agissait d'une position lourdement fortifiée. Il ne faisait aucun doute que la HRT pourrait pénétrer à l'intérieur si elle lançait un assaut de grande envergure, mais cela prendrait du temps, peut-être même des heures, et qui sait combien de personnes à l'intérieur seraient blessées au cours de l'opération. La surprise, la rapidité et la force écrasante faisaient partie du cahier des charges des opérations spéciales pour parvenir à une domination rapide, mais il n'était pas encore sûr de savoir comment y parvenir.

Il devait trouver une solution.

Romano survola le milieu de l'enceinte, à moitié remplie de terre pour y faire pousser des légumes. L'autre côté consistait en un parking et un enclos pour animaux.

Un mouvement attira son attention.

Un jeune garçon d'environ huit ans sortit du poulailler avec un seau d'œufs. Le gamin leva les yeux et Romano stabilisa le drone. Les engins étaient relativement silencieux, mais pas totalement. L'enfant avait l'air terrifié. Il cherchait des signes de l'apocalypse à venir. Pauvre bougre.

Il se remit à courir.

— Suivons-le. Voyons comment il rentre à l'intérieur.

Romano se lança à la poursuite de l'enfant. Le garçon s'élança vers le mur ouest et emprunta un couloir latéral difficilement visible d'en haut. Au bout d'une quinzaine de mètres, le gamin franchit une autre grande porte métallique gardée par un homme armé d'un fusil d'assaut. La porte se referma avant que Romano ne s'en approche.

Novak jura sous cape. C'était probablement pour le mieux. On aurait certainement remarqué le drone s'il était entré à ce moment-là.

— Mettons-le dans un endroit discret pour pouvoir surveiller l'entrée sans être vu. Ensuite, voyons si on peut trouver l'ouverture de ce conduit de ventilation avec l'autre drone.

Romano s'exécuta. Ils avaient préprogrammé les coordonnées GPS, et Romano n'avait qu'à éviter les obstacles et les caméras de surveillance en chemin. Il survola donc la cime des arbres.

— Nous sommes censés être au-dessus de la bouche de ventilation maintenant, annonça Romano vingt secondes plus tard.

— Je ne vois rien, chuchota Charlotte.

— Il faut voler plus bas. Diriger la caméra vers le sol, indiqua Novak.

Un petit sentier indistinct apparut à travers le feuillage, et l'excitation l'envahit.

— Suivons-le.

Romano rasa le sol, puis plana et suivit le chemin. Il arriva devant quelque chose qui ressemblait à une buse de drainage.

— Bingo, dit Novak. Voyons jusqu'où nous pouvons faire entrer notre ami à l'intérieur.

L'expression de Romano était un masque de concentration. Bien que le drone soit équipé de capteurs qui devaient l'empêcher de s'approcher trop près des parois, la moindre erreur d'appréciation de la part de l'opérateur pourrait faire s'écraser l'engin coûteux contre un mur.

Novak alluma la caméra infrarouge pour que Romano puisse mieux voir.

L'agent fit plonger le petit drone dans le tube métallique, et le bourdonnement des vibrations s'amplifia sur l'écran. Novak baissa le volume, espérant qu'il n'y ait personne dans le tunnel. Au bout de trois mètres, le tube métallique déboucha sur un conduit en béton d'un mètre de large et d'un mètre cinquante de haut.

— Ça ressemble à une sortie secrète, déclara Novak.

— Tout à fait, répondit Romano.

— Un peu étroit pour la HRT, souligna Charlotte.

— On a connu pire.

Au bout du tunnel, à une vingtaine de mètres, ils arrivèrent devant une porte en acier. Vraisemblablement verrouillée. Ils ignoraient si elle donnait à l'intérieur du bunker ou du périmètre de la clôture, ce qui ne les avançait pas beaucoup.

— Qu'est-ce qu'on fait ? demanda Romano.

Novak réfléchit.

— Faisons atterrir le drone dans le tunnel, et nous regarderons les images depuis le centre de contrôle. Si et quand cette porte s'ouvrira, nous aurons les yeux rivés dessus. C'est peut-être notre meilleure chance de nous faufiler à l'intérieur.

— C'est noté.

Romano le fit atterrir en douceur puis fit avancer l'engin vers un mur, en pointant la caméra vers la porte fermée et en mettant la machine en mode veille, avec les pattes et les ailes rétractées. Dès que la machine détecterait une vibration, elle se réveillerait automatiquement en mode furtif.

C'était du sacré matériel.

Les poils de la nuque de Novak se dressèrent. Il jeta un coup d'œil autour de lui et posa une main sur l'épaule de Charlotte pour l'empêcher de se lever ou de faire du bruit.

Romano sentit immédiatement le changement d'atmosphère. Ce type avait été un Navy SEAL et savait quand se fier à son instinct.

— On remballe. Ramenez le matériel au SUV. Je vais jeter un rapide coup d'œil.

CHAPITRE QUATORZE

Une balle arracha un morceau d'écorce à trente centimètres au-dessus de leurs têtes, et ils se précipitèrent derrière le tronc d'arbre pour se protéger.

Charlotte sortit son arme.

— Quel est le plan ?

Novak avait l'air irrité.

— On ne peut pas rester ici. Ils pourraient changer de position et nous devancer. On ne peut pas se permettre de perdre ce matériel ou de laisser les gens de ce bunker se douter de ce qu'on fabrique. Je vais essayer de trouver le tireur et de coordonner une réaction appropriée. Vous deux, retournez au véhicule jusqu'à l'arrivée des renforts.

Novak n'attendit pas de réponse et s'élança à travers les arbres.

Charlotte était déchirée. La technologie était importante, mais Novak avait besoin de renfort. En tant qu'autre membre de l'équipe de libération d'otages, elle savait que Romano était mieux formé qu'elle à ce genre de scénarios, mais elle n'aimait pas l'admettre.

— Allez aider Novak. Je vais ranger les mallettes dans le véhicule et alerter les adjoints du shérif. Passez-moi les clés.

— Novak m'a dit de rester avec vous.

L'expression de Romano semblait déterminée, mais elle savait qu'il voulait participer à l'action.

— C'était avant qu'un coup de feu ne soit tiré. Je n'ai pas besoin de garde du corps. C'est un putain d'ordre, agent Romano, lança-t-elle.

Elle glissa la sacoche de l'ordinateur portable sur son épaule et lui prit les mallettes des mains. Elle savait à quel point il était important de les protéger. Il glissa les clés de la voiture dans la poche de sa polaire et la referma.

— Soyez prudente. Il y a peut-être d'autres tireurs dans les parages. On se retrouve au Suburban.

Romano partit au pas de course dans la direction prise par Novak.

Charlotte acquiesça et sortit le téléphone satellite, mais lorsqu'elle essaya de l'allumer, l'écran indiqua qu'il n'avait plus de batterie. Eban les avait tous chargés la veille au soir, elle avait donc dû en prendre un défectueux.

— Et merde.

Elle serra les dents en prenant les deux mallettes en acier encombrantes et privilégia la vitesse à la discrétion. Elle fit profil bas et resta sur les rives du ruisseau tout en descendant la colline en trottinant. On pouvait supposer que le tireur avait cherché à échapper à Novak et Romano s'il avait un peu de bon sens.

Son cœur battait un peu plus fort que d'habitude sous l'effet de l'adrénaline. Rien de tel que de se faire tirer dessus pour se réveiller. Un oiseau prit peur et s'envola d'un arbre surplombant le ruisseau. Elle se retourna, la peur tambourinant dans sa poitrine. Des yeux invisibles semblaient suivre sa progression, et elle espérait que ce n'était que son imagination débordante qui lui jouait des tours, ou peut-être le fait de savoir qu'il y avait des caméras de surveillance dans les bois à l'ouest. Elle ajusta sa prise sur les mallettes, mais les muscles de ses mains et de ses poignets étaient douloureux. Elle avait besoin d'une pause. Elle s'arrêta près d'un grand conifère, essayant d'entendre les bruits environnants malgré l'afflux de sang dans ses oreilles.

Qui avait ouvert le feu ? Y avait-il d'autres tireurs ? Elle vérifia à nouveau le téléphone satellite, l'éteignant et le rallumant. Rien.

L'endroit semblait assez calme, mais Charlotte ne pouvait se défaire de la sensation d'être observée. Elle récupéra les mallettes. Elle aurait aimé avoir une main libre pour tenir son arme. Elle se remit à trotter le long du lit du ruisseau, s'efforçant de ne pas glisser ou se tordre la cheville sur les plaques de boue glacée.

Un homme sortit de derrière un arbre, six mètres devant elle, et elle s'arrêta net. Il pointa un fusil droit sur sa poitrine, le doigt recroquevillé sur la gâchette.

— Baissez votre arme, monsieur, dit-elle fermement.

— Et pourquoi je ferais ça, ma petite dame ?

Il parlait d'une voix traînante, mais Charlotte n'arrivait pas à discerner ce qui se cachait derrière l'accent américain.

Elle força son cerveau à se calmer. La panique était une perte d'énergie. Elle devait lui poser des questions ouvertes. Lui donner le sentiment d'être entendu. Paraphraser ses commentaires. Étiqueter ses émotions.

Savait-il qu'elle était un agent du FBI ? Sa polaire cachait son badge, son gilet pare-balles et l'arme qu'elle portait à la hanche. Elle n'était pas non plus habillée en tenue de travail, ce qui était normalement un indice flagrant.

Elle ignorait s'il l'avait identifiée.

— Vous habitez dans le coin ?

Était-il de l'enceinte ? Il n'avait pas l'air d'être un défenseur de l'environnement. Il ne répondit pas à sa question.

— Vous savez quelque chose sur le coup de feu que j'ai entendu il y a quelques minutes ?

Il ne dit rien, mais quelque chose brilla dans ses yeux.

Elle n'arrivait pas à le faire parler. Elle décida de mal étiqueter sciemment une émotion pour en faire ressortir une autre.

— Je sais que vous avez peur de moi...

Son visage se crispa d'incrédulité.

— Peur de vous ? Je n'ai pas peur de vous.

Il fit un pas en avant et abaissa son arme de quelques centimètres.

— Alors, pourquoi pointer une arme sur une femme innocente, monsieur ?

Il baissa l'arme de quelques centimètres encore, mais elle restait pointée sur elle. Si le coup partait, il faudrait un miracle pour la rater à cette distance. Ses yeux passaient de son bonnet à pompon à ses bottes, comme s'il n'arrivait pas à la cerner.

Son regard s'arrêta sur les deux mallettes qu'elle portait.

— Posez les mallettes sur le sol et l'ordinateur avec.

— Les mallettes ? répéta-t-elle, cherchant à gagner du temps.

Elle ne savait pas si ce type était d'Eagle Mountain ou s'il s'agissait d'un étranger. Quoi qu'il en soit, il n'aurait pas dû être là. Quelqu'un avait fait une erreur.

— Ces choses que vous portez. Vous êtes limitée ou quoi ?

Elle leva légèrement les bras.

— Avez-vous l'intention de me voler, monsieur ? Suis-je victime d'une agression ?

S'il avait le moindre code moral, ces mots auraient dû le faire réfléchir.

L'expression de l'homme se crispa.

— Pourquoi les voulez-vous ?

Elle s'approcha de quelques pas. Novak et Romano étaient partis dans l'autre sens, suivant la provenance du coup de feu. S'agissait-il d'un acte délibéré visant à les séparer ou ce type avait-il trompé les deux agents de la HRT ?

— Déposez-les sur le sol et éloignez-vous.

— Pourquoi ? demanda-t-elle.

— Ça ne vous regarde pas.

— Je ne suis pas d'accord, compte tenu des circonstances.

Son ton ne portait aucun jugement.

Il leva son arme et fit un pas vers elle. Puis il dit entre ses dents serrées :

— Posez. Les. Mallettes. Et. Reculez !

Les mots restèrent suspendus en l'air.

Elle espérait que Novak et Romano avaient entendu le type lui crier dessus. Elle se lécha nerveusement les lèvres et fit un pas de plus vers l'extrémité du canon.

— Très bien. Très bien. Mais il faut faire attention à ne pas les casser.

Elle posa délicatement les deux mallettes par terre, comme si elles étaient aussi fragiles qu'une coquille d'œuf, avant de reculer de quelques pas. Il s'avança et baissa les yeux.

Ça allait être intéressant. Comment pouvait-il espérer continuer à pointer son fusil sur elle *et* récupérer les mallettes ? Il n'y avait qu'une possibilité : qu'il l'abatte.

Oups.

Son expression se durcit et son doigt commença à se resserrer sur la gâchette.

— Bien sûr, vous aurez besoin de la combinaison pour les ouvrir afin de vous débarrasser des balises de suivi si vous espérez vous en sortir.

Il eut l'air confus pendant une seconde.

— Vous bluffez.

— Si vous avez la moindre idée de ce que vous essayez de voler, alors vous savez qu'il y a des couches de sécurité supplémentaires.

En réalité, elle ignorait s'il y avait des traceurs à l'intérieur des mallettes, mais l'important était qu'il était sur le point d'abaisser le fusil.

Ou peut-être pas.

— Approchez et déverrouillez-les. Mais d'abord, jetez le Glock.

Il indiqua les bois.

Et merde. Elle ne pouvait pas se permettre que quelqu'un vole les mallettes, même si les drones n'étaient pas dedans. Des instructions d'utilisation et des spécifications confidentielles se trouvaient à l'intérieur, sans parler de l'ordinateur portable au cryptage militaire. Elle ne pouvait pas se permettre que ce type sache que les mallettes contenaient des drones. Peut-être n'avait-il pas vu Romano piloter les engins. Peut-être profitait-il simplement de l'occasion de la voler.

Elle retira lentement son arme du bout des doigts et la jeta au loin. Elle s'approcha de lui, à la recherche d'une faille. C'était un homme de forte corpulence qui mesurait plus de 1,80 m. Avec des yeux gris-bleu et une barbe rousse.

Elle n'était pas plus forte que lui, mais elle n'avait pas besoin de l'être. Elle était probablement plus rapide. Et, à moins qu'il ne soit un maître des arts martiaux, elle était mieux entraînée.

— Pourquoi les voulez-vous ?

Elle se pencha sur une mallette et donna l'impression qu'elle était sur le point de l'ouvrir. Mais elle ne l'ouvrit pas, car il s'avéra qu'elle était équipée d'une serrure biométrique. Excellent.

Elle n'attendit pas sa réponse. Elle le sentit plus qu'elle ne le vit inspirer. Ses doigts se refermèrent sur la poignée de la sacoche de l'ordinateur portable et elle tournoya, repoussant le canon de l'arme d'une main tout en fracassant la sacoche sur sa tempe. Le coup partit, mais elle ne lâcha pas le canon brûlant. Elle laissa tomber la sacoche et lui planta sa paume libre en pleine face, faisant jaillir un flot de sang de son nez cassé. Il cria quand sa tête partit en arrière, mais Charlotte ne céda pas. Elle ne s'arrêterait pas avant qu'il soit désarmé et qu'il ne présente plus de menace. Elle enfonça son genou dans son entrejambe et lui donna un coup de tête lorsqu'il fit un bond en avant. Il finit par lâcher le fusil, mais tenta de l'attraper par la taille. Elle lui écrasa le poing contre l'oreille, et il tomba à genoux, cherchant son arme à tâtons. Elle lui donna un coup de pied, son tibia heurta sa mâchoire et il s'écroula enfin.

Charlotte lui arracha le fusil, puis défit sa veste pour accéder à ses menottes. Elle était en train de le retourner et de lui serrer les poignets lorsqu'elle entendit le bruit de pas qui accouraient dans sa direction.

Elle ferma les menottes et leva le fusil lorsque Novak fit irruption dans les buissons et s'arrêta net.

Un lent sourire se dessina sur ses traits. Charlotte fut choquée de voir à quel point il était soudain séduisant.

— Quoi ? demande-t-elle en s'approchant pour ramasser son Glock.

— On a attrapé l'idiot qui a tiré le coup de feu. Puis il s'est mis à rire en disant qu'on était « tombés dans leur piège ». Je suis venu aussi vite que j'ai pu pour m'assurer que vous alliez bien.

L'homme au sol gémit.

— Bien sûr que je vais bien, rétorqua Charlotte avec une pointe de suffisance.

Mais elle était bien heureuse de prouver qu'elle pouvait s'en sortir par elle-même. La négociation était une technique qu'elle privilégiait, mais pas parce qu'elle n'était pas capable de neutraliser les assaillants autrement. Elle inspecta les environs.

Novak fit de même.

— Les renforts sont en route.

— Tant mieux. J'ai essayé d'appeler le centre de contrôle, mais mon téléphone satellite ne fonctionnait pas.

Une vague de lassitude s'empara d'elle. Probablement l'adrénaline qui s'estompait.

— Vous devriez l'emmener, avec le fusil. Je vais prendre les mallettes.

— Oui, madame, dit Novak avec respect et, pour une fois, Charlotte ne douta pas de sa sincérité.

C'était le genre de choses qu'il respectait. Une action violente et une utilisation de la force implacable. Elle était déçue de ne pas avoir réussi à se tirer de là avec ses mots. Ce n'était pas comme si elle avait eu le temps d'établir un escalier comportemental, mais tout de même...

Romano arriva avec un autre prisonnier, à peine sorti de l'adolescence.

Charlotte poussa un soupir frustré. Pourquoi les gens faisaient-ils des choix aussi stupides ? Pourquoi saboter leur vie de cette façon ?

— Lisez-lui ses droits, voulez-vous ? demanda-t-elle.

Novak s'exécuta sans poser de questions. Ils commencèrent à redescendre la montagne jusqu'à leur véhicule, attendant que les adjoints courent le long de la route pour les rejoindre. Charlotte ne voulait pas parler. Elle rangea les mallettes à l'arrière de la Chevrolet avec le reste de l'équipement.

Elle prit des photos des deux hommes en garde à vue. Elle

aurait parié toutes ses maigres économies qu'ils faisaient partie d'un groupe antigouvernemental et qu'ils étaient déjà connus du système.

— Demandez aux adjoints de transporter les deux prisonniers à la prison du comté, mais en les gardant séparés et isolés, glissa-t-elle à Novak. Je ne veux pas qu'ils parlent à qui que ce soit. Pas d'avocat. Pas de médias. Pas même le shérif.

— Vous voulez que je les interroge ? demanda Novak, qui n'avait pas l'air ravi de cette idée.

Elle secoua la tête. Elle appréciait que Novak lui laisse la main. Elle avait beaucoup plus d'expérience que lui dans ce domaine.

— Vous devez réunir votre équipe, et je dois retourner à la base.

Elle voulait voir s'il y avait du nouveau. Auquel cas, ils l'auraient normalement appelée. Mais son téléphone satellite était défectueux. Peut-être n'avaient-ils pas pu la joindre.

Elle réfléchit aux différentes options qui s'offraient à eux.

— Envoyez Romano s'assurer que ces personnes sont traitées correctement par les adjoints. On va appeler McKenzie. Il pourra envoyer des agents du ranch pour les interroger dès que possible. Je veux savoir s'ils font partie du groupe de Harrison ou s'ils viennent d'ailleurs. Je veux savoir exactement ce qu'ils prévoyaient.

Un côté de ses lèvres se retroussa, et elle fut frappée par le fait que ses traits durs étaient en réalité impeccablement harmonieux. Comment avait-elle pu passer à côté avant ce jour ?

— Très bien.

Elle savait qu'ils devraient remplir un tas de formulaires FD 302. La paperasse était vraiment pénible. Mais ces hommes pourraient détenir des informations précieuses qu'ils seraient prêts à troquer contre des peines moins lourdes. Pour l'heure, ils risquaient gros.

Elle regarda la montagne.

— Vous pensez qu'il y en a d'autres ?

Novak regarda fixement le chemin de terre.

— Peut-être. Et nous devons faire face à cette éventualité avant de faire quoi que ce soit d'autre.

— Je suis d'accord. Je peux vous emprunter votre téléphone ?

Il fronça les sourcils en lui tendant son téléphone satellite, puis se retourna vers Romano pour lui donner des instructions. Et Charlotte se força à arrêter de regarder Novak comme si elle ne l'avait jamais vu auparavant.

Plus vite ils passeraient les deux prochains jours, mieux ce serait.

Novak emprunta la route désormais familière menant au ranch. Il essayait encore d'assimiler les émotions qu'il avait ressenties lorsqu'il avait entendu le coup de feu et qu'il avait réalisé que Charlotte était seule et en danger. Le soulagement qui l'avait envahi lorsqu'il l'avait trouvée non seulement en sécurité, mais maîtrisant cet enfoiré, avait été comme un coup de fusil dans sa poitrine. Il avait voulu se précipiter sur elle pour la serrer dans ses bras, mais elle avait largement prouvé qu'elle n'avait pas besoin de son aide ou de son approbation. En ce qui la concernait, elle ne faisait que son travail. Le problème, c'était sa réaction viscérale en la voyant en danger.

Il consulta sa montre pendant que Charlotte parlait à

McKenzie. Il restait encore quelques heures avant que les équipes de tireurs d'élite ne soient remplacées. Il leur avait parlé via une ligne sécurisée. Les connards qui avaient tiré sur Romano, la SSA Blood et lui n'étaient pas passés par les sorties principales. Novak doutait qu'ils soient sortis du tunnel secret ; ils l'avaient surveillé pendant un certain temps avant le coup de feu.

Soit il y avait des points d'accès au complexe que le FBI ne connaissait pas, soit ces deux plaisantins avaient infiltré le périmètre que les adjoints avaient mis en place. La seconde hypothèse semblait beaucoup plus probable.

— Demandez-lui si on peut demander à ce qu'un drone équipé d'une caméra thermique soit stationné au-dessus de la zone pour voir s'il y a d'autres clowns dans la nature.

Il fixa les yeux bleus de Charlotte qui acquiesça et s'exécuta. Elle couvrit le téléphone de sa main.

— Il va faire la demande au QG.

Novak expira par le nez, essayant d'apaiser la tension dans son corps. Il n'aimait pas cette brèche de sécurité, et il entendait McKenzie se plaindre de la même chose à l'oreille de Charlotte.

— Mettez-le sur haut-parleur.

Charlotte haussa les sourcils, mais fit ce que Novak lui demandait.

McKenzie était aussi énervé qu'un scorpion dans une casserole.

Novak profita d'un moment de répit dans la tirade de son interlocuteur contre les forces de l'ordre locales pour l'interrompre.

— Même si je suis d'accord, monsieur...

Il ne voulait pas revivre la peur qu'il avait ressentie pour Charlotte lorsque le deuxième coup de feu avait retenti.

— Nous avons besoin de mesures concrètes.

Il vit Charlotte se crisper et sut qu'elle allait détester ce qu'il s'apprêtait à suggérer.

— Pourquoi ne pas appeler les équipes du SWAT d'Atlanta et de Los Angeles pour qu'elles prennent en charge la surveillance du périmètre ?

Charlotte plissa les yeux.

— Je suis conscient que cela peut ressembler à une escalade pour les personnes du complexe, mais j'ai besoin de savoir que mes hommes auront du soutien pour intervenir en toute sécurité. Si nous avons un groupe de nationalistes disparates qui essaient d'infiltrer la région et d'« aider » le groupe de Harrison, la situation va rapidement dégénérer. Quelqu'un va finir par se faire tirer dessus. Voir mourir. Je ne veux pas que ce soit l'un de mes hommes.

Le silence résonna dans l'habitacle.

— Ce sont aussi mes hommes, dit doucement McKenzie. Je vais passer quelques coups de fil.

Novak laissa échapper un long soupir lorsque McKenzie raccrocha.

Charlotte se recroquevilla dans son sweat à capuche.

Il n'aimait pas le regard défait de la jeune femme, mais c'était la meilleure chose à faire.

— Désolé.

Bon sang, depuis quand s'excusait-il d'avoir fait ce qui était tactiquement approprié ?

Elle secoua lentement la tête, puis se redressa.

— Non, vous avez raison. On doit assurer un périmètre de sécurité, et les adjoints du shérif en sont manifestement incapables.

Elle vit son étonnement.

— Quoi ? Vous pensez que j'aime l'idée que les agents soient en danger ? Je veux que tout le monde rentre chez soi en sécurité, surtout mes collègues qui risquent leur vie tous les jours.

Il déglutit. Elle avait failli prendre une balle un peu plus tôt.

— Je sais que vous vouliez limiter la présence de la police.

— Oui.

Le muscle de sa joue se contracta et elle serra la mâchoire.

— Mais même si on a plus d'hommes sur place, ça ne veut pas dire que les gens à l'intérieur du bunker doivent être au courant.

C'était une stratégie qu'il pouvait approuver.

— Que suggérez-vous ?

Le ranch se dessinait au loin.

— Allons parler à McKenzie. Nous devrons puiser un peu plus dans notre boîte à outils pour amener ces personnes à nous parler.

— Comment suggérez-vous qu'on procède ?

Un sourire incurva sa bouche, et ses yeux furent attirés par ses lèvres. Il réussit à détourner le regard. *Arrête ça. Elle n'est pas intéressée par quelqu'un comme toi.*

— J'ai quelques idées. Allons discuter avec le patron.

CHAPITRE QUINZE

— Ça ne va pas fonctionner, dit Charlotte à leur chef après avoir observé son royaume, progressivement envahi par les hommes de McKenzie.

Novak était soulagé que McKenzie soit là plutôt que dans la grange avec la HRT. C'était déjà assez complexe que leur patron loge avec eux.

— Nous avons besoin de cloisons ici qui nous permettront de faire notre travail sans être distraits ou interrompus par ce qui se passe au centre de commandement.

McKenzie n'avait pas l'air convaincu.

— Jusqu'à présent, tout ce que vous avez fait, c'est vous asseoir au bout d'un téléphone que personne ne décroche.

Charlotte haussa les sourcils.

— Et vous pensez que c'est facile, patron ? Vous ne pensez pas qu'il est incroyablement fatigant d'attendre que l'autre personne décroche le téléphone, en sachant que cela peut arriver à tout moment et en sachant que vous devez être totalement à la hauteur si et quand elle décroche ? Surtout lorsque votre patron mène des réunions sensibles à quelques mètres de là ?

— Vous me donnez l'impression que je suis de trop, SSA Blood.

— Ça n'a rien de personnel, patron. Mais dans l'idéal, j'aimerais que vous vous installiez ailleurs.

— Il n'y a pas d'autre endroit.

Les yeux de McKenzie étaient rougis par la fatigue, mais aussi remplis d'humour. Novak appréciait qu'il ne s'oppose pas à ce que les gens se rebiffent tant qu'ils respectaient les ordres.

— Et là où on était la nuit dernière ? suggéra Charlotte.

— J'ai déménagé de la grange et j'y dors maintenant. Désolé.

McKenzie se frotta les yeux.

— Je n'arrivais pas à m'empêcher de réfléchir dans la grange, avec des gens qui travaillaient sur l'affaire autour de moi.

Novak brandit mentalement le poing.

— Essayez les bouchons d'oreille. Ils font des merveilles.

Charlotte jeta un coup d'œil à Novak, dont les lèvres tressaillirent.

— Vous voulez qu'on puisse travailler efficacement et qu'on soit frais et dispos, n'est-ce pas ?

McKenzie acquiesça.

— Absolument.

Charlotte sourit.

— Utilisez la puissance du gouvernement fédéral pour mendier, emprunter ou voler cinq ou six séparateurs de pièces pour nous donner l'intimité dont on a besoin et ne rayez pas cette requête de la liste parce qu'elle semble insignifiante. C'est important si vous voulez qu'on soit efficaces dans notre travail.

— Je m'en occupe.

Un membre de l'équipe de McKenzie était déjà au téléphone.

McKenzie sourit, puis son visage redevint grave.

— Malgré mon inefficacité en matière d'aménagement de bureau, j'ai fait certaines choses que vous pourriez approuver. J'ai envoyé la SSA Makimi interroger les hommes qui vous ont tiré dessus aujourd'hui. C'est l'une des meilleures interrogatrices du Bureau. Par ailleurs, des équipes du SWAT arrivent de Los Angeles et d'Atlanta. Je ne sais pas comment nous pourrons cacher aux médias l'augmentation du nombre d'agents dans la région.

— J'ai une idée.

Charlotte croisa les bras. Elle était en mission, et Novak était trop intelligent pour se mettre en travers de son chemin.

— Je suppose qu'on a identifié tous les numéros de téléphone utilisés à Eagle Mountain à ce stade ?

McKenzie acquiesça.

— Oui. Mais ils les ont tous éteints il y a quelques heures. Je pense qu'ils ont pris conscience des problèmes de sécurité potentiels. Nous avons plusieurs centaines de contacts en dehors de l'enceinte à suivre. Ce serait intéressant de voir si les numéros de portable des deux idiots qui vous ont attaquée figurent sur cette liste.

— Et si nous coupions toutes les communications avec le bunker, à l'exception des chaînes d'information ?

— Continuez.

McKenzie s'affala dans sa chaise, les mains derrière la tête.

— Ils passent en boucle la même chose pendant des heures dans les journaux télévisés. Prenons les choses en main. On pourrait continuer à diffuser ces boucles et ajouter quelques informations de notre cru à intervalles réguliers. Demander aux chaînes de nous aider ou le faire nous-mêmes.

Je sais qu'on a l'expertise nécessaire en matière de médias. Le DSC peut nous conseiller sur le contenu à ajouter pour influencer le scénario.

— Bonne idée, acquiesça McKenzie avant de bâiller. Désolé. J'ai besoin de sommeil. Je ne sais toujours pas comment faire pour que les habitants nous parlent, mais nous *devons* entamer le dialogue.

— Je me demandais si on pouvait essayer de retrouver l'ancien commandant de Harrison dans l'armée ? Enregistrer un message. Le passer dans notre fausse émission. Persuader Harrison de décrocher et de commencer à nous parler.

— C'est une bonne idée, acquiesça Novak. Si je me retrouvais dos au mur, mon ancien commandant du 5e régiment des forces spéciales serait la personne pour laquelle j'aurais le plus de temps

McKenzie bâilla à nouveau.

— Très bien. Mettez ça en place, dit-il à son équipe. Demandez à des agents de parler au département de la Défense. Retrouvez son commandant, interrogez tous les membres de l'ancienne unité d'Harrison que nous pouvons retrouver. Essayons de comprendre pourquoi ce type a fini par se cacher au beau milieu de l'État de Washington ces seize dernières années. Je vais me procurer des bouchons d'oreille, comme l'a suggéré la SSA Blood, et je vais dormir quelques heures. Vous êtes tous les deux aux commandes, indiqua-t-il à Novak et Charlotte, mais je veux être réveillé immédiatement si quelque chose change ou si le SWAT arrive. Ils logeront dans un vieux motel sur l'autoroute. Dites-leur de faire profil bas. Moins il y aura de gens au courant, moins nous aurons de chances d'attirer des subversifs désireux de se joindre à la cause. Et observons de près tous les groupes qui viendraient en soutien.

Timothy McVey s'était présenté pour soutenir les Davidiens. Il avait appris au Bureau à surveiller les marges d'un conflit. Les partisans de David Hines s'étant mis en tête d'attaquer les autorités fédérales plus tôt dans l'année, cela valait la peine d'effectuer ce travail supplémentaire.

— Des nouvelles de Kayla ? demanda rapidement Charlotte, tandis que McKenzie enfilait sa veste.

Ils le raccompagnèrent jusqu'à la porte.

— C'est probablement une infection urinaire.

Novak était soulagé. La grippe aurait pu causer des ravages au sein de leurs équipes, même vaccinées.

— Le médecin lui a administré des antibiotiques par voie intraveineuse. Un infirmier vient la voir toutes les deux heures et un garde surveille la porte. C'est le mieux que je puisse faire.

— J'aimerais lui rendre visite.

— Ne lui parlez pas encore de Brenna, prévint McKenzie.

— Je ne le ferai pas, dit Charlotte avec une grimace. Le médecin légiste a-t-il envoyé le rapport d'autopsie ?

— Selon les premières constatations, elle est morte d'un traumatisme crânien contondant, mais nous ne savons pas s'il s'agit ou non d'un accident. Comme je l'ai dit, c'est un rapport préliminaire.

— On connaît l'heure de la mort ? demanda Charlotte.

— Entre cinq et dix heures mercredi matin. Selon le médecin légiste, la faible température ambiante ne permet pas d'être plus précis.

C'était une large fenêtre.

— N'oubliez pas de rédiger vos rapports sur les incidents d'aujourd'hui.

McKenzie les regarda tous les deux pendant une seconde pour s'assurer qu'il n'y avait pas d'autres questions avant de hocher la tête et de se diriger vers la porte.

Une vague de tristesse apparut sur les traits de Charlotte.

— Je me demande si Kayla a quelqu'un d'autre dans sa vie.

— Je suis presque sûr qu'elle connaît ce gamin, TJ.

Novak n'aimait pas la façon dont le chagrin de Charlotte lui donnait envie de la serrer dans ses bras. Il se ramollissait.

Charlotte croisa les bras, l'air malheureux.

— Vous n'êtes pas obligé de venir avec moi. McKenzie n'en saura rien si vous allez à la grange pendant que je fais mon chemin.

Novak grogna.

— Quelque chose me dit qu'il le saurait. Je ne veux pas risquer d'être renvoyé chez moi quand les choses deviennent intéressantes.

Cela n'avait rien à voir avec le fait qu'il aimait passer du temps avec Charlotte.

— Hé, on a survécu aux vingt-quatre premières heures. Plus que quarante-huit heures à purger. Ça ne peut pas être pire, pas vrai ?

— Je crois que je déteins sur vous, SSA Novak.

Charlotte se dirigea vers l'extérieur et il la suivit, refermant la porte derrière eux, ne voulant pas admettre qu'elle pouvait avoir raison.

Charlotte s'engagea lentement dans l'escalier de service, consciente que, même s'il n'était que 18 heures, des gens pouvaient être en train de dormir ou de travailler. Elle ne voulait pas les déranger. Novak la suivait furtivement, en silence. Son expression était passée de taquine dans le centre de commandement à fermée, comme si quelque chose le dérangeait.

En entrant dans leur chambre, elle vit un épais manteau d'hiver que l'une des négociatrices avait déposé pour elle sur le lit. Charlotte devrait penser à la rembourser.

— Je vais enfin être à nouveau au chaud.

— Vous auriez dû me dire que vous aviez froid. Je vous aurais trouvé quelque chose.

Le murmure de Novak semblait plus grognon que prévenant. Il se dirigea vers son sac et commença à fouiller, se coupant ainsi d'elle.

Charlotte cacha sa déception. Ses émotions étaient en ébullition. Elle ne savait pas ce qu'elle avait fait pour le contrarier, et elle s'en voulait de supposer que son changement d'humeur était de sa faute.

Elle avait passé des années à étudier la psychologie des relations, ce qui expliquait sans doute pourquoi elle refusait de faire des compromis dans sa vie amoureuse. Elle avait vu ses parents tomber amoureux de plusieurs partenaires et, à chaque fois, ils finissaient par s'éloigner l'un de l'autre et cessaient de communiquer. Bien qu'elle ait envie d'être proche d'un autre être humain, elle ne voulait pas souffrir d'un chagrin d'amour. Quand elle serait convaincue que cela pourrait durer éternellement, alors elle s'autoriserait à tomber amoureuse.

Mais ça n'avait rien à voir avec Payne Novak. Il n'était pas du genre à être l'*amour de sa vie*. Et elle refusait d'assumer la responsabilité de sa mauvaise humeur.

Son estomac grogna, et il leva les yeux de l'endroit où il s'était agenouillé sur le plancher avec un lent sourire.

— Vous avez faim ?

Ses mots caressèrent ses sens et provoquèrent un frisson

dans leur sillage. Même s'il ne faisait que respecter les autres personnes présentes en parlant à voix basse, sa voix était sexy et intime. Et elle était idiote de penser ainsi.

Apparemment, elle avait perdu tout sens du jugement alors que c'était son métier de comprendre le ton et les nuances d'une conversation. Elle réalisa alors que Novak n'était pas de mauvaise humeur, mais qu'il était calme et réfléchi après une longue journée mouvementée. Il prenait un moment pour lui.

Peut-être était-ce elle qui avait besoin de se détendre et de ne pas trop analyser un homme qu'elle ne connaissait pas très bien et qu'elle avait clairement du mal à cerner.

— Je meurs de faim. J'ai sauté le déjeuner. Ne vous inquiétez pas, j'irai chercher quelque chose après avoir parlé à Kayla.

Il consulta sa montre. Il était dix-huit heures passées et il faisait nuit noire. Elle savait qu'il était inquiet pour ses hommes.

— Ou je peux me trouver une barre protéinée et me rendre directement à la grange si vous préférez, proposa-t-elle.

— Non.

Il se gratta la tête, l'air un peu confus.

— Allez voir Kayla. Je vais aller nous chercher de quoi dîner et je vous attendrai dans la cuisine. Si McKenzie débarque, je dirai que je vais chercher à manger pour Kayla. Je suis presque sûr que me voir suffirait à effrayer la gamine de toute façon.

— Vous avez contribué à lui sauver la vie aujourd'hui.

— Je l'ai portée jusqu'à la voiture.

Il émit un bruit dédaigneux.

Elle sourit. Il n'aimait pas les compliments. Il cherchait même à détourner l'attention de ses exploits de la veille.

— Vous l'avez mise en sécurité.

Novak haussa les épaules.

Elle s'apprêtait à lui toucher le bras, mais se ravisa. Au lieu de cela, elle plaisanta :

— Regardez-nous, en train de communiquer comme des adultes.

Un éclair de chaleur brilla dans ses yeux, puis disparut.

Elle cligna des yeux.

Était-il *attiré* par elle ? Ou l'avait-elle imaginé ? Elle avait probablement mal interprété les signaux, à nouveau. Novak était loin d'être un livre ouvert.

— Ne vous emballez pas. Je suis sûr qu'on aura encore l'occasion d'être en désaccord avant la fin.

Mais ses paroles lui rappelèrent qu'elle s'était déjà heurtée à quelqu'un aujourd'hui, ce qui pouvait expliquer son mal de crâne. Elle se massa le front et fouilla dans sa trousse de toilette pour prendre du Paracétamol.

— Ça va ? demanda-t-il.

— Oui. Les effets secondaires de mon combat à mains nues commencent à se faire sentir.

Il la regarda de plus près et elle prit soudain conscience de sa taille, de la largeur de ses épaules.

— Je suis désolé que mes actes vous aient mise en danger.

Elle rit. On aurait dit un petit couinement.

— Je suis désolée qu'on ait autant de FD 302 à remplir.

— Je suis sérieux, Charlotte. J'ai fait le mauvais choix. On aurait dû se mettre à l'abri et attendre les renforts.

— Et laisser ces types trouver un autre angle d'attaque pour éliminer l'un d'entre nous ? Bon sang, non.

Elle releva le menton.

— Je n'ai pas besoin que vous me traitiez comme une faible femme alors que je suis un agent du FBI expérimenté dont le travail consiste à poursuivre les criminels.

— Je ne pense pas que vous soyez faible. Il vous a frappée ?

Novak s'approcha suffisamment pour la fixer droit dans les yeux, comme s'il cherchait les signes d'une commotion cérébrale.

Elle sentit ses joues s'embraser.

— Non. Je lui ai donné un baiser de Glasgow.

Novak resta impassible pendant une seconde.

— Vous vous foutez de moi ?

— Je l'ai poussé à s'approcher suffisamment pour prendre son fusil et, après ça, je l'ai mis K.O. Je vais devoir envoyer un pack de bières à mon entraîneur à Quantico.

Déstabilisée par le regard intense de Novak, elle sortit une bouteille d'eau de son sac. Elle avala les comprimés et but de longes gorgées pour les faire passer.

— Vous vous entraînez avec un formateur à l'académie ?

Elle but une nouvelle gorgée et referma le bouchon. Elle s'essuya la bouche avec le dos de sa main. Novak suivait ses moindres gestes et, pour une raison inconnue, elle se sentit soudain gênée.

— Deux fois par semaine quand je suis à la CNU. L'un des instructeurs des nouveaux agents en formation me met à l'épreuve. Hé, peut-être que je pourrais m'entraîner avec la HRT tant qu'on est là ?

Novak se retourna. Elle ne voyait plus son visage. Ses épaules semblaient raides.

— Peut-être.

— Quel enthousiasme !

Elle secoua la tête. Il soufflait le chaud et le froid. Elle ne savait jamais face à quel Payne Novak elle allait se retrouver.

— J'espère qu'on en aura fini ici avant d'avoir à mettre en place une salle d'entraînement.

— Oh, vous n'êtes pas drôle.

Elle lui administra un petit coup dans le bras et sa main se retrouva dans la sienne. Il lui jeta à nouveau un drôle de regard, comme s'il s'efforçait de la cerner alors qu'en réalité, elle était un livre ouvert.

— Je ne suis pas là pour m'amuser.

Son expression était sombre et sa voix fêlée. Sa main trembla légèrement avant qu'il ne la relâche.

Elle fronça les sourcils.

— Ici, dans l'État de Washington, ou sur cette terre ?

— Les deux.

Il poussa un petit soupir, réalisant peut-être à quel point il se dévoilait. Elle aurait voulu passer un doigt sur son front et soulager la tension de sa mâchoire. Il avait l'air incroyablement vulnérable à ce moment-là.

— Il y a des choses que vous n'aimez pas manger ?

Il détourna la tête et changea de sujet.

— Je mange à peu près de tout, sauf des crustacés, qui me plongeraient dans un coma mortel.

— C'est bon à savoir. Vous avez un EpiPen ?

— Oui, dit-elle en tapotant son sac. J'en ai deux là-dedans. La prochaine fois qu'on se disputera, vous saurez comment vous débarrasser de moi.

La douleur se lut sur son visage.

— Quand même... Je ne suis pas un connard à ce point. Je respecte votre opinion, même si elle est erronée. Et je veux trouver une solution qui n'implique pas de mettre mes hommes en danger ou de laisser les agresseurs s'en tirer.

Elle étouffa un rire, ne sachant pas si elle devait se sentir insultée ou flattée.

— Je plaisantais. Je ne pensais pas sérieusement que vous vouliez vous débarrasser de moi. Peut-être m'attacher et m'enfermer dans un placard jusqu'à ce que tout soit terminé, mais pas provoquer chez moi un choc anaphylactique fatal.

Il s'immobilisa un instant, grimaçant en réalisant qu'il avait réagi de façon excessive. Puis il leva les mains dans un geste défensif.

— Je suppose que j'ai l'habitude de travailler avec les gars de la HRT et de trop penser.

Elle sourit.

— Laissez la réflexion aux négociateurs.

Elle se mit à chercher activement des signes qu'elle l'avait amusé, qu'il l'*appréciait*. Parce que c'était son but. Faire en sorte que tout le monde l'apprécie. C'était une faiblesse qu'elle détestait chez elle.

— Allez parler à Kayla. Je vais aller réchauffer de la bisque, fit-il d'un air pince-sans-rire.

Elle lui lança un oreiller qu'il attrapa et replaça sur le lit.

— Ne soyez pas trop longue.

Novak devint sérieux.

— Je veux voir ce que les équipes de snipers ont à dire avant qu'ils ne dorment un peu.

La gravité de la situation lui revint à l'esprit. Elle n'avait pas le temps de s'amuser. Elle se redressa et leva le menton. Elle devait se remettre au travail.

Elle n'avait pas envie de mentir à cette fille au sujet de son amie, mais elle devait se rappeler que Kayla était techniquement une suspecte.

— Ne vous attirez pas d'ennuis en mon absence.

Charlotte prit le manteau d'hiver et arracha les étiquettes, en essayant de ne pas grimacer devant le prix, élevé pour un salaire de fonctionnaire.

— Charlotte, vous avez failli arrêter le shérif local et vous avez ensuite combattu un homme armé qui faisait deux fois votre taille. Ce n'est pas moi qui me suis attiré des problèmes aujourd'hui.

Charlotte leva les yeux au ciel dans son dos.

— J'ai vu ça.

Il lui adressa un sourire sardonique par-dessus son épaule avant de se détourner à nouveau.

Elle le regarda descendre les escaliers, mais il ne se retourna pas. Elle commençait à l'apprécier. Peut-être que les tactiques draconiennes de McKenzie fonctionnaient, après tout. Elle n'avait pas besoin d'apprécier Novak pour travailler avec lui, mais ça facilitait toujours les choses.

Elle descendit le couloir et tourna à l'angle. Un agent était assis sur une chaise de cuisine d'apparence inconfortable devant la porte de Kayla.

— Je vais voir comment elle va.

L'agent acquiesça et ouvrit la porte d'une belle chambre avec un grand lit. Elle laissa la porte entrouverte et s'approcha de la frêle silhouette allongée sous les couvertures.

Kayla dormait paisiblement, sa peau était d'une pâleur mortelle, à l'exception d'une légère rougeur sur ses joues.

Charlotte se demanda d'où elle venait. L'équipe devait avoir bien plus d'informations sur elle à présent, et le rapport d'autopsie de Brenna était peut-être même disponible. Elle devait aller aux nouvelles, puis mettre en œuvre son idée d'interview du commandant de Tom Harrison, mais elle ne pouvait pas quitter le chevet de la malade.

Une perfusion était fixée au bras de Kayla. Quelqu'un l'avait changée, et elle portait désormais un simple t-shirt blanc avec le logo du ranch. Elle avait de longs et épais cheveux bleu-noir et un beau visage, mais elle avait l'air tellement seule et vulnérable. Le cœur de Charlotte se serra.

Avait-elle des proches qui l'attendaient quelque part ? Ou bien sa seule famille reposait-elle sur une table à la morgue et sa seule maison était-elle en route vers le laboratoire pour y être analysée ? Cette fille au visage d'une beauté obsédante était-elle impliquée dans la mort de son amie ?

Même si Charlotte aurait voulu lui parler, elle savait que Kayla avait besoin de reprendre des forces avant de pouvoir être interrogée correctement.

Charlotte tourna les talons et s'éloigna.

CHAPITRE SEIZE

TJ fourra des vêtements de rechange dans son sac à dos, puis sa Bible et son mini kit de survie, sa bouteille d'eau, ses comprimés de purification, sa paille, sa couverture de survie, son sac de couchage, sa trousse de secours et sa pelle pliable. Il enfila ses chaussures de randonnée d'hiver et fit ses lacets. Il enfila sa veste d'hiver imperméable, couleur camouflage. TJ rangea son arme dans l'étui à sa ceinture, récupéra les grosses moufles d'hiver qui recouvraient ses gants et les mit dans son sac.

Il aurait pu marcher jusqu'au Canada avec cet équipement et disparaître à jamais dans la nature. S'il l'avait voulu.

Ce qui n'était pas le cas.

Il devait retrouver Kayla et comprendre pourquoi elle n'était pas venue le rejoindre la veille au matin. Était-elle en sécurité ? Avait-elle été blessée ? Était-elle malade ? Qui était l'autre fille ? Ou bien les médias s'étaient-ils trompés et Kayla était-elle vraiment morte ? Le besoin de réponses le déchirait de ses griffes acérées.

Il devait savoir.

Après ça, il lui dirait la vérité sur ce qui s'était passé et ferait ce qu'elle voudrait. S'enfuir, se rendre, n'importe quoi. Tout ce dont elle avait besoin.

Il sortit de sa chambre, traversa le salon, la petite cuisine et passa devant l'immense salle de bains où sa mère aimait se prélasser dans l'énorme baignoire que son père avait fait entrer chez eux en perçant un trou dans le mur. Il passa devant la chambre de ses parents et la buanderie. Peut-être qu'une fois qu'il serait parti, et que sa sécurité ne serait plus un problème, son père prendrait le téléphone et parlerait aux autorités fédérales. Il ferait en sorte que ça n'aille pas plus loin. Mais il était hors de question que son père l'abandonne. TJ le savait de tout son être.

Il frappa à la porte du bureau de son père, espérant que Tom n'ouvre pas. Après quelques secondes, TJ essaya d'actionner la poignée et fut soulagé lorsque la porte s'ouvrit.

— Papa ? appela-t-il.

Pas de réponse.

Tant mieux.

TJ se dirigea vers le coin de la pièce magnifiquement meublée. La plus grande partie de l'enceinte était constituée de béton terne ou de meubles utilitaires. Mais là où sa mère avait mis sa pâte, il y avait des murs peints de couleurs vives, des tapis épais, des sièges confortables et des meubles en bois massif, dont la plupart avaient été montés par son père sur place, car c'était la seule façon de les faire tenir dans la pièce sans élargir toutes les portes.

Derrière un fauteuil, sous un tapis, se trouvait un coffre-fort dont seuls ses parents et lui connaissaient l'existence. D'autres caches plus importantes étaient disséminées autour du bâtiment, une enterrée sous le champ de pommes de terre, une autre près de la fosse septique, une enterrée sous le garage – il faudrait un marteau-piqueur pour la récupérer –, et une autre plus grande encore enterrée à l'extérieur des murs en béton.

Personne ne savait pour l'or. Les habitants pouvaient soupçonner son existence, ils pouvaient même avoir leurs propres caches un peu partout, mais son père et lui avaient enterré leurs trésors avant que les premières personnes ne se présentent sur le pas de leur porte, à la recherche d'un refuge et d'une pension gratuite.

TJ ouvrit le coffre et en sortit quatre épais rouleaux de billets de cent dollars qu'il glissa dans la poche latérale de son sac. Il prit une poignée de pièces d'or et les glissa individuellement dans une fente qu'il avait pratiquée dans les coutures de sa veste. Il disposa les pièces de manière à ce qu'elles soient régulièrement espacées et présentent moins de risques de déchirer la doublure.

Il referma le coffre, espérant que son père lui pardonne son vol, même s'il lui avait toujours dit d'utiliser l'argent s'il en avait besoin. TJ savait que Tom voulait parler de quand il ne serait plus là.

Il n'avait jamais défié son père auparavant. Si l'on oubliait ses sorties en cachette le mercredi matin, il avait toujours été irréprochable.

Il était temps pour lui de voler de ses propres ailes, de retrouver la femme qu'il aimait et de décider de la suite à donner à leur histoire. Si Kayla était vivante, il voulait avoir une chance de vivre avec elle. Mourir dans une confrontation ne faisait pas partie du plan. Se cacher dans la coquille désolée d'une maison pour les dix prochaines années n'avait rien d'attrayant non plus. Plus maintenant. Il voulait voir le monde.

TJ sortit du bureau de son père et de leur appartement. Il jeta un coup d'œil en haut des escaliers, vers la partie de l'enceinte où vivaient d'autres familles. Il se sentait coupable d'avoir beaucoup plus d'espace que les autres, mais c'était une chose sur laquelle son père avait insisté lorsque la mère de TJ avait accueilli de plus en plus de « famille » chez eux. Ils pouvaient rester, mais tout le monde devait faire des efforts, et les espaces de vie des Harrison étaient interdits aux autres. C'était la seule fois où TJ avait vu son père refuser quelque chose à sa mère. TJ s'en réjouissait à présent.

Il se dirigea vers le nord, le long de leur couloir privé, et s'approcha de l'arrière de la structure. Il faisait sombre. Des ombres zébraient les murs lugubres des années 1960, couleur boue.

Des gardes avaient été placés aux sorties avant et arrière, mais TJ ne comptait pas passer par la porte principale. Il y avait un autre chemin que personne ne connaissait à part son père et lui. Celui qu'il avait utilisé pendant des mois pour se faufiler à l'extérieur sans que personne ne le voie. Une pièce de stockage menait à un tunnel qui débouchait sur une buse au-delà de la limite des arbres.

Aucune lumière ne brillait à proximité, mais il aurait pu parcourir le chemin les yeux bandés. Il s'arrêta quelques instants, croyant entendre un bruit dans l'obscurité, mais se dit qu'il s'agissait probablement de son imagination. Il mit la main sur la poignée de la porte et commença à la tourner. Une puissante lampe de poche s'alluma soudain et l'éblouit. La voix de Malcolm perça l'obscurité.

— Où penses-tu aller comme ça ?

Sérieusement ? Ce type se cachait dans l'ombre, attendant de le prendre au dépourvu ? TJ leva la main pour se protéger les yeux.

— Occupe-toi de tes affaires.

Quelqu'un lui enleva son sac à dos et un autre lui attrapa les deux bras pour le retenir.

Qu'est-ce que c'est que ce bordel ?

Malcolm commença à fouiller dans ses affaires.

— Qu'est-ce que tu fais ?

TJ se débattit, mais l'homme qui le retenait était massif et ne bougeait pas.

Malcolm sortit un rouleau de billets.

— Où est-ce que tu as trouvé ce fric ? Tu n'as pas autant d'argent.

Comment savait-il ce que TJ avait ou non ? Malcolm avait-il fouillé dans ses affaires ?

— Rends-le-moi. Tu n'as pas le droit de fouiller dans mes affaires.

TJ tenta de se dégager de l'emprise de l'homme, mais un autre se joignit au premier. Ils ne plaisantaient pas.

TJ vit le poing de Malcolm se diriger vers son visage un instant avant qu'il ne s'y écrase. Le sang jaillit de son nez, tandis qu'une douleur fulgurante lui transperçait le crâne. Il retint un cri d'agonie. Malcolm se mit à rire en agitant le poing.

— Je voulais faire ça depuis un bail. Ça fait un mal de chien, mais ça en valait le coup.

— Qu'est-ce qu'il se passe ici ?

La voix de Tom Harrison résonna dans le couloir. Suivie de bruits de pas précipités. Quelqu'un alluma les faibles lumières murales, et TJ cligna des yeux lorsque Malcolm braqua la lampe torche sur son visage.

— Ton cher fils était en train de s'enfuir, ricana Malcolm.

La honte envahit TJ lorsque son père le regarda fixement.

— TJ ne ferait pas ça, dit lentement Tom.

— Son sac à dos ne dit pas la même chose, rétorqua Malcolm.

TJ aurait voulu disparaître en voyant la déception dans les yeux de son père. Quelqu'un lui tendit le rouleau de billets.

Tom le prit et le feuilleta, sachant exactement d'où il venait. Sachant que TJ l'avait volé.

— J'allais parler aux Fédéraux. Leur expliquer ce qui s'est passé. Leur faire comprendre que c'est moi qui ai fait ça et qu'ils doivent vous laisser tranquille, dit TJ désespérément.

Il n'était pas question qu'il parle de Kayla.

— Il s'enfuyait. Il a assassiné sa petite amie, et il fuit la justice, et il nous laisse porter cette responsabilité.

— Ce n'est pas vrai, grogna TJ. Je ne l'ai jamais vue de ma vie.

Son père croisa son regard, mais, pour une fois, TJ y vit le doute. Le fait que son père ne le croit pas à cent pour cent lui fit l'effet d'un coup de massue.

— C'est elle que tu allais voir en cachette ?

Malcolm continuait de révéler des secrets qui ne le concernaient pas.

— Tu es sorti en cachette pour retrouver une fille ? lui demanda son père.

TJ soutint son regard.

— Non, monsieur.

La déception dans les yeux de son père était accablante, mais il ne pouvait parler à personne de Kayla. Il ne pouvait pas risquer de l'impliquer dans cette affaire avant de savoir ce qui s'était passé sur cette montagne. Et si elle avait quelque chose à voir avec la mort de la femme ? Et si elles s'étaient battues, que l'autre était tombée ou s'était cogné la tête et était morte ? Et si tout ça n'avait été qu'un terrible accident ?

À l'heure actuelle, il était la seule autre personne au monde à savoir que Kayla aurait dû être sur la montagne à l'attendre. Comment la retrouverait-il si elle avait quitté le campement ? Des questions sans fin se bousculaient dans son cerveau et il avait besoin de réponses.

— Qu'est-ce qu'on fait de lui ? demanda l'un des hommes qui lui tenait les bras.

Un silence suivit sa question. Tout le monde retenait son souffle en attendant de voir ce que Tom Harrison allait faire de son fils, d'ordinaire si malléable.

Malcolm dit d'une voix forte, comme pour appuyer son point de vue :

— On le fait sortir par la porte d'entrée et on laisse les flics s'occuper de lui. Une fois qu'ils l'auront, ils ne s'intéresseront plus à nous. C'est lui qui l'a tuée. C'est lui qu'ils poursuivaient. Il faut mettre fin à cette histoire avant que quelqu'un d'autre ne soit blessé à cause de ce monstre.

TJ sentit tout l'air quitter ses poumons. Malcolm le dépeignait comme un tueur dérangé.

— Je n'ai jamais fait de mal à cette femme. Je ne l'ai jamais touchée.

TJ tenta de faire un pas en avant, mais, une fois de plus, deux hommes le retinrent.

— Papa !

— Mettez-le dans nos quartiers.

Tom glissa le rouleau de billets dans la poche arrière de son pantalon.

Malcom leva les yeux au ciel.

— Ce n'est pas exactement la punition à laquelle je pensais.

Tom plaqua Malcolm contre le mur et se plaça à un centimètre de son visage.

— TJ n'est pas le seul à se faufiler hors de l'enceinte de temps à autre, n'est-ce pas ?

Malcolm plissa les lèvres et détourna le regard.

— Ce sont mes affaires.

— Eh bien, c'est *ma* propriété. *Ma* terre. *Mon* fils et *mes* règles. Si ça ne te plaît pas, tu peux prendre tes affaires et t'en aller.

Tom n'eut pas à hausser le ton. C'était clair qu'il ne bluffait pas.

La bouche de Malcolm se tordit et il se dégagea de l'emprise de Tom, la mâchoire serrée par la colère.

Quel secret Malcolm cachait-il ? Pourquoi son père ne l'avait-il pas mentionné avant ?

Tom regarda les hommes qui retenaient TJ, mais ne leur dit pas de le relâcher.

— Mettez-le dans sa chambre. Enfermez-le à l'intérieur.

Il tendit à l'un d'eux la clé qu'il gardait habituellement dans sa poche. Il y en avait une autre dans le tiroir du centre de sécurité, qui servait habituellement de quartier général.

— *Papa*, l'implora TJ.

Tom fit un pas vers lui, agitant le poing.

— Ne m'adresse pas la parole.

— Ce n'est pas moi ! Je ne la connais pas...

— Je m'en fiche ! Tu m'as volé. Tu m'as menti en me regardant droit dans les yeux.

Les larmes brillaient dans les yeux de son père.

— Tu as voulu partir sans m'en parler.

Sa voix se brisa.

— Tu es tout ce que j'ai, TJ, et je ne peux pas te perdre maintenant. Enfermez-le dans sa chambre jusqu'à ce que je change d'avis. C'est pour ta propre sécurité.

TJ ouvrit la bouche, mais son père s'éloignait déjà à grandes enjambées.

Les yeux de Malcolm brillaient dans la faible lumière, et TJ savait qu'il était tombé dans son piège. Un sentiment horrible l'envahit.

Malcolm préparait-il quelque chose ? TJ l'avait-il aidé d'une manière ou d'une autre ?

Alors que les hommes lui faisaient rebrousser chemin, il se demanda ce qui allait bien pouvoir se passer ensuite.

Une fois dans sa chambre, ils lui lancèrent son sac à dos, et il l'attrapa, restant planté là, hébété, au milieu de cet espace familier. Les hommes partirent et il entendit le léger cliquetis de la serrure.

Avaient-ils verrouillé les autres portes menant à l'appartement ? Vraisemblablement.

Il devait voir Kayla. Il devait s'assurer qu'elle était en sécurité.

TJ avait envie de crier. Comment avait-il pu perdre le contrôle de la situation ? Comment Malcolm avait-il su ce qu'il avait prévu de faire ? Depuis combien de temps connaissait-il l'existence du tunnel secret ?

Des questions sans fin tournaient en boucle dans son cerveau, mais TJ n'était pas plus près de trouver les réponses qu'il ne l'avait été lorsqu'il avait découvert le cadavre dans les bois.

CHAPITRE DIX-SEPT

Novak ouvrit les yeux, immédiatement alerte. Charlotte et lui s'étaient couchés vers deux heures du matin. L'agent qui interrogeait les deux hommes qu'ils avaient attrapés sur le flanc de la montagne n'était toujours pas revenu, et McKenzie n'avait pas été en mesure de leur donner des nouvelles. Novak aurait pu rester plus longtemps au centre tactique, mais les paupières de Charlotte se fermaient et il y avait une baisse générale d'activité. D'habitude, dépendre de quelqu'un d'autre l'aurait agacé, mais elle avait eu une journée terrible et n'avait pas émis la moindre plainte.

Les négociateurs n'avaient pu contacter personne à l'intérieur. Le FBI était en train de rechercher les anciens camarades militaires de Tom Harrison et tous ses amis proches qui n'étaient pas enfermés avec lui à Eagle Mountain. Les médias et les techniciens se préparaient à isoler et à modifier les flux vidéo sans se faire remarquer. Ils attendaient toujours les résultats des tests effectués par le médecin légiste et les rapports sur les empreintes de la scène de crime, de la tente et du SUV.

La reconstruction de la forteresse construite sur une base

militaire voisine était à moitié achevée. Charlotte n'avait pas été enchantée par cette nouvelle, même si elle savait qu'il s'agissait d'une procédure normale.

Il consulta son téléphone portable pour vérifier s'il y avait du nouveau, mais ce n'était pas le cas. Il était six heures et demie du matin.

Le drone avait perçu des mouvements de l'autre côté de la porte la nuit précédente, mais personne ne l'avait franchie. Novak était convaincu que ce tunnel était la clé pour pénétrer dans le complexe, et prévoyait de s'y pencher un peu plus tard.

Il entendit Charlotte se retourner. La veille au soir, il avait promis de la réveiller à temps pour qu'elle puisse se doucher avant la réunion d'équipe de huit heures, mais il hésitait à présent ; elle avait manifestement besoin de plus de quatre heures et demie de sommeil.

Il se redressa et descendit l'échelle aussi silencieusement que possible. Il était en boxer et avait besoin d'une douche. Il jeta un coup d'œil à la forme endormie de Charlotte, hésitant à la réveiller tant elle semblait paisible. Mais il le lui avait promis, et il tenait toujours ses promesses. De plus, il voulait gagner sa confiance. Il se pencha et lui toucha très doucement l'épaule.

Au lieu de le mettre à plat sur le dos, ses paupières s'ouvrirent et elle bâilla, écartant ses couvertures.

Était-ce de la déception qu'il ressentait à l'idée qu'elle ne soit pas étendue sur lui, le bras en travers de sa gorge ? Ou une sorte de fierté primitive que son subconscient ne le considère plus comme une menace ? Il était soulagé de ne pas avoir un coude plaqué contre le gosier, mais paradoxalement, le contact physique lui manquait.

Il était désespéré à ce point.

— Quelle heure est-il ?

Elle se redressa sur ses coudes. Il était si près d'elle que son parfum chaud inondait ses sens.

— Oh, six heures et demie.

Sa voix était basse et rendue rauque par le sommeil et autre chose. Quelque chose qu'il s'efforçait d'étouffer.

Il réalisa qu'il était un peu trop près pour un collègue et s'écarta brusquement, ce qui lui valut de se cogner l'arrière de la tête contre la couchette du dessus. Il se leva et réprima un juron.

— Ça va ?

L'inquiétude perçait dans son ton. Elle sortit ses jambes du lit et passa ses doigts dans ses cheveux et sur l'arrière de son crâne.

— Ça va.

Il se laissa aller à son contact, se délectant de son réconfort.

— Vous savez, vous êtes peut-être l'opérateur le plus maladroit que j'aie jamais rencontré.

Elle semblait ne pas s'apercevoir de la façon dont son bras entourait le sien ni de la chaleur de sa poitrine qui se pressait contre son dos.

Mais lui en était bien conscient et, soudain, il réalisa qu'être en boxer était une grave erreur. Une erreur *massive*. Bon sang, il devait s'échapper avant qu'elle ne réalise à quel point il était excité.

Elle s'éloigna et il pensait être sauvé jusqu'à ce qu'on frappe à la porte. Le nouvel arrivant n'attendit pas leur réponse, et la porte s'ouvrit. Novak pivota et attrapa le pantalon noir qui se trouvait sur le dessus de son sac. Il vit les yeux de Charlotte s'écarquiller comme des soucoupes lorsqu'elle aperçut son boxer tendu. Puis son regard se dirigea vers la porte et ses joues devinrent écarlates.

McKenzie alluma la lumière et sa voix vint rompre le calme de la matinée.

— Les équipes du SWAT arrivent ; Novak, je veux que vous leur disiez où se positionner. Heure d'arrivée estimée dans dix minutes. Je veux qu'ils soient déployés avant l'aube.

Charlotte se racla la gorge et Novak aurait juré qu'elle avait jeté un nouveau coup d'œil à son érection qui s'estompait rapidement en présence de son foutu patron.

— Et moi, alors ?

La voix de Charlotte était si aiguë qu'elle ressemblait plutôt à un couinement.

— Vous êtes des siamois, déclara McKenzie d'un ton tranchant. Vous vous souvenez ?

Novak et Charlotte conservèrent un silence glacial lorsque McKenzie eut refermé la porte.

Le fait d'être *collé* à lui était une forme de torture unique pour Novak et terrifiait probablement sa collègue. Il passa ses jambes dans son pantalon.

— Désolé. Je, hmm.

Merde. Il enfila ses chaussettes et sa chemise, ne sachant que dire d'autre.

— Tout va bien. Je suis vraiment désolée. Je sais que c'est un truc du matin. Je m'excuse d'avoir envahi votre espace personnel il y a quelques instants. Ça a dû vous mettre très mal à l'aise. À cause de McKenzie, je n'aurais toujours pas l'occasion de prendre une douche, mais merci de m'avoir réveillée.

Il était déjà habillé quand elle se tut. Il saisit son portable et s'apprêtait à sortir, la main sur la poignée de la porte, lorsqu'il s'arrêta et se retourna vers elle. Elle se tenait là, incertaine, dans une chemise de nuit ample qui lui arrivait presque aux genoux, mais qui était lâche au niveau des épaules, révélant les creux lisses au-dessus de ses clavicules. Elle leva les bras et les croisa nerveusement sur sa poitrine.

Elle le regardait comme si elle s'inquiétait d'avoir fait quelque chose de mal, et il détestait ça.

Il s'éclaircit la gorge.

— Pour information, ce n'était pas « un truc du matin », et ce n'était pas votre faute. Je m'excuse. Ça ne se reproduira plus. Je vous laisse vous habiller et je vous attends dans la cuisine.

CHAPITRE DIX-HUIT

Charlotte n'avait jamais été aussi confuse de toute sa vie. Le fait qu'elle se trouve dans une grange regorgeant de spécimens masculins de premier ordre qui étaient bien plus son genre rendait son intérêt pour Payne Novak encore plus déroutant.

Novak voulait-il dire qu'il avait pensé à quelqu'un d'autre ce matin et que c'était pour ça qu'il était excité ? Ou que ses réactions corporelles relevaient de sa propre responsabilité ? Ou bien était-il tellement bourré de testostérone que la simple proximité d'une femme près d'un lit faisait migrer tout son sang vers le sud ?

S'agissait-il moins d'elle que d'hormones masculines primitives ?

Avait-elle imaginé cet éclair de désir dans son regard la veille ?

Elle voulait le savoir, mais à quoi bon si elle n'avait pas l'intention d'agir en conséquence ? Il s'était excusé, même si c'était elle qui l'avait touché, réalisa-t-elle avec une pointe d'humiliation.

Elle était très tactile, mais ce n'était pas une excuse. Et s'il *lui* avait fait ça ? Elle aurait été indignée et mal à l'aise, forcément. Charlotte aurait voulu disparaître tant elle avait honte. Elle n'aurait surtout pas dû le toucher alors qu'elle était en chemise de nuit et lui en boxer, et qu'ils étaient seuls dans une chambre avec deux matelas denses, mais tout à fait fonctionnels à quelques pas de là. Il aurait facilement pu se faire des idées.

C'étaient des idées, n'est-ce pas ?

Elle vit les traits de Novak se crisper, ses sourcils se froncer, les yeux se plisser, les lèvres se pincer tandis qu'il se penchait sur une carte pour déterminer exactement comment répartir les équipes du SWAT afin de former un périmètre de sécurité. Les adjoints du shérif et les agents de la police d'État allaient reculer de huit cents mètres supplémentaires.

Novak était vraiment plus beau qu'elle ne l'avait réalisé. Apparemment, il lui avait fallu travailler collée à lui et avoir obtenu le point de vue de deux autres femmes pour le voir.

Elle travaillait toujours avec des hommes séduisants. Dominic, Quentin, Max et Eban étaient tous des hommes devant lesquels les femmes se pâmaient – sauf leurs partenaires qui étaient bien trop raisonnables pour faire preuve d'une telle absurdité. Elle en avait été témoin des centaines de fois et des femmes lui avaient dit à quel point elle avait de la *chance* de travailler avec de tels hommes. Cela lui donnait généralement envie de vomir, car ils étaient ses amis ; elle les voyait plus comme des frères que comme des amants potentiels. Elle n'avait jamais voulu avoir de relations sexuelles avec l'un d'entre eux.

Peut-être était-elle vraiment une vieille fille.

Mais Novak avait le genre d'attrait que ses collègues n'avaient pas. Il était âpre et moins raffiné, mais honnête. D'une honnêteté totale. Ses collègues négociateurs étaient tous de grands bruns ténébreux. Payne Novak était un maraudeur viking en kevlar noir.

Il n'était vraiment pas son genre. Ce n'était certainement pas l'homme qu'elle imaginait en train de tondre la pelouse tous les samedis de juillet. Elle observa ses mains qui désignaient différentes positions sur la carte.

De jolies mains.

Des mains compétentes.

Pour information, ce n'était pas un « truc du matin », et ce n'était pas votre faute. Je m'excuse. Ça ne se reproduira plus.

Formidable.

Non ?

Ça aurait pu être amusant.

Elle chassa immédiatement cette idée. Elle se força à se concentrer sur le briefing, même si cette partie de l'incident n'avait rien à voir avec elle, et qu'elle avait l'impression de perdre son temps. McKenzie n'avait pas cédé. Elle avait entendu dire qu'il était coriace, et à présent, elle en avait confirmation.

Le SWAT effectuait également des rotations de douze heures à la faveur de l'obscurité. Ils étaient équipés pour l'hiver, mais Charlotte n'aimait pas l'idée qu'un si grand nombre de personnes soient exposées aux éléments dans cet endroit reculé. Si seulement ils pouvaient faire parler Harrison. Les tirer de là, lui et ses copains, avant que les responsables de l'incident ne perdent patience et n'ordonnent une solution tactique.

Elle ne voulait pas y passer tout l'hiver. *Personne* ne voulait rester là tout l'hiver. Mais surtout, elle ne voulait pas que quelqu'un d'autre meure.

Les effectifs du SWAT effectuèrent leur rotation, la moitié retournant au motel pour se reposer pour la journée, et l'autre moitié s'enfonçant dans les bois.

— Attention au cougar, ajouta-t-elle.

Puis elle fronça les sourcils. Ils n'avaient toujours pas établi qui avait fait remonter le problème à Bob Jones.

— Et à Bigfoot, ajouta Novak en souriant.

McKenzie entra à grands pas tandis que le SWAT sortait. Il avait pris un appel au début du briefing, juste au moment où elle lui demandait ce que l'agent Makimi avait réussi à obtenir des deux hommes qui les avaient attaqués sur la montagne la veille. Charlotte avait l'impression que c'était le président Hague qui était au bout du fil, pas vraiment quelqu'un qu'il pouvait envoyer promener.

McKenzie hocha la tête et s'adressa à quelques membres du SWAT qui passaient devant lui.

— Surveillez vos arrières. Ne prenez pas de risques inutiles.

Charlotte appréciait que la priorité du commandant de l'intervention soit la sécurité des siens. Il en était de même pour Novak, mais il avait tellement confiance dans les capacités de la HRT qu'elle craignait qu'il n'oublie qu'ils étaient humains.

— Blood, Novak, venez par là.

McKenzie se tenait devant l'une des chaînes d'information installées sur un énorme écran d'ordinateur, tandis qu'un des gars de la HRT augmentait le volume. McKenzie consulta sa montre. Il leva les doigts.

— Premier changement dans... Cinq. Quatre. Trois. Deux. Un...

L'un des écrans scintilla à peine.

McKenzie regarda par-dessus son épaule.

— Vous pensez qu'ils l'ont remarqué ?

Charlotte réalisa que Novak se tenait à côté d'elle lorsqu'il répondit :

— Je ne pense pas.

— Ils attendent la pub avant de passer à la suite.

Il fallut dix minutes pour que les six chaînes que le FBI savait être regardées dans le complexe soient contrôlées à distance par les responsables des médias au QG. Toutes les autres chaînes d'information avaient été bloquées.

Le FBI ne pourrait pas le faire indéfiniment, mais il pouvait contrôler l'histoire à court terme.

— Très bien, le général Veldman, l'ancien commandant de Tom Harrison va apparaître dans la prochaine séquence. L'interview ne sera pas diffusée au même moment sur chaque chaîne ; ça ne serait pas crédible. La NBC sera la première à la diffuser. Du moins, notre version de la NBC.

McKenzie s'appuya sur l'établi. Il semblait étonnamment à l'aise dans ce cadre rustique, malgré la sciure de bois qui collait à son coûteux pantalon de costume. Charlotte avait entendu des rumeurs selon lesquelles il avait commencé sa vie comme cowboy.

— Asseyez-vous.

Novak indiqua une chaise à Charlotte à côté des tables centrales de la HRT.

Elle leva les yeux, sans croiser son regard. Elle sentit ses joues s'embraser.

— Merci.

Quelqu'un l'avait-il remarqué ? Bon sang, ils étaient aussi gênés que s'ils avaient fait l'amour toute la nuit alors qu'ils avaient seulement éprouvé un soupçon d'attirance qui n'était *pas de leur faute.*

Elle se laissa tomber sur la chaise proposée par Novak et sentit le fossé se creuser entre eux lorsqu'il alla se placer avec ses hommes.

Elle ravala la boule dans sa gorge. Elle devait couver quelque chose pour être aussi sensible. Ce n'était pas en étant une mauviette qu'elle était arrivée aussi loin au FBI.

La séquence qu'ils attendaient s'afficha à l'écran. Le général Veldman, général deux étoiles de l'armée américaine à la retraite, se tenait devant sa modeste maison californienne, vêtu d'un pantalon kaki et d'un polo boutonné. Il s'entretenait avec un agent du FBI qui se faisait passer pour un journaliste.

— Le général Veldman a-t-il exprimé des objections à ce sujet ? demanda Charlotte à McKenzie.

— Aucune n'a été portée à ma connaissance, déclara McKenzie sans quitter l'écran des yeux.

Le journaliste fit une brève présentation, rappelant le statut respecté de ce militaire à la retraite.

— Que voulez-vous dire à Tom Harrison, l'homme au centre du conflit armé dans l'État de Washington ? Je crois qu'il a été sous votre commandement pendant cinq ans, vous devez donc bien le connaître...

Le général se redressa et regarda la caméra.

— Tom, je ne sais pas ce qui se passe dans ta vie en ce moment, mais je me souviens que tu voulais désespérément fonder une famille et vivre une vie paisible.

— Tom Harrison n'est donc pas quelqu'un que l'on s'attendrait à voir impliqué dans un incident de cette nature ?

Le général secoua la tête.

— Ce n'est pas quelque chose que le Tom Harrison que j'ai connu ferait. Il aimait aider les gens, pas leur faire du mal.

— Avez-vous une idée de la raison pour laquelle M. Harrison refuse de parler aux agents du FBI qui souhaitent l'interroger sur la mort d'une jeune femme dans la montagne près de chez lui ?

La CNU et le département des sciences du comportement avaient conçu le script pour inciter Tom à décrocher le téléphone. Charlotte espérait qu'ils n'en faisaient pas trop.

— L'homme que j'ai connu était honnête et juste. Il respectait les règles et suivait les ordres. Tom Harrison était un très bon soldat, qui a toujours eu pour priorité absolue le bien-être de ses compagnons d'armes lors des entraînements et des déploiements.

— Selon vous, Tom Harrison est donc un homme honorable qui ne représente pas un danger. Qu'aimeriez-vous lui dire ?

Le général pinça les lèvres.

— Parle aux autorités, Tom. Aide-les à comprendre ce qui s'est passé sur la montagne. Personne d'autre n'a besoin d'être blessé. Dis-leur la vérité et tout le monde pourra rentrer chez soi à temps pour les fêtes. Si une personne a commis une erreur, c'est elle qui doit payer, personne d'autre. Tu sais bien que les forces de l'ordre ne font que leur travail, comme nous avons fait le nôtre. Pose les armes et viens parler aux autorités pour que personne d'autre ne soit blessé. Je veillerai à ce que tu sois traité justement, même si je dois me rendre sur place moi-même. Il est temps de raconter au monde ta version de l'histoire.

La caméra se tourna vers le faux journaliste qui tenait son micro et avait l'air de s'amuser comme un fou.

— C'était Steve Perkins, en direct de Californie.

On avait créé tout un profil au journaliste au cas où quelqu'un se renseignerait sur lui. Il n'y avait plus Internet dans le complexe, mais le FBI préférait être minutieux.

Le silence s'installa dans la grange tandis que le gars de la HRT baissait le volume et que les boucles d'information se poursuivaient, l'interview du général Veldman apparaissant au fur et à mesure sur chaque chaîne.

— Combien de temps pensez-vous qu'il faille attendre une réaction ? demanda Novak à Charlotte.

Charlotte s'apprêtait à répondre lorsque Romano s'écria :

— Activité repérée par le drone.

Tout le monde se pressa autour de l'ordinateur portable de

Romano. Novak garda une place pour Charlotte. Elle fut soudain hyper consciente de sa proximité alors qu'elle se rapprochait de lui pour voir ce qui se passait. Qu'est-ce qui avait changé ?

Son attention se reporta sur l'écran et sur son travail.

La porte s'ouvrit et l'homme qu'elle reconnut comme étant Tom Harrison entra à grands pas, muni d'une arme de poing et les bras chargés de quelque chose.

— Merde, on aurait dû placer des opérateurs dans le tunnel, marmonna Novak.

McKenzie secoua la tête.

— Qu'est-ce qu'il fait ? demanda Charlotte.

— On va avoir la vidéo dans un instant. Fais passer le drone par la porte, Romano, dit Novak.

Romano fit avancer l'appareil. Tout le monde retint son souffle à l'approche d'un rebord, mais, heureusement, le drone était suffisamment robuste pour le franchir, et Romano poussa le joystick à fond.

Le drone semblait se trouver dans un placard à balais. Romano se dirigea vers la lumière, collant l'engin au mur.

— Retourne-le pour voir ce que fabrique Harrison. Il faut alerter les équipes du SWAT dans les environs qu'il pourrait sortir et qu'il est armé, cria Novak.

— Alertez le SWAT, mais faites entrer ce drone le plus loin possible dans le bâtiment. C'est plus important que des renseignements à court terme, lança McKenzie, court-circuitant les ordres de Novak.

Charlotte vit Novak serrer la mâchoire, mais il ne contesta pas l'ordre. Ils n'avaient probablement qu'une brève fenêtre pour pénétrer à l'intérieur.

Romano fit sortir le drone du placard à balais. Il s'engouffra dans un couloir extérieur et tourna à 360°.

— Reste dans l'ombre. Garde le drone collé au mur et surveille le retour d'Harrison, ordonna Novak.

Ils retinrent tous leur souffle lorsque Romano déplaça le drone, puis le tourna pour surveiller l'entrée du placard à balais. Après quelques minutes parmi les plus longues de la vie de Charlotte, Tom Harrison franchit le seuil de la porte, la ferma et la verrouilla derrière lui. Puis il s'appuya contre le mur, tenant quelque chose dans sa main. Deux autres hommes arrivèrent en courant dans le couloir, semblant essoufflés, et lui crièrent d'arrêter. Harrison leva les yeux pendant une longue seconde, puis appuya délibérément sur un détonateur. Le sol trembla, la poussière envahit l'air.

Lorsque l'atmosphère se dégagea soixante secondes plus tard, il n'y avait plus personne dans le couloir.

— Qu'est-ce qui s'est passé ? demanda Charlotte, même si elle le savait.

La mâchoire de Novak se contracta.

— Il a démoli le passage.

— Il a des explosifs.

Le cœur de Charlotte bondit comme un lièvre dans sa poitrine. Elle savait que c'était une possibilité, mais au lieu d'encourager Tom Harrison à leur parler, l'interview de Veldman avait poussé Harrison à faire monter les enchères.

Son téléphone portable vibra. Il avait un message.

Elle consulta l'écran.

— Quelqu'un vient de décrocher le téléphone.

Elle regarda Novak, puis sortit de la grange en courant, le chef d'équipe de la HRT et le commandant de l'intervention sur les talons. Ils se précipitèrent dans le centre de commandement et se heurtèrent à un mur de silence.

Elle franchit les nouvelles cloisons et se jeta sur une chaise à côté de Dominic, qui était occupé à prendre des notes tandis qu'Eban parlait au téléphone d'un ton encourageant.

— Je sais que vous êtes inquiet. Nous souhaitons tous une fin pacifique à cet incident. Mon nom est Eban Winters. Dites-nous ce que nous pouvons faire pour résoudre la situation.

Il utilisait sa voix la plus apaisante, qui rappelait à Charlotte le ronronnement d'un chat et la détendait instantanément.

Un éclat de rire aigu sortit du haut-parleur à l'autre bout de la ligne.

— C'est facile. Allez-vous-en.

— Est-ce que je parle à Tom Harrison ? Le propriétaire des lieux ? Puis-je avoir confirmation que c'est bien à lui que je parle ? M. Harrison ?

— Oui, c'est Tom Harrison.

Sa voix était fatiguée. Il y avait fort à parier qu'il n'avait pas dormi ces deux dernières nuits, constamment en alerte en cas d'attaque imminente.

— Vous avez l'air fatigué, Tom.

— Je suis fatigué, Eban. J'en ai assez que vous essayiez de vous en prendre à ma maison. Je veux que vous partiez tous.

— Je peux le comprendre, Tom. Je peux comprendre que vous interprétiez ce qui s'est passé comme une agression, mais une femme est morte et des coups de feu ont été tirés sur les forces de l'ordre, Tom. Sachant que vous êtes un homme honorable, je suis surpris que vous ne voyiez pas les choses de cette façon.

— Plus personne ne se soucie de l'honneur.

— Personne ne se soucie de l'honneur ? répéta Eban.

C'était le meilleur moyen de faire parler les gens et de se sentir compris. Répéter les derniers mots de leur phrase ou les éléments les plus pertinents.

— Les gens parlent d'honneur et distribuent ensuite des médailles comme des bonbons à des personnes qui ont moins d'honneur qu'un rat d'égout. C'est des conneries, tout ça.

Il n'avait pas tort.

— J'ai un profond respect pour tous ceux qui ont servi notre pays comme vous.

— Alors, respectez-moi en me laissant tranquille et arrêtez d'essayer de me manipuler.

Eban était assez intelligent pour ne pas s'attarder là-dessus.

— Nous voulons simplement faire la lumière sur l'incident.

L'*incident*.

— Écoutez, Eban, je sais que vous ne faites que votre travail, et je vois que vous le faites bien parce que je suis toujours au téléphone. Écoutez attentivement ce que j'ai à dire. Je n'ai aucune idée de ce qui est arrivé à la femme qu'ils ont trouvée morte sur la montagne. Mon fils n'a rien à voir avec ça. L'agent fédéral de protection de la nature a essayé de lui tirer dans le dos et l'un des nôtres l'a défendu. TJ sait qu'il n'aurait pas dû s'enfuir, mais c'est encore un enfant. Il a pris peur.

TJ avait dix-huit ans.

— Quant au shérif...

Tom laissa ses paroles en suspens comme pour laisser entendre que le shérif était un connard.

Charlotte était d'accord, mais ce n'était pas une excuse pour faire justice soi-même. Elle écrivit sur un morceau de papier : « Demander si on peut avoir TJ au téléphone ? »

— TJ serait-il prêt à nous expliquer ce qui s'est passé ? Pour pouvoir ajouter sa déposition au dossier. Peut-être qu'alors tout s'éclaircira et que nous pourrons rentrer chez nous.

Il y eut un long silence, et Charlotte vit qu'Eban savait

que ce n'était pas une bonne chose. Il essaya une autre tactique.

— Je suis sûr que si la situation était inversée et que c'était TJ qui avait subi un préjudice, vous voudriez parler à toute personne susceptible d'avoir des informations. La famille de Brenna Longie a également des questions.

Sauf que c'était faux. Le FBI n'avait pas réussi à retrouver les proches de Brenna.

Eban était vraiment doué pour comprendre les gens et voir les choses de leur point de vue. C'était l'une de ses plus grandes forces.

Finalement, Tom prit la parole.

— TJ ne sortira pas, donc ça ne sert pas à grand-chose.

— Pas à grand-chose ? Vous avez dit qu'il n'avait rien à voir avec la mort de cette femme, donc rien de ce qu'il dira ne pourra l'incriminer. Il pourrait être en mesure de nous éclairer sur les événements. Peut-être a-t-il vu quelqu'un ou quelque chose là-bas ?

Eban grimaça. Il avait court-circuité son effet miroir, le privant de son efficacité.

Tom soupira.

— Eban, j'ai donné vingt de mes meilleures années aux États-Unis. J'ai servi ma patrie. J'ai fait des sacrifices. Je ne dois rien d'autre à ce pays. Je ne lui donnerai certainement pas mon fils. Tout ce qu'on veut, c'est qu'on nous laisse tranquilles. On ne fait pas de mal aux gens tant qu'on ne nous attaque pas.

— Je vous promets que je veux seulement parler à TJ. Découvrir ce qu'il sait.

— Mon fils ne parlera à personne. Je sais ce qui se passera sinon. Ses propos seront déformés et il sera toujours suspecté. Vous ferez un tas de tests et on me l'enlèvera et je ne pourrai plus le protéger. Eh bien, ça n'arrivera pas.

La voix de Tom s'éleva, tremblante.

— Écoutez-moi bien, Eban, je tuerai tout le monde dans ce bâtiment avant de laisser quelqu'un me prendre mon fils. Au premier signe que l'équipe de libération d'otages du FBI tente de s'infiltrer chez moi, je fais sauter cet endroit. Si quelqu'un a des doutes, il devrait demander au général Veldman quelle était ma spécialité dans son unité.

Charlotte se crispa. La démolition était sa spécialité. Ils savaient désormais qu'il possédait des explosifs et qu'il n'avait pas peur de les utiliser. Ils étaient clairement confrontés à une escalade de la violence. Elle échangea un regard avec Novak. Il le savait aussi. Tom Harrison venait de menacer de tuer des gens.

— Personne ne veut qu'il y ait d'autres blessés, Tom, affirma calmement Eban. Les gens peuvent-ils encore quitter l'enceinte ? Peut-être devriez-vous les encourager à sortir, en particulier ceux qui ont des enfants en bas âge ?

Le ton de Tom changea, devenant plus calculateur.

— Pour éviter qu'ils soient tués lors d'échanges de tirs ou deviennent des dommages collatéraux ?

Eban entendit le changement, lui aussi. Elle le devinait à la crispation de ses yeux, même s'il conservait le même ton calme.

— Nous voulons vous aider, Tom. Nous voulons aider tous les habitants. Dites-nous comment faire.

— Je vous l'ai déjà dit. Et une dernière chose, ne prenez pas la peine de rappeler. Je ne répondrai pas.

Puis la communication fut coupée. La bouche de Charlotte s'assécha. Miser sur le commandant de Harrison avait eu l'effet inverse. À présent, tout le monde était en danger.

CHAPITRE DIX-NEUF

TJ était allongé dans son lit quand, soudain, tout le bâtiment trembla. Il se figea, ne sachant que faire. S'agissait-il d'un tremblement de terre ? Ou les fédéraux avaient-ils réussi à pénétrer à l'intérieur ?

TJ se leva d'un bond et courut vers la porte, la martelant.

— Laissez-moi sortir ! Qu'est-ce qu'il se passe ?

Il réessaya, mais personne ne répondit. Il tambourina à la porte pendant trente minutes avant que des bruits de pas ne l'attirent vers la porte intérieure qui menait aux quartiers de sa famille. Sa main se posa sur la crosse de son pistolet. Allait-il tomber sur le FBI ? Malcolm ? Il ne faisait pas confiance à son oncle. Son nez le lançait encore suite au coup de poing qu'il lui avait administré. Mais il n'était pas prêt à mourir non plus, et s'il avait son arme au poing lorsque les fédéraux feraient irruption, ils tireraient sans se poser de questions.

La poignée tourna. Lorsque son père ouvrit la porte, TJ éprouva du soulagement suivi d'une cascade de remords.

— Papa, je suis désolé. Je ne voulais pas te mentir ou te voler. J'ai pensé que partir était la meilleure chose à faire pour tout le monde.

— Pas pour moi.

Tom laissa la porte ouverte et s'éloigna. TJ le suivit jusqu'à la cuisine. Son père alluma la bouilloire, puis se pencha sur le plan de travail en bois. Des cernes soulignaient ses yeux. TJ ignorait depuis quand ils n'avaient pas fermé l'œil.

— Je me demande pendant combien de temps encore on aura de l'électricité, dit Tom à haute voix.

— On a des panneaux solaires et des générateurs, dit TJ, qui ne comprenait pas.

Tom secoua la tête.

— Ils peuvent couper les lignes des panneaux solaires quand ils le souhaitent et le carburant pour les générateurs n'est pas infini.

— C'était quoi cette explosion ? demanda TJ.

S'ils subissaient une attaque, ils ne seraient certainement pas en train d'avoir cette conversation.

Les coins de la bouche de Tom s'abaissèrent.

— Ce n'était qu'une question de temps avant qu'ils ne découvrent notre petite entrée secrète. Je m'en suis débarrassé.

TJ eut l'impression qu'on lui avait administré un coup de poignard. C'était son échappatoire, son seul lien avec Kayla.

— Tu en as parlé à Malcolm ?

Tom secoua la tête.

— Soit il l'a trouvé en fouillant, soit il t'a suivi un mercredi matin.

Son père lui jeta un regard lourd de sens.

La honte envahit TJ.

— Depuis combien de temps tu le sais ?

Les épaules de Tom tressaillirent.

— Quelques mois. Pourquoi tu ne m'as pas parlé d'elle ?

TJ aspira une énorme bouffée d'air.

— Je ne pensais pas que tu m'autoriserais à la voir.

Les traits de Tom se déformèrent.

— Tu penses que je ne comprends pas la nature de l'amour ?

Les lèvres de TJ tremblaient. Il savait combien son père avait aimé sa mère avec dévouement et combien il l'aimait profondément, lui aussi.

— La rencontrer m'a permis d'éprouver un peu de joie après la mort de maman.

Tom acquiesça. Il partageait son chagrin.

— Je suis désolé que ta copine soit morte, TJ. Je suis désolée qu'elles soient mortes, toutes les deux.

La gorge de TJ était à vif. Il voulait lui dire pour Kayla. Il voulait lui dire la vérité, mais il devait d'abord savoir une chose...

— Tu penses que je l'ai fait ? Que je l'ai tuée ?

Tom leva les yeux vers lui. Ses yeux bruns se fixèrent sur ses yeux bleus, hypnotiques.

— Je n'ai jamais pensé un seul instant que tu pourrais délibérément faire du mal à quelqu'un.

Ce n'était pas une exonération totale, mais une vague de soulagement s'abattit sur TJ. Il n'avait pas réalisé à quel point il avait besoin que quelqu'un le croie, surtout son père.

— Je ne comprends pas. Pourquoi tu ne veux pas que je parle aux fédéraux ?

— Parce que ce que tu leur diras n'aura pas d'importance au final. Plus maintenant. Ils veulent trouver un responsable pour le meurtre de la fille et tout ce gâchis, même si c'est l'agent qui t'a tiré dessus en premier. Ils voudront prélever ton ADN.

Pour Tom, protéger son ADN avait toujours été d'une importance capitale. Il pensait qu'une fois entré dans le système, on y restait pour toujours. Il avait dit à TJ de ne jamais donner d'échantillon de sang, de cheveux ou de cellules. D'appeler leur avocat s'il était arrêté pour quoi que ce soit et de se taire. TJ n'avait jamais compris pourquoi c'était si important, mais il avait toujours vécu sous l'autorité surprotectrice de son père. Peut-être que cela faisait partie de l'attrait de Kayla. Elle n'appartenait qu'à lui et non à sa famille.

L'eau se mit à bouillir. Son père versa le liquide brûlant dans deux tasses avec un sachet de thé dans chacune. Il ajouta une cuillerée de sucre dans les deux tasses et remua la boisson, la cuillère produisant un cliquetis rythmique qui soulignait sa colère et sa détermination. Il récupéra les sachets de thé et les jeta à la poubelle. Il tendit une tasse à TJ et prit une gorgée de la sienne.

— Je leur ai parlé.

Tom souffla sur le liquide chaud.

— À qui ? Aux Fédéraux ?

TJ n'en revenait pas.

— Qu'est-ce qu'ils ont dit ?

— Ils prétendent qu'ils veulent éviter d'autres blessés. Ils ont dit qu'ils voulaient te parler pour avoir ta version des faits.

— Je pourrais le faire...

— Je te l'ai déjà dit, je ne veux pas que tu leur parles. Ils finiront par tout retourner.

TJ ne comprenait pas.

— On ne peut pas vivre sous terre pour toujours...

Tom eut un sourire amer.

— On aurait pu. S'il n'y avait eu que nous deux.

TJ frémit. Il ne voulait pas vivre sous terre pour toujours.

L'expression de Tom s'assombrit.

— J'aimerai ta mère jusqu'à mon dernier souffle, mais son bon cœur fait que je ne peux plus te protéger ici.

Tom poussa un soupir exaspéré.

— Et depuis l'arrivée de son frère, les gens se plaignent de ne pas avoir leur part du gâteau. Une part équitable de quoi ? Ma maison ? Ma nourriture ? Mon argent ?

Les yeux de Tom se rétrécirent jusqu'à devenir deux fentes.

— Mais si on ne parle pas aux autorités fédérales, quelles sont nos autres options ? Il n'y a pas d'autre moyen de sortir d'ici.

Le regard de Tom devint perçant. Calculateur.

— Je n'ai jamais eu que tes intérêts à cœur, fils. Tu le sais, n'est-ce pas ?

TJ hocha la tête. Son père l'aimait. Il le savait.

— Tu me fais confiance ? Je veux dire ; tu me fais *vraiment* confiance ?

— Oui, bien sûr. Mais je ne veux pas mourir.

— Ça n'arrivera pas. Je ne le permettrai pas.

Tom posa une main réconfortante sur son épaule.

— Fais ce que je dis. Reste dans nos appartements. Prépare-moi un sac comme le tien. Mets-y aussi tout l'argent et les papiers du coffre-fort. Autant d'or qu'on peut transporter à deux. On pourra revenir chercher ce qui est enterré dans les bois dans quelques années, quand tout se sera tassé. Cache tout ça juste au cas où Malcolm viendrait fouiner par ici.

Il sortit la liasse de billets de sa poche arrière et la tendit à TJ.

— Je viendrai te chercher quand le moment sera venu.

TJ secoua la tête.

— Je ne comprends pas.

Tom lui serra le bras et le regarda dans les yeux.

— Tu n'en as pas besoin. Tiens-toi prêt à partir. Ce ne sera peut-être pas aujourd'hui ou demain, mais le jour viendra, et nous devons être prêts à agir rapidement. Ça te va, fils ?

TJ hocha la tête. Mais ça n'allait pas. Rien de tout ça n'allait.

—

— Qui c'est, ce type ?

McKenzie désignait la vidéo montrant l'un des deux hommes courant dans le couloir vers Tom Harrison quelques secondes avant qu'il ne fasse exploser le tunnel.

Ils passaient en revue toutes les nouvelles informations en leur possession. Charlotte sirotait un café offert par les propriétaires du ranch. Elle aurait aimé pouvoir se terrer dans un trou.

— On essaie de faire correspondre les photos à des noms. Croyez-le ou non, ils ne sont pas très portés sur les selfies Instagram.

Truman grimaça.

— Désolé, patron, ce n'est pas ce que je voulais dire. Je n'ai pas dormi depuis un moment.

McKenzie jeta un regard dur au jeune agent.

— Qu'est-ce que vous *avez* ?

— Quelques noms dont beaucoup semblent être des surnoms comme Bud et Chuck. Ils ont tendance à utiliser du liquide quand ils vont en ville. Pas de cartes de crédit ni de chèques, même si on sait que certains d'entre eux bénéficient des aides sociales.

— La plupart des téléphones que nous avons localisés à l'intérieur du complexe étaient des prépayés, ajouta McKenzie. Les numéros qu'ils ont appelés nous ont fourni de nombreuses informations supplémentaires. Des agents les retracent dans les différents bureaux régionaux du pays.

— Un lien avec les types qui nous ont attaqués hier ? demanda Charlotte.

L'agent Makimi leva les yeux de son ordinateur portable.

— Nous n'avons pas pu en établir. L'homme qui vous a attaqué n'a rien dit, mais le plus jeune s'est pissé dessus quand je lui ai dit qu'il risquait trois chefs d'accusation de vingt-cinq ans à perpétuité pour tentative de meurtre et association de malfaiteurs en vue d'assassiner des agents fédéraux.

Ces événements semblaient déjà remonter à tellement longtemps.

— Qu'est-ce qu'il vous a dit ? demanda Novak en lançant un regard inquiet à Charlotte.

— Un membre d'un forum de suprématistes blancs a suggéré qu'ils se rendent tous en masse dans l'État de Washington. Ces révolutionnaires de pacotille.

— Ces « révolutionnaires de pacotille » ont failli faire tomber le QG au printemps, leur rappela McKenzie avec un regard noir.

— J'étais là. Je m'en souviens, grimaça Makimi. Ces deux-là viennent de l'Oregon. Ils sont arrivés par un sentier à l'ouest. Ils n'auraient vu aucun adjoint là-haut.

Charlotte se renfrogna.

— J'en déduis que tous les membres de ces forums sont suivis ?

La femme acquiesça et replaça ses cheveux noirs derrière son oreille.

— Nous cartographions leur réseau de communication. Nous prévoyons de procéder à des arrestations coordonnées le cas échéant et d'interroger d'autres personnes si nous n'avons pas suffisamment de preuves que des délits ont été commis. Histoire de leur rappeler que nul n'est au-dessus de la loi.

— Certains d'entre eux sont peut-être déjà en route, déclara Novak.

— C'est pour ça que le SWAT et la police d'État nous assistent. Il y a toujours un danger.

McKenzie grimaça.

— Plus la confrontation se prolonge, plus le risque de dommages est grand, ajouta-t-il.

Charlotte fronça les sourcils. Elle était déçue que les deux hommes ne soient pas liés à Harrison d'une manière ou d'une autre. Ils auraient pu les utiliser pour lancer un appel téléphonique. Le fait qu'elle ait été attaquée à cause de quelques crétins de droite qui voulaient brûler la Constitution la mettait hors d'elle. Au moins, elle avait contribué à les remettre à leur place sans que personne ne soit blessé.

— Est-ce qu'on sait ce qui a poussé les femmes qui ont quitté Eagle Mountain hier à y vivre, à la base ? demanda-t-elle à Truman.

— L'une d'elles dit que son mari est un cousin de Martha, la défunte femme de Tom Harrison. La deuxième femme est sa belle-sœur. Son mari est mort dans un accident de voiture il y a quelques années.

— Ils sont donc tous vaguement liés ?

Charlotte essayait d'oublier l'échec total de son projet d'interviewer l'ancien commandant de Harrison et de passer la séquence aux informations. La boucle était toujours diffusée dans l'enceinte, pour ne pas griller le FBI, mais elle était intercalée avec d'autres informations anodines sur les chaînes d'information câblées. Pour l'heure, McKenzie ne voulait pas prendre de risques supplémentaires en tentant de prédire le comportement de l'homme à la tête du complexe. Tom Harrison s'était révélé totalement instable, comme un vieux bâton de dynamite.

Truman acquiesça.

— Ouaip. Tous ces gens sont liés à la défunte épouse, pour autant que je sache.

— Est-ce qu'on a pu établir des arbres généalogiques ? On sait qu'elle avait de la famille dans l'Utah, non ? demanda Charlotte.

— C'est une bonne idée, dit Novak. Essayons de trouver un parent qui puisse leur faire entendre raison.

Elle lui jeta un regard. Essayait-il de la réconforter pour le désastre qu'elle avait créé plus tôt ? Elle était reconnaissante que personne ne soit mort, mais la situation avait rapidement dégénéré. Charlotte avait entendu McKenzie briefer à nouveau le directeur, ce qui n'avait pas dû être une partie de plaisir. Elle savait qu'il était soumis à une pression énorme.

Elle tourna la tête vers Novak et croisa son regard. Il détourna les yeux. Ils n'avaient pas eu l'occasion de discuter de ce qui s'était passé dans leur chambre ce matin-là. C'était probablement mieux ainsi. Elle n'était pas sûre d'être armée pour cette conversation, d'autant plus qu'elle ne savait pas si elle l'attirait ou non.

Et elle ne savait pas non plus pourquoi elle le voyait différemment à présent. Il n'était pas son style d'hommes. Son type de mecs se tenait à quelques mètres de là, essayant de ne pas bâiller tant il était épuisé. Charlotte adressa à Truman un sourire compatissant.

McKenzie n'avait rien dit sur le fait que Harrison avait fait sauter le tunnel, mais elle sentait le poids de son jugement chaque fois que son regard se posait sur elle.

— Passez les images des hommes que nous avons vus sur la vidéo dans un logiciel de reconnaissance faciale dès que possible, ordonna McKenzie au technicien.

— C'est en cours, patron. Mais la qualité n'est pas excellente et ça risque de prendre un certain temps.

— Et leurs véhicules ? suggéra Charlotte.

— Merde. J'ai oublié de me renseigner sur les plaques

d'immatriculation. Je pense qu'on devrait pouvoir obtenir les infos grâce aux images que le drone a capturées hier.

Novak se leva et Romano ouvrit un autre ordinateur portable pour commencer à parcourir les images.

— Vous pouvez essayer.

McKenzie avait l'air contrarié.

Ils avaient décidé de laisser le drone en place dans le couloir sombre jusqu'aux premières heures du matin, lorsque le moins de personnes possible seraient présentes. Même sous terre, les gens suivaient le rythme du soleil.

Charlotte décida de mettre les pieds dans le plat.

— Je suis désolée que mon idée d'interviewer le commandant de Harrison n'ait pas eu l'effet escompté. C'était une mauvaise décision. J'en assume l'entière responsabilité.

McKenzie fronça les sourcils.

— Ce n'était pas votre faute, SSA Blood.

Novak les regarda successivement, son patron et elle.

— Nous avons tous convenu que c'était la meilleure solution. Même le DSC l'a approuvé.

Charlotte secoua la tête.

— Nous ne disposions pas de suffisamment d'informations sur son passé après son départ de l'armée. Dix-huit ans, ça fait beaucoup.

Novak lui adressa un sourire ironique.

— Ne rejetez pas la faute sur vous. Après tout, vous aviez dit que ça l'inciterait à décrocher, et c'est bien ce qui s'est passé.

McKenzie croisa les bras.

— Ohh, regardez-vous tous les deux. Vous vous entendez si bien. J'espère être invité à votre mariage.

Charlotte jeta un regard noir au commandant de l'intervention, mais Novak alla plus loin. Il semblait furieux.

— Vous n'avez pas le droit de plaisanter là-dessus, patron.

Vous nous avez forcés à travailler ensemble pour cette opération, et on a fait en sorte que ça fonctionne. Vous avez eu raison de le faire. Aujourd'hui, notre relation est basée sur le respect mutuel, ce que vous souhaitiez. Ne déformez pas les faits pour nous faire culpabiliser de suivre vos ordres.

Charlotte ouvrit de grands yeux.

Le silence régnait dans la grange et personne n'osait bouger, encore moins parler.

McKenzie leva les deux mains dans un geste d'apaisement.

— Vous avez raison. Je me comporte comme un con parce que je suis furieux que le plan n'ait pas eu les résultats escomptés. Ce n'est pas la faute de la SSA Blood si Harrison est allé si loin.

Il se massa le front.

— Sa réaction n'a aucun sens.

— On a appuyé sur un bouton dont on ignorait l'existence.

Un cygne noir. Une inconnue. Le problème, c'était qu'ils ne savaient toujours pas ce que c'était.

— On doit découvrir ce qui nous a échappé. Je parie que ce détail est enfoui quelque part dans les dix-huit dernières années.

McKenzie poussa un juron, puis ferma les yeux.

— Vous avez raison. Il va falloir interroger toutes les personnes qui ont travaillé avec Tom Harrison, ou qui les ont déjà rencontrés, sa femme, son fils ou lui. Ça veut dire tous les commerçants de la ville. Tous les fidèles de l'église où il se rendait occasionnellement. Ses proches, les proches de sa femme, les écologistes avec qui il a pu interagir, ses camarades de l'armée – voir s'il a gardé le contact avec l'un d'entre eux. Si ces personnes ne sont pas du coin, transmettons les informations aux bureaux régionaux du FBI dans tout le pays. Si vous les avez déjà interrogées, questionnez-les à nouveau, cette fois pour savoir ce qui motive Tom Harrison et les habitants du complexe. Je vais appeler le laboratoire et leur mettre un coup de pied aux fesses, pour avoir des preuves solides sur lesquelles travailler.

— Est-ce qu'on a reçu le rapport du légiste ? demanda Charlotte.

— Oui, mais ils attendent toujours les résultats toxicologiques. Ils recherchent l'ADN dans le CODIS, le fichier des personnes disparues et toutes les autres bases de données auxquelles ils ont accès.

— Le médecin légiste a-t-il dit si Brenna avait été agressée ? demanda Charlotte.

— Il y a des éraflures sur son torse qui suggèrent qu'elle a pu être impliquée dans une lutte, mais aucun signe évident d'agression sexuelle.

Ce n'était pas un non catégorique, mais en tant qu'agent du FBI, Charlotte savait à quoi s'en tenir. Certaines choses qu'elle avait vues dans le cadre de son travail se rappelaient toujours à son souvenir. C'était la raison pour laquelle elle avait quitté les rues pour se consacrer à la négociation, même si elle était toujours confrontée à des altercations violentes. Si elle voulait les éviter, elle devrait vivre dans une unité de privation sensorielle.

— L'un de nous devrait-il aller interroger Bob Jones ? demanda-t-elle.

L'agent de protection de la nature était l'une des trois personnes présentes sur la montagne ce matin-là. Il était un témoin clé.

McKenzie ouvrit la bouche pour dire quelque chose et la referma. Il la fixa pendant un long moment.

— Mon premier réflexe aurait été de dire non, que vous n'avez pas le temps, mais je soupçonne que nous allons avoir beaucoup de temps ; cet homme n'est pas près de décrocher à nouveau. Alors, oui. Allez tous les deux parler à Bob Jones.

Novak serra les dents et le poing en signe d'agacement silencieux.

— J'ai entendu dire qu'il va mieux et qu'il a été transféré dans un service normal, ajouta McKenzie.

La lumière du soleil faisait briller la poussière dans l'air. Il n'avait pas encore neigé, mais c'était imminent.

— Le reste d'entre nous va rester ici et fouiller dans la vie de Tom Harrison. On passe à côté de quelque chose, et j'ai bien l'intention de trouver ce que c'est.

— Hé, Novak, murmura Charlotte alors que tout le monde retournait à ses tâches. On va passer devant la piste d'atterrissage sur le chemin de l'hôpital.

Elle vit son corps se tendre et se détendre au fur et à mesure qu'il assimilait l'information. C'était là que le FBI reconstituait l'enceinte.

Il lui lança un regard.

— Je vois.

Puis il lui adressa un sourire torride, même si elle était sûre que la veille encore, ça aurait été un sourire tout à fait ordinaire.

— Allons-y.

CHAPITRE VINGT

L e trajet jusqu'à Colville était estimé à soixante-dix minutes. Novak en mit quarante.

Le fait d'avoir des gyrophares bleus clignotants tout au long du trajet s'avéra bien utile. Cela lui permit aussi d'éviter d'avoir une conversation qu'il ne souhaitait pas avoir.

Charlotte ne cessa de soupir devant sa conduite et resta fermement accrochée à la poignée au-dessus de sa vitre pendant tout le trajet. Jusqu'alors, ils n'avaient pas été seuls une seule seconde depuis qu'il avait quitté la chambre dans l'obscurité ce matin-là, et il n'avait pas pensé à l'embarras potentiel d'être seul en sa compagnie avant de prendre le volant. D'où les lumières et les sirènes.

En se concentrant sur sa conduite, il ne pouvait pas non plus trop s'attarder sur la façon dont son corps l'avait trahi ce matin-là. Non pas que ce soit un problème. Cela ne se reproduirait plus. Malgré ce qu'elle pouvait penser, il *était* un soldat d'élite et le contrôle de ses réactions mentales et physiques faisait partie de son travail. Il s'entraînait quotidiennement avec des balles réelles, si bien qu'il ne bronchait pas au son d'un coup de feu. Il n'avait tout simplement pas eu l'occasion de travailler avec une femme qu'il trouvait attirante ou de devoir masquer cette réaction alors qu'il se trouvait dans une chambre à coucher, vêtu d'un simple boxer. Peut-être devrait-il prendre son temps, s'acclimater à sa présence, et cette réaction disparaîtrait – bien qu'il ne veuille pas qu'elle disparaisse indéfiniment. Grand Dieu non.

Le fait qu'il ne leur reste qu'une nuit ensemble était à la fois une malédiction et une bénédiction. Mais il l'endurerait aussi longtemps qu'elle.

Il se gara sur une place et non le long du trottoir devant le regard noir que lui lança Charlotte.

Il sauta du véhicule et attendit qu'elle le rejoigne.

— Dans quel service se trouve Jones ?

— Allons voir.

Elle s'éloigna à grands pas.

Elle avait enfilé un tailleur pantalon noir pour l'interrogatoire. Il portait toujours son jean, mais l'avait associé à une chemise et à un blazer pour dissimuler son holster d'épaule. Se présenter en tenue tactique mettait généralement les nerfs des gens à vif... c'était du moins ce que Charlotte lui avait dit.

Elle avait probablement raison. Ce n'était pas la meilleure façon de se fondre dans la masse.

Il détacha ses yeux d'une très belle vue et les fixa sur l'arrière de la tête de Charlotte. Il était temps de penser à autre chose qu'au fait qu'il convoitait une femme qu'il parvenait tout juste à supporter deux jours plus tôt.

Le plan de McKenzie avait fonctionné un peu trop bien au goût de Novak.

Il chercha frénétiquement à se distraire de ses pensées dévergondées. L'odeur de l'huile de pistolet. La sensation de la corde brûlant ses paumes gantées alors qu'il se jetait d'un hélicoptère. Le frottement des bottes neuves sur les longues distances. Angeletti se moquant de lui. Ses tireurs d'élite...

Ils s'étaient mis au diapason, et il se sentait beaucoup plus en sécurité avec un drone en guise d'appui aérien et des équipes du SWAT pour les soutenir. Ce n'était pas infaillible et cela ne témoignait certainement pas d'une désescalade, mais la presse était tenue à l'écart de la zone et, jusqu'à présent, aucun de leurs nouveaux efforts n'avait été porté à la connaissance du public. Et il était très heureux d'identifier le plus grand nombre possible de ces terroristes nationaux tant qu'ils ne représentaient pas une menace directe pour ses hommes.

Charlotte se retourna et l'attendit sous le passage couvert alors qu'il traversait le parking. Elle se blottit plus profondément dans sa veste.

— Vous auriez dû mettre votre manteau d'hiver.

Bon sang. On aurait dit son père.

— Je l'ai pris avec moi. Il est à l'arrière du Suburban.

Il s'arrêta de marcher.

— Vous voulez que j'aille le chercher ?

— Non, ça ira. On est presque arrivés.

Elle lui sourit, le nez rougi par le vent violent qui soufflait des Cascades. Il refoula le désir d'enrouler un bras chaud autour de ses épaules. À ce rythme, elle déposerait une plainte pour harcèlement avant qu'ils n'atteignent les quarante-huit heures.

À l'intérieur de l'hôpital, deux personnes étaient assises dans la salle d'attente, paisible et dépourvue d'écran. Il y avait une grande cheminée à l'une des extrémités. Les chaises aux motifs marqués étaient un peu trop à son goût, mais l'ensemble dégageait une atmosphère paisible qu'il n'avait pas rencontrée dans beaucoup d'hôpitaux. Il leva les yeux vers les panneaux indiquant les différents services, mais Charlotte était déjà en train d'interroger une infirmière au bureau des admissions. Le bureau était placé devant un impressionnant pan de bois d'érable qui recouvrait un mur entier.

Un agent de sécurité vieillissant qui avait l'air de s'ennuyer à mourir était assis à l'écart. Novak lui montra son badge et lui adressa un signe de tête. L'homme se redressa et balaya du regard la salle d'attente, comme s'il se rappelait qu'il avait un rôle important à jouer, peut-être pas pour l'heure.

Charlotte lui passa devant.

— Allez. Arrêtez d'intimider les gens.

Il fronça les sourcils, puis la rattrapa.

— Je n'intimide pas les gens.

Elle renifla.

— Je ne *vous* intimide pas.

Elle le regarda pensivement. Un sourire se dessina sur ses lèvres. Une fossette apparut sur sa joue.

— Vous avez raison. Mais je suis un agent spécial superviseur du FBI et je ne suis pas facile à intimider.

Il réprima un ricanement. Charlotte n'aurait pas pu intimider un chaton, même si elle avait botté le cul de ce type la veille. Il aurait bien aimé voir ça.

— Comment se fait-il que vous ayez rejoint le FBI ? demanda-t-il.

Ils atteignirent l'ascenseur et Charlotte appuya sur le bouton du deuxième étage. Il n'y avait personne d'autre dans la voiture.

— Je voulais aider les gens. Elle haussa les épaules.

— Pourquoi ne pas devenir psy ou médecin si vous vous intéressiez à la psychologie ?

— J'y ai pensé, admit-elle en attachant ses cheveux en queue de cheval d'un geste souple et habitué. Mais j'avais aussi envie d'action. Avoir une clinique et des patients est une noble entreprise, mais je voulais travailler sur le terrain. Voir si je pouvais arrêter les délinquants avant qu'ils ne commettent d'autres crimes, ou avant qu'ils ne les aggravent. C'est comme ça que j'ai atterri à la CNU. Et vous ?

L'ascenseur arriva.

— Je vous expliquerai plus tard.

— J'ai hâte de savoir.

Charlotte lui adressa un sourire qui le mit mal à l'aise. Il n'était pas question qu'ils aient *cette* conversation.

Ils arrivèrent au bureau des infirmières et avant que Charlotte ne puisse parler, il se pencha vers elle et lui adressa son plus beau sourire.

— Nous sommes ici pour voir l'agent fédéral de protection de la nature Bob Jones.

Les yeux de la femme brillèrent.

— Êtes-vous un parent ?

Il exhiba son badge et accentua son sourire.

— Nous voulons simplement savoir comment il va.

— Je vais aller voir. Ça lui fera plaisir d'avoir de la visite.

Elle s'attendait clairement à ce qu'ils restent près du bureau, mais Charlotte et lui prirent lentement la même direction qu'elle. Il aperçut le garde sur le pas de la porte – pour empêcher la presse d'approcher le pauvre homme – et sut immédiatement où se trouvait Bob Jones.

L'adjoint s'agita à mesure qu'ils se rapprochaient. Il se leva et vérifia minutieusement leurs cartes. Novak réalisa que le garde était positionné entre l'adjoint du shérif et l'agent de protection de la nature blessés.

— Comment va l'autre patient ?

Il désigna le malade entouré d'un millier de cartes de prompt rétablissement et de ballons.

— On lui a enlevé la rate et il a une double fracture du poignet. Mais il va s'en sortir. C'est un type costaud.

Novak grimaça. Le chemin vers la guérison serait long.

L'infirmière sortit de la chambre de Bob Jones et leur adressa un petit sourire.

— Vous pouvez aller le voir. Il est réveillé.

— Oui, madame.

Novak fit signe à Charlotte de le suivre. Ici aussi, il y avait des cartes, mais pas autant qu'à côté. Jones n'était pas marié et n'avait apparemment pas d'enfants.

Il était assis dans le lit et portait un haut de pyjama déboutonné sur un épais bandage blanc. Il avait l'air bien mieux que la dernière fois que Novak l'avait vu.

— Agent Jones ? demanda Charlotte.

L'homme dans le lit la regarda de haut en bas. Novak ne savait pas s'il la reluquait ou s'il était naturellement méfiant.

— Je suis l'agent spécial superviseur Charlotte Blood du FBI et voici le SSA Payne Novak. Nous sommes tous les deux ravis de voir que vous vous rétablissez si rapidement.

L'homme grogna et éleva la voix pour atteindre l'extérieur de la pièce.

— Ce n'est pas grâce au bureau du shérif local. Ils m'ont laissé me vider de mon sang comme un porc.

Charlotte cligna des yeux.

L'adjoint qui se trouvait dans le couloir ne se retourna pas, mais il éleva la voix pour répondre.

— On aurait pu intervenir s'il n'y avait pas eu ces satanés agents du FBI.

Bob Jones aboya un rire puis se serra la poitrine comme s'il souffrait.

— Mais je ne me serai jamais déshabillé pour aller vous chercher, ajouta l'adjoint.

— Dieu merci, répondit Jones.

— En fait, c'était... commença Charlotte.

— C'est une bonne chose que vous ayez pu quitter l'unité

de soins intensifs aussi rapidement, la coupa Novak. Le chirurgien doit être satisfait de vos progrès.

Charlotte eut l'air agacé, et Novak grimaça. Il ne voulait pas qu'elle dise à Bob Jones que c'était lui qui l'avait sauvé. Il ne l'avait pas fait pour la gloire. Jones les regarda successivement.

— Ouais. La balle a traversé et n'a pas touché les principaux vaisseaux sanguins. Le médecin dit qu'un demi-centimètre à gauche ou à droite, et j'y serais resté.

— Je suis ravie que vous vous remettiez si bien, dit Charlotte avec enthousiasme.

— Je ne dis pas que c'est sans douleur, grogna Bob Jones en se frottant la poitrine. Ça fait un mal de chien. Mais je suis sacrément reconnaissant à l'homme qui m'a sorti de là. Il m'a sauvé la vie.

Charlotte ouvrit la bouche et Novak la coupa à nouveau. Avec un peu de chance, elle comprendrait le message avant qu'il ne l'énerve pour de bon.

— Je suis sûr que la personne qui est intervenue ne faisait que son travail et qu'elle sera satisfaite de savoir que vous vous rétablissez.

— Agent Jones.

Charlotte adressa un large sourire à Novak, comprenant enfin le message.

— Nous nous demandions si vous pouviez nous dire ce qui s'est passé mercredi matin.

— J'ai déjà fait ma déposition à un enquêteur.

— Je comprends.

Charlotte s'assit près du lit, sans toucher Jones, mais en lui apportant le réconfort de sa présence.

— Je sais que c'est difficile, mais vous pourriez vous rappeler quelque chose d'autre qui pourrait s'avérer utile.

Novak s'approcha pour regarder par la fenêtre.

Jones se gratta la tête.

— Qu'est-ce que vous voulez savoir ?

— Dites-nous ce dont vous vous souvenez.

— On m'a informé qu'un cougar suivait quelqu'un à Eagle Mountain.

— Quelle heure était-il ? demanda Charlotte en prenant des notes dans son carnet.

— Je ne m'en souviens pas exactement. Peut-être huit heures du matin ?

— L'appel a-t-il été passé sur votre portable ou sur votre radio ?

Il fronça les sourcils.

— Aucun des deux. Quelqu'un m'a fait signe lorsque je suis arrivé sur le parking. Un randonneur qui venait de quitter le sentier. Il a frappé à ma fenêtre.

Il grimaça en changeant de position.

— Il m'a dit qu'un cougar l'avait suivi sur quelques centaines de mètres et semblait prêt à attaquer. Le randonneur l'a fait fuir en faisant beaucoup de bruit et en brandissant un bâton de marche. Il n'a pas voulu faire de rapport officiel et a refusé de me donner son nom. J'ai décidé de chercher des preuves qu'il disait la vérité. La proximité avec le campement posait un problème potentiel.

Charlotte haussa le ton.

— Vous souvenez-vous de quoi que ce soit concernant cet homme ? Une partie de la plaque d'immatriculation ?

Jones se frotta les yeux.

— C'était une berline argentée avec des plaques californiennes. Le type était jeune. Peut-être 25 ans. De taille moyenne, assez frêle, les cheveux bruns.

Monsieur Tout le monde.

Formidable.

Charlotte réfréna son excitation évidente.

— Que s'est-il passé ensuite ? Vous l'avez vu partir ?

Bob secoua la tête.

— Je ne m'en souviens pas. Je suis allé voir. J'ai grimpé le sentier jusqu'au sommet de la crête. Je suis arrivé à une clairière où j'ai vu un jeune homme agir furtivement dans les arbres.

— Furtivement ?

— Il était penché.

— Et... l'encouragea Charlotte.

— Quand j'ai mieux regardé, je l'ai vu avec sa main sur le cou d'une femme qui était allongée par terre.

Jones se gratta la tête.

— Je lui ai crié de s'éloigner. Il a levé la tête et a pointé une arme sur moi. Puis il s'est mis à courir. Je l'ai poursuivi et quand je suis arrivé à proximité des murs, quelqu'un m'a tiré dessus.

— Avez-vous tiré ? demanda Novak.

Jones le regarda en plissant les yeux.

— Oui, mais je n'ai rien touché. J'ai tiré en tombant à terre.

Jones poussa un profond soupir.

— J'ai dû m'évanouir et me réveiller à nouveau lorsque cet idiot de Lasalle s'est pointé avec sa foutue troupe pour une fusillade tout droit sortie du Far West. Ils tiraient sur tout ce qui bougeait. J'ai fait le mort, ce qui était plutôt lâche.

— Personne ne trouve que vous êtes un lâche, agent Jones. Les gens sont soulagés que vous ayez survécu, lui assura Charlotte.

Bob Jones déglutit avec force.

— Tant mieux. Je crois que je me suis encore évanoui après ça. Il faisait si glacial que j'avais l'impression d'être dans une chambre froide. J'ai cru que j'étais mort jusqu'à ce que l'agent du FBI me tire de là.

— C'était un acte incroyablement courageux de la part de l'agent concerné, déclara Charlotte en se tournant vers Novak pour croiser son regard.

Il détourna la tête et s'abstint de lever les yeux au ciel. Il n'avait pas été courageux, il avait agi suivant son idéologie. On ne laissait aucun homme derrière. Et elle n'avait pas été si impressionnée que ça l'époque, sans quoi, ils ne seraient pas coincés en mode siamois.

— Je ne me souviens de rien d'autre que de m'être réveillé aux soins intensifs après l'opération.

— Avez-vous reconnu le jeune homme dans les bois ?

Bob Jones acquiesça.

— Oui. Je ne le connaissais pas personnellement, mais je l'avais déjà vu dans les parages. TJ Harrison.

Novak afficha une photo de TJ sur son portable provenant du bureau des immatriculations.

— C'est lui ?

— Ouaip, confirma Bob Jones.

Il parut mal à l'aise.

— Vous aviez déjà vu cette fille ?

— Avant ce matin-là, non. Je ne l'ai pas reconnue.

— Avez-vous touché le corps ? demanda Charlotte.

— J'ai peut-être vérifié son pouls rapidement. Tout s'est passé si vite. Je ne voulais pas qu'il s'enfuie.

— Vous connaissez quelqu'un dans l'enceinte ?

Bob Jones tenta de s'asseoir, et Novak regarda Charlotte l'aider à ajuster son oreiller.

— En passant. Comme je l'ai dit, je les ai déjà croisés dans les environs. J'ai même probablement échangé une blague ou deux avec certains d'entre eux au bar, mais je n'irai pas jusqu'à dire que je *connais* quelqu'un là-bas.

— Tom Harrison dit que vous avez tiré sur son fils alors qu'il s'enfuyait, déclara Novak.

— N'importe quoi.

— Il est facile de s'embrouiller en situation de combat, lui assura Charlotte. Mais êtes-vous absolument sûr qu'ils ont tiré les premiers ?

Charlotte avait raison. Le public voulait avoir des souvenirs exacts de ces événements, et non comprendre comment le cerveau fonctionnait dans des situations extrêmes.

— Je ne tirerais jamais dans le dos de quelqu'un, même s'il a assassiné une femme innocente.

Le visage de Jones était d'un blanc maladif et de la sueur commençait à perler sur son front. Il bâilla ostensiblement.

— Désolé. Je n'en reviens pas de voir à quel point je suis fatigué.

— Vous avez été très utile. Merci d'avoir pris le temps de nous parler. Reposez-vous et rétablissez-vous bien.

Charlotte tapota la main de l'homme et se leva pour partir en posant sa carte sur la table de nuit.

— N'hésitez pas à nous contacter si vous vous souvenez d'autre chose, agent Jones. Même de simples détails.

Ils se dirent au revoir. Alors qu'ils se trouvaient dans l'embrasure de la porte, Jones lança à haute voix :

— J'aimerais bien venir à votre QG et serrer la main de l'homme qui m'a sauvé la vie.

— Pas de problème.

Novak acquiesça et entraîna Charlotte avant qu'elle ne puisse le vendre. Il lui lâcha le bras à mi-chemin dans le couloir.

— Pourquoi ne pas lui avoir dit que c'est vous qui l'avez sorti des bois ? Ça lui aurait épargné un trajet.

Parce que c'était embarrassant ?

— Pour le laisser se rétablir en paix.

— Il finira par le découvrir.

— Avec un peu de chance, je serai parti depuis longtemps d'ici là.

Charlotte leva les yeux vers lui. Ses yeux étaient presque violets dans le couloir baigné de soleil. Elle pinça les lèvres.

— Avec un peu de chance, nous le serons tous les deux.

CHAPITRE VINGT-ET-UN

Charlotte salua les techniciens du FBI qui œuvraient à la reconstruction de la forteresse de Harrison dans un immense hangar inutilisé de la base militaire secrète du nord-est de Colville, où ils avaient atterri moins de deux jours plus tôt. La structure était monstrueuse et ressemblait à un fort de l'âge de fer ou à un décor de Mad Max.

— Est-ce que c'est vraiment si grand sous la surface ?

— D'après les plans, oui.

Novak fit rapidement le tour de la base. La structure avait été reconstruite principalement avec des échafaudages et du bois pour gagner du temps.

— On peut supposer que Harrison l'a partiellement modifié, mais il n'a pas pu toucher à la structure de base. Les murs extérieurs sont en béton armé d'un mètre d'épaisseur.

— Hum, ça pourrait poser problème, dit-elle sèchement.

Novak gloussa, et elle ressentit une bouffée de joie à l'idée de l'avoir fait rire à nouveau. Il était bien plus amusant qu'elle ne l'avait cru au début. C'était un peu comme s'il gardait secrètes les parties les plus légères de sa personnalité. Par le passé, elle n'avait vu que le commandant tactique et dominateur, mais ce n'était pas comme s'ils passaient du temps ensemble en dehors du travail, où ils s'opposaient souvent qui plus est.

Ils atteignirent la reproduction de ce qui avait été le tunnel secret, et la culpabilité la rongea une fois de plus.

Novak le montra du doigt et éleva la voix pour que les techniciens du FBI puissent l'entendre.

— Oubliez cette partie. Il l'a démolie à l'aide d'explosifs.

Un homme leva les yeux.

— Et si on utilisait des engins de terrassement pour dégager l'entrée ?

— C'est une possibilité. Mais le type a dit qu'il ferait tout exploser s'il nous voyait ou nous entendait approcher, ce qui exclut les bulldozers.

— Merde, fit le technicien. Quel est le plan ?

Novak lui jeta un coup d'œil, comme s'il était incertain de sa réaction.

— On essaie de déterminer s'il a déjà placé des explosifs ou non.

Car si les explosifs n'étaient pas encore installés, il serait peut-être préférable de lancer une attaque préventive. Avant que Tom Harrison ne fasse exploser le bâtiment et ne tue tout le monde à l'intérieur.

Elle secoua la tête.

— Je n'arrive pas à croire qu'ils vont rester assis et le laisser mettre le feu aux poudres.

Novak haussa les épaules.

— Peut-être qu'ils ne sont pas au courant de la menace. Peut-être qu'il bluffe. Ou peut-être qu'ils sont tous endoctrinés. La fin des temps et tout ça. Se tuer avant que le gouvernement ne le fasse et prendre de l'avance dans la file d'attente pour la seconde venue du Christ.

Charlotte pinça les lèvres. L'idée que des enfants soient à

l'intérieur lui donnait encore plus la nausée. Avec un peu de chance, ils obtiendraient plus d'informations s'ils parvenaient à rapprocher le drone de l'action pour recueillir de précieux renseignements.

— Où est-ce qu'il a trouvé des explosifs ?

— Bonne question.

Novak fit rouler ses épaules. Elle avait enfilé sa doudoune, mais il ne s'était pas donné cette peine et n'avait pas l'air d'avoir froid. Ce type devait avoir de l'antigel dans les veines.

— Mais un homme comme lui doit avoir beaucoup de relations.

Novak et elle traversèrent une section où les planches n'étaient pas encore correctement fixées. L'étage supérieur s'élevait au-dessus d'eux.

— D'après les femmes qui ont quitté le bunker, la cantine principale se trouve là-bas.

Novak désigna l'autre côté de la structure. Il arpenta les couloirs en bois et désigna des encadrements de portes.

— Ces pièces appartiennent à la famille Harrison. Ils ont un tiers du niveau inférieur pour eux seuls, et personne d'autre n'est censé s'approcher de leurs quartiers. Je parie que ça suscite un certain ressentiment étant donné que près de quarante personnes se partagent les autres quartiers.

— Surtout quand les gens tombent malades ou que les bébés se mettent à pleurer la nuit.

Novak grogna.

— Qu'est-ce qui les a conduits là, à la base ? Une sorte de prophétie dont je ne suis pas au courant ?

— Je pense qu'il s'agit plutôt de difficultés économiques, d'après ce que l'agent Truman a pu établir.

Charlotte vit Novak plisser les yeux lorsqu'elle mentionna l'agent diablement beau. *Intéressant.*

— Les premières personnes sont arrivées sur le pas de la

porte de Harrison lors de la crise immobilière. Apparemment, ils avaient perdu leur maison et la défunte femme de Harrison n'a pas eu le cœur de les chasser. Je soupçonne que quand Harrison a commencé à accepter des gens dans son bunker, d'autres ont décidé de profiter de l'isolement et de la protection qu'il offrait.

— On dirait que cet acte de charité s'est retourné contre lui.

Ils firent le tour de la structure, puis Novak se hissa au niveau supérieur sans s'embarrasser de l'échelle.

Charlotte s'autorisa un moment d'admiration devant la perfection d'un homme au sommet de sa forme physique. Elle avait beau être en forme, elle ne pouvait pas soulever son poids du bout des doigts. Elle repéra l'échelle la plus proche et y grimpa. Novak l'attendait au sommet. Il souriait, un éclat dans ses yeux bleu-vert lui donnait l'air d'un écolier coquin et presque irrésistible.

Presque.

Sa bouche s'assécha. D'une manière ou d'une autre, au cours des deux derniers jours, elle avait fini par être sérieusement attirée par cet homme. Alors qu'auparavant elle le trouvait bourru et peu communicatif, elle se rendait compte qu'il était calme et réfléchi, mais qu'il avait tendance à arborer une mine renfrognée par défaut. Et si elle le considérait déjà comme bien fichu, elle se rendait compte qu'il était résolument athlétique.

Elle voulut s'éloigner pour faire disparaître sa réaction en sa présence, mais il l'attrapa et l'attira contre son torse.

— Attention, la prévint-il.

Elle baissa les yeux et se rendit compte qu'elle avait failli passer par une fente dans le bois. Elle inspira rapidement, essayant d'ignorer les palpitations de son cœur face au danger et à la sensation de ses bras autour d'elle.

Il les fit reculer jusqu'à ce qu'ils soient à bonne distance du bord. Ses doigts se refermèrent sur ses hanches, agrippant son jean. Elle ravala sa frayeur alors que son cœur continuait de battre la chamade.

— Merci.

Elle se retourna dans ses bras et se retrouva à fixer des yeux de la couleur de l'océan, entourés de cils blonds hérissés. Le monde ralentit.

Soudain, il s'éloigna.

— Bon sang. Je suis désolé. Je n'essayais pas de vous protéger, je voulais juste...

Charlotte posa une main sur son torse, et il se figea.

— Novak. Je comprends pourquoi vous m'avez attrapée. Merci de m'avoir évité une mauvaise chute.

Novak hocha lentement la tête.

Elle pouvait sentir son cœur s'aligner sur les battements frénétiques du sien sous sa paume.

— Pourquoi est-ce que je vous rends si nerveux tout d'un coup ?

Il eut l'air incrédule.

— Je ne sais pas de quoi vous parlez.

Le déni.

— Hmm.

Elle le fixa encore un moment, mais le bruit de pas s'approchant à l'étage inférieur la fit s'éloigner de lui, en prenant soin de faire attention où elle mettait les pieds cette fois-ci. Elle continua à marcher dans la structure parce qu'elle savait qu'il voudrait en explorer chaque centimètre, et que c'était peut-être sa meilleure chance de le faire.

Elle voulait quant à elle obtenir plus d'informations.

— Je pensais que nous commencions à nous apprécier et à nous admirer, mais je vois maintenant que vous ne faites que tolérer ma compagnie

— Quoi ? N'importe quoi. Je vous apprécie et je vous admire.

Charlotte se sentait coupable d'avoir délibérément mal étiqueté ses émotions, mais c'était un homme droit qui ne tolérait pas les mensonges ou les inexactitudes.

— Je ne vous effraie pas ?

— M'effrayer ?

On aurait dit qu'elle lui avait annoncé qu'elle comptait arracher son âme de son corps à l'aide d'un cure-dent.

— Pourquoi vous me feriez peur ?

Elle décida d'apaiser son agitation par un simple :

— Je suis contente de l'apprendre.

Alors pourquoi était-il nerveux ? Craignait-il qu'elle se jette sur lui et provoque une scène s'il la rejetait ? La colère gronda en elle. Ce n'était pas elle qui avait eu une érection massive ce matin-là. Non c'était lui.

C'était clairement lui...

Ils firent le tour du reste de la structure, Novak signalant aux techniciens quelques inexactitudes possibles, tandis qu'elle passait en revue ses interactions avec lui au cours des derniers jours. Elle était presque sûre qu'il était attiré par elle, mais ne voulait manifestement pas agir en conséquence. Ou peut-être craignait-il sa réaction. Après tout, ils travaillaient ensemble sur une affaire complexe, et si elle s'opposait à ses avances – si avances il y avait – la suite de cette affaire serait compliquée.

Même chose s'il la rejetait...

Non pas qu'elle ait l'intention d'alimenter cette folie qui avait commencé à grésiller entre eux. Il s'agissait probablement d'un simple résidu de la proximité forcée.

Il l'aida à descendre l'échelle, et le fait qu'il semble s'inquiéter pour elle alors qu'elle était parfaitement capable de se débrouiller avec quelque chose d'aussi simple qu'une échelle la rendit toute chose. Mais... et si elle avait mal interprété la situation et qu'il s'efforçait juste d'être poli et de rester professionnel ?

Et s'il s'était rendu compte qu'elle commençait à le désirer... ?

Ce serait mortifiant.

Il se dirigea vers une autre partie du hangar où deux hommes étaient en train de souder une petite porte encastrée dans une structure métallique massive qui représentait l'entrée du complexe.

— Vous n'envisagez pas sérieusement de passer par la porte d'entrée, n'est-ce pas ? s'exclama-t-elle.

Novak haussa les épaules.

— Ils ne s'y attendraient certainement pas.

— Parce que ça prendrait trop de temps.

— Pas si on a quelqu'un à l'intérieur.

— Ou si on persuade l'un des habitants de nous ouvrir, ajouta-t-elle. Ça pourrait être une mission pour un négociateur.

— Ce serait le scénario parfait. Tout le monde sortirait ensuite les mains en l'air et sans armes.

Ils retournèrent au Suburban.

— Il y a des bébés là-dedans, Novak, dit-elle doucement.

Il gardait les yeux rivés sur le sol.

— Je sais.

Le silence s'étira entre eux. La brise était mordante et le gris dense des nuages laissait penser que Dame Nature était enfin sur le point de passer la seconde et de tenir ses promesses. Une tempête était prévue pour le lendemain.

Ils s'installèrent dans leur siège et bouclèrent leur ceinture. Charlotte était sûre que le retour au centre de commandement allait encore être éprouvant.

Novak enfila ses lunettes de soleil, tourna la clé, mais le véhicule ne bougea pas.

Elle le regarda pour voir ce qui se passait.

Il sourit.

— Alors comme ça, vous m'*appréciez* et vous m'*admirez* ?

Elle lui tapa sur le bras et il laissa échapper un rire gras. Puis il mit la Chevrolet en marche et avança sur le tarmac.

Son autre main se crispa sur le bord du siège.

— Vous conduisez toujours comme si vous étiez en plein braquage de banque ou vous essayez de m'impressionner ?

— Est-ce que ça marche ?

— Non !

Novak leva le pied. Il éteignit les gyrophares et s'engagea sur l'autoroute.

— Vous n'êtes pas drôle.

Elle secoua la tête.

— Est-ce que quelqu'un d'autre a repéré l'homme que Bob Jones dit avoir vu sur le parking ? demanda-t-il, revenant à l'affaire, sujet qui les mettait tous les deux plus à l'aise.

Charlotte consulta son portable.

— Non. McKenzie a demandé à quelqu'un de passer en revue toutes les dépositions. J'aurais aimé qu'on soit au courant de cette piste potentielle hier matin avant d'aller au campement.

— On peut réinterroger les gens et inspecter la zone pour obtenir des informations, mais je ne le considère pas comme un tueur potentiel. Il aurait fait tout ce chemin pour s'identifier auprès des forces de l'ordre et envoyer ensuite le policier sur le même chemin que sa victime ? déclara Novak.

— Des tueurs ont déjà fait pire. Je voudrais vérifier s'il y a eu d'autres femmes assassinées dans la région ou si le meurtre Brenna présente des similitudes avec d'autres crimes commis à l'échelle nationale, dit-elle.

— Vous pensez que ce serait l'œuvre d'un tueur en série ?

— Je sais que c'est peu probable, mais on ne peut rien écarter à ce stade, surtout sachant que notre principal suspect est retranché dans une forteresse impénétrable.

— Rien n'est impénétrable avec suffisamment de temps et d'explosifs, déclara Novak à voix basse.

Charlotte frissonna.

— C'est bizarre qu'il ait menacé de faire exploser le bunker. Harrison aime manifestement son fils. S'il fait tout exploser, il mourra forcément aussi ?

Mais ils connaissaient tous deux de nombreux cas où des hommes avaient préféré assassiner leurs enfants plutôt que de perdre le contrôle de leur destin.

— Au fait, où est passé le véhicule de Bob Jones ?

Charlotte ne se souvenait pas d'en avoir entendu parler.

— Je suppose que quelqu'un de l'US Fish & Wildlife Service l'a ramené à son bureau.

— Et si on passait voir si on peut prélever de l'ADN de contact ? Jones a dit que le type avait tapé sur sa vitre.

— Le suspect portait peut-être des gants, souligna Novak.

— Ou peut-être pas.

Charlotte comprenait que Novak veuille prendre des nouvelles de ses hommes, mais il n'y avait rien de neuf. Ils l'auraient su, dans le cas contraire.

— On va passer devant le bureau.

— Clairement.

— J'ai un kit de preuves dans mon sac.

— Évidemment.

Sa réponse sèche la fit rire. Elle regarda ses mains serrées sur le volant et ressentit une vague de désir inattendue.

— Autant profiter au maximum de notre petite escapade. Je doute que ça se reproduise de sitôt, dit-elle en se concentrant sur autre chose que l'attirance qu'elle ressentait.

— Vous pourrez reprendre le travail avec les négociateurs dès demain soir.

Elle s'éclaircit la gorge.

Elle ne put déchiffrer sa réaction, même si elle savait qu'il avait hâte de retrouver son équipe.

— Oui. Vous n'aurez plus à supporter mes suggestions spontanées.

Elle se concentra sur l'absence de progrès dans l'affaire et non sur le fait qu'elle n'arrivait pas à savoir où elle se situait par rapport à lui sur le plan personnel.

— Comme les négociateurs n'ont pas pu communiquer efficacement avec ces personnes, on n'a pas vraiment eu besoin de mes compétences. Peut-être en serons-nous réduits à crier dans un porte-voix demain, comme McKenzie l'a suggéré au départ.

Novak la regarda longuement, mais ses yeux étaient cachés derrière ses lunettes de soleil.

— Si quelqu'un peut se mettre des gens dans la poche derrière un porte-voix, c'est bien vous, SSA Blood.

— Oh. Vous m'avez fait un compliment ?

— Ne vous y habituez pas.

Mais la façon dont sa lèvre tressaillit disait tout autre chose, et ce qu'elle ressentit devant son expression ne laissait rien présager de bon.

Ils arrivèrent au bureau de l'US Fish and Wildlife Service quelques minutes avant sa fermeture pour le week-end. Charlotte alla leur chercher un café et un sandwich. Ils avaient encore raté le déjeuner et Novak était à deux doigts de se ronger le bras.

Il se dirigea vers la porte d'entrée et reçut un regard glacial de la part de la réceptionniste qui était manifestement sur le point de partir.

— Agent spécial superviseur Payne Novak, du FBI.

Il lui montra son badge.

— Puis-je parler au responsable ?

La femme reposa sa veste sur la chaise et se dirigea vers deux hommes qui discutaient dans l'open space derrière elle.

— Ce type est du FBI. Il veut parler au patron.

Un homme grand et maigre, aux cheveux clairsemés et au sourire franc, s'approcha et souleva un pan du comptoir.

— Passez par là. Qu'est-ce qu'on peut faire pour vous ?

Novak montra à nouveau son badge.

— Je fais partie de l'équipe qui travaille sur l'incident d'Eagle Mountain. Ma collègue et moi espérions avoir accès au véhicule de Bob Jones.

L'homme mit ses poings sur ses hanches.

— Il est sur le parking. On l'a ramené jeudi matin. Je ne peux pas vous dire à quel point nous vous sommes reconnaissants de l'avoir sorti de là. J'espère qu'ils donneront une médaille à celui qui l'a sauvé. Ça m'a rendu malade de réaliser que Bob était allongé là, à souffrir pendant tout ce temps.

— Le FBI est soulagé que Bob ait été retrouvé vivant.

Novak hocha fermement la tête, reconnaissant que Charlotte ne compte pas mentionner son nom.

Novak le suivit jusqu'à son bureau où il prit un trousseau de clés sur un crochet près de la porte.

— Je peux vous demander de quoi il s'agit ? demanda l'agent de protection de la nature.

Novak grimaça. Ce n'était pas gagné d'avance.

— Nous avons rendu visite à Jones à l'hôpital. Il nous a

mis sur la piste d'un suspect ou d'un témoin potentiel que nous voulons identifier et interroger.

L'homme se dirigea vers la fenêtre et écarta les stores vénitiens blancs pour regarder à l'extérieur.

— Ce « nous », c'est vous et une jolie blonde ?

Novak fit le tour du bureau pour voir Charlotte qui examinait les véhicules dans le parking.

— Oui. Elle est avec moi.

Et il aimait ça. Il pensait qu'il aurait été soulagé de se débarrasser de sa collègue, mais en réalité, le fait que leurs soixante-douze heures ensemble se terminent le lendemain soir l'emplissait d'une tristesse à laquelle il ne s'attendait pas et qu'il n'aimait guère.

— C'est le troisième pick-up. Combien de temps ça va prendre ?

L'homme jeta un coup d'œil à la grande horloge accrochée au mur.

— J'espérais rendre visite à Bob avant de rentrer dîner en famille.

— Ça ne durera pas longtemps. Nous n'avons même pas besoin de regarder à l'intérieur. Nous voulons juste faire un prélèvement extérieur.

Novak lui rendit les clés.

— Vous n'avez pas besoin de rester. On s'en occupe.

L'agent de protection de la nature prit sa veste.

— Merci. On devrait sortir par-derrière ; Doreen a probablement déjà fermé la porte d'entrée.

Il baissa la voix.

— Et ici, personne ne veut contrarier Doreen.

Novak suivit l'homme à travers le bureau et franchit la porte de derrière donnant sur le parking. Charlotte parlait à l'autre agent que Novak avait vu lorsqu'il était entré. Il remarqua que le type rentrait le ventre et bombait le torse.

— C'est Duane. C'est un peu un coureur. Contrairement à Bob qui a tendance à rester seul et qui n'a pas eu de conquête depuis que sa femme l'a quitté il y a quelques années.

Lorsque Charlotte tendit sa carte à l'agent qui la regardait avec avidité, Novak ne sut pas si c'est pour des raisons professionnelles ou personnelles. Sortait-elle avec quelqu'un ? Avait-elle un petit ami ? Avant, ça lui aurait été égal. À présent, il voulait tout savoir d'elle, ce qui l'irritait au plus haut point.

CHAPITRE VINGT-DEUX

Novak souhaita une bonne soirée au chef du FWO et se dirigea vers Charlotte qui avait réussi à se défaire de son admirateur. Novak plissa les yeux lorsque le type parut vouloir s'approcher à nouveau.

— Vous recommencez, murmura Charlotte.

— À quoi ?

— À intimider les gens.

— Désolé.

Il eut un sourire froid et tranchant comme une lame de rasoir.

— Ai-je interrompu quelque chose ?

Il se dirigea vers le troisième pick-up, tandis que Charlotte essayait de contenir sa colère. Il s'agissait d'un Ford blanc avec l'écusson Fish and Wildlife sur les deux portières avant. Elle le rattrapa très vite.

— Qu'est-ce qui ne va pas chez vous ?

— Ce qui ne va pas chez moi ?

Il baissa ses lunettes et inspecta la vitre côté conducteur. Il alluma ensuite la lampe de poche de son portable et l'orienta vers la fenêtre.

— Il n'y a rien qui cloche chez moi. Je fais simplement mon travail.

— Moi aussi.

— On aurait plutôt dit que vous étiez occupée à collecter les numéros de téléphone d'admirateurs potentiels.

Et merde. Il ne comptait pas le dire à haute voix.

Elle siffla.

— Bon sang, Payne Novak, je jure devant Dieu que si on n'était pas dans un lieu public, je vous donnerais un coup sur la tête.

— Enfin, voyons. La violence n'est pas toujours la solution, Charlotte.

Il lui montra la fenêtre pendant qu'elle s'emportait en silence.

— Il y a une ou deux taches ici qui pourraient provenir d'un contact humain.

Il essaya d'ignorer l'insaisissable odeur qu'elle dégageait. Une odeur qui l'attirait et lui donnait envie de se pencher encore plus près et de l'inhaler.

Elle eut un mouvement d'humeur, et il se rappela qu'il l'avait encore une fois énervée, et pas qu'un peu.

Mais ce n'était pas pire. C'était mieux que de tomber éperdument amoureux d'elle. Il avait menti précédemment en lui disant qu'elle ne lui faisait pas peur. Elle lui faisait une peur bleue, mais pas de la façon dont elle le pensait. Il n'était pas doué avec les femmes. Pas après avoir été marié à une femme qui avait juré de l'aimer et qui l'avait quitté au bout d'un an, comme si leurs vœux de mariage n'avaient été rien de plus qu'une fête costumée pour enfants.

De plus, l'idée de commencer une histoire avec une collègue qui pourrait faire imploser toute sa vie n'était pas une bonne idée. Il devait s'éloigner de la grenade, pas sauter dessus.

Charlotte regarda de plus près sans toucher le véhicule.

— Je ne vois pas d'empreintes distinctives, même partielles.

Novak grogna.

— Elles pourraient appartenir à n'importe qui et ne seraient utiles que si nous trouvons le même ADN sur le corps de Brenna, et que l'ADN est déjà présent dans une base de données. Même dans ce cas, il ne s'agira pas d'une preuve, mais simplement d'une information.

— Je connais le processus, répondit-il sèchement.

Bon sang. Elle le traitait vraiment comme un abruti parfois. Ce n'était pas parce qu'il n'avait pas aimé être agent de terrain qu'il n'était pas doué pour ça.

Charlotte pinça les lèvres tandis qu'elle prenait des photos avec son portable, puis sortit deux petites éprouvettes de ses poches et passa la pointe de l'écouvillon stérile sur la surface d'une tache de graisse avant de la sceller dans un récipient stérile. Elle l'annota avec un marqueur qu'elle avait également dans son sac. Elle répéta ensuite le processus avec un autre écouvillon. Elle reboucha ce nouvel échantillon et les mit tous les deux dans sa poche.

Elle agita le stylo et se rapprocha de lui.

— Vous savez, c'est épuisant, vos changements d'humeur constants.

— Mes *changements d'humeur* ?

— Chaleureux un instant. Froid la seconde d'après.

— Alors, ne vous donnez pas la peine d'échanger avec moi.

Sa voix était grave et tendue. Ses paroles acerbes. Tant mieux. Il enleva ses lunettes de soleil et la regarda de son air le plus impassible.

Charlotte leva les yeux au ciel.

— Pour une raison ou une autre, je continue à vous

accorder le bénéfice du doute, à penser que vous n'êtes pas vraiment un imbécile. Que vous m'appréciez vraiment et que vous me respectez comme vous l'avez dit à la base.

Novak ouvrit la bouche pour répondre, mais elle ne lui laissa pas le temps de le faire.

— Mais vous êtes grincheux à chaque fois que je parle à un gars...

Elle s'interrompit et le regarda avec des yeux de plus en plus grands.

Il croisa les bras.

— Quoi ?

Elle le fixait, et il aurait aimé avoir la force de rompre le lien.

— Vous êtes jaloux, dit-elle.

— Ah ah.

Il la contourna en agitant la main en signe de défaite et en se dirigeant vers le Suburban.

— C'est ridicule.

— Ridicule ?

— C'est n'importe quoi. Je ne suis pas jaloux. Vous vous faites des idées.

Il monta dans le véhicule et elle ouvrit la portière passager.

— Je ne délire pas. Au contraire. Oh mon Dieu. J'ai bien vu les signes. Par exemple, quand je parle à Truman ou de lui, vous vous renfrognez.

— C'est mon visage au naturel.

Il prit le gobelet de café qu'elle avait acheté et laissé dans le porte-gobelet et en prit une gorgée.

— Nous avons déjà établi que vous êtes attiré par moi.

Il recracha le café. *Mon Dieu.* Elle parlait de son érection ce matin-là. Il faillit s'étouffer et utilisa un mouchoir en papier pour nettoyer le café renversé.

— Vous êtes une femme attirante. Je ne suis pas aveugle.

Il n'allait pas rougir à cause d'une réaction biologique indépendante. Putain.

Elle mit sa ceinture et attrapa son propre gobelet pendant qu'il récupérait son sandwich. Leurs mains se frôlèrent. Tous deux se figèrent.

Elle ne bougea pas la main, et il ne put retirer la sienne. La connexion lui semblait à la fois éphémère et fragile. C'était une chose qu'il n'était pas équipé pour gérer, pour laquelle il n'avait pas été formé. Il aurait voulu retourner ses doigts et les joindre aux siens. Toute la colère et l'embarras le quittèrent. Mais la frustration grandit. La frustration de ne pas être le genre d'homme qu'une femme comme Charlotte Blood voudrait avoir.

— Je ne suis pas doué avec les femmes, Charlotte.

— Vous parlez de nous comme d'une sous-espèce, dit-elle à voix basse.

— Non. Au contraire, c'est ce que vous pensez de moi. Vous me voyez comme un homme des cavernes avec plus de muscles que de neurones.

Elle resta silencieuse, ce qui faisait figure d'aveu.

— C'est blessant.

Bon sang, s'il continuait, il allait admettre qu'il n'aimait pas être jugé uniquement sur son apparence et se mettre à pleurer. Comme un putain de bébé.

— Je suis désolée. J'ai eu tort, dit-elle doucement.

Il sentit l'émotion le submerger. De la gratitude pour ses mots, de l'envie à l'idée qu'elle puisse pardonner si facilement. De la culpabilité qu'elle soit plus honnête que lui ne le serait jamais parce qu'elle avait raison. Il était jaloux. Il était un connard égoïste et jaloux, mais il ne l'admettrait jamais.

Il lutta pour ne pas caresser la peau soyeuse du dos de sa main.

Il n'était pas doué avec les femmes. Il en avait eu la preuve. Et ça ne se limitait pas à son ex-femme qui n'en avait rien eu à faire de lui.

Il s'efforça d'attraper son sandwich et de s'éloigner de sa chaleur. Il prit une nouvelle gorgée de café en espérant déloger le caillou coincé à mi-chemin dans son gosier. Enfin, il prit la parole.

— Vous m'avez demandé tout à l'heure pourquoi j'avais rejoint le FBI.

Il crut d'abord qu'elle n'allait rien dire. Peut-être qu'elle savait que ce serait terrible et qu'elle ne voulait pas le savoir.

— Pourquoi ? demanda-t-elle.

Bien sûr qu'elle allait lui poser la question. Charlotte ne fuyait pas les sujets difficiles.

— Pour lutter contre les criminels. Pour protéger les personnes qui ne sont pas assez fortes pour se protéger elles-mêmes.

Le silence dans l'habitacle prit de l'ampleur jusqu'à vibrer comme un diapason.

Elle rompit finalement le blanc.

— Qui dans votre passé n'a pas assez fort pour se défendre ?

Sa voix était douce. Elle était vraiment douée pour écouter, ce qui était dommage, parce qu'il était terriblement mauvais pour parler. Devait-il lui dire la vérité ou allait-il se cacher derrière un mensonge ? Mais s'il y avait une personne à qui il ne voulait pas mentir, en ce moment, c'était bien elle.

— Moi. C'est moi qui n'ai pas été assez fort pour me protéger. Jusqu'à ce que je grandisse et que je puisse me défendre. Jusqu'à ce que je devienne un *homme des cavernes*.

Il grogna ces derniers mots.

Il ne voulait pas s'attarder sur le sujet, aussi mit-il la voiture en marche avant de quitter le parking. Il regagna laborieusement la route principale. Il engouffra une nouvelle bouchée de baguette. Il était trop bloqué émotionnellement pour la remercier pour le sandwich. D'une manière ou d'une autre, il savait que Charlotte ne se formaliserait pas. Qu'elle comprendrait. Et il détestait ça. Il mâcha le pain, qui était comme de la sciure de bois dans sa bouche. Puis il prit une autre bouchée.

Son traumatisme remontait à bien longtemps, mais les dommages psychologiques avaient toujours une incidence sur sa façon de vivre. Il *détestait* ça. Il détestait que sa salope de mère ait encore un impact destructeur sur lui, des années plus tard.

Mais il n'avait pas envie de parler de son enfance et il était reconnaissant à Charlotte de ne pas chercher à en savoir davantage. Le ronronnement de la chaussée sous les pneus fut le seul son qu'il entendit sur tout le trajet du retour vers le ranch.

TJ prépara un sac à dos similaire pour son père et répartit l'or et l'argent de manière égale pour une question de poids et au cas où ils perdraient l'un des sacs. Il ajouta les passeports, les actes de naissance, l'acte de mariage de ses parents, l'acte de décès de sa mère.

Il passa le bout de son index sur la photo d'identité de sa mère. Sa famille s'était rendue une fois en Alaska parce que son père voulait rendre visite à ses parents. Ils étaient morts l'année suivante, et TJ ne se souvenait pas vraiment d'eux.

Compte tenu de leur notoriété actuelle, TJ doutait que les passeports soient d'une grande utilité, mais il fit ce que son père lui demandait et les glissa soigneusement dans une pochette plastique.

Il était heureux que sa mère ne souffre plus, mais il aurait aimé pouvoir revenir en arrière. Il aurait voulu qu'ils l'aient emmenée à l'hôpital malgré ses objections. Il aurait tant désiré pouvoir passer une journée de plus avec elle à marcher dans la forêt, peut-être la présenter à Kayla – à supposer que Kayla soit encore en vie.

Il serra la mâchoire. Il n'avait même pas de photo de Kayla, bien qu'elle en ait pris quelques-unes de lui avec son téléphone.

Il la retrouverait. Son père avait des relations.

Ils sortiraient de là ensemble et trouveraient une solution. Personne d'autre n'avait besoin d'être blessé.

Une fois qu'il eut terminé de faire leurs sacs, il se mit à faire les cent pas dans l'appartement.

L'inactivité le rendait fou, aussi il sortit toutes les lampes de poche et les piles de rechange, rassembla toutes les allumettes et les bougies et les posa sur la table de la cuisine, prêtes à servir.

C'était l'eau qui constituerait le principal obstacle. Leur maison était alimentée par une source naturelle, mais si les autorités la détournaient ou la contaminaient d'une manière ou d'une autre, ils auraient du mal à tenir. Il savait que les autres avaient rempli un énorme réservoir en plastique en cas de guerre nucléaire, mais il ne durerait pas éternellement. À un moment donné, les gens se rendraient ou mouraient.

TJ remplit plusieurs grands récipients au robinet. Il plaça des seaux pleins près des toilettes. Au bout de dix minutes, tous les récipients de la cuisine étaient remplis d'eau pure et salvatrice.

Il examina ensuite les produits secs et passa en revue les congélateurs. Bien qu'ils déjeunent avec tout le monde à la cafétéria, ils se préparaient généralement à dîner dans leur appartement. TJ mit au four un civet de chevreuil et s'allongea sur le canapé, déjà las d'attendre.

Il ne voulait pas que quelqu'un souffre à cause de lui. Mais les autorités étaient également à la recherche des personnes qui leur avaient tiré dessus, alors même s'il se rendait, ce ne serait pas la fin de ce cauchemar. Heureusement, personne n'était mort dans l'échange de tirs. La punition ne devrait pas être trop sévère s'ils se rendaient. Ils pourraient même être acquittés.

Et, en supposant que la fin du monde n'arrive pas d'ici là, ces hommes retrouveraient leurs familles d'ici quelques années.

Cependant, quiconque avait tué Brenna Longie purgerait une peine beaucoup plus longue et mériterait chaque seconde de ce châtiment. La police exigerait certainement des preuves. Impossible qu'on croie l'avis d'un type qui l'avait simplement vu prendre le pouls d'une femme allongée et qui en avait tiré des conclusions hâtives. Peut-être que s'il y avait d'autres suspects, les autorités fédérales ne se concentreraient pas autant sur lui ?

Il se redressa soudain.

Pourquoi Malcolm s'était-il caché dans le couloir sombre ? Il n'aurait jamais pu prévoir que TJ allait partir, ce qui signifiait qu'il l'avait entendu approcher et qu'il s'était caché dans l'obscurité. Mais que faisait-il là en premier lieu ?

Malcolm connaissait l'existence du tunnel secret. Évidemment. Son père avait laissé entendre que Malcolm s'était aussi faufilé à l'extérieur. Où allait-il ? Que faisait-il ?

Avait-*il* tué Brenna ? Avait-il pris Brenna pour Kayla et l'avait-il tuée parce qu'il savait que Kayla était la petite amie de TJ ?

Il devait le découvrir. L'un des moyens serait de visionner

les bandes de surveillance, mais il serait impossible de le faire sans alerter Malcolm ou l'un de ses acolytes. L'autre option serait de fouiller la chambre de son oncle...

TJ consulta l'heure et sauta du canapé. La plupart des habitants dînaient vers dix-sept heures, et Malcolm sautait rarement un repas. Les doigts de TJ s'enroulèrent autour du double des clés de l'appartement qui se trouvait également dans le coffre. Il était temps de comprendre ce qui se passait.

CHAPITRE VINGT-TROIS

Charlotte avait besoin d'être seule pour réfléchir, mais elle ne risquait pas de l'être de sitôt. Lorsqu'ils arrivèrent au ranch, McKenzie les attendait en effet sous le porche. Sa présence était de mauvais augure. Les rares moments où elle était seule, ces derniers temps, c'était dans la salle de bains, et elle n'avait pas beaucoup eu l'occasion de s'y rendre. Cette absence de temps pour elle la mettait à cran.

Elle voulait réfléchir à ce que Novak lui avait dit. Tout ce qu'il avait dit. Il lui avait dit qu'il la trouvait attirante, mais il avait balayé cette information comme si elle n'avait pas la moindre importance. Alors qu'elle en avait. Beaucoup.

Il lui avait révélé qu'il avait eu besoin de la protection de quelqu'un lorsqu'il était petit et vulnérable. Quel âge avait-il à l'époque ? À quel point avait-il été vulnérable ? Pourquoi avait-il eu besoin de protection ? Contre qui ? Que s'était-il passé ? Pourquoi personne n'était intervenu ?

Avait-elle été insensible, l'avait-elle malmené ? Peut-être au début, mais il l'avait mérité.

Pas vrai ?

Ou avait-elle mal interprété les sourires qu'il lui adressait ? Avait-elle vu de la condescendance là où il n'y avait que de l'intérêt masculin déguisé ?

McKenzie semblait impatient lorsqu'ils atteignirent la dernière marche.

— La fièvre de Kayla est tombée. Elle vient de se réveiller.

Charlotte détourna son attention de ses problèmes personnels pour la reporter sur son travail. Elle devait se concentrer. Les gens comptaient sur elle. La plupart d'entre eux ne le savaient même pas.

— Elle a parlé à quelqu'un ?

McKenzie secoua la tête.

— L'infirmière l'a aidée à se laver et lui a fait manger de la soupe. Je veux que vous alliez lui parler.

— On a découvert quelque chose sur la famille ?

McKenzie inclina la tête.

— Je vous brieferai quand vous lui aurez parlé, mais nous ne savons pas grand-chose.

— Il va falloir y aller à l'aveuglette, alors, déclara-t-elle. C'est compris.

— Et moi ? demanda Novak.

Charlotte savait qu'il avait hâte de se débarrasser d'elle et de retourner auprès de ses hommes. Il s'était ouvert à elle et s'était ensuite refermé après cet aveu de vulnérabilité. Même les hommes « évolués » n'aimaient pas révéler leurs points faibles, et elle n'était pas sûre de classer Novak dans la catégorie des hommes évolués.

Elle était injuste. Encore.

— Vous y allez tous les deux. Ensemble. J'ai dit soixante-douze heures.

McKenzie ouvrit la voie à l'intérieur du ranch.

— Bob Jones a-t-il ajouté quelque chose d'intéressant ?

Ils le suivirent dans la cuisine. Une énorme marmite de chili bouillonnait sur la cuisinière, son arôme emplissant l'air.

— Le cougar a été signalé par l'homme qui l'a approché dans le parking situé en contrebas du sentier de randonnée

— C'est ce que vous avez dit au téléphone. A-t-il obtenu un nom ou des détails utiles ?

Elle secoua la tête.

— Non. Mais nous avons prélevé des échantillons d'ADN sur la vitre latérale de son véhicule de travail.

Elle sortit les échantillons de sa poche et les lui tendit.

— Il nous a dit que l'homme avait tapé à la fenêtre et qu'il était parti dans une berline argentée. Ça ne vaut peut-être rien, mais on ne sait jamais.

— Beau travail.

Elle fit rouler ses épaules.

— Est-ce qu'on parle de Brenna à Kayla ?

McKenzie pinça les lèvres, prenant le temps de la décision.

— Interrogez-la d'abord. Apprenez-lui que Brenna est morte quand vous penserez qu'elle vous a dit tout ce qu'elle savait et observez sa réaction.

Formidable. Un avis de décès stratégique. Cette pensée fit tourner dans son estomac le sandwich au poulet qu'elle avait mangé plus tôt.

Elle acquiesça et se dirigea vers les escaliers, consciente de la présence de Novak dans son ombre, mais ne voulant pas lui parler alors qu'elle devait se concentrer sur la façon d'approcher Kayla. Il resta silencieux, et elle lui fut reconnaissante de lui laisser de l'espace. Il lui attrapa le bras lorsqu'ils atteignirent le couloir à l'extérieur de leur chambre.

— Je peux attendre derrière la porte si vous préférez.

— McKenzie a dit qu'on devait y aller tous les deux.

Charlotte fixait son torse.

— J'emmerde McKenzie, marmonna-t-il avec véhémence.

Charlotte rit.

— Voulez-vous vraiment tester sa détermination alors qu'il ne nous reste que vingt-sept heures à tenir ?

— Je ne pense pas que Kayla se sente à l'aise avec moi dans la pièce.

— Si vous ne la réprimandez pas, ça devrait aller.

Charlotte leva les yeux pour croiser son regard dubitatif. Elle lui sourit alors, regrettant d'avoir commencé à l'apprécier autant. C'était plus facile, avant, quand elle ne voyait que l'opérateur, pas l'homme.

— Vous pourriez vous asseoir près de la porte. Et ne pas réagir à ce qu'elle dit.

— C'est noté.

Charlotte reprit sa marche et fit un signe de tête à l'agent qui gardait la porte.

— Faites une pause, allez manger un bout. L'un d'entre nous viendra vous chercher quand on aura fini.

Elle frappa à la porte et une infirmière lui ouvrit. La femme était jeune et bâtie comme un char d'assaut.

— Kayla a réussi à manger de la soupe et à faire l'aller-retour aux toilettes. Je pense qu'elle se sent beaucoup mieux, mais elle se fatigue facilement. Je reviendrai dans la matinée pour un dernier contrôle, mais maintenant elle doit surtout rester hydratée, bien manger, se reposer et prendre ses médicaments.

L'infirmière prit son manteau.

— Je dois rentrer. Au revoir, Kayla. À demain.

Charlotte cligna des yeux devant l'énergie de l'infirmière, impressionnante dans ce repaire d'agents du FBI.

Les yeux de Kayla passaient nerveusement de Charlotte à Novak. Lorsque Charlotte s'approcha du lit, Kayla se crispa et ramena ses genoux vers sa poitrine, tirant les couvertures sur elle comme si elle avait froid, alors qu'il faisait chaud dans la pièce.

— Bonjour, Kayla. Je m'appelle Charlotte Blood, et voici Payne Novak. Nous sommes du FBI.

— Je ne comprends pas.

La voix de Kayla était rauque et faible.

— Qu'est-ce que je fais ici ? Où est Brenna ?

Ses doigts s'agrippaient fermement à la couverture du lit.

— Tu étais malade. Nous t'avons amenée ici pour que tu te rétablisses.

Les yeux de Kayla devinrent hagards.

— Mais pourquoi le *FBI* ferait ça ?

Charlotte tira une chaise à dossier rigide sur le côté du lit. Elle entendit le grincement du bois lorsque Novak s'installa sur une chaise similaire près de la porte.

— Principalement parce que tu étais *très* malade et que nous voulions *vraiment* te parler.

Kayla déglutit. Elle avait l'air incertaine, mais écoutait.

— Peux-tu nous dire la dernière chose dont tu te souviens avant d'être tombée malade ? Tu es partie pour Thangsgiving ?

— On avait prévu de s'en aller quelques jours. Peut-être visiter Monument Valley ou autre. Mais je suis tombée malade et on n'est allées nulle part.

— Hum hum.

Kayla se détendit un peu et s'appuya sur ses oreillers.

— Brenna voulait faire ses valises et partir plus au sud avant l'arrivée de la neige, mais je n'étais pas encore remise. Mais ça ne me dérangeait pas d'y aller pour quelques jours.

Kayla tendit la main vers l'eau et Charlotte la lui passa.

— Où est Brenna ? Elle va bien ?

Les négociateurs ne mentaient généralement que lorsque l'étape suivante était une solution tactique.

— J'ai quelques questions à te poser. Tu te sens à l'aise pour me parler ?

— Pourquoi ? De quoi s'agit-il ?

Kayla haussa les épaules et rit nerveusement.

— Bien sûr. À moins que vous n'ayez l'intention de m'arrêter.

— Je n'ai pas l'intention de t'arrêter.

Cela ne voulait pas dire que cela n'arriverait pas si Charlotte trouvait des preuves d'un crime, mais elle ne pensait pas que Kayla était une suspecte sérieuse dans cette affaire. Personne ne pouvait simuler une telle fièvre.

— Vous êtes de la même famille ? Vous avez des noms de famille différents, mais vous vous ressemblez tellement...

La lèvre inférieure de Kayla tremblota.

— Les gens pensent toujours qu'on est sœurs. Je pense que c'est ce qui nous a rapprochées à l'école.

— C'était en Pennsylvanie, n'est-ce pas ? Comment se fait-il que vous vous retrouviez toutes les deux dans une tente sur une montagne de l'État de Washington ?

— On aime toutes les deux les animaux et la nature. On a réalisé que le seul véritable moyen de lutter pour protéger la planète, c'était sur le terrain. On a entendu parler des manifestants qui campaient ici et on a décidé de se joindre à eux.

Charlotte pencha la tête sur le côté et fronça les sourcils dans une expression universelle qui permettait de créer un lien.

— Peu de gens ont la détermination de vivre leurs principes de cette manière.

— La complaisance ne suffit pas. Si on ne protège pas la planète, des millions de personnes vont mourir ou devront être déplacées. Des milliards d'animaux sont déjà morts. L'eau sera à l'origine de guerres. Plutôt que de trouver des carburants alternatifs, d'investir dans des installations de dessalement ou de trouver des moyens d'éliminer le dioxyde de carbone de l'atmosphère, les entreprises courent après le profit. Les riches font comme d'habitude, pendant que le monde brûle.

— Il faut être une personne spéciale pour s'opposer à la machine.

Kayla la regarda de travers.

— Si le FBI dispose d'une base de données sur les écologistes, ça signifie que vous faites partie de la machine.

— Nous ne conservons des bases de données que sur les criminels. L'activisme n'est pas illégal tant que les gens respectent la loi.

Kayla poussa un profond soupir.

— Ce qui est une bonne chose, en principe, sauf que quand les entreprises ne respectent pas les règles, elles reçoivent une amende dérisoire ou une tape sur la main. C'est comme s'il y avait des règles différentes en fonction de qui vous êtes, ou de qui est votre père.

— Le FBI est un fervent partisan de l'application de la même loi pour tous. Personne ne devrait être au-dessus de la loi.

Charlotte soupira à son tour.

— Je sais que ce n'est pas toujours le cas.

Le système judiciaire était une bête compliquée, sujette à la corruption et à la manipulation politiques.

— Comment subvenez-vous à vos besoins ?

Kayla se frotta le front comme si elle était fatiguée. Charlotte détestait cette partie de son travail. Bien qu'elle ne considère pas Kayla comme une suspecte sérieuse, il était possible qu'elle ait été impliquée dans le meurtre de sa meilleure amie ou qu'elle ait conspiré avec quelqu'un pour passer à l'acte. Ils ne pouvaient rayer personne de la liste à ce stade.

— J'ai un peu d'argent de côté et Brenna vend ses photos sur le web. C'est pour ça qu'elle voulait bouger. Changer d'endroit, faire de nouvelles photos. En plus, elle déteste le froid.

C'était la deuxième fois que quelqu'un mentionnait que Brenna aimait prendre des photos. Où était passé son appareil ? Charlotte se nota mentalement de demander s'il s'agissait de l'un des objets récupérés dans la tente ou la voiture. Elle ne l'avait pas vu, mais cela ne signifiait pas qu'il n'était pas là.

— C'est une bonne photographe ?

Kayla hocha la tête avec ferveur.

— Et toi ? Qu'est-ce que tu aimes faire quand tu ne protestes pas activement et que tu n'essaies pas de sauver le monde ?

Kayla lui adressa un sourire intrigué.

— Pourquoi cette question ?

Elle avait l'air si petite et si seule dans le grand lit et semblait n'avoir aucune idée de ce qu'elle avait perdu. Charlotte avait envie de tendre la main et de serrer la jeune fille dans ses bras.

— Je me souviens de mes dix-huit ans, dit-elle à la place. Je passais beaucoup de temps à travailler, à retrouver des amis ou à aller au cinéma avec mon petit ami, mais il n'y a pas grand-chose de tout ça dans cette partie reculée de l'État de Washington

Quelque chose brilla dans les yeux de Kayla.

— J'aime dessiner. J'écris et je lis beaucoup de livres. J'ai un petit ami.

Elle détourna le regard et ses doigts jouèrent avec un fil qui sortait de la housse de couette.

— TJ ?

La tête de Kayla se tourna vers elle.

— Comment vous le savez ?

— Tu as donné son nom au SSA Novak quand il t'a sortie de ta tente et t'a amenée ici pour qu'on s'occupe de toi.

Les yeux de Kayla se tournèrent vers Novak par-dessus l'épaule de Charlotte.

— Je ne savais pas comment j'étais arrivée là. Merci de m'avoir aidée.

Charlotte jeta un coup d'œil à Novak. Il fit un signe de tête à Kayla et adressa à Charlotte un petit sourire. Fini l'air grincheux.

Charlotte attendit patiemment. Le silence pouvait être un outil.

— TJ est mon petit ami, mais c'est compliqué.

Charlotte rit.

— Ce n'est pas toujours le cas ?

Elle sentait les yeux de Novak brûler des trous dans son dos.

Kayla tendit à nouveau la main vers l'eau et Charlotte l'aida à boire.

— Comment vous êtes-vous rencontrés ?

— Il y a un couple reproducteur de chouettes tachetées du Nord dans la forêt près de chez lui. Brenna a pris un tas de photos pour les vendre. Moi, j'aimais m'asseoir et faire des croquis, ce qui prenait plus de temps. Un jour, j'ai vu une autre personne qui les observait.

— Tu n'as pas eu peur ? De te retrouver seule dans les bois avec un inconnu à proximité ?

Kayla lui lança un regard.

— Bien sûr que j'étais nerveuse. Mais il ne m'a pas abordée le premier jour. Ni le second. Il m'adressait un signe de tête, mais gardait ses distances. J'ai fini par être suffisamment curieuse pour m'approcher de lui et engager la conversation.

Les doigts de Kayla continuaient à jouer avec le couvre-lit. Elle était agitée.

— Il m'a proposé de me montrer ses endroits préférés dans

les montagnes et on a commencé à faire des randonnées. Puis il a dit qu'il ne pouvait pas s'absenter tous les jours, alors on s'est donné rendez-vous une fois par semaine.

— Une fois par semaine ? répéta Charlotte.

— Tous les mercredis matin. Il doit se demander où je suis passée cette semaine.

Voilà qui expliquait donc la présence de TJ sur la montagne.

Kayla jeta un coup d'œil inquiet vers la fenêtre.

— Il a neigé ?

Elle avait l'air démoralisée.

— TJ m'a dit qu'il ne pensait pas que je serais capable d'escalader la montagne une fois que la neige arriverait. Que ce serait trop dangereux.

Elle afficha un visage triste.

— Il n'a pas de portable. Il a une adresse e-mail, mais...

Mais ce n'était pas suffisant pour satisfaire un cœur d'adolescent à l'âge d'or de la technologie. Le FBI connaissait déjà son adresse électronique. Les techniciens avaient piraté le serveur du complexe.

— Le ciel est menaçant, mais la neige n'est pas encore tombée. Et Brenna, qu'est-ce qu'elle pense de TJ ? demanda Charlotte.

Kayla s'allongea contre l'oreiller, la fatigue perceptible aux coins de ses yeux.

— Brenna ne l'a pas encore rencontré, mais elle pense que je suis stupide de rester dans le coin pour un mec. Mais ce n'est pas ce qu'elle pense. Il est différent.

Charlotte fronça les sourcils.

— Comment ça ?

— Il ne se sert pas de moi.

Kayla inspira brusquement.

— Brenna a des goûts terribles en matière d'hommes et

pense que tous les hommes sont nuls. Mais je lui répète que tout le monde n'est pas comme Simon.

— Simon ?

— Son dernier ex en date.

Kayla courba les épaules.

— C'est un connard abusif. Et puis il y a ce type du campement qui lui court après. Elle pense que je n'ai pas remarqué la façon dont il flirte avec elle.

— Comment s'appelle-t-il ?

— Alan Kennedy. Un professeur.

Kayla avait l'air irritée.

Tiens donc. Charlotte avait lu le 302 de Novak et, d'après ce qu'il avait écrit, le professeur avait fait comme s'il connaissait à peine les deux femmes.

— Ne lui dites pas que j'ai parlé d'elle. Mais pourquoi le FBI s'intéresse à la vie amoureuse de Brenna ?

— Nous faisons tous des erreurs dans notre vie amoureuse.

Elle sentit de nouveau l'intérêt de Novak pour ses paroles.

Je ne suis pas doué avec les femmes, Charlotte.

Elle essaya d'imaginer Novak dans une relation. Elle n'arrivait pas à le visualiser à certains endroits, comme derrière un chariot de supermarché ou tenant sa main lors d'une longue balade. Mais elle pouvait tout à fait l'imaginer au lit. Elle sentit ses joues s'embraser. De toute évidence, elle avait une imagination débordante. Probablement les effets secondaires de la sous-alimentation.

À nouveau, elle chassa ces pensées.

— Tu es déjà allée chez TJ ?

Kayla fronça les sourcils, visiblement mal à l'aise.

— J'ai vu où il habitait de loin. Un bunker de dingue au milieu de nulle part. Je ne suis jamais entrée. TJ a dit que son père n'approuverait pas qu'il me voie. Pourquoi cette question ?

Les lèvres de Kayla tremblèrent à nouveau.

Le fait qu'elle soit émotionnellement vulnérable donnait à Charlotte l'impression d'être horrible, mais elle poursuivit son interrogatoire. Elle avait un travail à faire.

— Qu'est-ce que tu as prévu de faire par rapport à TJ une fois que la neige sera tombée ?

Kayla eut l'air triste.

— Il a parlé de venir avec nous une ou deux fois.

Charlotte se força à sourire.

— Et qu'en pensait Brenna ?

Kayla fronça les sourcils.

Charlotte grimaça intérieurement. Elle avait utilisé le passé, mais peut-être que Kayla ne verrait pas la différence ou qu'elle l'interpréterait de façon plus innocente.

— Je doute qu'il le fasse.

— Et s'il le fait ?

Kayla haussa les épaules.

— Je n'en ai pas encore parlé avec elle. Elle n'aimera pas cette idée. Elle aime qu'on soit seules quand on voyage.

Elle fixa ses genoux couverts.

— Elle a été violée. Personne ne l'a crue, sauf moi. C'était lors d'une fête à laquelle elle n'aurait même pas dû participer et quelqu'un a glissé quelque chose dans son verre.

Kayla essuya une larme.

— Plusieurs hommes se sont relayés et ont posté leurs photos en ligne. Brenna était dévastée. Les filles la traitaient de salope. Les garçons la traitaient de pute. Elle a abandonné l'école et s'est enfermée dans un cycle de relations destructrices avec des types merdiques comme Simon. Quitter la Pennsylvanie a été la meilleure chose qu'on ait jamais faite, mais je ne pense pas qu'elle apprécie l'idée que je fréquente quelqu'un, vous voyez ?

— Elle te protège.

Charlotte acquiesça tandis qu'un sentiment de tristesse l'envahissait. Brenna Longie avait subi des coups durs toute sa vie. Des revers et des situations qui auraient poussé de nombreuses personnes à boire, se droguer ou faire d'autres mauvais choix. Le fait qu'elle n'ait jamais eu de répit... c'était déchirant.

Brenna s'était-elle disputée avec TJ à propos de Kayla ? Le petit ami de Kayla avait-il tué sa meilleure amie ?

— Où est Brenna ? Toujours au campement ?

Kayla fit mine de sortir du lit.

— Je me sens beaucoup mieux. Quelqu'un pourrait peut-être me raccompagner ?

Elle parlait vite, comme si son cerveau avait enfin compris que quelque chose de grave avait dû se produire. Comme elle l'avait dit, le FBI ne s'intéressait pas à la vie amoureuse des gens, pas s'il s'agit d'adultes ayant atteint l'âge du consentement.

Charlotte prit la main de Kayla.

— Le campement a été démantelé et la plupart des gens sont partis. J'ai bien peur d'avoir quelque chose de terrible à t'annoncer.

Il n'y avait aucune bonne façon de le dire. Aucune entrée en matière en douceur.

— Brenna est morte.

Kayla retira sa main comme si elle avait été mordue. Ses yeux se remplirent de larmes.

— Je ne comprends pas. Comment ? Elle est tombée malade elle aussi ?

Son regard passa de Charlotte à Novak. Il se leva.

Charlotte secoua la tête.

— Non. On l'a retrouvée morte à Eagle Mountain, non loin de l'endroit où vit TJ.

La bouche de Kayla s'incurva sous l'effet du chagrin.

— C'est impossible. Qu'est-ce qui lui est arrivé ?

Il aurait été tellement plus facile de dire à Kayla que Brenna avait eu une crise cardiaque ou avait été attaquée par un cougar.

— Le médecin légiste pense que Brenna a subi une sorte de traumatisme crânien par objet contondant.

Charlotte vit Kayla se décomposer. Un bruit commença à sortir de sa gorge. Un gémissement profond qui plongea Charlotte au cœur de la douleur de la jeune fille.

— Je suis désolée, Kayla. Je suis vraiment désolée.

Elle mit ses émotions de côté pour essayer de la réconforter, mais Kayla se détourna d'elle.

— Laissez-moi tranquille. Laissez-moi tranquille !

Charlotte acquiesça. Elle comprenait. Ce n'était pas le moment de remuer le couteau dans la plaie ou de lui demander si elle pensait que TJ était capable de tuer son amie.

— Je te présente toutes mes condoléances. Si tu veux me parler ou parler à Novak, dit-elle en voyant ses yeux s'écarquiller d'inquiétude, dis-le à l'agent qui se trouve à la porte. On viendra tout de suite.

Kayla se détourna d'eux et se mit en boule sur le côté. Des sanglots agitaient son corps frêle.

Charlotte sortit de la pièce et ferma les yeux.

— Je vais aller chercher le garde. Pour lui dire qu'on a fini, dit Novak à voix basse.

Charlotte acquiesça et appuya une main contre le mur tandis qu'il s'éloignait. Elle se redressa en les entendant revenir.

— Pfiu, compliqué, marmonna Novak alors qu'elle se mettait en route pour retrouver McKenzie.

Les yeux de Charlotte s'emplirent soudain de larmes. Elle avait besoin d'un moment pour se reprendre. Lorsqu'ils passèrent devant leur chambre, elle en profita pour saisir la poignée de la porte et se glisser à l'intérieur.

— J'ai besoin d'un câble de recharge pour mon téléphone. J'arrive tout de suite.

Elle ferma rapidement la porte et se tint près de la fenêtre, fixant l'obscurité. La tristesse était accablante. Elle entendit la porte s'ouvrir et se refermer, et se força à dire le plus normalement possible :

— Vous n'avez pas besoin d'attendre. J'arrive tout de suite.

Elle avait besoin de cinq minutes pour se ressaisir. Cinq minutes seule pour pouvoir aller de l'avant et faire son travail ou qu'importe ce que McKenzie avait décidé.

Quelques instants plus tard, des bras puissants la prirent par la taille. Elle se retrouva plaquée contre un torse masculin. Un menton se posa sur son épaule.

Sa présence réconfortante l'apaisa. Elle aurait préféré qu'il ne soit pas là pour assister à sa détresse, mais au moins il ne lui faisait pas vivre un enfer. Elle lui serra les poignets en signe de reconnaissance pour le réconfort silencieux qu'il lui offrait. Il l'aidait vraiment.

— Je n'arrête pas de penser à notre pauvre victime. Toutes les choses terribles qu'elle a endurées pour finir comme ça. Toutes ces horreurs. Pour mourir sur une montagne.

Les bras de Novak se resserrèrent davantage.

Les émotions qui s'accumulaient depuis un certain temps menaçaient de se libérer, mais elle ne pouvait pas se permettre de s'effondrer. D'habitude, elle était plus à même de prendre ses distances, mais la fatigue et la pression devenaient insoutenables, le poids émotionnel du chagrin d'autrui annihilant ses barrières mentales.

Novak la fit tourner lentement et la serra contre son torse.

— Elle méritait mieux.

Charlotte acquiesça. La vie pouvait être cruelle et s'éteindre en un clin d'œil. Elle le savait mieux que quiconque.

Elle leva les yeux vers les ombres qui recouvraient le visage de Novak. Il y avait assez de lumière sous la fente de la porte pour qu'elle puisse distinguer son expression inquiète.

— Ça va aller ? demanda-t-il d'une voix rauque.

Et même s'il la tenait dans ses bras, il n'avait pas franchi la limite. Il la réconfortait et elle savait que si elle s'éloignait, il la laisserait partir.

Elle ne voulait pas qu'il la laisse.

La vie était trop incertaine pour ne pas prendre un risque de temps à autre.

Elle passa sa paume sur sa joue rappelant du papier de verre.

— Je croyais que vous aviez dit que vous n'étiez pas doué avec les femmes, Novak.

Puis elle l'embrassa. Elle lui laissa le temps de s'échapper, puis lui mordilla les lèvres, attendant sa réaction. Lui indiquant qu'elle était intéressée s'il l'était aussi. Que, quoi qu'il puisse y avoir entre eux, ce n'était pas unilatéral.

Novak savait que réconforter Charlotte n'était probablement pas une bonne idée, mais il n'avait jamais imaginé que le danger viendrait du fait qu'elle l'embrasse. C'était si inattendu, mais si bienvenu. Il aurait voulu s'enfoncer en elle si profondément et si rapidement qu'elle se serait retrouvée plaquée contre un mur, nue, avec lui en elle, en vingt secondes.

Au lieu de ça, il ferma les yeux et savoura le contact de ses lèvres contre les siennes. Il se retint quelques secondes pour profiter de la sensation d'être embrassé. La douceur de ses lèvres qui s'accrochaient aux siennes dans une tendre supplique.

Il n'y avait pas eu beaucoup de tendresse dans la vie de Novak.

Dévouement, travail acharné, sueur, cran, sang et douleur. Pas de douceur.

Sentant qu'elle était sur le point de s'éloigner, il s'autorisa enfin à l'embrasser à son tour. Il commença en douceur. Par petites touches. Une exploration sensorielle de la douceur de ses lèvres. Elle glissa la main dans ses cheveux, et il prit ça comme la permission d'aller plus loin.

Il plaqua sa bouche contre la sienne et elle s'ouvrit volontiers, mêlant sa langue à la sienne, l'absorbant. Il aurait aimé pouvoir capturer ce sentiment dans une bouteille et le garder avec lui pour toujours. Cette chaleur volcanique. Le tranchant des dents, le passage de sa langue dans sa bouche.

Son pouls palpitait. Sa main se dirigea vers son sein, moulant le coton de sa chemise sur sa chair parfaite. Il se délecta de la pression de son mamelon contre sa paume.

Tout son sang migra vers le sud, et sa queue était si dure qu'il risquait de s'évanouir. Elle le frôla seulement et ce fut plus agréable que les cinq dernières années de sa vie sexuelle.

Il s'écarta d'elle, haletant.

Il était dans de beaux draps.

— Et merde.

Elle se déplaça, s'éloignant de lui.

Et voilà qu'il arrivait. Le regret. Les « qu'est-ce qu'on fait ? » et « c'était une erreur ».

— On ferait mieux d'aller faire notre rapport à McKenzie avant qu'il ne débarque ici à notre recherche et qu'il ne me trouve plaquée contre vous.

— J'étais aussi plaqué contre vous.

Il avait la voix rauque. C'était souvent le cas en présence de Charlotte. Comme si ses bas instincts augmentaient la testostérone dans ses veines et épaississaient ses cordes vocales.

Elle lissa sa chemise.

— J'avais remarqué.

Qu'est-ce que ça signifiait ?

Elle se dirigea vers la porte, et il resta comme un imbécile à se demander si elle allait faire comme si rien ne s'était passé. Ou peut-être que ça ne signifiait pas grand-chose pour elle. Peut-être qu'elle embrassait tous les types avec qui elle travaillait. Cette pensée provoqua une explosion de rage en lui.

Elle avait peut-être raison au sujet de la jalousie.

Elle entrouvrit la porte, suffisamment pour qu'il puisse voir son visage. Elle dit à voix basse :

— Il vaut mieux ne pas en parler à qui que ce soit.

Il se raidit.

— À qui pensez-vous que je le dirai ?

Elle cligna des yeux, manifestement surprise par son attitude.

— Hm c'est vrai. Je voulais simplement dire...

— Oubliez ça. Je sais ce que vous vouliez dire.

Il se détourna, honteux d'avoir été si revêche alors qu'elle était toujours radieuse. Mais pensait-elle vraiment qu'il allait courir vers les autres en se vantant d'avoir embrassé la négociatrice sexy avec laquelle il avait été forcé de s'associer ?

Il n'était pas comme ça.

Mais elle l'ignorait...

Elle ne savait pas qu'il commençait à éprouver des *senti-ments* pour elle. Des sentiments qu'elle ne partageait sûrement pas parce qu'au fond, ils étaient fondamentalement différents. Des sentiments qui rendraient le travail en commun très inconfortable si elle s'en rendait compte. Il ne voulait pas la mettre mal à l'aise, mais il pourrait peut-être lui expliquer qu'il la respectait. Qu'il l'appréciait.

— Charlotte...

Mais le bruit de la porte qui se refermait lui indiqua qu'il était déjà trop tard.

CHAPITRE VINGT-QUATRE

TJ emprunta le couloir et fit un signe de tête, comme si de rien n'était, à l'une des femmes qui descendait les escaliers pour apporter un plateau de nourriture dans la salle des écrans.

— Salut, Tara. Comment ça va ?

Elle lui sourit, ignorant peut-être qu'il avait été confiné dans sa chambre un peu plus tôt.

Il continua à marcher d'un pas décidé.

Malcolm s'était approprié l'une des meilleures chambres après la suite des Harrison. Le vieil homme qui y avait séjourné auparavant était mort paisiblement dans son sommeil peu de temps après l'arrivée de Malcolm. Ce dernier avait revendiqué la pièce en vertu du fait qu'il était le frère de la mère de TJ, bien qu'elle n'ait jamais été particulièrement attachée à lui.

TJ n'hésita pas. Il inséra le passe-partout dans la serrure, tourna, se faufila à l'intérieur et referma doucement la porte derrière lui. Il faisait sombre. Au lieu d'allumer le plafonnier, il sortit une lampe de poche et éclaira la pièce.

Le lit était vide. Malcolm était probablement en train de dîner.

TJ commença par la table de nuit. Il y avait une Bible. Un verre avec des traces sur le rebord. Dans l'armoire, il trouva une pile de magazines pornographiques qui avaient visiblement été souvent consultés. *Beurk*. TJ claqua la porte et essaya d'empêcher son estomac de gronder en appuyant fort sur son ventre.

Il inspecta la pièce. Se dirigea vers l'armoire à fusils. À l'intérieur se trouvait l'habituelle panoplie de fusils, de carabines, de pistolets, de boîtes de munitions de différentes tailles. Son père avait mis en place un système permettant aux gens de fabriquer leur propre plomb, mais Malcolm préférait manifestement ce qu'on trouvait dans le commerce. TJ vérifia l'étagère supérieure, mais il n'y avait rien.

Il ne savait même pas ce qu'il cherchait.

Il se dirigea vers la petite kitchenette qui contenait un micro-ondes, un petit réfrigérateur et un évier. TJ regarda dans le frigo. Beaucoup de bière, mais pas grand-chose d'autre. Dans le congélateur se trouvaient de petits paquets de poudre blanche emballés dans du plastique. TJ en prit un et le fit tourner entre ses doigts. Puis il le reposa rapidement, refermant le congélateur. Il ne connaissait pas grand-chose au monde extérieur, mais il savait que ces paquets contenaient des stupéfiants. Si son père découvrait que Malcolm avait ces drogues chez lui, il le jetterait dehors, siège ou pas.

TJ passa rapidement en revue les quelques placards, passant sa main sous les tiroirs et les comptoirs comme il l'avait vu faire dans les films d'espionnage.

Il ne récolta rien d'autre qu'une écharde dans l'index.

Son oncle avait installé une table contre un mur qui lui servait de bureau. Un ordinateur portable était posé là. TJ l'ouvrit, surpris de voir l'écran s'animer, mais déçu qu'il soit protégé par un mot de passe. Il le referma aussi sec. Il vérifia la salle de bains, y compris la chasse d'eau, mais rien n'y était caché. Il retourna dans la chambre et balaya la pièce du regard, mais il ne vit rien qui puisse indiquer que Malcolm était un tueur. Un bruit de pas dans le couloir l'alerta que quelqu'un approchait, et il chercha désespérément un endroit où cacher son mètre quatre-vingts. Il écarta les couvertures et vit qu'il y avait assez de place pour qu'il se glisse sous le lit. Il venait de se faufiler en dessous quand la porte s'ouvrit et que la lumière s'alluma. La voix de Malcolm résonna contre les murs de béton.

— Placez un garde en cuisine si vous ne pouvez pas compter sur les gens pour se rationner. Assurez-vous que les petits morveux n'aient que des demi-portions.

L'interlocuteur de Malcolm marmonna une réponse et Malcolm referma la porte derrière lui. TJ vérifia rapidement son corps pour s'assurer que ses pieds ne dépassaient pas du lit. Ce n'était pas le cas. La poussière lui chatouillait le nez et il se concentra pour ne pas éternuer.

Malcolm grommelait, mais pas assez fort pour que TJ puisse comprendre ce qu'il disait. TJ suivait sa position au son, car les couvertures pendaient sur le côté du lit, lui cachant la vue.

Il entendit la porte du réfrigérateur claquer et un bruit de tapotement suivi de deux grognements et d'un long reniflement.

La drogue.

TJ n'avait aucune idée que Malcolm était un toxicomane. Où s'approvisionnait-il ? Il n'était pas étonnant qu'il veuille à tout prix mettre fin à ce siège. Que se passerait-il une fois qu'il serait à court de drogue ? Que se passerait-il s'il était détenu ?

Malcolm se jeta sur le lit, et TJ dut tourner la tête pour

éviter d'avoir le nez cassé. Il cligna des yeux. Un appareil photo coûteux se trouvait sous le lit.

Malcolm ne lui semblait pas être un artiste. Pas le moins du monde.

L'homme au-dessus de lui s'agita, et TJ fit une prière silencieuse pour que le type ne sorte pas un magazine pour se masturber. C'était une chose de savoir qu'il le faisait, c'en était une autre d'en être le témoin involontaire.

On frappa à la porte.

— On ne peut pas dormir quelques heures par ici ? cria Malcolm.

— Désolé, chef.

Chef ?

— L'un des générateurs ne fonctionne pas correctement. J'ai essayé de le réparer...

Malcolm se hissa hors du lit.

— Ne mets pas tes sales pattes dessus !

Son oncle était doué pour réparer tout ce qui était mécanique.

— J'arrive.

L'homme souffla, puis se rendit à la salle de bains, et TJ l'entendit uriner. La porte s'ouvrit, le plafonnier s'éteignit et la porte se referma. TJ poussa un soupir de soulagement. Il compta jusqu'à dix, puis s'extirpa de sous le lit. Au dernier moment, il saisit la courroie de l'appareil photo et la tira vers lui. Ce faisant, quelque chose brilla dans le faisceau de sa lampe de poche.

Qu'est-ce que c'était ? Il tâtonna le tapis sale et ses doigts se refermèrent sur une pièce d'or. TJ la retourna plusieurs fois. Elle ressemblait aux pièces que son père et lui avaient achetées à la Monnaie américaine.

Après quelques instants, TJ la remit sous le lit. Il n'était pas un voleur.

Le poids de l'appareil photo sur son épaule disait autre chose, mais TJ voulait seulement y jeter un coup d'œil, puis il le ramènerait. Malcolm ne s'apercevrait même pas de sa disparition.

Novak attendait Charlotte dans le couloir devant la salle de bains. Il avait besoin de faire le vide avant de se remettre au travail. La vie de personnes dépendait du fait qu'ils ne fassent pas tout foirer. Leur carrière en dépendait également.

McKenzie le retrouva.

— Heureux de voir que vous prenez à cœur l'expression « siamois ».

Novak leva les yeux au ciel. McKenzie ne savait pas à quel point Novak était désespéré d'être collé contre Charlotte.

— Vous ne trouvez pas que c'est un peu extrême ? demanda-t-il.

— Quand je suis arrivé, vous étiez tous les deux prêts à monter sur le ring. Ma solution vous a permis de dépasser rapidement vos divergences. Je ne l'aurais pas fait si je n'avais pas voulu que vous fassiez partie de l'équipe, mais j'étais sérieux quand je disais que je serais prêt à vous renvoyer. J'ai besoin d'une équipe soudée et non divisée.

Novak grogna. La décision de McKenzie avait des conséquences qu'aucun d'entre eux n'avait anticipées.

Il entendit la chasse d'eau, ce qui le fit sursauter.

— On devrait y aller.

Novak commença à guider McKenzie dans les escaliers, même si son patron avait le même gabarit que lui. Il ne se souciait pas que ça puisse le contrarier. Il ne voulait pas prendre Charlotte de court.

— Je ne veux pas avoir l'air d'un harceleur.

McKenzie acquiesça.

— C'est mieux comme ça, en effet. Allons manger un bout avant de débriefer au centre de commandement.

Novak avait hâte de retourner auprès de ses hommes, mais il savait qu'il n'y avait pas de nouveau. Ils attendaient encore. Les équipes de tireurs d'élite et le SWAT s'étaient à nouveau relayés, et ceux qui n'étaient pas en service se reposaient.

Novak s'inquiétait de la météo. Une tempête hivernale était prévue pour le lendemain. Même s'ils s'étaient entraînés en conditions hivernales, il ne voulait pas risquer la vie de la HRT si une tempête de neige s'abattait sur eux. Ils disposaient de la technologie nécessaire pour surveiller l'enceinte, mais cette technologie pouvait être perturbée par de mauvaises conditions météorologiques. Il n'en était pas ravi, mais à un moment donné, ils devraient peut-être se retirer et attendre la fin de la tempête.

Il était en train de verser du chili dans un bol quand Charlotte apparut dans l'embrasure de la porte. Il prépara une autre portion pendant que McKenzie allait chercher des couverts propres.

Les conversations se limitaient à un faible bourdonnement tandis que la cuisinière s'affairait, rangeant et préparant le petit déjeuner. Novak se renfrogna devant la marmite de flocons d'avoine qui bouillonnait sur la cuisinière. Il préférait nettement l'option bacon.

Charlotte s'était maquillée et avait mis du rouge à lèvres, et personne n'aurait pu se douter qu'elle l'avait embrassé quelques minutes plus tôt.

Personne d'autre que lui.

Lorsqu'ils eurent terminé, ils mirent la vaisselle sale dans le lave-vaisselle de taille industrielle et sortirent dans la nuit glaciale. Heureusement, Charlotte avait pensé à prendre sa veste cette fois-ci.

— Vous n'avez pas froid ? lui demanda-t-elle alors qu'ils se protégeaient tous les deux du vent.

Elle plaisantait ? Son rythme cardiaque s'accéléra encore. Il était reconnaissant de ne pas être au garde-à-vous.

— Ça va.

Ils entrèrent dans le centre de commandement. Charlotte se précipita vers les négociateurs qu'elle ne connaissait pas. Ils avaient l'air de s'ennuyer ferme. Une femme nettoyait son arme.

Lorsqu'il fut évident que rien n'avait changé, ils se diri-gèrent vers l'autre côté de l'écran. Charlotte ne cessait de lui lancer des regards incertains et il se souvint qu'elle lui avait dit plus tôt qu'elle n'aimait pas qu'il souffle le chaud et le froid en permanence. Sur le moment, il n'avait pas compris, mais il réalisait à présent qu'il lui avait crié dessus dans la chambre quelques secondes après l'avoir réconfortée et embrassée à pleine bouche. C'était un connard. Il l'arrêta avant qu'ils ne passent l'angle pour parler à McKenzie.

— Charlotte, je suis désolé. Je n'aurais pas dû...

Il ouvrit la bouche pour continuer à s'expliquer, mais McKenzie cria :

— Novak, Blood, par ici !

Au lieu d'éclaircir la situation, ses excuses parurent la mettre en colère.

Ils n'avaient pas le temps pour ça. Ils se dépêchèrent de passer l'angle pour entrer dans l'espace que McKenzie avait réquisitionné. L'agent Truman sourit à Charlotte et Novak inspira profondément par le nez. Il n'était pas jaloux de cet enfoiré.

Non. Pas du tout.

Menteur.

— Ça va vous intéresser. Nous avons identifié l'un des hommes de la vidéo.

Un agent avait deux photos ouvertes côte à côte sur un ordinateur portable. L'une d'elles était un avis de recherche. À côté, il y avait une image de la vidéo du drone qu'ils avaient prise ce matin-là.

L'avis de recherche concernait un homme appelé Mark Roberts.

— Truman a demandé aux femmes qui ont quitté le bunker d'identifier cet homme, et elles ont dit qu'il s'agissait de Malcolm Resnick.

McKenzie sortit une vieille photo du DMV d'un homme beaucoup plus jeune, sans moustache et avec beaucoup plus de cheveux.

— Quelle est la véritable identité ? demanda Charlotte en se penchant en avant.

— Malcolm Robert Resnick est le nom du frère de l'épouse de Tom Harrison. La moitié des personnes qui s'y trouvent s'appellent Resnick. Mark Roberts est une fausse identité qu'il a apparemment utilisée pendant de nombreuses années lorsqu'il était impliqué dans des groupes nationalistes et suprématistes blancs dans l'Est.

— Qu'est-ce qu'il a fait ? demanda Charlotte en désignant l'avis de recherche.

McKenzie se crispa.

— Ils ont tué un journaliste qui avait infiltré leur organisation. Quand les policiers ont trouvé le corps, Mark Roberts avait disparu.

Charlotte fronça les sourcils.

— Il a donc de bonnes raisons de ne pas vouloir sortir. Je ne comprends toujours pas les motifs de Tom Harrison. Le fait qu'il ne laisse même pas TJ nous parler... On a trouvé quelque chose d'intéressant sur les dix-huit dernières années de sa vie ?

McKenzie s'appuya contre son dossier.

— Tout ce qu'il a fait, c'est se terrer dans son terrier avec sa femme et son fils. Les habitants de la région disent qu'il n'a jamais posé de problème, qu'il a toujours été poli, mais qu'il était distant et discret. Il a emménagé ici quand TJ avait environ deux ans.

— Est-ce qu'ils allaient à l'église ? demanda Novak.

— Certains, reconnut McKenzie. Harrison et sa femme y allaient de temps en temps, mais ils restaient généralement entre eux. Ils n'ont jamais vraiment eu d'interactions sociales avec la ville. TJ n'est jamais allé à l'école et n'a jamais eu de soirées pyjama avec ses copains. Il est intéressant de noter que Malcolm Resnick a dirigé des groupes de prière dans le complexe.

— Il est croyant ? demanda Charlotte.

Elle avait l'air d'en douter, mais le meurtre et la religion ne s'excluaient pas mutuellement dans certaines régions des États-Unis. Le XXIe siècle était beaucoup plus axé « Ancien Testament » que « tendre l'autre joue », même si beaucoup de gens étaient trop aveugles pour voir la différence.

— Est-ce qu'il organise une rébellion ? demanda Novak. Quand Resnick est-il arrivé ?

— Le journaliste a disparu en février. Le corps n'a été retrouvé qu'à la fin du mois de mars. Les femmes ont déclaré que Malcolm Resnick était arrivé dans ces eaux-là, mais elles n'étaient pas sûres à cent pour cent de la date.

— Quand la femme de Tom est-elle morte ? demanda Charlotte.

— Vous pensez qu'il l'a tuée ? demanda vivement Novak.

Charlotte haussa les épaules.

— Je ne sais pas. Mais j'ai l'impression que cette année a été chargée pour les Harrison.

McKenzie se gratte la nuque.

— C'est une idée intéressante. Voyons si nous pouvons trouver où elle est enterrée. Nous pourrions exhumer son corps.

— Ça pourrait mettre en colère Tom Harrison et son fils.

McKenzie n'avait pas l'air de s'en soucier.

— Il a perdu son droit à trop de considération lorsqu'il a menacé de faire exploser cet endroit avec tout le monde dedans. Qu'avez-vous tiré de Kayla ?

— TJ et elle se sont rencontrés à la fin du printemps. Ils se sont vus tous les mercredis matin pendant la majeure partie de l'été et de l'automne.

Charlotte le regarda.

— Je pense que quand Kayla est tombée malade, Brenna est allée le voir. Je ne sais pas si c'était pour lui dire de rester loin de Kayla ou simplement pour lui apprendre que sa petite amie était trop malade pour le retrouver.

Charlotte répéta les informations que Kayla leur avait données sur les antécédents de Brenna, et l'équipe de McKenzie commença à puiser dans d'autres bases de données.

— On a retrouvé leurs familles ?

McKenzie les regarda par-dessus son épaule.

— Brenna a une mère à Pittsburgh. Alcoolique et toxicomane. Père inconnu. Kayla est issue de la classe moyenne et a un peu d'argent. Ses parents sont morts dans un accident de voiture il y a environ dix-huit mois. Elle a un grand-père âgé, mais il est atteint de démence et se trouve dans une maison de retraite.

— Elle m'a dit qu'elle avait de l'argent de côté.

McKenzie acquiesça.

— C'est vrai, notamment grâce aux compensations qu'elle a reçues, mais elle n'en aura pas pleinement le contrôle avant ses vingt et un ans.

— Elle va donc vivre à la dure pendant quelques années ? demanda Novak.

McKzenzie fit rouler ses épaules.

— Je suppose. Elle peut déjà s'offrir bien plus qu'une tente, mais on ne peut que la féliciter d'avoir défendu ses convictions. L'avocat qui s'occupe de la succession veut venir et la ramener chez elle. Je suis sûr qu'il prépare déjà la paperasse.

— Kayla est une adulte, dit Charlotte d'un air contrarié. Elle a le droit de choisir comment vivre sa vie.

— Vous pensez que Brenna ne voulait pas perdre son ticket en or et qu'elle a dit à TJ d'aller se faire voir ? demanda Novak.

— C'est cynique.

Charlotte croisa les bras, comme si elle avait oublié son goût.

Mais ce qu'elle vit dans ses yeux le lui rappela. Le rose lui monta aux joues et elle se détourna.

Il fronça les sourcils. Il devait trouver un moyen de cacher les sentiments qu'il éprouvait pour elle. Ce n'était pas comme si c'était difficile pour lui, en temps normal. Mais elle l'avait *embrassé*. De son plein gré. Sans être accablée par les émotions. Elle l'avait embrassé passionnément. Avec désir. Envie.

Et même s'il ne se l'était pas avoué auparavant, s'il ne se l'était pas permis, il était attiré par elle depuis qu'il l'avait vue, l'été précédent, en route pour une prise d'otages en prison dans l'État de New York.

Mais il prenait les choses trop au sérieux. Il ne devait pas se faire d'idées. Les gens s'embrassaient parfois. Ça arrivait.

Mais ça ne lui était encore jamais arrivé dans le cadre de son travail.

— Novak n'a pas tort, déclara McKenzie. Brenna aurait pu dire à TJ de les laisser tranquilles et que Kayla ne voulait plus de lui, et il aurait pu s'emporter.

— Ou peut-être que Brenna est montée pour transmettre un message à TJ, mais qu'elle est tombée sur quelqu'un d'autre. Peut-être qu'elle a croisé Malcolm Resnick et qu'il a craint qu'elle ne le reconnaisse et qu'il l'a tuée, suggéra Charlotte. Ou peut-être que c'était l'homme qui a signalé à l'agent Jones la présence du cougar.

Novak réprima un sourire. Charlotte plissa les yeux.

— Quoi ?

— Il ne faut pas penser du mal de Brenna parce qu'elle a eu une vie difficile, lui dit Novak. Mais les gens qui ont une vie difficile finissent souvent par devenir des durs à cuire.

Il le savait pertinemment.

— Rien de tout cela n'explique pourquoi Tom Harrison refuse de nous parler, grommela Charlotte. J'aimerais revoir la transcription de ce qu'il nous a dit tout à l'heure

McKenzie acquiesça.

— Est-ce qu'on leur dit qu'on sait que Malcolm est recherché ?

Charlotte secoua la tête.

— Malcolm Resnick pense probablement être tranquille. Soit Tom l'ignore et le lui dire ne changera rien à moins de prouver que Malcolm a quelque chose à voir avec la mort de Brenna. Soit bien Tom est au courant et il veut protéger son beau-frère.

— Et si Malcolm découvre qu'on sait qu'il est là, ça pourrait les inciter à rechercher des micros, ajouta Novak.

— Les plaques d'immatriculation ne sont pas revenues à son nom ? demanda Charlotte.

McKenzie secoua la tête.

— Ça pourrait également entraîner un changement de hiérarchie si Tom décidait de se rendre. Malcolm sait qu'il risque une injection létale s'il est condamné, déclara Charlotte.

McKenzie hocha le menton en signe de reconnaissance ou d'approbation.

— Kayla a dit autre chose ?

— N'oubliez pas l'appareil photo et le professeur, lança Novak à Charlotte, qui semblait sur le point de secouer la tête.

— Oh, c'est vrai. Selon Kayla, Brenna était une bonne photographe et vendait ses photos en ligne. Il faudrait vérifier si elle a un site Web, si vous le voulez bien ?

Charlotte adressa sa question à l'un des membres de l'équipe de McKenzie.

— Vérifiez également si un reflex a été retrouvé dans sa tente ou sa voiture. S'il n'y en a pas, il pourrait être utile d'envoyer une équipe de recherche sur le flanc de la colline.

— Les gars de la scientifique ont effectué une recherche poussée mercredi après-midi, dit Truman en appuyant sa hanche sur le bureau.

Même Novak réalisait que l'agent était suffisamment beau pour faire chavirer les cœurs. Il serra les dents.

— Suffisamment pour qu'ils aient trouvé un appareil photo s'il y en avait eu un, conclut Truman.

— On devrait étendre la zone de recherche, suggéra Charlotte.

— Vous pensez qu'elle pourrait avoir pris des photos de son assassin ? demanda Novak.

— C'est possible.

— Peut-être que le tueur l'a récupéré ? suggéra Novak.

— Bob Jones n'a pas parlé d'appareil photo.

Les mâchoires de Charlotte se contractèrent et elle pinça

les lèvres. C'était son expression quand elle était pensive. Mignonne comme tout.

— Peut-être qu'il ne s'en est pas rendu compte ? Quelqu'un devrait lui demander s'il a vu quelqu'un avec un appareil photo ce matin-là. Vous voulez qu'on s'en charge ? demanda Novak à McKenzie qui secoua rapidement la tête.

Novak réprima la vague de déception. Il était presque 20 heures et le lendemain soir, à la même heure, Charlotte et lui ne seraient plus obligés de travailler en étroite collaboration. Il serait de retour avec ses hommes, à sa place. Charlotte retrouverait les autres négociateurs. Il ne comprenait pas pourquoi cette idée ne le remplissait pas d'une intense satisfaction.

— Selon Kayla, Brenna a été victime d'un viol collectif au lycée et a eu une série de relations abusives qui ont culminé avec un certain Simon. Kayla pense qu'il aurait pu être violent. Je vais essayer d'obtenir son nom de famille dans la matinée.

— Son ex aurait pu la suivre jusqu'ici et la tuer. C'est un peu extrême, mais si ce type était rancunier et a découvert où se trouvaient les femmes... c'est tout à fait possible, déclara Novak.

— Et le professeur ? demanda McKenzie.

Charlotte le regarda.

Novak déplia les bras.

— Alan Kennedy. C'est lui qui m'a dit dans quelle tente dormait Brenna. Quand je lui ai parlé, il m'a donné l'impression qu'il les connaissait à peine, mais Kayla m'a dit qu'elle l'avait vu flirter avec Brenna.

McKenzie fit la grimace.

— Je connais beaucoup de gars qui flirtent avec des femmes qu'ils connaissent à peine. C'est un peu le but. Je comprends aussi qu'il ait cherché à le cacher après avoir vu une photo de la femme en question allongée à la morgue.

Il se leva.

— Qu'un agent lui rende à nouveau visite. Il faut lui mettre la pression pour savoir à quel point il connaissait ces filles et connaître son alibi pour mercredi matin.

Puis il leva le menton.

— Nous devons jeter un coup d'œil à l'intérieur de ce bâtiment ce soir.

Novak consulta sa montre.

— Je suis d'accord. Après minuit, quand la plupart des habitants seront endormis

McKenzie avait l'air frustré. Novak savait totalement ce qu'il ressentait.

— Très bien. Rendez-vous dans la grange à minuit, céda McKenzie.

CHAPITRE VINGT-CINQ

Même si Novak semblait au comble de la frustration, Charlotte avait réuni l'équipe de la CNU pour un rapide débriefing et pour les informer qu'ils devaient être dans la grange à minuit.

Eban passa la porte. Il lui adressa un sourire fatigué. Il venait de se réveiller. Des rides de tension encadraient sa bouche et ses yeux. Il s'assit à côté d'elle et passa la main dans ses cheveux qui commençaient à être hirsutes. Les autres discutaient des moyens d'utiliser les chaînes médiatiques qu'ils avaient créées pour atteindre les habitants du complexe.

— Qu'est-ce que j'ai raté ? demanda-t-il.

— On soupçonne Brenna d'être allée dire à TJ que Kayla était malade ; ils avaient rendez-vous tous les mercredis matins. Il y a un tueur recherché dans le bunker ; Malcolm Resnick, oh, et l'agent fédéral Jones a rencontré un type qui a déclaré avoir été traqué par un cougar juste avant que Jones ne se mette à remonter sa piste.

Elle prit une gorgée de sa bouteille d'eau.

— Je veux qu'on élabore un texte pour le porte-voix et

qu'on envoie un e-mail à tous les habitants pour les rassurer et leur dire qu'on ne leur veut pas de mal.

— Pourquoi ne pas faire imprimer et lâcher des tracts ? plaisanta Eban.

— C'est une bonne idée. Je demanderai à McKenzie d'envoyer une demande de réquisition à Quantico.

Eban gémit.

— Bon sang.

— On pourrait utiliser un drone pour les livrer. Un très gros drone. Il servirait deux objectifs. Ils savent que nous avons des drones, mais c'est préférable qu'ils les considèrent comme d'énormes engins, pas comme des appareils qui peuvent se faufiler à l'intérieur et servir de dispositif d'écoute.

Elle leur parla du mouchard que la HRT avait fait pénétrer à l'intérieur et leur expliqua qu'ils allaient essayer de faire une petite visite des installations dès que les habitants se seraient endormis.

Dominic s'affala sur la chaise voisine, les mains derrière la tête.

— Cool.

— Les tracts expliqueront aux habitants qu'on ne leur veut pas de mal.

— Ils risquent de ne pas nous croire sur parole, fit remarquer Eban.

— Ou alors si. Peut-être que quelqu'un ouvrira la porte ou que les gens partiront tout simplement. On pourrait y inscrire un numéro de téléphone pour joindre les femmes qui sont déjà parties. Elles pourraient leur expliquer qu'elles sont bien traitées et qu'on ne mange pas les bébés.

— Du moins pas encore, rétorqua Novak avec un sourire narquois.

Appuyé contre le mur, c'était le type le plus sexy sur lequel Charlotte ait jamais posé les yeux. Et ce n'était même pas la raison première de son attirance pour lui. En fait, elle était plus attirée par le fait qu'il l'écoutait et la soutenait. Bon sang.

Il aurait été si facile d'être attirée par l'agent Truman. Tellement facile. Il correspondait en tous points à ses fantasmes du « Ils vécurent heureux pour toujours ». Novak ? Pas vraiment.

Comment un baiser phénoménal et un bref moment d'intimité avaient-ils pu déraper à ce point ?

Elle avait tout gâché en disant qu'elle voulait taire leur baiser. Mais ce n'était pas parce qu'elle avait honte de lui. C'était parce que, quelle que soit la décision de McKenzie concernant leur collaboration forcée de 72 heures, dès qu'ils révéleraient qu'ils entretenaient une relation personnelle, la politique du Bureau exigerait qu'ils soient séparés. Elle ne le voulait pas. Elle voulait rester sur place jusqu'au terme de l'incident. Elle voulait que ces personnes sortent de la forteresse sans qu'il y ait de blessés.

Cela incluait la HRT.

Elle voulait également explorer les sentiments qu'elle éprouvait à l'égard de l'agent spécial superviseur Payne Novak tant qu'ils en avaient l'occasion. Mais ils ne pourraient pas le faire si leur histoire était publique. Elle savait que l'alchimie qu'ils ressentaient n'était pas fréquente. Elle avait déjà été obligée de passer du temps avec le sexe opposé. Dominic, Eban et elle partageaient souvent leur chambre, mais elle avait toujours eu l'impression de dormir avec ses meilleurs amis. Elle n'avait jamais voulu embrasser l'un de ses collègues de la CNU.

Novak par contre... elle était prête à l'embrasser à pleine bouche.

Son regard devint interrogateur. Elle le fixait depuis trop longtemps.

Elle se retourna vers la table et découvrit que Dominic et Eban les regardaient, Novak et elle, avec les mêmes expressions d'irritation surprise. *Mince.*

Charlotte répartit les tâches entre les négociateurs et leur demanda de soumettre leur texte au Département des sciences du comportement et à leur chef.

Novak arriva derrière elle.

— C'est mon tour ?

C'était une question plutôt qu'une déclaration, ce qui prouvait le chemin parcouru depuis le début. Elle repoussa sa chaise et attrapa son manteau sur le crochet près de la porte. Elle sentit les regards sombres de Dominic et d'Eban les suivre jusqu'à la porte.

Ils furent accueillis par un vent féroce qui tenta de trancher la couche supérieure de sa peau.

Ils baissèrent la tête, et elle remarqua que Novak essayait de la protéger autant que possible, même si c'était lui qui n'avait pas de veste appropriée. Il le faisait souvent, réalisa-t-elle.

Elle l'attrapa par le haut de sa manche et le ramena à sa hauteur. Elle cria plutôt que chuchota à son oreille, alors que la tempête nocturne avalait ses mots :

— La raison pour laquelle j'ai suggéré qu'on ne parle à personne de ce baiser, c'est parce que je voudrais le refaire un jour. Pas parce que j'ai honte de vous ou de ce qui s'est passé.

Elle scruta son visage à la recherche d'un signe de compréhension.

— Je voulais que vous le sachiez.

Elle s'accrochait à lui avec détermination. Il avait l'air confus, se demandant probablement ce qu'elle pensait faire.

Son regard passa au-dessus de sa tête et elle se retourna pour voir McKenzie se diriger vers eux à grandes enjambées. Elle ne lâcha pas le bras de Novak.

Il croisa son regard et, enfin, un sourire se dessina sur le côté de sa bouche. Il hocha la tête.

— Compris. Je trouve que c'est une bonne idée.

McKenzie les rejoignit et elle lâcha prise.

— Qu'est-ce qui est une bonne idée ?

— Obtenir un enregistrement vidéo de la déposition de Kayla et l'envoyer à l'adresse e-mail de TJ, cria Charlotte.

— C'est une bonne idée, mais essayons d'abord de nous sortir de là. J'espère que les tireurs d'élite et les membres du SWAT sont bien protégés.

McKenzie continua à avancer en se frottant les mains.

Ils se dirigèrent rapidement vers la grange et elle repensa à ce que Novak lui avait dit. Il était ouvert à l'idée qu'ils s'embrassent à nouveau un jour. Un frisson de désir la traversa. Puis elle se força à se concentrer. Elle devait mieux cacher ses sentiments devant ces agents intelligents et hautement qualifiés. Elle s'était trahie devant Eban et Dominic, mais ils la connaissaient par cœur. Elle ne pouvait pas se permettre que quelqu'un d'autre s'en aperçoive.

Ils se dirigèrent vers le couloir de la grange. Novak attrapa ses doigts par-derrière et les serra rapidement. Le geste ne dura qu'une fraction de seconde, mais il resta imprimé de façon indélébile comme le plus ardent des baisers.

C'était un geste plein de promesses.

CHAPITRE VINGT-SIX

Quatre heures plus tard, après avoir revu, corrigé et transmis à Quantico le scénario proposé pour les e-mails, les tracts et le message vidéo de Kayla, Charlotte se frotta les yeux et prit une gorgée de café qu'un ange lui avait apporté. Novak et Romano avaient relié l'ordinateur portable à un écran géant. Il ne leur manquait plus que du pop-corn et du soda pour parfaire leur soirée cinéma.

Dominic vint se placer à côté d'elle. Elle se garda bien de regarder Novak, mais à la façon dont la lèvre de Dominic tressaillit, elle sut qu'il avait déjà deviné qu'elle s'était entichée de ce type.

Il se rapprocha d'elle et lui murmura à l'oreille :

— Alors... Novak et toi, hein ?

Elle lui jeta un regard noir.

— Arrête. Ce n'est pas ce que tu crois.

C'était tout à fait ça.

L'agent Fontaine s'approcha de Novak et battit de ses longs cils sombres, et Charlotte lutta pour ne pas réagir. Lorsque Fontaine toucha le bras de Novak, il jeta un coup d'œil à Charlotte, qui semblait presque nerveuse, et elle ressentit à la fois du soulagement et de l'irritation envers elle-même.

— Oh, marmonna Dominic. Au moins, c'est réciproque.

— Tais-toi.

Elle lui donna un coup de pied sous la table pour appuyer son ordre.

McKenzie arriva d'un pas déterminé, et tout le monde trouva un siège ou des places le long du mur. Charlotte se retint de grincer des dents lorsque Fontaine se hissa à côté de Novak sur l'établi.

Il s'éloigna d'un centimètre du superbe agent, et Charlotte soupira de soulagement.

Elle regarda Dominic.

— Ne dis pas un mot.

Eban tira une chaise derrière elle et Dominic et passa la tête entre eux.

— Quoi de neuf ?

— J'étudie le comportement humain, dit Dominic d'un ton laconique.

— Si tu dis quoi que ce soit, Dominic Sheridan, je vais trouver des photos de toutes les femmes avec qui tu es sorti et les envoyer à Ava.

— Ne plaisante pas avec ça, frémit Dominic. Les Grecques ont un sacré caractère.

— Et tu aimes ça, dit Charlotte en guise de taquinerie.

Il sourit.

— J'adore ça.

Son regard alterna entre Eban et elle.

— Je veux que mes amis trouvent le même type de relation que moi. Sans la future belle-mère folle.

— Qui est ton témoin ? demanda Evan. Parce que je suis disponible.

— Il vaudrait mieux que ce ne soit pas ton trou du cul de frère, murmura Charlotte.

Le frère de Dominic était un ivrogne et un sale type. Elle pouvait lui pardonner son premier tort, mais pas le second.

— Il n'est pas invité.

Dominic bâilla. Charlotte se sentit coupable qu'Eban et lui travaillent de si bonne heure. Mais tout le monde était là, à l'exception d'un agent qui surveillait le téléphone au cas où il finirait par sonner. Charlotte avait perdu tout espoir que ces personnes leur parlent jusqu'à ce que le statu quo soit rompu.

Novak quitta l'établi et alla se placer à côté de Romano. Fontaine parut déçue.

Romano activa le drone miniature, puis le fit monter jusqu'au plafond du couloir en béton où ils l'avaient dissimulé.

— Le niveau de batterie est de soixante pour cent, fit-il remarquer.

Le manque de soleil l'empêchait de se recharger, ce qui pourrait poser problème à long terme.

— Dirige-toi vers la porte d'entrée, indiqua Novak.

Ils avaient préprogrammé certains itinéraires, mais devaient progresser lentement au cas où Harrison aurait modifié la structure ou il y aurait des gens dans les couloirs.

— On suppose qu'il y aura des gardes à la porte et on ne peut pas se permettre que quelqu'un soupçonne qu'on a fait entrer cet engin. Je veux que tu le fasses atterrir hors de vue et que tu le fasses avancer au sol pour avoir un visuel.

Romano acquiesça. Même si tous les regards étaient braqués sur lui, il avait l'air décontracté et confiant.

Charlotte ne put résister plus longtemps et s'avança, se plaçant à côté de Novak, pour voir la progression du drone superposée à un rendu en 3D du complexe qui avait été numérisé.

Romano pilotait lentement l'engin. Il passa une série de portes, puis s'engouffra par une ouverture dans le couloir.

— Monte les escaliers et tourne à droite.

L'audience retint son souffle. Harrison avait menacé de faire exploser le bâtiment s'ils tentaient quoi que ce soit. Infiltrer son domicile avec un drone à plusieurs millions de dollars correspondait parfaitement à sa mise en garde, selon Charlotte.

Une perle de sueur se forma sur la tempe de Romano.

Il fit franchir à la petite machine un nouvel angle du labyrinthe, puis la fit atterrir en douceur sur le sol dur et bétonné. Il ne perdit pas de temps et poussa le joystick vers l'avant. Il fallait beaucoup plus de temps au drone pour avancer au sol, mais tous les yeux étaient rivés sur l'écran tandis que le drone progressait sur ses pattes dans l'obscurité.

Charlotte scrutait les murs arides à la recherche de traces d'explosifs. Rien de visible.

Des voix s'élevèrent dans le micro et tout le monde se tut pour voir s'il était possible de comprendre ce que disaient ces personnes. Romano ralentit, mais continua d'avancer prudemment.

L'espace était faiblement éclairé par deux appliques qui brillaient d'une lumière ambrée. Deux silhouettes obscures étaient postées de part et d'autre de la porte. Les longues et étroites fentes dans le béton permettaient aux hommes de scruter la clairière devant la forteresse. Ces fentes étaient placées stratégiquement autour du bâtiment.

— Si nous pouvions atteindre les murs sans être détectés, nous pourrions remplir quelques-unes de ces fentes avec du C4 et faire exploser le mur, déclara Novak.

— Mais probablement pas sans que Tom Harrison n'appuie sur le bouton et ne les tue tous, rétorqua Charlotte.

— Seulement s'il a déjà posé les charges.

— Que dit le DSC sur la probabilité d'une telle situation ? demanda Charlotte.

— J'ai parlé à Lincoln Frazer, et il n'a rien vu dans le profil de Tom qui puisse suggérer qu'il mettrait sa menace de meurtre de masse à exécution, mais il a également dit qu'ils n'auraient pas non plus prédit sa réaction à la vue de son commandant à la télévision. Ce type est imprévisible. C'est un problème, répondit McKenzie.

— Nous n'avons aucune preuve que l'endroit est truffé d'explosifs, souligna Novak.

Charlotte tenta de desserrer la mâchoire, mais la tension grandissait et il lui était impossible de l'ignorer.

Novak regarda l'écran de plus près, s'intéressant aux mécanismes des charnières et des serrures. La porte encastrée était épaisse, et munie d'une sorte de gouvernail. On se serait cru à l'intérieur d'un sous-marin.

Le drone ne put capter la conversation entre les deux gardes, et Romano le fit reculer dès que Novak eut des images de tout ce qu'il voulait.

— Retourne au niveau inférieur, dit soudain Novak. Je veux vérifier les points situés juste en dessous de la cafétéria pour voir s'il n'y a pas d'explosifs.

— On ne va plus avoir beaucoup de jus si on doit surveiller la zone de la cafétéria pendant un certain temps, lui dit Romano.

— Si Harrison veut vraiment tuer tout le monde, il lui suffit de convoquer une réunion à la cafétéria et de faire s'écrouler le toit, déclara Novak. C'est là que je mettrais les explosifs.

— Mais il a dit qu'il ne ferait exploser le bunker que si *on* faisait un geste. Pourquoi tout le monde se réunirait à la cafétéria en pensant être attaqué ? rétorqua Charlotte.

C'était à Novak qu'il revenait de prendre la décision, et

elle le vit considérer sa remarque avec autant d'attention que celle de Romano.

McKenzie pinça les lèvres.

— Idéalement, il nous faudrait écouter les conversations de Tom Harrison.

— On ne sait pas où il passe le plus clair de son temps, fit Novak, l'air frustré.

— Je sais que trouver des explosifs signifie qu'on ne veut pas risquer un assaut, mais ne pas les trouver pourrait simplement signifier qu'on cherche au mauvais endroit. Ce n'est pas un feu vert pour autant, souligna Charlotte.

Les yeux de Novak se tournèrent vers elle. C'était l'opérateur qui évaluait la déclaration de la négociatrice, et non l'homme qui évaluait la femme. Charlotte ressentit un frisson de fierté.

— La SSA Blood a raison. Nous n'avons pas le temps de fouiller toute la structure à la recherche de bombes.

Novak soupira.

— Il ne faudrait surtout pas être à court de batterie. Prenons plutôt des renseignements et tentons de faire entrer l'autre drone par l'une de ces fentes dans le mur, maintenant que nous savons qu'il n'y a pas de barrières internes.

C'était une bonne idée, sauf que ces positions étaient toutes gardées.

— Un porte-voix pourrait dissimuler le bruit du deuxième drone qui pénétrerait à l'intérieur de l'installation, suggéra Charlotte.

McKenzie lui adressa un sourire.

— Je savais que vous finiriez par faire à ma façon.

— Évidemment, patron.

Elle rit.

Romano fit voler le premier appareil près du toit du couloir, et tout le monde retint son souffle lorsqu'il atteignit la cafétéria.

Heureusement, il n'y avait personne. Romano inspecta la zone. Il faisait sombre. La communauté économisait apparemment l'énergie, ce qui était judicieux si elle prévoyait un long siège.

Romano se dirigea vers les chevrons, qui étaient le seul élément accueillant de l'endroit. Avec précaution, il posa le drone et le fit avancer sur une poutrelle qu'il espérait hors de vue depuis le sol.

Ils n'avaient plus qu'à attendre.

La réunion se termina et chacun retourna vaquer à ses tâches ou alla dormir après dix-huit heures de travail.

Novak et Charlotte retournèrent dans la chambre qu'ils partageaient sans dire un mot. Bien qu'il soit tard, il n'était pas fatigué. Elle lui avait dit qu'elle voulait l'embrasser à nouveau. Cela voulait-il dire ce soir-là ? Ou de retour à Quantico ?

S'agissait-il d'un simple baiser ou d'autre chose ? Quelque chose *de plus* ?

Mais Charlotte avait besoin de se reposer. Elle avait déjà des ombres sous les yeux. Il s'efforça de se sortir de la tête les images d'un baiser. Il fallait dormir. Maintenant.

Ils passèrent tous les deux aux toilettes et il se lava les dents. Il entendit la douche dans la pièce voisine et fit de son mieux pour ne pas imaginer Charlotte nue. Mais ce n'était pas facile, d'autant plus qu'il l'avait sentie pressée contre lui plusieurs fois et qu'il pouvait l'imaginer plus précisément nue.

Elle avait besoin de dormir.

Il était peut-être excité, mais elle est épuisée.

Il se força à retourner dans leur chambre et à grimper sur

la couchette du haut. Il ferma les yeux pour faire semblant de dormir. Il entendit la porte s'ouvrir puis se refermer en grinçant. Son cœur battit plus vite lorsqu'il l'entendit fermer à clé. Mais peut-être qu'elle ne voulait pas que McKenzie débarque alors qu'elle était en train de s'habiller. Ce matin-là, le choc avait été rude.

C'était leur dernière nuit ensemble. Cette sombre constatation ne cessait de résonner dans son cerveau comme un feu d'artifice.

— Novak ? murmura-t-elle.

Il grogna. Il voulait qu'elle l'appelle Payne.

— Vous êtes réveillé ?

— Bien sûr.

Elle grimpa sur sa couchette et se hissa sur le bord de la rambarde. Il roula sur le côté et la regarda. Les rideaux étaient ouverts et la lumière ambiante était suffisante pour qu'il puisse voir clairement ses yeux écarquillés et la façon dont elle se mordillait la lèvre inférieure.

Leurs bouches n'étaient qu'à quelques centimètres l'une de l'autre.

— Que diriez-vous d'un autre baiser ? murmura-t-elle.

Son cœur battait si fort qu'il pouvait le sentir marteler contre ses côtes. Elle *lui* faisait des avances, et c'était la chose la plus sexy qu'il ait jamais connue. Était-il en train de rêver ? Il fronça les sourcils.

— Sauf si vous ne voulez pas.

Son expression devint incertaine. Fini de jouer.

— Vous montez ou je descends ? demanda-t-il.

Elle frissonna et écarquilla les yeux.

— Je pense que notre poids combiné pourrait briser la couchette.

Le sang s'échauffa dans ses veines. *Poids combiné.*

— Bon sang, Charlotte. Quand tu dis ça, tout ce qui me vient à l'esprit, c'est t'avoir nue sous moi et me glisser en toi.

Elle cligna des yeux, mais ne sembla pas décontenancée par ses paroles. En fait, elle avait l'air enthousiaste.

— Je suis partante.

Il rit et se pencha un peu plus près. Il déposa un baiser sur sa bouche.

— Comment ça ?

— Je suis partante. Pour que tu te glisses en moi. Avec plaisir.

Putain de merde. Elle lui donnait le feu vert pour réaliser son fantasme. Faire bien plus que l'embrasser. Il sauta par-dessus la couchette, atterrissant doucement sur ses pieds, et l'attira vers lui. Elle portait son t-shirt trop grand. Rien d'autre. Le tissu était fin et extensible, et il s'en servit pour l'attirer encore plus près de lui.

— Tu es sérieuse ?

Il avait besoin de savoir qu'il ne dépassait pas les bornes.

Elle déglutit bruyamment.

— Seulement si tu le veux. Je n'essaie pas de m'imposer à toi.

Le soulagement et l'amusement se manifestèrent au même moment.

— N'hésite pas, chérie. Quand tu veux.

Ses mains remontèrent le long de son torse et de ses épaules.

— Pourquoi pas dès maintenant ?

Elle se hissa sur la pointe des pieds et lui mordilla la lèvre inférieure.

Ses doigts s'enroulèrent encore plus étroitement dans le tissu, puis glissèrent sous le coton fin et le remontèrent au-dessus de la tête de la jeune femme. Plutôt que de sembler gênée par son corps, elle resta nue devant lui, le laissant se rincer l'œil. Ses doigts tracèrent le contour de son boxer, remontèrent le long de ses obliques jusqu'à son nombril. Les femmes aimaient son corps. Il le savait. D'habitude, il trouvait ça déconcertant, mais Charlotte ne salivait pas devant les muscles nécessaires à l'exercice de ses fonctions. Au lieu de ça, elle le touchait comme si elle comparait la texture de sa peau à son imagination, et il aimait cette idée – qu'elle ait pu fantasmer sur lui. Ses mains effleurèrent les poils qui parsemaient son torse et touchèrent l'un de ses mamelons bruns.

Il essayait de ne pas s'émerveiller devant son corps. Ses seins souples, sa taille fine et ses jambes toniques. Elle était peut-être négociatrice, mais elle était aussi agent fédéral, ce qui lui permettait de rester en forme. Il passa ses mains le long de ses côtés et attrapa ses fesses, l'attirant contre lui, emprisonnant son érection entre eux. C'était une délicieuse torture.

Elle se frotta contre lui et il faillit perdre connaissance.

Il lui releva le menton, voulant l'embrasser presque autant qu'il voulait lui faire l'amour. Sa bouche s'ouvrit sous la sienne. Elle avait le goût du dentifrice à la menthe. Sa main se déplaça, trouva le mamelon dur de son sein gauche et le titilla assez fort pour qu'elle ferme les yeux et bascule la tête en arrière en gémissant.

— Tu aimes ça, hein ? demanda-t-il.

— J'adore.

Ils chuchotaient, conscients que s'ils se faisaient prendre, ils seraient frustrés sexuellement et immédiatement renvoyés à Quantico avec des lettres de blâme dans leur dossier. Il ne savait pas ce qui serait le pire.

Ses doigts s'enroulèrent autour son sexe et elle émit un petit bruit satisfait qui, pour une raison inconnue, le fit rougir.

Il lui serra les fesses, frotta son clitoris contre son érection et la sentit osciller contre lui.

— Tu veux que je te baise contre le mur, Charlotte ? chuchota-t-il.

Sa main glissa le long de ses lèvres. Il enfonça ses doigts en elle. Elle était prête.

— Ou sur le lit ?

— Les deux, murmura-t-elle en lui mordillant le lobe de l'oreille.

Ses genoux faillirent se dérober.

Il sortit un préservatif de sa trousse de toilette. Il en avait toujours sur lui, autant pour son équipe que pour lui-même. Il n'avait jamais été aussi heureux d'être préparé à toute éventualité.

Il n'avait pas été tenté par une femme depuis ce qui lui semblait être une éternité. Ce n'était pas qu'il n'aimait pas le sexe. Il adorait ça, mais les coups d'un soir le laissaient insatisfait et ne valaient pas mieux qu'une branlette.

Même s'il n'était pas doué avec les femmes, s'il ne voulait pas d'une autre relation qui le laisserait tel une coquille vide, il ne voulait pas se contenter de sexe occasionnel. Il voulait du feu. Il voulait que ce soit brûlant. Mais il ne voulait pas être consumé.

Ça ne devait pas nécessairement être plus qu'un moment de passion brute entre deux adultes sans attaches. Deux adultes libres et très excités.

Elle lui prit le préservatif des mains et il se débarrassa de son boxer. Elle fit glisser avec précaution le latex soyeux sur sa chair hypersensible. Il frissonna, retira sa main lorsqu'elle voulut le caresser et les tourna tous les deux de façon à ce qu'elle soit dos au mur.

L'incertitude passa sur son visage.

Il lui lâcha la main et écarta les cheveux de son front.

— Qu'est-ce qu'il y a ?

— Je n'ai pas fait ça depuis un moment.

— Contre un mur ?

Sa bouche se plissa.

— Je voulais dire en général, mais notamment contre un mur.

Il voulut faire un pas en arrière, mais elle lui attrapa la main.

— Ce n'est pas que je veuille arrêter. Vraiment pas. Mais j'ai peur d'avoir oublié ce qu'il faut faire et de ne pas être à la hauteur.

Il lui prit la tête entre ses deux mains et l'embrassa lentement. Il recula et pencha la tête.

— C'est si dur que ça ?

Le fait qu'il palpite contre elle comme un morceau d'acier en fusion la fit rire, comme il l'espérait.

— Très. Je l'espère.

Elle passa ses doigts sur son sexe et il ferma les yeux, se concentrant pour ne pas perdre la tête. Pour ne pas se ridiculiser et la décevoir. Pas évident.

— Dis-moi si tu as besoin de conseils, mais je suis presque sûr qu'on va trouver comment procéder.

Il lui prit la main et la posa sur son épaule, puis fit de même avec l'autre. Puis il la souleva pour que ses jambes s'enroulent autour de sa taille, son intimité humide pressée contre sa queue tendue, le faisant trembler de désir.

— Je te tiens. Tout ce que tu as à faire, c'est t'accrocher. Tu penses pouvoir le faire ?

Elle acquiesça, les yeux immenses et sérieux. Elle craignait sincèrement de ne pas être parfaite, alors qu'elle l'était déjà plus que toutes les autres femmes qu'il avait fréquentées depuis des années.

Il vint se placer à l'entrée de son intimité. Il ne la quitta pas du regard tandis qu'il glissait lentement en elle. Elle écarquilla les yeux et ouvrit la bouche. Puis elle ferma les yeux, tandis qu'un frisson l'envahissait et qu'elle se contractait sur lui.

Il serra les dents lorsque les vagues de son orgasme s'estompèrent.

Lorsqu'elle ouvrit les yeux, elle lui adressa un sourire attendrissant.

— Je t'avais dit que ça faisait un moment.

— Je pense que tu maîtrises la chose.

Il se servit d'un bras sous ses fesses pour l'aider à se relever. De son autre main, il lui prit le menton et lui fit pencher la tête, l'embrassant passionnément, voulant absorber son goût. Puis il commença à faire de lents va-et-vient, en prenant soin de ne pas faire un bruit rythmique qui serait perçu par tous les autres dans le bâtiment comme celui de quelqu'un, quelque part, en train de prendre son pied.

Les coups de reins lents et sensuels prolongeaient l'érotisme de l'acte, et le besoin d'atteindre l'orgasme montait en lui petit à petit, comme s'il gravissait les marches d'un très long escalier en spirale.

Il voulait lui faire ressentir un plaisir infini. Il voulait qu'elle prenne son pied. Son esprit de compétition trouvait là un aspect auquel il n'avait pas pensé auparavant. Il ne voulait pas seulement faire l'amour avec Charlotte Blood. Il voulait être le meilleur amant qu'elle ait jamais eu.

Il sentit son souffle se bloquer dans sa poitrine et la tension monter dans son corps alors qu'il la poussait lentement et inexorablement vers un nouvel orgasme.

Elle émit un son, et il l'embrassa passionnément, retenant son souffle captif dans ses poumons, avalant son gémissement, la sentant exploser autour de lui une seconde fois.

Il atteignit le point de non-retour. Il accentua les va-et-vient, mais ils faisaient trop de bruit, alors il les éloigna du mur, écarta les pieds et la maintint en place, tandis qu'il s'enfonçait de plus en plus profondément en elle. Il fut ravi de la voir gémir sans bruit, une fois de plus. Malgré toute la maîtrise dont il se targuait, il ne put s'empêcher de pousser un gémissement de plaisir similaire. Elle posa sa main sur sa bouche tandis qu'il entrait et sortait de sa chair humide. Enfin, l'orgasme le frappa comme une vague l'aplatissant contre le fond de l'océan alors que les sensations assaillaient tout son corps. Il jouit avec la force d'une explosion. L'afflux de chaleur, la lumière aveuglante effacèrent tout de son cerveau hormis ce moment d'extase pure et simple.

Lorsque son rythme cardiaque ralentit suffisamment pour qu'il puisse se risquer à ouvrir les yeux, il regarda Charlotte, blottie contre son épaule.

Il la fit descendre et la déposa sur le lit. Elle ne voulait pas le lâcher et il sentit sa poitrine se serrer.

— Donne-moi une seconde.

Il se débarrassa du préservatif, qu'il enferma soigneusement dans un sac plastique hermétique. Mais l'odeur musquée du sexe les trahirait si quelqu'un entrait dans la pièce.

— Que dirais-tu si j'ouvrais cette fenêtre quelques minutes ?

Elle tendit la main.

— Tant que tu me gardes au chaud.

Il la regarda. Quand s'était-il endormi pour la dernière fois avec une femme dans les bras ? Il savait exactement quand – des années plus tôt.

Mais pour elle... Il fallait de la confiance pour dormir à côté de quelqu'un. Beaucoup de confiance.

— On en a parcouru, du chemin, depuis l'époque où tu m'enfonçais ton coude dans la jugulaire, fit-il remarquer.

Elle eut un sourire satisfait. Il aimait bien cette Charlotte Blood. Il l'aimait même beaucoup.

Il enfila son boxer et ouvrit grand la fenêtre.

Un souffle glacé lui effleura la peau.

— Bon sang de bonsoir, se plaignit Charlotte.

Il se glissa à côté d'elle et elle se colla contre lui, se blottissant contre lui, tirant la couverture sur eux.

Il s'allongea sur le dos et assimila toutes les sensations que lui procurait le contact de son corps contre le sien. Le frôlement de ses cheveux satinés sur son menton couvert de poils. L'enchevêtrement de ses membres lisses avec les siens poilus. Le parfum de citron vert qui taquinait ses narines. La douceur de ses seins contre sa poitrine. La sensation de son cœur battant de façon rassurante contre le sien.

L'air devint glacial, mais il ne voulait pas troubler ce tableau de satisfaction dans la mer stérile de sa vie.

Charlotte s'endormit, et la paix absolue qui se lisait sur son visage était quelque chose qu'il aurait pu contempler pendant des heures, des jours même... Cette idée le terrifiait. Elle avait voulu du sexe, mais il avait la désastreuse impression de lui avoir donné bien plus que son corps. Et s'il ne faisait pas attention, elle repartirait avec son cœur, et il se retrouverait à nouveau sans rien.

⁎

TJ faisait les cent pas dans la pièce. Son père n'avait pas encore regagné leur suite et il commençait à s'inquiéter pour lui. TJ avait mangé le ragoût seul, et son odeur flottait dans l'air vicié de l'appartement. Il hésitait à utiliser la hotte, même s'il ne voyait pas comment les autorités fédérales pourraient l'utiliser contre lui.

La paranoïa prenait le dessus.

Il jeta un coup d'œil au reflex qu'il avait récupéré sous le lit de Malcolm, frustré par l'absence de carte SD. Pourquoi n'avait-il pas vérifié avant de quitter la chambre ?

Il ouvrit doucement la porte, mais tout était silencieux dans le couloir et il était presque sûr que Malcolm dormait. Il ne pouvait pas risquer une nouvelle incursion dans les appartements de son oncle. Il valait mieux attendre le petit déjeuner ou le déjeuner, même si l'impatience le rongeait.

Il regarda son ordinateur et décida de vérifier son courrier électronique, conscient que les autorités fédérales avaient peut-être pris le contrôle de son compte. Il pouvait néanmoins consulter ses messages. Voir s'il y avait quelque chose au sujet de Kayla, même s'il savait que les Fédéraux pourraient essayer de le piéger. Il n'était pas stupide. Même s'il avait fui l'agent fédéral et qu'il avait déclenché une mini-guerre, il n'était pas idiot.

C'était certainement la chose la plus stupide qu'il ait jamais faite.

Avant d'allumer l'ordinateur, il couvrit la webcam avec un post-it. Une fois les messages téléchargés, il constata qu'il y en avait plusieurs du FBI et rien d'autre. L'absence de spam signifiait avec certitude que les autorités fédérales avaient pris le contrôle de son compte de messagerie. Il lut les mails, qui étaient tous des variantes du même thème. Il devait leur parler. Leur expliquer ce qui s'était passé. Il commença à taper une explication, mais entendit des bruits de pas dans le couloir. Il s'empressa d'éteindre et de refermer l'ordinateur. Il jeta l'appareil photo sous son bureau.

— Comment ça va, fils ?

TJ se leva.

— Papa. C'est l'heure d'y aller ?

Son père secoua la tête d'un air las.

— Pas encore. J'ai besoin de dormir, et je dois finir un certain nombre de choses.

TJ mourait d'envie de faire quelque chose. De filer.

— Tu veux que j'aille dans la salle des écrans ? Que je surveille les caméras ?

Tom la fixa pendant un long moment.

— Je ne pense pas que ce soit une bonne idée.

— Tu ne pourras pas me protéger en permanence, papa.

Il s'étira de toute sa hauteur, dépassant son père de quinze centimètres. Sa mère était petite, elle aussi. Ils plaisantaient toujours sur le fait que TJ avait tiré de son arrière-grand-père paternel qui mesurait plus de 1,90 m et était bâti comme un grizzly.

— Je suis un homme maintenant.

Tom sourit lentement, la fierté se dessinant sur ses traits.

— En effet, et je le respecte. Mais il y a des choses que tu ignores.

— Quelles choses ? demanda TJ.

— Je te le dirai bientôt, mais pas ce soir.

Tom bâilla.

— Écoute, fils, je ne peux pas te dire ce que tu dois faire, mais si tu sors et que Malcolm ou ses hommes t'attrapent, quelque chose me dit qu'ils te jetteront dehors.

TJ grimaça.

— Ce serait peut-être préférable.

Tom grimaça.

— Je n'ai pas dit que tu serais toujours en vie.

TJ écarquilla les yeux jusqu'à en avoir mal.

— Tu penses qu'il veut ma peau ?

— Je pense qu'il veut notre peau à tous les deux, mais la plupart des gens ici se souviennent encore que c'est moi qui leur ai offert un toit.

TJ était stupéfait par cette déclaration.

— Qu'est-ce qu'on va faire ?

— Ce soir, on va fermer la porte à clé et dormir un peu. Une tempête se prépare, fils. On doit être prêts. Tu as fait nos sacs ?

— Oui, monsieur.

Il fit un signe de tête vers les deux sacs qu'il avait placés au fond de son armoire bien rangée. Son père ne tolérait pas le désordre.

— Comment on va s'enfuir sans qu'ils nous voient ?

Son père bâilla.

— J'ai tout prévu. C'est ce que ta mère aurait voulu.

— Elle me manque, admit TJ.

Son père regarda le tapis.

— Moi aussi, fils. Moi aussi.

Il leva les yeux.

— Tu penses qu'elle aurait aimé ta copine ?

Des larmes chaudes piquèrent les yeux de TJ.

— Oui. Je pense.

Son père acquiesça tristement et s'éloigna.

TJ le regarda partir, sachant qu'il aurait dû dire à son père qu'il pensait que Kayla était encore en vie, mais sachant aussi que son père était épuisé et qu'il exigerait une explication détaillée.

Il le lui dirait le lendemain quand ils auraient plus de temps. Ils trouveraient ensemble le moyen de la retrouver. Il n'était pas sûr qu'ils aient un avenir, mais il pouvait au moins essayer. Son père saurait comment procéder. Il avait toujours un plan.

CHAPITRE VINGT-SEPT

Charlotte était au comble du ravissement. Elle se frotta à la chair chaude pressée contre son côté et se réveilla suffisamment pour se rappeler exactement comment ils en étaient arrivés là.

Le grand cadran numérique blanc du réveil indiquait cinq heures du matin.

Novak semblait dormir et elle recula pour voir ses traits. Il faisait encore sombre, mais ses yeux s'étaient suffisamment adaptés à la pénombre pour qu'elle puisse distinguer son expression. Son front large était lisse et sans rides. La tension qui entourait habituellement ses yeux avait disparu, et ses lèvres étaient légèrement entrouvertes.

Il avait dû fermer la fenêtre à un moment donné, car le vent arctique ne s'engouffrait plus dans la pièce. Elle n'avait pas cillé. Elle avait dormi quatre heures d'affilée et, même si son corps le lui reprocherait plus tard, elle espérait profiter au maximum du temps qu'il leur restait à passer ensemble.

Elle passa sa main sur sa cuisse et trouva son sexe tendu. Elle se pencha et murmura contre son oreille :

— Maintenant, je sais que tu es réveillé.

— Comment ? chuchota-t-il.

— Parce que personne ne pourrait dormir avec ça.

— Tu serais surprise.

On aurait dit qu'il souffrait. Elle pouvait certainement le soulager.

— Tu as un autre préservatif ? demanda-t-elle.

Il se pencha sur le côté du lit et tâtonna un moment.

— Oui, heureusement.

Un côté de sa bouche se retroussa.

Elle voulut l'arracher de ses mains, mais il l'écarta d'un coup sec et elle se retrouva étalée sur son torse.

— Petite impatiente.

— J'ai peur que McKenzie n'arrive à la porte et ne gâche l'ambiance, marmonna-t-elle. Et je vais certainement avoir besoin d'une douche ce matin.

Novak plissa ses yeux couleur de l'océan.

— À moins qu'il ne s'agisse d'une urgence, McKenzie peut attendre. J'ai quelques plans d'action immédiate prioritaires.

Un frisson parcourut Charlotte. Qu'est-ce que ça ferait de passer la journée au lit avec cet homme plutôt que d'avoir seulement ces dernières heures volées ?

C'étaient des pensées dangereuses. Il était probablement ravi d'avoir une aventure, mais il s'enfuirait à toutes jambes si elle commençait à parler de sentiments.

— Quels sont ces projets ? murmura-t-elle.

— Tu verras.

Il se tourna sur le côté et s'appuya sur un coude. La couverture tomba et révéla des muscles et des membres robustes. Elle passa sa main sur la peau lisse de ses pectoraux.

— Tout ça est un peu intimidant, admit-elle doucement.

— Tu n'aimes pas ce que tu vois ?

— Je n'ai pas dit que je n'aimais pas ça, mais je me rends compte que mon idée de la forme physique est assez basique.

— Si j'avais voulu coucher avec quelqu'un qui pouvait soulever un camion, je me serais mis avec un de mes gars.

— Je n'en doute pas, dit-elle en souriant.

Elle voulut l'embrasser, mais il s'éloigna d'elle.

— Où tu vas ? demanda-t-elle, un peu exaspérée.

Puis il embrassa ses seins, ses côtes, son nombril, la peau sensible à la jonction de sa jambe et de son torse, l'intérieur de son genou, et elle comprit exactement où il allait.

— Tu as dit que tu voulais le package complet, Charlotte.

Ses mains s'enroulèrent autour de ses jambes et les écartèrent, et elle se sentit submergée par le désir. Sa langue lécha ses lèvres du bas et ses muscles se transformèrent en cire chaude.

Elle poussa un gémissement.

— Si McKenzie frappe à la porte, je lui tire dessus.

— Je t'aiderai à enterrer le corps.

Sa langue était implacable, comme le reste de son corps. Il s'occupa de son clitoris avant de revenir à l'entrée et de lécher l'intérieur de son intimité. Sentir son souffle contre sa chair sensible la fit frémir. Puis il passa son menton mal rasé sur sa vulve, et elle faillit bondir du lit.

— Oh mon Dieu. J'ai enfin compris pourquoi les femmes aiment tant les barbes.

Il rit, puis l'ignora. Il se concentra plutôt sur le fait de lui faire perdre la tête avec sa langue experte et le doux grattement de sa barbe. Lorsque l'une de ses mains s'approcha pour lui titiller le mamelon, elle enfonça ses talons dans le matelas et se cambra tandis qu'elle atteignait l'orgasme. Puis elle resta allongée, haletante. Elle en voulait encore.

Elle entendit alors un emballage qu'on déchirait et plia les genoux, ayant besoin de sentir son poids sur elle.

Elle tendit le bras et le guida vers elle parce qu'elle ne voulait pas attendre plus longtemps. Elle n'était pas d'humeur à ce qu'il la cherche. Il s'enfonça lentement en elle en se soutenant avec ses bras tandis qu'il commençait à faire des va-et-vient, chaque coup de reins glissant sur son clitoris.

Ses yeux ne quittèrent pas son visage, y cherchant des indices de ce qui lui plaisait ou non.

Spoiler alert. Tout lui plaisait. Le frottement, le remplissage. Tout était parfait.

Elle lui agrippa les fesses et l'attira encore plus près, luttant contre lui à chaque fois qu'il tentait de reculer. Cela se transforma en synchronisation frénétique, et un orgasme la traversa. Elle ouvrit la bouche pour crier, et Novak plaqua sa main dessus en accélérant les coups de reins. L'absence de ressorts dans le matelas rendait leurs ébats quasi silencieux. Elle n'était pas sûre qu'elle se serait souciée de faire du bruit dans tous les cas.

Des étoiles l'éblouirent et ses muscles se contractèrent en une cascade de plaisir.

Enfin, son visage se crispa et son expression se contorsionna. Il commença à gémir, et elle plaça une paume sur ses lèvres tout en enroulant ses jambes autour de ses hanches et en se contractant autour de lui.

Après quelques soupirs laborieux, il s'effondra sur elle. Lourd comme du plomb. Chaud comme le soleil. Leurs battements de cœur ralentirent à l'unisson.

Elle l'entoura de ses bras, ne voulant pas le lâcher même si les premiers bruits de pas lointains les avertissaient que le monde se réveillait et qu'ils devaient rejoindre le reste de la race humaine.

Il s'enfonça une dernière fois en elle, puis s'en extirpa doucement. Il jeta le préservatif, puis remit son boxer. Elle restait allongée au lit, le regardant, se demandant ce qu'il pensait. Mais il ne révélait aucune émotion.

— Novak, dit-elle doucement.

Il leva les yeux, méfiant. Elle ne savait toujours pas pourquoi il s'était renfermé ni qui l'avait blessé, mais les armes de Charlotte étaient l'empathie et l'honnêteté.

— C'était incroyable. J'espère qu'on aura l'occasion de recommencer. Bientôt.

Il sourit, et son corps sembla se détendre radicalement.

— Tu as été incroyable. Tu n'as rien oublié, mais je suis prêt à être ton partenaire si tu veux t'entraîner.

Elle secoua la tête en riant et se laissa tomber contre l'oreiller.

— Je vais rouvrir la fenêtre ; la pièce sent de nouveau le sexe. Si tu veux prendre une douche avant que McKenzie ne vienne nous chercher, tu ferais mieux d'y aller.

Il se pencha vers elle et l'embrassa, et Charlotte le sentit comme une empreinte possessive sur son cœur.

— Si je pouvais me glisser sous la douche avec toi, je le ferais dans l'instant, mais pas au risque de compromettre nos deux carrières. Alors, sors d'ici pendant que tu en as encore la possibilité.

Elle regarda son boxer tendu.

Il secoua la tête.

— Ce n'est pas un problème que j'ai d'habitude, mais te voir nue semble m'ôter tout contrôle.

Charlotte rit et repoussa les couvertures, le cherchant délibérément même si elle n'avait pas l'intention de rater sa douche ce matin-là. Pas après la nuit qu'ils venaient de passer.

Elle récupéra sa nuisette par terre et entendit Novak déglutir bruyamment lorsqu'elle la fit glisser sur sa tête. Elle récupéra sa trousse de toilette et sa serviette. Elle se dirigea en se déhanchant vers la porte et regarda par-dessus son épaule.

— Je parie que je serai prête en premier.

— Prendre ce pari ne serait pas loyal.

— Si tu es si sûr de toi, quel est le problème ? demanda-t-elle.

Novak ouvrit la fenêtre en secouant la tête. Le souffle glacé la fit instantanément claquer des dents.

— Ce serait comme voler un bonbon à un bébé ; ce serait injuste.

Charlotte laissa son regard parcourir son corps avant de lever les yeux vers lui.

— Je n'ai jamais parlé de bonbons, Novak. Ni d'argent. Je pensais plutôt à l'octroi de faveurs sexuelles.

Elle lui sourit, sachant qu'elle allait le choquer, et heureuse de le faire. Peut-être qu'il se rendrait compte de toutes ces facettes de sa personnalité.

— Et franchement, que je gagne ou que je perde, je serais plus qu'heureuse.

Elle sortit dans le couloir et fonça dans la salle de bains, souriant à Novak, forcé d'attendre son tour.

CHAPITRE VINGT-HUIT

Une fois au centre de commandement, elle tenta d'ignorer Novak, mais c'était impossible. Elle était consciente de ses moindres faits et gestes. Chaque fois qu'elle le regardait, elle avait l'impression d'avoir des cœurs dans les yeux. Elle ne voulait pas non plus le perturber en l'ignorant, mais ils avaient tous deux des tâches importantes à accomplir.

Si seulement elle pouvait effacer le sourire satisfait de son visage. Elle jeta un coup d'œil à Novak et remarqua qu'il souffrait d'une affection similaire.

Puis elle capta le regard noir d'Eban.

— Je peux te parler en privé ? demanda-t-il.

— Oui.

Allait-il enfin lui dire ce qui lui arrivait ? Elle pensait qu'il se réfugierait dans un coin tranquille de l'open space, mais au lieu de ça, il sortit du bâtiment, malgré la température négative. *Formidable.* Elle prit son manteau. Novak s'approcha d'elle pour la rejoindre.

Elle secoua la tête.

— J'ai besoin d'un moment privé avec Eban. McKenzie n'est pas là. Je reviens dans cinq minutes.

Il haussa les sourcils et pencha la tête vers l'équipe de McKenzie.

— Je pense que ses collaborateurs lui font des rapports sur tout, y compris sur nous.

— Ça ne sera pas long.

Elle lui toucha le bras et vit le regard de Dominic se poser sur eux. Elle retira sa main, même si elle touchait régulièrement ses collègues négociateurs de cette manière. *Et merde !*

Une fois dehors, elle enfonça son menton dans le col montant de son manteau et ses mains dans ses poches. Elle regarda autour d'elle. Elle ne vit pas immédiatement Eban. Elle finit par le repérer à l'angle du bâtiment et le suivit jusqu'à ce qu'ils soient hors de vue à l'arrière.

— Qu'est-ce qu'il y a ?

Eban plissa ses yeux sombres.

— Tu as couché avec lui.

— J'ai reçu l'ordre de le coller, tu te souviens ?

Elle ne voulait pas paraître sur la défensive.

— Ne te fous pas de moi.

Charlotte écarquilla les yeux. Elle ouvrit la bouche pour le nier, mais il était hors de question de mentir à l'un de ses meilleurs amis.

— Comment as-tu pu être aussi stupide, Char ?

Eban parlait à voix basse, mais son ton était dur.

Charlotte serra les dents, sentant la douleur et la colère monter.

— Ce ne sont pas tes affaires. Et je ne me souviens pas que tu aies fait des misères à Dominic quand il est sorti avec Ava dans l'État de New York.

— Ils ne travaillaient pas ensemble.

— Techniquement, si.

La fureur montait en elle devant ce traitement à deux vitesses.

— En plus, Ava était une nouvelle recrue.

— Ava est tout à fait capable de s'occuper d'elle-même, répondit Eban.

La mâchoire de Charlotte se décrocha. Elle avança d'un pas.

— Et pas moi ?

— Ce n'est pas ce que je voulais dire.

— C'est ce que tu as dit, et en tant que négociateur, tu es conscient de l'importance des mots. Pensait-il vraiment qu'elle était une faible femme ? Était-ce vraiment ainsi qu'il la voyait ? Comme quelqu'un qui ne savait pas déchiffrer les hommes et qui n'avait pas le droit de prendre un amant ?

— Écoute, Charlotte. Les types comme Payne Novak ne recherchent qu'une chose.

— Une chose ? répéta Charlotte.

— Oh arrête. Ne sois pas si naïve. Je sais que tu cherches une relation, mais Novak n'est pas ce genre de gars.

— Alors quel genre de type est-il ?

Eban leva les yeux au ciel et regarda vers la forêt.

— J'ai parlé de lui à mon pote. Il a des aventures d'un soir et n'est pas du genre à envoyer des fleurs le lendemain. Il n'a jamais vu Novak aller à un rendez-vous, jamais.

Charlotte sentit ses entrailles se glacer.

— Peut-être qu'il n'a pas encore trouvé ce qu'il cherchait ?

— Grandis un peu, Charlotte. Toute l'équipe de libération d'otages a fait des paris pour savoir s'il allait ou non te sauter pendant cet incident.

Le cynisme d'Eban était comme de l'acide se déversant sur son cœur.

La douleur la transperça.

— Tu le sais de source sûre ?

— J'ai entendu un des gars en parler. Je lui ai dit de la fermer.

Il posa une main sur son épaule et se rapprocha d'elle, de la pitié dans le regard.

— Ce n'est pas la faute de Novak. C'est ce que font les gens.

Charlotte s'éloigna brusquement d'Eban.

— Comment oses-tu penser que tu peux commenter ma vie amoureuse alors que tu ne veux pas parler de la tienne ?

Il se cabra.

— Et ne crois pas que je ne sais pas ce qui a fait de toi un misérable grincheux ces derniers mois.

— Hé ! Je ne parle pas de moi. J'essaie de te protéger.

Ses narines se dilatèrent et il s'apprêta à se détourner.

Elle lui saisit le bras.

— Ce n'est pas comme ça que marche. Tu ne peux pas t'immiscer dans ma vie amoureuse sans t'attendre à ce qu'on te rende la pareille.

— Je n'ai pas de vie amoureuse, dit-il avec amertume.

Elle se rapprocha à nouveau, car elle ne voulait pas que quelqu'un entende cette conversation.

— Apparemment, tu veux t'assurer que je sois aussi malheureuse et seule que toi.

Les yeux d'Eban s'écarquillèrent.

— Il profite de toi. Je ne veux pas te voir blessée.

— Et si c'était moi qui le blessais ? Ce serait inconcevable ?

L'expression d'Eban lui disait tout ce qu'elle avait besoin de savoir sur ce qu'il pensait de cette éventualité. De toute évidence, il ne la trouvait pas digne de l'affection sincère d'un homme.

— Peut-être que j'avais juste envie de m'envoyer en l'air.

Eban tressaillit.

— Ça arrive aussi aux femmes, tu sais. J'aime pouvoir faire l'amour de temps à autre sans échange d'alliances ni interrogatoire du FBI.

— J'essaie de prendre soin de toi.

— Eh bien, c'est raté. Pour info, c'est moi qui l'ai séduit. Deux fois. Et pour être honnête, j'aimerais passer plus de temps avec lui, apprendre à le connaître en dehors du travail. Fréquenter quelqu'un qui n'est pas de la CNU, pour changer.

La rage bouillait dans ses veines.

— Même s'il est seulement intéressé par le sexe, je prends quand même. Parce que je mérite d'être aimée, Eban. Dans tous les sens du terme.

— Tu mérites d'être heureuse.

Mais Eban ne pensait manifestement pas que Novak pouvait l'apprécier ou l'aimer autrement qu'au lit. Ça montrait exactement ce qu'il pensait d'elle.

— Et Darby O'Roarke ? insista-t-elle parce qu'elle était furieuse.

— Eh bien, quoi ?

— Elle ne mérite pas d'être heureuse ?

Il croisa les bras sur sa poitrine, sur la défensive.

— Bien sûr que si. Qu'est-ce que ça a à voir avec toi ou moi ?

Ça expliquait pourquoi il était si malheureux et déterminé à les entraîner tous dans sa chute.

— Elle ne veut pas de toi ?

Eban lui lança un regard noir.

— Ça n'a rien à voir. Elle a été traumatisée.

Charlotte avait envie de grogner, mais elle se rappela qu'elle était généralement douée pour parler aux gens. C'était son travail. C'était aussi celui d'Eban.

— C'est vrai. Mais c'est une femme intelligente et tu devrais peut-être commencer par écouter ce qu'elle dit plutôt que de lui coller ta vision du monde.

— Elle a été brutalisée. Presque détruite.

Ses yeux brillaient.

Charlotte se força à blinder son cœur. Elle n'était pas la fille facile que tout le monde supposait.

— Alors, offre-lui de l'amour. Offre-lui ton dévouement. Traite-la comme si elle était la seule chose qui compte dans ta vie. Fais en sorte que sa vie vaille la peine d'être vécue.

Il secoua la tête.

— Tu es une foutue idéaliste.

Elle se plaça pile devant son nez et cria :

— Je suis la personne la plus pragmatique que tu puisses rencontrer !

— Arrête ça. Tu es déjà amoureuse de lui !

Eban s'écarta d'elle avant de voir à quel point cette pique avait fait mouche.

— Est-ce qu'il vaut la peine que tu mettes ta carrière en péril ?

— On n'en arrivera pas là.

— Et si c'était le cas ?

Elle regarda les brins d'herbe écrasés sous leurs pieds.

— Dans ce cas, ce sera à moi de faire ce choix.

Novak choisit ce moment pour contourner le bâtiment.

Eban n'avait manifestement pas fini de lui pourrir la vie. En se rapprochant, Novak dit :

— Laissez-la tranquille.

Charlotte resta bouche bée.

Novak continua d'avancer. Il les regarda, Eban et elle.

— Tout va bien ?

— Elle n'a pas besoin que vous ruiniez sa carrière.

— La ruiner ? s'exclama-t-elle.

— Vous êtes qui ? Son putain de frère ?

Novak s'arrêta à côté de Charlotte.

Eban se jeta sur Novak, heurtant accidentellement Charlotte. Elle se rattrapa sur le côté de la dépendance, mais elle n'était pas une fleur fragile. Elle était un putain d'agent fédéral. Eban fondit sur Novak, et l'instant d'après, Novak et lui étaient tous deux au sol, en train de se battre. Novak pesait une dizaine de kilos de plus qu'Eban et s'entraînait tous les jours. Elle voyait bien qu'il essayait de retenir ses coups, mais Eban n'était pas du genre à se laisser faire, et il n'y allait pas de main morte.

Charlotte tenta d'arracher Novak à l'autre négociateur, parce que c'était insensé, mais Eban profita de la distraction de Novak pour lui faire subir exactement la même prise que celle qu'elle lui avait faite le premier matin où il l'avait réveillée. Et elle vit Novak retourner facilement Eban sur le dos à l'aide de ses jambes, pour finir par le plaquer au sol. Elle réalisa qu'il aurait pu facilement renverser leurs positions le premier jour. Mais il ne l'avait pas fait. Parce qu'il voulait qu'elle garde le pouvoir.

Novak lâcha Eban et roula sur ses pieds. Puis il tendit la main pour le relever.

Eban la dévisagea et sembla réaliser qu'il avait complètement merdé. Il attendit un moment avant de prendre la main de Novak et de l'aider à se relever.

— Vous feriez mieux de la traiter correctement.

— On a couché ensemble, Eban. Ça ne veut pas dire qu'on va se marier.

Charlotte secoua la tête en direction de son ami.

— Va tirer au clair ta propre vie amoureuse avant d'essayer d'interférer avec la mienne.

Elle s'éloigna, alors même qu'Eban ouvrait la bouche. Elle l'ignora. Elle avait du travail. Ils avaient tous du pain sur la planche, et elle n'aurait jamais dû se laisser distraire.

Novak la rattrapa.

— Tout va bien ?

Elle poussa un soupir exaspéré.

— Ce n'est pas moi qui en suis venue aux mains.

Il cligna des yeux comme si elle l'avait blessé.

Elle s'arrêta de marcher et lui fit face.

— Désolée. Oui, je vais bien. Il n'aurait pas dû t'attaquer.

Elle se passa les doigts dans les cheveux et se demanda comment elle s'était mise dans ce pétrin.

— Eban s'inquiète que je sois blessée.

Novak recula et elle leva les yeux au ciel, exaspérée.

— Je n'attends aucun engagement de ta part, Novak. J'énonce juste les faits. Malgré ce qu'Eban pourrait croire, j'ai déjà couché avec des hommes, et je n'espérais une bague d'aucun d'entre eux.

Elle ne jugea pas bon de préciser que tout fait notable en ce genre remontait à des années.

— Ce que je ne veux pas, c'est que notre – elle cherchait le mot juste – « intimité » interfère avec notre travail.

Il se ferma, et elle se demanda si elle n'avait pas encore dit ce qu'il ne fallait pas. Elle qui était censée être une négociatrice de premier plan. Pour l'heure, elle ne pourrait pas se frayer un chemin hors d'une prairie. Même si c'était difficile d'utiliser des techniques d'écoute active lorsque votre interlocuteur ne vous *répondait* pas.

McKenzie choisit ce moment pour ouvrir la porte arrière du ranch et descendre les marches en trottinant.

Novak regarda de leur patron à elle et vice-versa.

— Tu as raison. On devrait probablement calmer le jeu.

— Quoi ? s'étrangla-t-elle.

Toute la joie qu'elle avait ressentie la nuit précédente s'évapora. Elle déglutit. Peut-être qu'Eban avait eu raison d'essayer de la prévenir qu'avoir des relations sexuelles n'équivaudrait pas à autre chose qu'à une distraction passagère pour le chef de la HRT. Elle s'était littéralement jetée sur ce type la veille au soir.

Elle se figea en réalisant qu'elle s'était peut-être simplement trouvée là au moment opportun, pleinement consentante. Son estomac se rebella. Elle dut ravaler la bile qui montait dans sa gorge.

Apparemment, elle s'était menti à elle-même. Elle n'était pas prête à se contenter d'un plaisir purement physique, même si elle aurait aimé en être capable.

Elle en voulait plus.

Puis McKenzie se mit à donner des ordres et ne parut rien voir d'anormal, alors que son cœur battait la chamade contre ses côtes. Elle acquiesça d'un signe de tête, s'exécutant alors que la fatigue l'envahissait. McKenzie fronça les sourcils.

— Vous allez bien, tous les deux ?

Elle acquiesça rapidement.

— On discute de l'itinéraire commun du jour.

Ils parlaient en réalité de la fin de ce qu'ils avaient entamé la veille au soir.

Ça avait été amusant tant que ça avait duré. Mais vu comme ses émotions passaient à la déchiqueteuse, elle n'était pas sûre que ça en vaille la peine.

McKenzie prit ses paroles au pied de la lettre.

— Vous avez prouvé que vous pouviez travailler ensemble. Vous êtes libérés de l'obligation de passer chaque instant à vous suivre. Le temps devrait changer cet après-midi. Novak, la reconstitution est terminée. Demandez à vos hommes de s'entraîner à infiltrer le complexe. Blood, allez parler à Kayla et voyez si vous pouvez lui faire enregistrer ce message pour persuader TJ de se rendre.

McKenzie consulta sa montre.

— Rendez-vous au centre de commandement à midi.

Il les regarda tous les deux avec impatience, n'ayant aucune idée du bourbier de désir et de la blessure confuse que ses ordres donnés trois jours plus tôt avaient provoqués.

— Oui, patron, acquiesça misérablement Charlotte.

Les deux hommes s'éloignèrent. Novak regarda par-dessus son épaule, mais son expression était indéchiffrable.

Et merde !

Elle expira longuement et se dirigea vers le ranch, car elle n'était pas prête à affronter Eban ou Dominic, qui la connaissaient assez bien pour voir sa détresse. Elle se sentait abattue, mais elle devait se ressaisir. Des vies en dépendaient.

Le changement d'ordre de McKenzie signifiait-il que la HRT prévoyait de prendre d'assaut l'enceinte avant l'arrivée du blizzard ? Ou de l'utiliser pour dissimuler leurs activités ?

Elle n'en savait rien. Elle ne voulait pas le savoir, car cela risquait d'influencer ce qu'elle dirait à Kayla ou aux habitants de l'enceinte, au cas où ils communiqueraient avec les négociateurs. Le sentiment de douleur et de chagrin d'amour lui rappela que même si elle avait trouvé quelqu'un à qui s'identifier, même si elle était entourée de dizaines de personnes, elle demeurait toujours aussi seule.

CHAPITRE VINGT-NEUF

Novak avait merdé. Il le savait.

Il aurait dû éviter d'en venir aux mains avec Eban, mais lorsque le type avait heurté Charlotte, la colère avait pris le dessus et il n'avait pas pu se contrôler. Le temps qu'il reprenne la main sur ses émotions, ils étaient au sol à se battre.

S'il n'avait pas initié le combat, il n'allait pas le fuir pour autant.

Mais il aurait peut-être dû.

Eban avait manifestement compris ce qu'ils avaient fait la veille au soir et ne pensait pas que Novak était assez bien pour son amie.

Il n'avait pas tort, mais ça ne voulait pas dire que ce n'était pas douloureux.

C'était la raison pour laquelle il avait suggéré à Charlotte de calmer le jeu. Ce n'était pas ce qu'il voulait, mais ce serait probablement mieux pour elle à long terme. Il n'était vraiment pas doué avec les femmes.

De qui se moquait-il ? Il se protégeait contre l'éventualité qu'elle le réalise, elle aussi. Le sentiment de rejet était terrible.

Puis McKenzie était arrivé.

Il secoua la tête. Quel putain de lâche. Faire l'amour, se bagarrer avec son ami parce que ce con avait dit que Novak blesserait Charlotte, et ensuite lui faire du mal parce qu'il était trop peureux pour lui dire ce qu'il ressentait vraiment. Alors que le monde était plus lumineux, que l'air était plus frais et que chaque cellule de son corps était *heureuse* pour une fois dans sa misérable vie lorsqu'il était avec elle.

Et merde. Il ne pouvait même pas lui envoyer de SMS parce qu'il ne connaissait pas son numéro personnel, et il ne pouvait en aucun cas dire ce qu'il voulait dire sur leur portable professionnel.

Putain de merde.

Il entra dans la grange, n'ayant pas entendu un seul mot de McKenzie pendant le trajet, à l'exception de quelque chose en rapport avec le porte-voix.

— Rapport de situation, cria Novak en se dirigeant vers les tables où étaient installés les cartes et les ordinateurs.

Tout ce qu'il pouvait voir, c'était la blessure et la trahison gravées sur les traits de Charlotte.

— Le premier drone est bien placé pour recevoir des informations de qualité que nous transmettons directement à Quantico pour analyse. Une équipe d'ingénieurs de l'image et du son dissèque le maximum d'informations possible.

Angeletti fronça les sourcils, concentré.

— Aucun signe de Tom Harrison ou de son fils pour l'instant.

— Rassemblez l'équipe Charlie. Ils passeront la matinée à s'entraîner à l'assaut du bunker et à mettre au point le meilleur plan d'action délibérée.

L'action délibérée était le meilleur scénario, dans lequel la HRT contrôlait l'assaut au lieu d'être contrôlée par la nécessité de rentrer pour sauver les otages une fois la situation hors de contrôle.

— Pas de tirs réels. Le matériau de construction n'est pas à l'épreuve des balles, mais il permettra aux gars de se faire une idée de l'espace. Je veux qu'ils puissent se repérer dans le bâtiment les yeux fermés. L'équipe Echo sera remplacée cet après-midi.

Une équipe devait rester sur place au cas où la situation dégénérerait, et elle devait réagir immédiatement.

— Oui, monsieur.

Angeletti jeta un coup d'œil à McKenzie avant de partir pour mettre l'équipe Charlie en place.

Novak fixait la carte sans rien voir, se souvenant de l'expression de stupeur sur le visage de Charlotte lorsqu'il lui avait dit qu'ils devaient calmer le jeu.

Comme s'il avait donné un coup de pied à un chiot.

Il sentit la botte dans ses tripes. Elle ne le laisserait plus jamais s'approcher d'elle. Pourquoi le ferait-elle ? Personne n'appréciait d'être rejeté, surtout pas une femme belle et intelligente comme Charlotte Blood. *Bon sang*. Il passa une main sur son visage.

— Les négociateurs commenceront à parler dans le porte-voix et des tracts seront largués par drone à 10 heures, déclara McKenzie derrière lui.

— C'est du rapide.

Habituellement, il fallait une semaine pour obtenir l'autorisation de dépenser l'argent, sans parler de l'impression des dépliants.

— J'ai pris une décision exécutive.

— Oh, le Bureau adore ça, renifla Novak.

McKenzie sourit.

— Ne m'en parlez pas.

Puis il redevint sérieux.

— Vous pensez que la SSA Blood peut assurer le rôle de commandant des négociations pour cet incident ?

La colonne vertébrale de Novak se redressa.

— Oui, monsieur.

McKenzie secoua la tête.

— Vous pensez qu'elle dira la même chose de vous quand je le lui demanderai ?

Novak se sentit soudain engourdi.

— Je n'en ai aucune idée, patron. Je sais seulement qu'il serait stupide de sous-estimer ses idées ou son approche. Elle est intelligente. Et vous n'êtes pas aveugle.

— Merci, SSA Novak, dit McKenzie d'un air grave, puis il sourit. Il se trouve que je suis d'accord avec vous sur la SSA Blood.

Novak détourna le regard, la bouche sèche. Bien qu'il ait pu être mécontent de l'approche musclée adoptée par McKenzie, elle avait fonctionné et à présent, au lieu d'attendre avec impatience de passer du temps avec ses hommes pour faire son travail, il se morfondait dans la grange comme un adolescent en mal d'amour.

Il était temps de se tirer de là avant que quelqu'un ne soit tué.

***

Lorsque TJ se réveilla, il y avait une note sur sa table de chevet.

« Tiens-toi prêt. »

Son père était manifestement déjà parti.

Il consulta sa montre et gémit. C'était l'heure du petit déjeuner. Il enfila des vêtements propres et se glissa hors de leur chambre, fermant soigneusement la porte derrière lui. Il ne faisait pas confiance à Malcolm. Il risquait d'entrer pour voler leurs affaires s'il en avait l'occasion.

Il portait l'appareil photo de l'homme en bandoulière, caché dans son dos. Il avançait avec assurance dans le couloir, comme s'il se dirigeait vers la salle du petit déjeuner. Il portait des chaussures de sport et marchait d'un pas léger. Heureusement, il n'y avait personne dans les escaliers ni devant la salle de surveillance. Il continua à avancer, marchant rapidement jusqu'à la porte de Malcolm.

La bouche sèche, il s'arrêta et écouta, la main sur la poignée. Si Malcolm était là, TJ était foutu.

Après quelques secondes de silence, TJ inséra la clé et tapa doucement à la porte.

— Oncle Malcolm ?

Pas de réponse. TJ entra, mais la lumière était allumée et il ne prit pas la peine d'utiliser sa lampe de poche. Le lit était défait.

Le bruit de la douche qui coulait serra le cœur de TJ. *Et merde*. Malcolm était toujours là. Les paumes de TJ devinrent moites. C'était probablement sa seule chance, et il devait agir vite s'il ne voulait pas se faire prendre. Il s'approcha de l'ordinateur portable et repéra la carte. Il l'éjecta dans sa paume, et fit glisser l'appareil sous le lit en le balançant par la sangle. Puis il se dirigea droit vers la porte, la refermant discrètement derrière lui alors que son cœur manquait de sortir de sa poitrine.

Pfiuu.

Il glissa la carte SD dans sa poche et regagna le couloir qui donnait sur sa chambre. Il garda la tête baissée, marchant d'un pas souple et priant à chaque pas pour que personne ne l'attrape.

Charlotte frappa à la porte de Kayla et passa la tête à l'intérieur.

— Je peux entrer ?

Kayla acquiesça.

— Comment tu te sens aujourd'hui ?

Kayla haussa les épaules.

— Mieux, je suppose.

Kayla avait l'air malheureux.

— Tu as mangé ?

Le plateau du petit déjeuner était posé sur la coiffeuse. L'assiette était encore à moitié remplie.

— L'infirmière a insisté

— Tu dois reprendre des forces.

Charlotte tenta un sourire rassurant. Il était naturel que Kayla soit bouleversée par la mort de son amie. Il était naturel de ressentir la culpabilité du survivant.

— Je peux te poser encore quelques questions ?

Kayla hocha la tête, l'air incertain.

— Et moi, je peux vous en poser ?

Charlotte hésita.

— Je te dirai ce que je peux.

— Où est Brenna ?

— Avec le médecin légiste. Il va bientôt rendre le corps.

Kayla déglutit.

— Je veux l'enterrer correctement. J'ai de l'argent.

Son ton était défiant.

Charlotte acquiesça.

— Je veillerai à le faire savoir au bureau.

— Je ne veux pas que les gens pensent qu'elle n'était pas aimée.

Kayla s'essuya les yeux. La nouvelle était encore fraîche, et la jeune femme semblait avoir pleuré une bonne partie de la nuit. Contrairement à Charlotte, qui avait fait l'amour avec un homme dont elle aurait facilement pu tomber amoureuse si elle avait senti qu'il pouvait ressentir la même chose.

On devrait probablement calmer le jeu.

Ou pas.

— Je t'enverrai les coordonnées aujourd'hui. On s'occupera bien de Brenna, je te le promets.

Kayla acquiesça.

— Très bien. Qu'est-ce que vous voulez savoir ?

— Est-ce que tu as le nom et l'adresse de l'ex de Brenna, ce Simon ?

Les sourcils de Kayla se plissèrent sous l'effet de la confusion, puis la compréhension s'afficha sur son visage.

— Vous pensez qu'il l'a tuée ?

— On ne sait pas encore comment elle est morte. On voudrait pouvoir l'éliminer de la liste des suspects.

— Vous pensez qu'il aurait fait tout ce chemin ?

L'expression de Kayla montrait que les rouages de son cerveau tournaient à pleine vitesse.

— Qu'est-ce que vous tu en penses ?

— Il était fou de rage quand elle l'a quittée. Il a menacé de la tuer. Il a menacé de me tuer aussi.

Sa lèvre tremblotait.

— Mais je ne le vois pas se donner la peine de faire tout ce chemin. C'est une brute et un porc, mais un porc paresseux.

Elle donna à Charlotte son nom de famille et la rue où il habitait. Charlotte l'envoya par SMS à McKenzie et s'efforça d'oublier Novak. Elle devrait s'habituer à travailler sans lui et ignorer le sentiment de mortification jusqu'à ce que tout soit terminé.

— La dernière fois que tu as vu TJ, c'était il y a une semaine, mercredi dernier ?

Kayla acquiesça, puis fronça les sourcils.

— C'est lui qui a trouvé Brenna ?

— Oui.

Elle leva ses yeux sombres.

— Qu'est-ce qu'il a dit ?

— C'est le problème, admit Charlotte. TJ n'a rien dit. Il s'est enfui lorsqu'il a été confronté à un agent fédéral de protection de la nature qui le poursuivait. Quand l'agent est arrivé à proximité des murs, les personnes de l'enceinte ont ouvert le feu. Il est à l'hôpital et il a de la chance d'être encore en vie.

Kayla avait toujours l'air confus.

— Pourquoi TJ se serait enfui ?

— Parce qu'il a eu peur ?

— Peur de quoi ?

Charlotte laissa le silence opérer.

Kayla écarta ses couvertures.

— Non. Je vois bien ce que vous pensez, mais il est impossible que TJ ait fait du mal à Brenna.

— Et si Brenna avait dit à TJ que tu ne voulais plus le voir ?

— Il serait rentré chez lui ou serait descendu au campement pour me parler. Il ne ferait pas de mal à une mouche.

— Peut-être que c'était involontaire ? Peut-être qu'il s'est emporté et que la mort de Brenna n'est qu'un terrible accident ?

Kayla se leva et commença à faire les cent pas. Elle avait l'air frêle dans sa chemise de nuit empruntée.

— TJ n'est pas violent. C'est un homme doux. Vous pensez que je serais attirée par quelqu'un qui ne peut pas se contrôler ? Non. Non non non. Impossible. J'ai vu ce cycle trop souvent pour me faire avoir par ces conneries.

Sa défense passionnée était convaincante.

Charlotte soupira.

— Nous avons besoin que TJ nous parle, mais son père ne veut pas coopérer. J'espérais que tu accepterais d'enregistrer un message pour TJ que nous pourrions envoyer par e-mail ou diffuser au porte-voix. Pour que tu le persuades de venir nous parler.

— Ils sont terrés dans leur bunker et encerclés par le FBI ?

Kayla semblait soudain comprendre la gravité de la situation.

Charlotte acquiesça.

— Je fais tout ce qui est en mon pouvoir pour qu'ils communiquent avec nous, mais ils ne décrochent pas le téléphone. Nous voulons mettre un terme à la situation sans violence, mais ils ne nous aident pas.

La bouche de Kayla se crispa.

— S'il vous plaît, ne laissez personne faire du mal à TJ. Il n'aurait jamais blessé qui que ce soit. Jamais. Ma vie n'aura plus aucun sens si je le perds aussi.

Charlotte tendit la main et lui serra le bras.

— Un message de ta part pourrait le persuader de nous parler.

Kayla déglutit bruyamment.

— Je vais le faire. Je ferai tout pour qu'il s'en sorte vivant.

Elle gratta sa chemise.

— Mais pas en portant ça. Vous auriez d'autres vêtements ?

Charlotte sourit presque. Kayla devait se sentir mieux si elle s'inquiétait de son apparence.

— Je vais voir où sont tes affaires.

Il était possible que le laboratoire ait fini de les examiner et qu'on puisse les lui rendre, mais c'était peu probable.

— On fait à peu près la même taille ; je vais te chercher des vêtements à moi en attendant. Juste une chose. Est-ce que tu serais prête à travailler à partir d'un scénario de base ? Qui encouragerait TJ à se rendre à l'interrogatoire pour qu'on puisse comprendre exactement ce qui est arrivé à Brenna ?

— Je refuse de lui mentir, dit Kayla d'un ton laconique.

— Je ne te demande pas de mentir. Je ne veux pas que tu lui dises quelque chose qu'il pourrait mal interpréter et mettre en danger sa vie ou celle des autres personnes de l'enceinte.

Kayla avait l'air bouleversée et confuse, mais Charlotte ne pouvait pas lui parler de la menace du père de TJ. Il était possible que les habitants du bunker n'aient pas entendu Tom proférer cette menace à l'égard des Fédéraux. Elle voulait éviter d'acculer Tom ou de créer un mouvement de panique. Elle devait donc être très prudente.

Kayla acquiesça.

— D'accord.

Charlotte se dirigea vers la porte.

— Je vais te chercher quelque chose à mettre et une brosse à cheveux. On va enregistrer en bas pour que tu n'aies pas toute une équipe de fédéraux dans ta chambre.

Il était important d'avoir un espace sûr pour opérer.

Charlotte se dirigea vers le couloir et ouvrit la porte de la chambre qu'elle partageait avec Novak. Elle resta figée quelques instants alors que les souvenirs de la nuit précédente affluaient. Mais elle n'avait pas le temps de s'attarder sur le fait que ce n'était pas suffisant pour lui alors que c'était presque trop pour elle.

Au lieu de ça, elle prit un autre legging noir, un t-shirt et un sweat-shirt gris du FBI dans sa petite valise. La chambre sentait encore leur nuit ensemble, et elle ouvrit la fenêtre un peu plus grand. Elle la refermerait quand ils auraient fini de tourner la vidéo. Elle déposa les vêtements et laissa Kayla se changer seule avant de descendre à l'étage où un technicien installait le matériel d'enregistrement devant le feu de cheminée.

Kayla descendit cinq minutes plus tard, l'air jeune, effrayée et fragile suite à sa maladie. Mais il y avait dans sa mâchoire une détermination nouvelle.

— Assieds-toi près du feu, l'encouragea Charlotte.

Kayla s'assit sur le canapé. Ses chaussettes ne touchaient pas tout à fait le sol. Le sweat avait l'air trop grand pour elle, mais au moins il lui tiendrait chaud.

— Il te suffira de lire le prompteur. Si tu veux le parcourir d'abord, ça me va. Et si tu veux dire quelque chose d'un peu plus naturel, n'hésite pas.

Kayla la regarda fixement, l'air incertain et accablé. Quoi de plus naturel compte tenu des circonstances ?

Il fallut près d'une heure pour obtenir une prise utilisable, malgré le fait qu'elle se soit un peu éloignée du script à la fin en lui disant à quel point elle voulait le revoir près de leur arbre. Kayla était désormais assise, tremblante, à boire un chocolat chaud.

— Envoyez la séquence à McKenzie et au DSC, et demandez-leur de l'examiner dès que possible. Si nous n'avons pas de réponse dans les trente minutes, nous l'utiliserons telle quelle, murmura Charlotte au technicien qui travaillait avec elle sur ce projet.

Charlotte retourna auprès de Kayla.

— Tu as l'air fatigué. Et si je te ramenais dans ta chambre ?

— Vous me direz comment ça se passe ? Et si TJ m'envoie un message ?

Kayla faisait traîner les pantoufles que le propriétaire du ranch lui avait dénichées.

Charlotte acquiesça.

— Dès que j'en aurai l'occasion. Oui.

Kayla se tourna vers la porte de sa chambre.

— Je vous en supplie, ne lui faites pas de mal. Ne faites pas de mal à TJ.

Charlotte déglutit.

— Nous ferons de notre mieux pour que tout le monde s'en sorte sain et sauf, Kayla. Tu as ma parole. Cet agent répondra à tous tes besoins en attendant.

Charlotte désigna le garde. L'homme sourit joyeusement.

— Aucun problème. Je suis là pour t'aider.

Kayla acquiesça et tenta de dissimuler un bâillement. Ils l'avaient épuisée.

— Repose-toi bien.

Se sentant coupable, Charlotte fit demi-tour et s'en alla. Elle devait se rendre au sommet de la montagne et voir si son équipe avait progressé dans la destruction du mur de silence érigé par les habitants de l'enceinte. Elle avait besoin de s'occuper pour ne pas penser à l'effet désastreux que l'agent spécial de surveillance Payne Novak avait sur son cœur.

CHAPITRE TRENTE

Quarante minutes plus tard, Charlotte observait attentivement Eban parler depuis le couvert des bois dans un porte-voix, répétant un monologue qu'ils utilisaient souvent dans ce genre de situation.

Comment puis-je vous aider ?

De quoi avez-vous besoin ?

Tout le monde souhaite une résolution pacifique.

Personne ne veut qu'il y ait des blessés.

Nous savons que vous ne voulez pas aller en prison.

Nous comprenons vos craintes.

Aidez-nous à résoudre la situation de manière pacifique.

Les mots résonnaient sinistrement dans l'air, tourbillonnant entre les arbres et rebondissant sur la roche nue du flanc de la montagne. La tendance ne semblait pas à la reddition.

La HRT avait désactivé les caméras et les capteurs au sol, car elle ne voulait pas que les habitants du bunker comprennent les intentions du FBI ou puissent viser leurs hommes avec des snipers. Charlotte était de retour dans le lit du ruisseau où elle s'était déjà rendue à plusieurs reprises, une zone sécurisée où le FBI avait rassemblé son personnel.

Elle essaya de descendre son bonnet de laine sur ses oreilles. Il faisait un froid glacial. Une tempête se préparait. La tension s'intensifiait autour d'eux, mettant tout le monde à cran. Le stress était de plus en plus présent. Charlotte avait peur que ses nerfs lâchent.

Novak la contacta par radio.

— Les tracts arrivent.

— Compris.

C'était une réponse pathétique, mais ce n'était pas comme si elle pouvait lui crier :

— Je ne veux pas qu'on calme le jeu !

Du moins, pas sans se ridiculiser devant tout le monde et sans risquer de perdre sa carrière.

Yippee-kai-yay, pauvre conne.

Elle entendit le bourdonnement silencieux du gros drone qui s'approchait de l'est et leva les yeux vers le ciel couvert. Les cimes des arbres se balançaient violemment sous l'effet du vent, et les prévisions météo annonçaient que la situation allait empirer.

Le drone passa au-dessus d'elle, et elle se tordit pour observer sa progression tandis qu'Eban poursuivait son monologue.

Bien qu'il n'y ait pas de fentes défensives dans les murs intérieurs – probablement pour que les défenseurs ne s'entre-tuent pas dans les tirs croisés – le plan consistait à effectuer un largage rapide pour éviter que quiconque à l'intérieur du bunker ne puisse tirer sur le drone. L'enfin plongerait à l'inté-rieur de la clôture barbelée, libérerait sa cargaison et reparti-rait directement.

— Largage des tracts.

La voix grave de Novak crépita à nouveau dans son oreille. Elle détestait que les souvenirs de leur intimité entrent en conflit avec sa précision militaire. Il semblait distant et pas seulement parce qu'il était encore à la base.

Elle utilisa le canal radio qui la reliait à l'équipe de négociation.

— Parle-leur des tracts, Eban. Avant qu'ils ne paniquent.

Elle détestait être distraite par des problèmes personnels lors d'un incident – raison pour laquelle le FBI n'autorisait pas les agents en couple à travailler au sein de la même unité. Mais, techniquement, Novak et elle ne faisaient pas partie de la même unité, et ils étaient égaux en termes de grade et d'autorité. Ils n'avaient pas enfreint les règles, mais leur liaison, si on pouvait l'appeler ainsi, serait mal vue par les personnes qui avaient trop de temps libre au QG.

Même si *personne* n'en saurait peut-être jamais rien.

Qu'est-ce que ça pouvait bien faire ? Novak avait prouvé qu'il ne s'intéressait pas à elle pour autre chose qu'une aventure d'un soir. Elle n'était pas du genre à avoir besoin qu'on lui répète le message. La communication était son domaine de prédilection. Calmer le jeu ? Pour elle, il n'avait jamais été question de jouer. Mais elle n'était ni stupide ni désespérée. Elle n'admettrait jamais à quel point il avait failli changer son idée du genre d'homme dont elle voulait tomber amoureuse.

Le drone passa à nouveau au-dessus de leur tête tandis qu'Eban expliquait dans le porte-voix que le FBI n'essayait pas de les attaquer ou de les effrayer. Il s'agissait simplement de livrer des informations par drone, les personnes à l'intérieur ne leur ayant pas laissé d'autre choix. Puis il reprit sa voix calme et rassurante, réconfortante et semblable à une berceuse.

Novak lui avait dit qu'il n'était pas doué avec les femmes, et elle avait pensé qu'il se servait de cette excuse pour éviter les relations. Mais elle s'était trompée – il n'était vraiment pas doué avec les femmes. Il était grincheux et difficile. Il était également attentif et aimable.

Elle le détestait. Elle le détestait vraiment.

Un violent coup de vent la fit regarder le ciel avec inquiétude. Le premier flocon de neige tomba, suivi d'un autre et d'un autre. L'hiver était là, et elle était furieuse.

TJ commença à regarder les photos sur son ordinateur portable. Des centaines d'images. Des milliers. Des montagnes. Des chouettes nées à la fin du printemps. Des images magnifiques qui glorifiaient le monde dans toute sa splendeur. À l'aube. Au coucher du soleil. Sous un soleil radieux et sous la pluie.

D'abord, il ne comprit pas.

Puis il tomba sur une photo de Kayla assise dans son sac de couchage, comme si elle venait de se réveiller dans une tente jaune et ensoleillée. Sa bouche s'assécha.

Il imprima l'image, ayant besoin de ce lien physique avec la fille qu'il aimait, la fille qu'il pensait avoir perdue. Il toucha l'écran, souhaitant savoir où elle se trouvait et si elle allait bien ou non.

Pourquoi Malcolm avait-il cet appareil photo ? L'avait-il volé ?

Bien sûr qu'il l'avait volé. Mais à qui ?

TJ continua à parcourir les images avec une inquiétude croissante. Les réponses arrivèrent vers la fin des photos, comme il l'avait prévu. Celles prises le mercredi matin. Celles prises par la morte. La fille qui ressemblait tant à Kayla. Son amie.

Il passa en revue chaque photo jusqu'à ce qu'il comprenne enfin ce qui s'était passé et pourquoi Brenna Longie avait été assassinée.

Une rage froide s'empara de lui. Maintenant, il comprenait. Il comprenait tout.

Sa messagerie électronique lui annonça qu'il avait un nouvel e-mail et, alors qu'il s'attendait à une nouvelle supplique des Fédéraux pour mettre fin à cette affaire pacifiquement, l'expéditeur était Kayla, et il y avait une vidéo en pièce jointe.

Son cœur était en feu lorsqu'il cliqua sur « Lire ».

Novak jeta la radio sur le comptoir et grimaça lorsque Romano lui lança un regard effrayé.

— Désolé.

— Pas de problème, patron.

Romano avait activé le deuxième drone, et ils l'utilisaient pour surveiller la porte intérieure et la distribution de tracts. Les petits morceaux de papier blanc de la taille d'une carte postale flottaient dans chaque centimètre carré de l'enceinte, comme une parade géante à la fin du Super Bowl.

— Je suis sûr que tu préférerais passer du temps avec une belle femme plutôt qu'avec moi et un tas de bottes de foin.

Romano lui adressa un sourire.

— Silence.

Les dents de Novak étaient tellement serrées que sa mâchoire semblait à deux doigts de se briser chaque fois qu'il devait parler.

Romano s'assombrit et Novak vit la grimace qu'il fit en retournant à son écran.

Novak soupira. Ce qu'il aurait dû faire, c'était plaisanter sur la difficulté de travailler avec des femmes en général ou avec Charlotte en particulier, mais il n'en était pas question. Pas même pour dissimuler le fait qu'il était malheureux. C'étaient des gars intelligents. Il ne leur faudrait pas longtemps pour comprendre.

— Mouvement à la porte, dit-il à la place.

Les habitants de l'enceinte avaient de nouveau envoyé le jeune garçon. Il courait comme un lapin, zigzaguant de-ci de-là, ramassant des poignées de tracts avant de retourner à la porte. Il était manifestement terrifié.

— Putain de lâches, grogna Novak.

Romano lui jeta un nouveau regard méfiant.

— Tout va bien, patron ?

Novak se gratte le sourcil. Bon sang.

— Désolé. Je commence à en avoir un peu marre que ces types nous baladent. Je sais que les négociateurs ont raison. On doit épuiser toutes les voies pacifiques, à moins que quelque chose ne change à l'intérieur. Mais je pense que les gens dans ce bunker sont une bande d'imbéciles paranoïaques.

Et Novak avait blessé quelqu'un à qui il tenait, qu'il veuille ou non tenir à elle. Pas étonnant que son ex ait décidé qu'il n'en valait pas la peine.

Le premier drone détecta du mouvement à l'intérieur de la cafétéria.

— Je te laisserai me botter le cul quand on sera de retour à Quantico, mais pour l'instant, envoie le deuxième drone vers la fente d'observation pendant que ces gars sont distraits.

Ils avaient choisi l'endroit plus tôt en se basant sur le fait qu'il y aurait la plus grande distorsion de bruit avec ce *putain* d'Eban Winters qui parlait à travers le porte-voix. L'enfoiré. La fente qu'ils avaient choisie n'était pas dans la ligne de mire directe de l'endroit où les négociateurs s'étaient installés, dans l'épais bosquet, là où les gardes étaient le plus susceptibles d'exercer une surveillance étroite.

Et peut-être qu'Eban Winters n'était pas le seul connard ici.

Novak avait vu l'expression blessée de Charlotte quand il avait dit qu'ils devaient calmer le jeu. Et comme c'était elle qui avait fait les premiers pas jusqu'à présent, pourquoi serait-elle celle qui lui dirait que non, ils ne devaient pas calmer le jeu ? Qu'en fait, ils devraient profiter à fond de ce qu'il y avait entre eux parce qu'il n'avait pas fait l'amour comme la nuit précédente depuis la fin de l'adolescence. Et il ne s'était pas senti aussi démuni sur le plan émotionnel depuis que sa femme l'avait largué.

Ils allaient bien ensemble.

Aussi bizarre que ça puisse paraître, son calme avenant était le complément parfait de sa morosité habituelle. Et alors que quelques jours plus tôt, il pensait que sa diplomatie discrète était une dérobade, il savait désormais qu'elle était aussi déterminée que lui à contribuer à rendre le monde plus sûr. Malheureusement, l'autre chose qu'ils avaient en commun était une volonté de fer.

Il n'y avait aucune chance qu'elle fasse un nouveau pas vers lui. Plus maintenant.

Pour avoir une chance, il devait réparer ce qui avait mal tourné entre eux. Et alors quoi ? Était-il vraiment prêt à reprendre une relation sérieuse ? Une partie de lui en avait envie, mais cela valait-il la douleur dévorante qui pouvait en résulter ? Bon sang, non. Son ex avait détruit le fantasme du couple pour lui. Il devrait se contenter d'être reconnaissant pour leurs ébats de la veille. Au lieu de ça, il était malheureux jusqu'au bout des ongles.

Il en voulait plus.

Et il était trop effrayé pour aller chercher ce qu'il désirait.

L'ironie de la situation ne lui échappait pas.

Il reporta son attention sur les écrans.

Romano s'efforçait de faire voler le drone à travers un espace de cinq centimètres par vent violent. Il était pleinement concentré sur sa tâche, et Novak réalisa que quelque chose de sérieux se tramait dans la cafétéria.

Novak s'éloigna de la table pour ne pas distraire Romano et appela McKenzie.

— Vous devez venir voir ça. Maintenant.

— Le drone est à l'intérieur.

Malgré la fraîcheur de la grange, la sueur coulait le long du visage de Romano.

— Beau travail.

Novak appuya ses mains sur la table et fixa l'écran.

— Commence à fouiller les niveaux inférieurs à la recherche d'explosifs tant que les habitants sont réunis à la cantine. Tiens-moi au courant immédiatement si tu trouves quelque chose.

— Qu'est-ce qu'on a ? demanda McKenzie en s'approchant à grands pas.

— Une sorte de réunion. Qui n'a pas l'air sympathique.

— Montez le son. Écoutons ce qu'ils ont à dire.

— Je pense qu'on devrait rappeler l'équipe Charlie et poster l'équipe Echo sur la colline.

Pour Novak, cette foule ne présageait rien de bon. Il n'aimait surtout pas l'idée que Charlotte se trouve sur le flanc de la colline, même avec le SWAT en renfort.

— Mettez l'équipe Echo en position, mais écoutez ce qui se passe avant de rappeler Charlie, lui répondit McKenzie.

Mais Novak savait repérer une situation sur le point de s'envenimer. Et une foule en colère dans un bunker souterrain cochait toutes les cases.

CHAPITRE TRENTE-ET-UN

TJ se dirigea vers la cuisine commune avec une fureur grandissante. Il entendait des cris et des voix, dont celle de son père.

Lorsqu'il entra dans la pièce, tout le monde se tut. Le seul bruit était le son constant du porte-voix que les flics avaient commencé à utiliser environ trente minutes plus tôt. Il avait déjà les nerfs à vif.

— Et voici le petit prince. Le bâtard qui a tout déclenché.

Debout sur une table, Malcolm le provoquait.

La colère s'empara de TJ. Il s'échappa au moment où l'un des amis de Malcolm s'apprêtait à l'attraper et l'instant d'après, son père était à ses côtés, les mains levées.

Heureusement, les gens respectaient encore suffisamment Tom Harrison pour écouter ce qu'il avait à dire, et ils se calmèrent.

— Ma défunte épouse et moi-même vous avons hébergé lorsque personne d'autre ne voulait vous aider.

Il pencha la tête et regarda les gens individuellement. La plupart eurent la politesse de paraître honteux. Il posa une main sur l'épaule de TJ.

— Nous avons partagé notre nourriture et notre maison avec vous. Nous vous avons construit des lits où dormir. Nous avons chauffé vos chambres. Nous avons offert un endroit sûr où grandir à vos enfants. Et c'est comme ça que vous me remerciez ? Vous voulez remettre mon fils aux autorités que la plupart d'entre vous fuient ?

Il ne haussa pas le ton, mais la condamnation était claire.

— Cet endroit n'est pas sûr si nous vivons avec un meurtrier.

— TJ n'est pas un meurtrier.

Son père essayait de leur faire entendre raison.

Ça ne fonctionnait pas.

Malcolm agita un papier blanc.

— Les fédéraux vont prendre d'assaut les portes si on ne leur donne pas ce qu'ils veulent.

— Et si on commençait par celui qui a tiré sur l'agent de protection de la nature et l'adjoint ? répliqua Tom.

— Et si on commençait par celui qui a tué Brenna Longie, résonna la voix de TJ.

— C'est ce que je dis depuis le début, petit malin, ricana Malcolm.

TJ fixa Malcolm jusqu'à ce que l'homme cille.

— Je sais ce que tu as fait. Je sais que tu as volé notre or. Je sais que tu as tué Brenna Longie. Je le sais et j'en ai la preuve ! cria TJ alors que l'enfer se déchaînait.

Son père lui attrapa le bras.

— C'est l'heure d'y aller, TJ.

TJ voulait confronter Malcolm, mais il était clair que personne ne croyait un mot de ce qu'il disait.

— Maintenant !

Son père le traîna hors de la pièce et ils commencèrent à descendre les marches en courant.

Malcolm leur cria :

— Vous pouvez courir, mais vous n'avez nulle part où vous cacher. Je vous retrouverai.

Son père sortit la clé et la glissa dans la serrure. TJ plongea à l'intérieur et l'aida à maintenir la porte fermée pendant que son père mettait le verrou.

Quelqu'un commença à tambouriner à la porte métallique.

— Et le double des clés dans le bureau ? demanda soudain TJ.

— Je l'ai remplacé il y a quelques semaines quand j'ai réalisé que Malcolm essayait d'ouvrir le coffre-fort.

Tom mit les autres verrous et hocha la tête avec satisfaction.

— Va chercher les sacs et verrouille bien toutes les portes en chemin. Ça ne les retiendra pas éternellement, mais ça devrait suffire.

TJ n'était pas sûr de savoir comment ils allaient s'échapper, mais le moment n'était pas aux questionnements.

— Tu savais qu'il nous volait notre or ? demanda TJ en soulevant les deux lourds sacs et en verrouillant la porte entre le salon et la cuisine.

— Je savais qu'il voulait le faire, mais je n'avais pas réalisé qu'il avait réussi.

Tom entra dans la salle de bains et prit un pied de biche dans l'armoire à linge. Il l'inséra dans un espace étroit entre les dalles de marbre du sol.

— Attrape l'autre côté.

TJ s'exécuta et, ensemble, ils firent glisser la lourde plaque de marbre sur le côté. Directement en dessous se trouvait un conduit de drainage de soixante centimètres de large.

— Je l'ai ajouté quand j'ai installé la baignoire pour ta mère. J'ai pensé que ça ne ferait pas de mal d'avoir une issue de secours que personne d'autre ne connaîtrait.

Tom enfila son manteau d'hiver.

TJ déglutit.

— Où est-ce qu'il débouche ?

— En haut de la colline. J'ai planté de l'herbe en haut il y a des années, alors il faudra peut-être forcer pour le soulever, mais c'est notre meilleure chance de sortir vivants d'ici.

— Tu penses vraiment qu'ils veulent ma peau ? Malcolm a dû tuer Brenna.

Tom le regarda, mais ne dit rien.

— Kayla est vivante, papa

— Kayla ?

— La fille que je fréquente.

Son père sourit presque tristement et lui tapota le bras.

— Tant mieux, fils. Maintenant, fichons le camp d'ici.

TJ saisit le bras de son père.

— Le FBI ne va pas nous arrêter dès qu'on sortira du tunnel ?

Tom secoua la tête.

— La neige a commencé à tomber. Il va y avoir un sacré blizzard, dehors. Descends, mon fils. Je dois remettre la dalle en place pour qu'ils ne sachent pas où on est passés.

Les coups sur la porte étaient de plus en plus forts, comme s'ils utilisaient un bélier.

TJ jeta le pied-de-biche dans le tunnel et se glissa la tête la première dans l'espace étroit, traînant son sac derrière lui jusqu'à ce qu'il y ait de la place pour que son père grimpe à sa suite. Il entendit le lourd raclement de la pierre. Dès que la dalle fut remise en place, l'obscurité s'abattit sur eux. Le conduit sentait la terre moisie et glacée. On aurait dit une tombe glaciale.

Il alluma sa lampe frontale et commença à ramper, centimètre par centimètre, dans le boyau qui remontait.

— Le drain passe sous l'autre sortie, mais on devra peut-être creuser pour dégager le passage si les explosifs l'ont endommagé, dit Tom derrière lui.

Ses mots résonnèrent sinistrement.

Formidable. La panique gagnait les poumons et le corps de TJ. Comment son monde avait-il pu se transformer en un tel cauchemar en l'espace de quelques jours ? Il chassa la terreur de son esprit. Il devait se concentrer pour déplacer sa grande carcasse dans l'étroit boyau vers la sortie.

Ça irait. Tout irait bien.

Même lorsqu'il arriva devant un monticule de terre, il ne laissa pas la peur l'envahir. Il refoula la panique. Se concentra sur la prochaine respiration. Son père lui passa sa pelle pliable et il commença à creuser la terre meuble qui était tombée par une fissure sur le côté du boyau.

Tout va bien. Tout irait bien. Son père avait toujours un plan.

Kayla tendit l'oreille pendant un long moment. La maison était si calme que chaque craquement et gémissement des poutres en bois résonnait dans l'espace paisible et se répercutait sur les murs.

Rien de tout ça ne l'aidait.

Elle jeta un coup d'œil autour d'elle et remarqua la télévision. Elle l'alluma et se mit au lit, remontant les couvertures jusqu'à son menton.

Au bout de quelques minutes, l'agent chargé de monter la garde entra dans la pièce.

— Ça va ? demanda-t-il.

Il avait l'air gentil et lui rappelait son ancien professeur de géographie à Pittsburgh.

Elle acquiesça.

— Je m'ennuie ! Je peux regarder quelque chose ? Ça ne vous dérange pas ?

— Pas du tout.

— Je pense que je vais prendre un bain dans un petit moment.

Il hocha la tête.

— D'accord. Appelle-moi si tu as besoin de quelque chose.

Elle déglutit.

— Merci. C'est gentil.

Elle trouva un talk-show particulièrement applaudi, mais n'augmenta pas trop le volume pour ne pas déranger. C'était suffisant pour dissimuler ses mouvements. Elle se rendit dans la salle de bains et ouvrit les robinets, ajoutant le bain moussant qui se trouvait sur l'étagère.

Puis elle retourna à la fenêtre et l'ouvrit. Elle dut forcer et se figea devant le bruit. L'agent ne semblait pas l'avoir remarqué. Elle frissonna en sentant l'air glacial, mais ne se laissa pas décourager pour autant. Une cause qui valait la peine d'être défendue était une cause qui valait la peine de souffrir.

La pente du toit était raide et la neige tourbillonnait au gré des rafales. Elle ne voulait vraiment pas faire ça.

Elle déplaça une chaise sous la fenêtre, récupéra les bibelots sur le rebord et les posa sur la bibliothèque pour ne rien casser et ne pas faire de bruit. Puis elle revint en courant, ferma les robinets et la porte de la salle de bains derrière elle. De retour dans la chambre, elle se déplaça aussi silencieusement que possible. Elle grimpa à l'aide de la chaise, puis se mit à ramper sur le toit.

Oh mon Dieu. Son estomac s'agita comme sur des montagnes russes. Immédiatement, le vent balaya ses cheveux, l'aveuglant. Elle avançait péniblement, les bardeaux griffant ses paumes et ses genoux.

Le froid glacial lui coupa le souffle. Elle se retourna et ferma la fenêtre derrière elle, reconnaissante qu'elle soit assez ancienne pour ne pas avoir de mécanisme contraignant. Au lieu de ça, elle se ferma hermétiquement en raison de la quantité de peinture sur les boiseries.

Elle progressait avec précaution le long du toit escarpé, essayant de ne pas faire de bruit au cas où des gens dormiraient à l'intérieur et se rendraient compte qu'il y avait quelqu'un sur le toit.

Elle se figea en voyant l'homme massif qui avait accompagné Charlotte la veille, celui qui l'avait transportée hors de la tente et amenée là. Elle était parfaitement visible s'il levait les yeux, même si elle portait du noir et du gris – couloir des tuiles du toit – et qu'elle restait parfaitement immobile à côté d'une cheminée. Elle ramena ses cheveux en arrière et se pencha jusqu'à être plaquée contre le toit, près des briques de la cheminée.

Novak – elle venait de se rappeler son nom – ouvrit la porte de la grange, et un homme en sortit avec deux chevaux. La neige était épaisse et le devenait de plus en plus. Elle resta parfaitement immobile pendant que Novak fermait la porte de la grange et montait sur l'un des chevaux. Les deux hommes s'éloignèrent, et elle *sut* que c'était l'occasion ou jamais. Elle rampa sur le toit et trouva une fenêtre ouverte. Les dents de Kayla claquaient lorsqu'elle souleva le loquet et ouvrit la fenêtre en grand, priant pour qu'il n'y ait personne dans la pièce. Elle se glissa à l'intérieur, tenant le cadre pour que le vent ne l'arrache pas. Elle referma la fenêtre derrière elle et se laissa tomber sur le sol.

Son cœur battait la chamade.

Ses mains étaient déjà engourdies, tout comme son visage.

Rapidement, elle fouilla dans la valise posée par terre. Elle retira l'épais sweat-shirt et enfila un autre t-shirt à manches longues et un fin pull noir aussi doux que du cachemire. Puis elle remit le sweat-shirt. Elle repéra des baskets dans un coin de la pièce. Comme elles étaient trop grandes, elle enfila une autre paire de chaussettes épaisses et réessaya. Ce n'était pas trop mal.

Ses mains hésitèrent devant le coupe-vent et la casquette. Ils portaient l'inscription « FBI » en lettres jaunes épaisses et il était probablement illégal de les porter, sauf pour Halloween. Mais elle ne survivrait pas longtemps sans coupe-vent.

Elle noua une queue de cheval épaisse sur sa nuque, enfila la casquette et attrapa la veste. Elle ne savait pas si TJ avait un moyen de sortir du bunker. Il avait toujours fait allusion à des sorties en douce, mais elle ne savait pas exactement ce que ça signifiait. Elle avait mentionné leur arbre dans l'enregistrement dans l'espoir qu'il puisse s'y rendre. Il comprendrait dès qu'il aurait son message et, s'il le pouvait, il serait là.

Elle devait savoir ce qui s'était passé. Ils aviseraient ensuite. Lorsqu'il lui aurait raconté ce qui s'était passé sur la montagne avec Brenna, elle le ramènerait et lui demanderait de parler à Charlotte, en priant pour ne pas faire une énorme erreur de jugement.

Mais TJ n'était pas un tueur. Non.

Kayla écouta à la porte en comptant lentement jusqu'à dix. Puis elle sortit, l'air confiant et concentré, comme si elle était à sa place et qu'elle avait un travail très important à faire. Elle s'éloigna lentement dans le couloir, descendit les escaliers et sortit dans la tempête.

Charlotte regardait le ciel se parer de couleurs vives. La disparition de l'appareil photo de Brenna la perturbait. Une femme pouvait perdre son chapeau ou ses gants, mais une photographe n'égarait jamais son appareil.

Charlotte avait consulté les registres de preuves. On n'avait trouvé aucun appareil photo dans la tente ou la voiture. Elle jeta un nouveau coup d'œil au ciel et sut que c'était sa dernière chance de le retrouver avant le printemps. Bob Jones ne se souvenait pas non plus d'avoir vu un appareil photo avant qu'on lui tire dessus.

Et si l'appareil contenait des photos de l'assassin de Brenna ? Il pourrait renfermer des preuves.

Eban parlait toujours dans le porte-voix et Max le soutenait. Dominic gérait le téléphone au centre de commandement avec les autres négociateurs. Elle se sentait de trop. Chacun savait exactement ce qu'il faisait. Jusqu'à ce que quelque chose change, ils n'avaient pas besoin d'elle. Et les négociateurs présents étaient la crème de la crème. L'ordre de McKenzie de les « superviser » la laissait pratiquement désœuvrée jusqu'à ce que les habitants daignent communiquer avec eux.

Au moins, lorsque Novak et elle se suivaient de près, ils avaient contribué à faire avancer l'affaire. Ici, dans la montagne, elle se sentait impuissante.

Truman faisait les cent pas à proximité. Il était son assistant ce jour-là et il avait l'air tout aussi frustré qu'elle.

Elle se leva.

— Allons rapidement inspecter le périmètre de la scène de crime où nous avons trouvé le corps de Brenna Longie pour chercher son appareil photo.

Truman fronça les sourcils et regarda le ciel.

— Je ne suis pas sûr que ce soit une bonne idée.

Il lui jeta un regard.

— En plus, le SSA Novak pourrait me mettre en pièces s'il vous arrivait quelque chose.

Il avait donc remarqué que quelque chose avait changé entre eux. Quelque chose de sismique.

— Ça ne concerne en rien le SSA Novak.

L'amertume de son ton fit froncer les sourcils de Truman. Charlotte détourna le regard. Elle n'était pas prête à reconnaître que Novak l'avait blessée. Pas publiquement. À l'intérieur, c'était une autre histoire. Il y avait en elle une masse d'insécurité et de blessures qui s'envenimait et qu'il faudrait du temps pour purger.

Elle se mit en route et Truman la rattrapa rapidement.

— J'aimerais quadriller un périmètre de sept mètres supplémentaires à l'extérieur du ruban au cas où Brenna aurait laissé tomber son appareil photo et se serait enfuie quand elle a été agressée

Ils voyaient bien à travers les arbres, mais une fine couche de neige s'accumulait déjà au sol. Elle avait appelé le SWAT pour les prévenir qu'ils allaient opérer dans cette zone pendant quelques minutes, ne voulant pas être arrêtée ou abattue.

Lorsqu'ils atteignirent le ruban de la scène de crime, elle marqua mentalement son point de départ, et Truman et elle commencèrent à marcher dans des directions opposées, les yeux rivés au sol.

Le téléphone satellite de Truman sonna. Elle leva les yeux lorsqu'il répondit.

Il se mit à trottiner pour la rejoindre.

— McKenzie est en route et veut qu'on aille à sa rencontre.

Charlotte jeta un coup d'œil frustré autour d'elle. Ils

avaient déjà couvert environ un cinquième du territoire qu'elle voulait fouiller.

— Allez-y. J'aurais vingt minutes de retard.

— Je ne peux pas vous laisser là.

— Ne soyez pas ridicule. Je sais rentrer. Mais je veux terminer.

Elle voulait trouver l'appareil photo.

— Ça ne sera pas long.

Truman semblait toujours incertain.

— Et s'il y a une grosse tempête de neige ?

— Qu'est-ce que vous comptez faire ? Me tenir la main ?

Elle le taquinait, consciente que quelques jours plus tôt, ces mots auraient été de l'ordre du flirt, mais tous deux savaient aujourd'hui qu'il n'en était rien. Elle avait l'horrible impression qu'il savait pourquoi et se demandait combien d'autres personnes avaient deviné l'attirance pas si secrète que ça entre Novak et elle.

— Appelez-moi immédiatement si quelque chose change.

Vingt minutes, c'était à peu près tout ce que mère Nature lui accorderait de toute façon.

Truman pinça les lèvres et hocha la tête avant de s'éloigner.

Charlotte baissa la tête et reprit sa recherche. Le vent hurlait autour d'elle et elle frissonna malgré sa tenue d'hiver. Si cette tempête se transformait en un véritable blizzard, tout le monde devrait se replier jusqu'à ce que la neige cesse et qu'ils puissent réévaluer la situation.

Son impatience grandissait, comme si cette tempête annonçait quelque chose d'important. Mais Charlotte n'était pas superstitieuse et elle ne comptait pas céder à la panique. Elle était sûre que l'appareil contenait des indices sur les derniers instants de Brenna. Comprendre comment la jeune fille était morte valait bien quelques minutes d'inconfort.

CHAPITRE TRENTE-DEUX

La terre maculait ses cheveux, imprégnait ses narines et sa bouche, et s'insinuait dans le col de sa veste. TJ creusait un nouveau monticule de terre sèche en toussant. Il se sentait comme un ver qui s'agitait à l'aveuglette sous terre. Chaque respiration le faisait suffoquer.

— On y arrive, fils.

Ça n'en avait pas l'air. Ils avaient déjà creusé à travers trois mètres de terre et de débris. TJ était convaincu qu'ils allaient finir piégés là, enterrés vivants.

Chaque fois que la terreur menaçait de s'emparer de lui, il se concentrait sur une nouvelle pelletée de terre, un nouveau centimètre de progression durement gagné. Il avait déjà failli abandonner une dizaine de fois, mais à quoi bon ? Même s'il perdait la tête et se mettait à hurler, il restait coincé dans un boyau souterrain. Et il entendait son père s'affairer derrière lui. L'idée de passer pour un lâche en plus d'avoir fait pleuvoir l'enfer sur leur monde parce qu'il avait pris une mauvaise décision quelques jours plus tôt, était insupportable. TJ se concentra pour gratter la terre centimètre par centimètre, alors que le tuyau de béton semblait devenir de plus en plus étroit, jusqu'à ce qu'il lui serre les épaules.

Était-ce le fruit de son imagination ? Son front était couvert de sueur.

— On y est presque, fils.

Le soulagement le fit claquer des dents. Ou peut-être était-ce le froid.

TJ atteignit une plaque d'égout encastrée dans le béton au-dessus de sa tête. Le monde extérieur était à nouveau à portée de main, avec tous ses dangers. Mais il préférait affronter ce qui se trouvait à l'extérieur plutôt que de passer une minute de plus dans cet enfer souterrain.

Il se redressa, tentant de dévisser le mécanisme d'ouverture de la trappe. C'était agréable d'être à nouveau debout, mais au début, la plaque ne bougea pas, et la terreur recommença à gonfler. Son front perlait de sueur. Transpirer était la dernière chose dont il avait besoin s'ils se dirigeaient vers un blizzard. Il essuya son visage dans sa manche.

Il devait sortir de là. Atteindre l'arbre. Il devait voir si Kayla était là. Il était presque sûr que c'était ce qu'elle avait essayé de lui dire dans la vidéo. Il devait la retrouver à l'arbre.

Il se repositionna pour obtenir un meilleur couple. Il mit toute sa force pour actionnant le mécanisme, et finalement le grincement satisfaisant du métal rouillé se fit entendre.

Mais le lourd couvercle ne bougeait toujours pas.

— C'est l'herbe, TJ. Continue. Ça va s'ouvrir, l'encouragea son père.

— Tant qu'il n'y a pas un agent du FBI assis dessus.

Ils rirent tous les deux, l'humour soulageant la tension terrible qui régnait. Il regarda son père allongé dans le tunnel sous lui.

— Comment tu savais que tu en aurais besoin un jour ? demanda-t-il avec curiosité.

Son père détourna le regard, une expression douloureuse traversant ses traits.

— Tu me connais, fils, j'aime avoir un plan de secours.

TJ hocha la tête. Toute sa vie avait été faite de plans, de plans de secours et de plans d'urgence. Il avait toujours pensé que c'était un truc de l'armée.

TJ essaya à nouveau de déplacer le métal lourd à coups d'épaule. La plaque se souleva d'un centimètre et des mottes de terre sèche se déversèrent sur eux. Son père poussa un juron et recula dans le tunnel pour éviter d'avoir de la terre dans les yeux. TJ essaya à nouveau, sentant les racines commencer à se séparer et à s'écarter.

Lorsqu'il céda enfin, le couvercle tomba sur le côté, mais atterrit avec un bruit sourd et amorti.

TJ sortit dans un blanc manteau de neige. Son père lui passa les deux sacs avant de le suivre.

TJ frotta la terre de ses cheveux, sortit un bonnet noir de son sac et l'enfila sur sa tête. Il faisait un froid de loup. Son père replaça le couvercle, puis fit glisser son propre sac sur ses épaules, ajustant les sangles.

— Par ici, ordonna Tom en consultant sa montre.

Comme TJ ne le suivait pas, Tom se retourna.

La bouche de TJ s'assécha.

— Je dois vérifier si Kayla est à notre lieu de rendez-vous.

Tom resta bouche bée.

— Non. Impossible. Les fédéraux doivent grouiller dans la zone.

TJ regarda autour de lui et constata la distance parcourue sous terre. Peut-être huit cents mètres. Son père avait dû construire ce tunnel des années plus tôt, car TJ ne s'en souvenait pas.

— Papa, elle a envoyé une vidéo. Je crois qu'elle m'a

envoyé un message secret. Pour que je la retrouve à l'arbre où on s'est rencontrés.

Tom écarquilla les yeux.

— C'est un piège.

— Non, rétorqua TJ en secouant la tête.

— TJ, utilise ta tête. Tu pourras la contacter une fois qu'on sera partis.

— Comment ? Et comment on va s'enfuir, papa ? On pourra peut-être s'échapper un temps, mais après ? Ils verront bien qu'on a disparu. Malcolm s'en rendra compte, même si les autres ne disent rien.

— Ils ne diront rien.

— Et c'est moi qui suis naïf ? rétorqua TJ.

Son père tressaillit.

— Je dois voir Kayla. Si elle veut venir avec nous, c'est parfait. Sinon, je me rendrai.

La bouche de Tom s'ouvrit et se ferma.

— Non. Non, fils, non. Tous les sacrifices qu'on a faits. Tout ce que j'ai fait pour te protéger. Tu vas tout gâcher pour une fille qui n'est peut-être même pas sincère avec toi ?

TJ sentit la colère monter.

— Elle est honnête avec moi. Je sais que j'ai commis une erreur. Tu n'es pas obligé de m'accompagner. En fait, tu devrais y aller.

Les larmes menaçaient de couler, mais TJ cligna rapidement des yeux comme pour chasser la neige.

— Je te rejoindrai au refuge plus tard dans la soirée si elle n'est pas là.

Tom lui saisit le bras.

— Je ne peux pas te laisser gâcher ta vie !

— Je ne suis plus un enfant, papa.

Il s'éloigna, malgré la désapprobation qu'il voyait dans les yeux de son père.

— Je dois prendre mes propres décisions. Je dois voir si Kayla est à l'arbre.

Il se protégeait le visage avec son bras.

— Je dois m'assurer qu'elle est en sécurité. Comme tu le ferais pour maman.

Tom déglutit et respira lentement.

— Je t'accompagne. Si cette Kayla est là et qu'elle n'a pas amené les Fédéraux avec elle, on la prendra avec nous.

— Si elle veut venir.

Tom pinça les lèvres et se remit à donner des ordres.

— Allez, on se dépêche. On va passer à travers les arbres. Ouvre l'œil ; il doit y avoir du monde dans le coin.

TJ acquiesça. Il connaissait le chemin. Mais la neige était si épaisse qu'on n'y voyait pas à trois mètres. Il faudrait littéralement qu'ils tombent sur quelqu'un pour être découverts. TJ savait qu'il était stupide de foncer droit dans un piège potentiel, mais il savait aussi que rien ni personne n'avait d'importance. Excepté Kayla.

La situation à l'intérieur de l'enceinte s'étant rapidement détériorée, la HRT avait décidé de mettre en œuvre son plan d'action immédiate.

Novak chevauchait une grande jument baie dans la montagne avec McKenzie à ses côtés. Monter à cheval était plus rapide que de conduire et de grimper à pied depuis la route. Ils devraient pouvoir rattraper l'équipe Echo qui était partie trente minutes plus tôt pour se mettre en position, se préparant à lancer un assaut impliquant des boucliers balistiques et suffisamment de C4 pour venir à bout de la porte principale. L'équipe Charlie prévoyait d'entrer en scène quinze minutes plus tard, attendant l'ordre d'intervenir. Ils se glisseraient à l'intérieur des murs en béton grâce à une corde et feraient sauter la porte par laquelle ils avaient vu l'enfant entrer et sortir à plusieurs reprises. Les équipes de snipers étaient toujours en place, mais la visibilité était si réduite que Novak prévoyait de les rapprocher dès que les autres seraient en position. Les tireurs d'élite ne pouvaient pas tirer sur ce qu'ils ne voyaient pas.

Romano était resté dans la grange, s'occupant des drones avec l'aide de quelques techniciens du FBI et de plusieurs agents locaux, dont le superbe agent Fontaine. Novak savait sans l'ombre d'un doute que le type préférait que ce soit elle qui reste derrière lui plutôt que lui.

McKenzie portait un jean et un sweat-shirt avec son coupe-vent du FBI par-dessus et montait à cheval comme s'il était né sur une selle.

La neige ne cessait de fouetter le visage de Novak, et le temps s'était transformé en véritable blizzard. Les chevaux se mirent au pas alors qu'ils entamaient une montée abrupte.

— Vous semblez plutôt à l'aise à cheval.

Il éleva la voix pour couvrir le bruit du vent.

— Quand j'étais plus jeune, je travaillais dans des ranchs comme celui-ci. L'hiver est aussi épouvantable que dans mes souvenirs, déclara McKenzie en se protégeant les yeux de son bras.

Novak grogna.

— Je voulais vous le dire tout à l'heure.

McKenzie tira sur les rênes pour rapprocher son cheval du sien.

— On a reçu les résultats concernant l'ADN sur Brenna Longie. Aucun trace de sperme, mais on a isolé sur son corps des cellules cutanées non identifiées provenant de trois personnes différentes. Et devinez quoi ? L'une d'entre elles ressort dans la base de données des personnes disparues.

— Quoi ?

Novak fronça les sourcils en écartant une branche d'arbre de son visage.

— Le laboratoire refait le test pour le confirmer. Quelqu'un analyse à nouveau l'échantillon d'ADN en ce moment même. On devrait avoir des réponses définitives dans quelques heures.

Ils n'avaient besoin que de quelques cellules de peau pour effectuer les tests d'ADN de contact, mais il était également notoirement facile d'avoir une contamination croisée, ce qui affectait les résultats.

La pente s'atténua et les chevaux repartirent au galop, dévorant rapidement le terrain. Ils traversèrent la montagne au sud des terres d'Harrison, atteignirent le lit d'un ruisseau désormais familier avant de recommencer à grimper.

Ils atteignirent l'endroit où les négociateurs étaient installés et descendirent de cheval. Novak regarda autour de lui, mais ne vit pas Charlotte. La déception l'envahit. L'évitait-elle délibérément ?

Eban Winters abaissa son porte-voix, abandonnant sa position dans les arbres et se dirigea vers eux.

— Qu'est-ce qu'il se passe ?

Novak et lui se regardèrent avec méfiance, mais ils avaient tous les deux un travail à faire, qui primait sur toute rancune personnelle.

Novak voulait poser des questions sur Charlotte, peut-être dire à Eban qu'il voulait avoir une autre chance avec elle, mais il doutait que ça change l'opinion d'Eban à son égard, surtout maintenant. Et c'était l'avis de Charlotte qui comptait.

— On dirait que les gens à l'intérieur se sont rebellés. Ils se sont mis à poursuivre Tom Harrison et TJ. Peut-être que ça signifie qu'ils vont tous se rendre ?

McKenzie avait l'air optimiste.

Eban grimaça.

— Un changement hiérarchique entraîne généralement une plus grande instabilité à l'intérieur, et la nouvelle direction adopte généralement une ligne plus dure

Novak poussa un juron.

— Où est la SSA Blood ? demanda-t-il.

C'était plus fort que lui.

Eban le fixa une fraction de seconde de plus que nécessaire avant de répondre :

— Elle est allée examiner les lieux du crime pour chercher l'appareil photo de la victime avant que la neige ne l'ensevelisse. Elle est partie avec Truman.

Une lueur diabolique brillait dans le regard d'Eban. Une lueur qui disait qu'il savait que Novak était jaloux du beau gosse. Mais lorsque Truman apparut entre les arbres, ils froncèrent tous les deux les sourcils.

— Pourquoi n'êtes-vous pas avec la SSA Blood ? demanda Novak d'un ton impérieux.

Truman répondit :

— Fontaine m'a dit que McKenzie nous avait demandés. La SSA Blood a insisté pour finir de fouiller le périmètre de la scène de crime pour voir si elle pouvait trouver l'appareil photo de Brenna Longie. Elle n'en a pas pour longtemps.

Sous l'effet de la colère, les dents de Novak se soudèrent. La neige devenait de plus en plus dense. Il chassa son inquiétude à l'idée que Charlotte soit seule sur la montagne.

— Je veux qu'elle revienne tout de suite, déclara McKenzie. La situation s'est aggravée.

Novak était à deux doigts de l'embrasser.

Truman appela Charlotte à la radio. Après l'échec de la

deuxième tentative, les cheveux de Novak se dressèrent sur sa nuque.

Il consulta sa montre.

— Je sais où se trouve la scène de crime. Je reviendrai avant que la situation n'évolue ici.

— Et si ce n'est pas le cas ? demanda McKenzie d'un ton mordant.

Novak frotta les naseaux de la jument qu'il montait.

— Angeletti s'est entraîné à ce scénario des milliers de fois sans moi en raison de vos ordres. La HRT sait exactement ce qu'elle doit faire, et je serai de retour à temps, de toute façon.

La voix de Romano s'éleva de la radio.

— On a trouvé du C4 au niveau inférieur du bunker, directement sous la cafétéria, comme l'avait dit Novak.

Et merde. Novak serra les poings. Il voulait poursuivre Charlotte, mais la présence d'explosifs mettait des vies en danger.

— On dirait qu'il y a une minuterie.

— Il reste combien de temps ? demanda Novak.

— Vingt-trois minutes vingt-cinq secondes et le compte à rebours est enclenché.

Putain.

Dominic Sheridan se mit à hurler dans la radio d'Eban.

— Quelqu'un vient de décrocher le téléphone

McKenzie, Eban, Novak et Truman se réunirent, utilisant les chevaux pour se protéger du bruit du vent.

— Demande si Tom Harrison est joignable, Dom, dit Eban à voix haute.

Dominic répondit après quelques instants :

— Harrison n'est pas là. Le type à la radio a dit que tous les dirigeants ont disparu, et que tout le monde veut se tirer au plus vite.

— Dites-leur de déposer les armes et de sortir ; il y a une bombe à l'intérieur du bâtiment, déclara McKenzie.

— Attendez, dit Novak d'un ton sec. On ne peut pas être sûrs que les portes ne sont pas truffées d'explosifs. Il faut qu'ils se rassemblent au centre de l'enceinte, sans armes, les bras levés en signe de reddition. On doit s'assurer que la porte arrière n'est pas piégée avant qu'ils ne l'ouvrent. Dis-leur de s'habiller chaudement, en particulier les enfants. Ils devront descendre de la montagne à pied, et cette tempête va devenir particulièrement violente.

— Quand est-ce que le démineur doit arriver ? demanda Dominic à la radio.

Angeletti était le technicien désigné.

— Quinze minutes, répondit Novak avant de réprimer un juron.

Même s'il voulait retrouver Charlotte, il était le meilleur technicien en explosifs sur place et ne pouvait pas s'éloigner en cas de crise, même s'il s'inquiétait pour elle.

C'était une professionnelle.

— Je m'en occupe.

Il expira longuement, puis donna l'ordre à l'équipe Echo de se séparer et d'attendre que les gens sortent.

— Mais où est passé Harrison ? demanda McKenzie en s'emparant de la monture de Novak.

L'homme s'était-il éclipsé d'une manière ou d'une autre ? Ou bien se cachait-il dans un bunker profond, tout en créant un scénario catastrophe pour toutes les autres personnes du complexe ?

— Espérons qu'il reste à l'écart jusqu'à ce que ces personnes soient hors de danger.

Novak s'élança en courant vers les murs fortifiés. C'était un risque, mais au moins il n'était pas nu cette fois. Il frissonnait quand même.

Où était donc Charlotte ? L'évitait-elle délibérément ?

Non, ce n'était pas une poule mouillée.

Avait-elle trouvé quelque chose ? Avait-elle des problèmes ?

Bon sang. Il fallait qu'il se concentre, et vite, sans quoi il risquait de ne plus jamais la revoir. Il ne pourrait jamais lui dire qu'il était désolé. Que c'était un connard qui était tellement terrifié à l'idée de se faire à nouveau larguer qu'il avait renoncé à s'attacher à quiconque hormis à ses coéquipiers. Des gens sur lesquels il pouvait compter et qui l'acceptaient tel qu'il était. Des gens qu'il pouvait côtoyer sans se faire éviscérer.

Mais il n'attendait certainement pas d'eux la même chose que de Charlotte, à savoir une connexion plus profonde. Il voulait une relation authentique et durable avec une femme dont il pourrait partager la vie.

Même si la probabilité qu'elle veuille la même chose était infime.

Il arriva à la porte arrière sans se prendre de balle, ce qui était une bonne chose. À moins qu'il ne fasse trop froid pour sentir la douleur, mais ça restait positif.

Il inspecta les bords du métal rouillé. Pas de fils apparents. Il prit sa radio.

— Informez-les qu'un agent fédéral escalade les murs pour entrer. Dites-leur de reculer, et personne ne sera blessé.

— Négatif. C'est trop risqué, répondit McKenzie à la radio.

Novak escaladait déjà le bunker du bout des doigts, les semelles rigides de ses bottes se calant dans les minces fenêtres d'observation. Il trouva des prises dans les fissures à la surface du béton et utilisa le petit rebord au sommet des fentes étroites pour s'élancer vers le sommet. Tremblant d'effort, il se hissa sur le mur et s'allongea pour reprendre son souffle. Heureusement, le câble entourant l'enceinte n'était pas électrifié, et il le coupa pour pouvoir passer.

Il vit un homme à l'air terrifié qui le regardait et décida de lever les mains pour lui montrer qu'elles étaient vides. Il dut crier pour couvrir le vent.

— Je ne vous ferai aucun mal.

Charlotte serait fière de lui.

— Faites passer tout le monde dans la cour. Quelqu'un a placé des explosifs au niveau inférieur, et vous êtes en danger.

— Comment puis-je savoir si vous dites la vérité ? hurla l'étranger.

— Attendez vingt minutes, et vous le découvrirez à vos dépens.

L'homme tourna les talons et courut vers ses compagnons.

Novak l'ignora, ainsi que les autres personnes qui sortaient. Les gens criaient dans sa radio, mais tout ce qu'il entendait, c'était la voix de Charlotte dans sa tête.

Il y a des bébés là-dedans, Novak.

Et il ferait tout son possible pour les faire sortir vivants. Vingt minutes, ce n'était pas beaucoup, mais il n'était pas question de se précipiter pour cette mission particulière.

Quelques instants plus tard, il aperçut les fils qui confirmaient sa pire crainte et les suivit jusqu'à une botte de foin. Derrière, il aperçut un gros bloc d'explosifs attaché à un déclencheur mécanique. Le déclencheur devait s'activer lorsque la porte s'ouvrait. Il passa de l'autre côté de la porte et trouva un appareil correspondant. Quelle que soit la porte qu'on ouvrait, une bombe exploserait.

Il s'apprêtait à faire un pas de plus vers la porte lorsqu'il aperçut un fil-piège placé à 25 centimètres du sol.

Putain de merde.

Il se replia. Le poseur de bombe, vraisemblablement Harrison, avait prévu de réserver un accueil chaleureux aux hommes de Novak. La fureur commença à monter, mais Novak la repoussa. Il devait examiner les dispositifs et les désamorcer. Et vite. Avant que Harrison ne déclenche les explosifs souterrains, ce qui déclencherait également ceux de la surface.

Il détendit son cou et fit abstraction de tout le reste.

Charlotte avait quasiment fouillé les trois quarts de la zone lorsqu'elle aperçut du mouvement. Il semblait que Fontaine se dirigeait vers le flanc de la colline à sa droite. La neige était si dense qu'il était difficile de voir quoi que ce soit. Les flocons de neige lui piquaient les yeux.

Bon sang.

Charlotte poursuivit ses recherches tant bien que mal. Dans cinq minutes, la neige serait trop épaisse pour qu'elle puisse voir quoi que ce soit par terre et elle ne fondrait pas avant le mois d'avril, avec de la chance. Sa radio cryptée grésilla, mais les conditions météorologiques perturbaient la réception. Elle espérait qu'ils rappelleraient le SWAT et tous les autres agents placés sur la montagne dans la demi-heure qui suivait.

Elle finit d'examiner les lieux et posa ses mains sur ses hanches, soupirant de déception. Peut-être que TJ avait pris l'appareil photo et que l'agent fédéral Jones ne l'avait tout simplement pas vu pendant la course-poursuite. Ou peut-être que TJ l'avait jeté dans les buissons quelque part. Peut-être que le randonneur à qui Bob Jones avait parlé sur le parking avait récupéré le reflex sur le corps sans vie de Brenna après l'avoir tuée.

Elle regarda autour d'elle et se demanda où était passée Fontaine. Elle l'aperçut ensuite près d'un vieil arbre endommagé par la tempête. Cherchait-elle quelque chose ? La météo se dégradait. À vue d'œil. Charlotte décida qu'il était temps de retourner au point de rassemblement.

Elle récupérerait Fontaine au passage. Il était temps de s'assurer que personne ne se perde.

La radio grésilla à nouveau et, cette fois, lorsque Charlotte la porta à son oreille, elle put vaguement distinguer des mots. Les choses s'accéléraient. Il était grand temps de retourner en première ligne.

Elle s'apprêtait à faire un pas de plus lorsqu'un homme sortit de derrière un arbre, pointant un pistolet sur sa tête.

C'était Tom Harrison.

— Lâchez-la.

Il parlait de la radio.

Elle réprima un juron. Comment était-il sorti du bunker ? Quelqu'un l'avait-il repéré ?

Avait-il vu Fontaine ? Fontaine avait-elle remarqué que Charlotte avait des problèmes ? Charlotte laissa tomber la radio dans la neige.

Allez, approche-toi.

— Maintenant, le Glock. Très lentement, entre le pouce et l'index. Si vous faites un geste suspect, je tire.

Charlotte savait qu'il ne bluffait pas. L'idée d'abandonner son arme la rendait malade, mais elle n'avait pas vraiment le choix si elle espérait survivre aux prochaines minutes.

Un coup de feu ferait accourir d'autres agents, mais ils ne la trouveraient pas à temps. Et son gilet pare-balles ne lui serait d'aucune aide s'il lui tirait une balle dans la tête.

— Personne ne vous veut de mal, Tom.

Elle enleva *très* lentement son gant et se pencha pour défaire sans se presser le velcro de l'étui qu'elle portait à la taille. Avec son pouce et son index, elle retira son arme et la jeta à quelques mètres de Tom Harrison.

— Reculez jusqu'à ce que je vous dise d'arrêter.

Charlotte s'exécuta. Le type était intelligent. Il s'avança pour ramasser la radio et le pistolet avec un sourire narquois.

— Bougez d'un pouce et je vous tue. Je ne vous dois rien, vous comprenez ?

Elle acquiesça.

— Papa, arrête.

— Ne lui faites pas de mal !

Charlotte reconnut la voix de la femme qu'elle avait prise pour l'agent Fontaine. C'était Kayla Russell, et elle portait les vêtements de Charlotte. TJ Harrison lui tenait la main.

— Tu lui as fait passer un message dans la vidéo.

Charlotte tenta de dissimuler son amertume face à cette trahison, mais sa colère était telle qu'elle s'échappa. Comment avait-elle pu se tromper à ce point ?

— J'ai seulement demandé à TJ de me retrouver près de l'arbre. Je voulais le questionner sur Brenna. Je veux qu'il se rende, parce que je sais qu'il n'a rien à voir avec sa mort.

Tom pointa son arme sur la jeune fille.

TJ mit immédiatement Kayla derrière son dos.

— Arrête, papa. Non.

Que se passait-il ?

— Elle a amené le FBI avec elle.

Tom retourna l'arme vers Charlotte, et elle s'en voulut de ne pas l'avoir plaqué au sol, même s'il lui aurait probablement tiré dessus.

— Je ne savais pas qu'elle était là, je le jure, sanglota Kayla.

Elle tenait fermement la main de TJ, mais se tenait accroupie derrière son petit ami, terrorisée.

— Ne lui faites pas de mal. Elle m'a aidée !

La jeune fille suppliait et pleurait si fort que Charlotte eut l'impression qu'elle était sincère. Elle était toujours en colère, mais elle ne pensait pas que Kayla était de mèche avec ces hommes. Elle était seulement follement amoureuse.

Charlotte entendit à la radio des gens qui essayaient de la joindre. Ils allaient être furieux qu'elle ne réponde pas et, avec un peu de chance, ils enverraient une équipe de recherche. Mais la visibilité se réduisait. Les tireurs d'élite du SWAT et de la HRT n'avaient pas la moindre chance de les repérer dans cette tempête.

— Il ne va pas vous faire de mal, ni à l'une, ni à l'autre, n'est-ce pas, papa ? affirma TJ avec assurance.

Tom et Charlotte lui lancèrent un regard incertain.

— Je n'ai pas tué Brenna, dit rapidement TJ à Charlotte. Je sais que je n'aurais pas dû m'enfuir, mais j'avais peur.

TJ ferma les yeux.

— Tout est de ma faute.

— Rends-toi, TJ. Le FBI te croira, insiste Kayla.

— Il ne va pas faire ça, dit Tom avec fermeté, les yeux rivés sur la jeune fille.

— Si, je vais le faire, si c'est ce que Kayla veut, répondit TJ.

Son père soupira.

— Ne sois pas stupide, TJ. Ils t'enfermeront et ils jetteront la clé.

— Pas s'il n'a rien fait de mal, souligna Charlotte.

Tom la regardait comme s'ils étaient les deux seuls adultes présents, et Charlotte comprit que Tom Harrison avait son propre agenda qui l'emportait sur les opinions de son fils, de Kayla et des autorités fédérales.

— Parlons-leur, papa. Mettons fin à cette histoire avant que quelqu'un ne soit blessé.

Charlotte voyait bien que Tom Harrison se moquait qu'il

y ait des blessés. Rien ne comptait plus que de protéger son fils et d'échapper à la capture. Mais comment envisageait-il de tenir à long terme ?

— TJ ? dit Kayla nerveusement.

Bienvenue dans la famille, Kayla.

— Elle peut venir avec nous.

Tom désigna le nord du menton.

— Mais si tu ne peux pas la maîtriser, on la laisse derrière nous.

Charlotte serra les dents de colère.

TJ sembla finalement s'affirmer.

— Hors de question que je te laisse.

— Et si je tirais sur l'agent du FBI à la place ?

— Papa !

TJ était estomaqué, mais Charlotte savait que Tom était sérieux. Elle savait aussi qu'il se débarrasserait d'elle dès qu'il en aurait l'occasion. D'une manière ou d'une autre. Sans quoi, elle mettrait les autorités sur leur piste.

Tom cria pour couvrir le vent violent :

— On y va, TJ. On doit partir d'ici avant que le FBI ne nous retrouve. On réglera le reste plus tard.

Charlotte entendit à nouveau Truman l'appeler à la radio.

— Tiens.

Tom lança la radio à son fils.

— Écoute ça au cas où ils enverraient une équipe la chercher.

Le gamin l'attrapa et la glissa dans une poche extérieure. Puis il partit vers le nord, son bras entourant les épaules de Kayla d'un geste protecteur.

Tom brandit son arme en direction de Charlotte.

— Je leur laisse quelques mètres d'avance.

— Pour ne pas les toucher quand vous me tirerez dessus.

— Il n'y a pas de raison de vous tirer dessus si vous faites ce que je vous dis.

Mais bien sûr. Elle traîna délibérément des pieds dans la neige, laissant des traces que quelqu'un pourrait, espérait-elle, suivre. Elle revit Novak, la première nuit où ils étaient arrivés, cherchant des traces du passage de TJ sur le sol gelé.

Retrouve-moi.

— Vous n'êtes pas obligé de faire ça, Tom. Vous n'avez encore rien fait de mal.

À l'exception de l'agression d'un agent fédéral et de quelques dizaines d'autres délits.

— Écoutez, ne me prenez pas pour un idiot, et je vous rendrai la pareille.

— Charlotte. Je m'appelle Charlotte.

Elle devait se rendre humaine à ses yeux, ne pas se présenter seulement comme un agent spécial.

Il détourna le regard.

— Alors, bougez, Charlotte. Ou bien vous mourrez là. C'est à vous de voir.

CHAPITRE TRENTE-TROIS

La sueur dégoulinait sur le front de Novak, et il s'essuya le visage avec sa manche. Il avait démonté le fil-piège et avait ensuite étudié chaque fil.

L'équipe Echo fouillait les habitants pour vérifier qu'ils n'avaient pas d'armes avant de les envoyer vers un système d'échelle qu'ils avaient mis en place et qui semblait être la sortie la plus sûre du complexe en urgence. L'heure tournait. Des bloqueurs de signaux avaient été mis en place pour éviter que les bombes ne soient déclenchées à distance, volontairement ou accidentellement, mais ils n'avaient pas le temps de démanteler tous les minuteurs qui avaient déjà été armés.

Novak aperçut Cowboy serrant un bébé contre lui alors qu'il escaladait rapidement le mur.

Les tireurs d'élite avaient reçu l'ordre de quitter leurs positions de surveillance, aveuglés par la tempête. Et bien que le FBI dispose de certains des meilleurs pilotes au monde, le vent soufflait en rafales trop fortes pour que l'hélicoptère soit une option. L'équipe Charlie avait été positionnée au ranch et devait aider à escorter ces personnes jusqu'à un centre en vue de les interroger.

Allongé sur le dos par terre, Novak observait l'appareil sous un nouvel angle. Trois fils rentraient dans la boîte noire à l'arrière. Rouge, noir, vert. Il essaya de voir à l'intérieur, mais le plastique épais était opaque. Il prit des photos avec son téléphone portable.

— C'est l'heure, patron.

Il leva les yeux vers Cowboy qui se trouvait au-dessus de lui.

— On est aussi sûrs que possible que tout le monde est sorti. Il reste deux minutes avant le déclenchement des explosifs souterrains. On doit évacuer.

Et merde. Il avait raison. Novak poussa un juron et s'éloigna des explosifs en roulant. Il était inutile de rester pour les désamorcer si tout allait exploser de toute façon. Pourquoi Harrison voulait-il tuer tout le monde ? S'il les détestait à ce point, pourquoi ne les avait-il pas mis à la porte des mois plus tôt ?

— J'arrive, dit Novak.

Ils se précipitèrent vers l'échelle. Les habitants avaient tous été rassemblés sur un sentier voisin. Cowboy s'apprêtait à s'y rendre, mais Novak lui attrapa le bras.

— Par ici.

Ils sprintèrent dans la neige en direction de l'endroit où Novak avait laissé McKenzie et les négociateurs. Le lit du ruisseau offrirait une bonne couverture, car ils n'avaient aucune idée de la quantité de C4 que Harrison avait entassée ni de la quantité de munitions stockées entre ces murs.

Ils glissèrent le long de la berge et s'arrêtèrent en dérapant. Novak scruta la rangée de personnes à l'abri.

— Beau travail, le félicita McKenzie.

Novak hocha la tête. Mais où était Charlotte ?

— L'opinion unanime, selon les personnes qui sont sorties, est que tout le monde est là, sauf Tom Harrison, son fils TJ et

Malcolm Resnick. Ils ont dit que les Harrison s'étaient enfermés dans leur suite.

Novak fronça les sourcils. Il vit Eban qui le regardait d'un air inquiet, ce qui lui indiqua que Charlotte n'était pas encore rentrée.

— Où est la SSA Blood ? demanda-t-il.

— Je ne sais pas, mais si elle n'a pas une bonne excuse, je vais lui coller un blâme officiel.

McKenzie avait l'air énervé. Les chevaux hennirent depuis l'arbre voisin où ils étaient attachés.

— Des nouvelles du SWAT ?

— Le SWAT et les flics locaux se sont retirés. Les conditions devenaient trop dangereuses.

Eban et lui se fixèrent.

— Je vais la chercher, grogna Novak.

— Hors de question, rétorqua McKenzie.

— Je ne vous demande pas la permission, patron. Je pense qu'elle a des problèmes et je vais la chercher.

McKenzie leva la main pour intimer le silence tandis que Romano égrenait le décompte à la radio.

— Cinq, quatre, trois.

Novak courba les épaules et s'accroupit au ras du sol, agacé par ce contretemps.

Tout le monde se baissa et se couvrit la tête.

— Deux, un.

Une énorme explosion fit trembler la terre. Les chevaux que McKenzie et lui avaient montés se cabrèrent de peur. Un panache de fumée et de poussière s'éleva à une dizaine de mètres dans les airs. Des flammes apparurent au-dessus des arbres. Des explosions secondaires secouèrent le sol sous ses pieds. Nom de Dieu. Si les hommes de Novak étaient entrés là-dedans, ils seraient tous morts.

Ce *putain* de Tom Harrison avait vraiment eu l'intention

de tuer tous ceux qui se trouvaient à moins de trente mètres à la ronde.

Un sentiment de malaise l'envahit et il se leva avant que les débris n'aient fini de tomber.

McKenzie leva les yeux au ciel, comprenant manifestement l'intention de Novak.

— La SSA Blood a intérêt à avoir une sacrée bonne excuse.

Novak se précipita vers les chevaux, saisit les rênes et la selle, et monta à cheval. Eban Winters était à ses côtés.

Charlotte ne pouvait pas s'être absentée volontairement alors que les choses allaient si mal, pas alors qu'elle se souciait de tout le monde autant que lui. Il partit au galop, s'accroupissant au-dessus de son encolure et évitant habilement les branches en surplomb.

Ils s'arrêtèrent sur les lieux du crime. Les chevaux soufflaient fort et le ruban jaune flottait au vent. Ils balayèrent la zone du regard, puis en firent rapidement le tour, fouillant la neige à la recherche de Charlotte. Avait-elle eu un accident ? S'était-elle tordu la cheville ?

Aucun signe d'elle.

Eban allait l'appeler, mais Novak l'arrêta d'une poigne ferme sur sa manche.

— Regardez.

Il montra une série d'empreintes de pas et une traînée dans la neige qui disparaissait rapidement et qui traversait les bois en direction du nord.

— Allez chercher de l'aide.

Eban refusa.

— Je viens avec vous.

Novak secoua la tête.

— On pourrait avoir besoin de renforts, et on ne peut pas prendre le risque d'utiliser la radio.

Eban fronça les sourcils, puis comprit. Il poussa un juron.

— Vous pensez qu'on l'a enlevée ?

Novak acquiesça.

— Elle ne s'est pas simplement égarée. Celui qui la détient a peut-être accès à nos communications.

Eban le saisit par les sangles de son gilet pare-balles et la secoua.

— Ne la perdez pas, Novak. Sinon, je vais bousiller votre vie pour les cinquante prochaines années.

Novak hocha la tête, incapable de parler. Il ne pouvait pas la perdre. Il venait juste de la trouver.

Ils étaient à l'abri du vent dans un ravin, et TJ prit un moment pour savourer le calme relatif. Kayla avait du mal à avancer dans la neige et ne cessait de trébucher contre lui.

Il regarda ses traits pâles. Il lui avait donné ses gants, mais elle claquait des dents.

— Ça va ?

— Elle était très malade, cria l'agent du FBI derrière lui.

Elle s'appelait Charlotte. Elle avait apparemment aidé Kayla.

— C'est pour ça qu'elle n'était pas au rendez-vous mercredi matin. Brenna est montée te dire qu'elle était malade. Il faut faire sortir Kayla au plus vite de cette tempête.

Sa peau était presque aussi blanche que la neige, à l'exception des ombres sombres sous ses yeux. Elle acquiesça, puis trébucha à nouveau, et il se rendit compte qu'elle était épuisée. Ils devaient se mettre à l'abri de la tempête, mais le repaire se trouvait à plus de 1,5 kilomètre sur un terrain accidenté. TJ se pencha pour la porter tandis que son père gémissait d'exaspération.

TJ serra le petit corps frêle de Kayla contre lui en regardant l'agent du FBI.

— Je n'ai pas tué Brenna. Mais je sais qui l'a fait. J'ai trouvé des clichés sur son appareil photo.

— Attends, dit vivement l'agent du FBI. C'est toi qui avais l'appareil photo de Brenna ?

— Je l'ai trouvé sous le lit de mon oncle Malcolm.

— Malcolm Resnick ?

TJ observa l'expression de la femme. Elle était jolie et ne ressemblait pas à ce qu'il attendait d'un agent fédéral. Elle était nerveuse. Elle ne comprenait pas que son père ne lui ferait pas de mal. Il pourrait bien l'attacher et l'abandonner au repaire, mais il ne lui tirerait pas dessus. TJ s'assurerait qu'elle ait suffisamment chaud.

— Je comprends que vous soyez proche de votre beau-frère, M. Harrison, mais je suis surpris que vous protégiez un tueur recherché, commenta l'agent du FBI.

— Papa ne le savait pas, lui assura TJ.

— Je ne parle pas de Brenna.

TJ fronça les sourcils.

— Vous saviez pour le journaliste que Malcolm a tué, n'est-ce pas ? demanda Charlotte à son père.

Ces mots n'avaient aucun sens.

— De quoi elle parle ?

Son père respirait laborieusement, des nuages gelés sortant de sa bouche.

— Je ne voulais pas qu'il reste, mais ma femme ne voulait pas abandonner son propre frère. Je pouvais difficilement m'y opposer.

— Même s'il a tué Brenna ? insista Charlotte.

TJ fronça les sourcils.

Kayla s'agrippa à son manteau.

— Qui a tué Brenna ?

— Mon oncle, dit TJ avec amertume. Il nous volait de l'or. Brenna a pris des photos de lui. Je pense qu'il l'a tuée pour ça, et qu'il a essayé de me faire porter le chapeau.

Tom inclina la tête.

— Je savais qu'il était en fuite, mais il jurait qu'il n'avait rien fait. Quand la fille a été retrouvée morte, je l'ai soupçonné, mais il avait déjà pris l'ascendant sur tout le monde. Je ne pouvais rien faire. Il fallait qu'on ait l'occasion de s'échapper.

— Votre femme était-elle malade avant l'arrivée de Malcolm Resnick ? demanda doucement l'agent fédéral.

Les narines de Tom se dilatèrent tandis qu'il enregistrait les paroles de la jeune femme.

Le monde trembla sous leurs pieds. TJ chancela, essayant de s'accrocher à Kayla et de rester debout. Des flammes et de la fumée s'élevèrent au-dessus des arbres.

Tom jeta un coup d'œil las en direction de l'enceinte.

— Je pense que nous n'avons plus besoin de nous inquiéter pour Malcolm.

Un froid glacial envahit TJ. Il laissa Kayla glisser à ses pieds.

— Qu'est-ce que tu as fait ?

— J'ai fait ce que je devais. Pour te protéger.

TJ recula d'un pas.

— Tu as fait sauter notre maison ?

Les larmes lui brûlaient les yeux.

— Et tous les gens à l'intérieur ? Et les enfants ?

— Ils n'étaient pas vraiment disposés à t'aider, n'est-ce pas ?

L'agent fédéral devint livide.

— C'était ça, votre plan d'évacuation. Détruire le bunker

et tuer tout le monde à l'intérieur. Il aurait fallu des mois pour que quelqu'un réalise que vous ne comptiez pas au nombre des victimes. Personne n'aurait peut-être jamais compris.

— Continuez à avancer, dit froidement Tom.

TJ était en état de choc, mais il continua à marcher. Il ne pouvait pas croire que son père avait fait exploser leur maison avec des gens à l'intérieur. Des personnes avec lesquelles ils avaient vécu pendant des années. Il se força à avancer, le bras enroulé autour de Kayla, l'aidant alors qu'elle éprouvait des difficultés croissantes. Il ne reconnaissait pas l'homme qui l'avait élevé, qu'il aimait depuis toujours. Il n'avait jamais imaginé que son père puisse faire du mal à quelqu'un, et encore moins à des femmes et à des enfants.

Sa mère avait mis au monde certains de ces enfants.

Il sentit son estomac se retourner.

Ses membres se mirent à trembler et il tomba à genoux.

Son père se précipita.

— Tu vas bien, fils ?

L'agent fédéral se jeta sur Tom, mais son instinct dut le mettre en garde. Il pivota vers elle, et le coup de feu partit. Elle s'effondra dans la neige.

TJ poussa un cri d'horreur.

Tom leva son arme pour tirer à nouveau, mais TJ se précipita sur son père.

CHAPITRE TRENTE-QUATRE

Novak chevauchait aussi vite qu'il le pouvait tout en scrutant les environs. Les traces avaient été partiellement recouvertes par le vent ou la neige fraîche, et il devait faire appel à tous ses sens et à toutes ses compétences pour les suivre dans ces conditions. Il devait retrouver Charlotte.

Il n'arrivait pas à croire qu'il l'avait laissée sans lui dire à quel point il tenait à elle. Bon sang, « tenir » à elle était loin de décrire ce qu'il ressentait. Il « tenait » à Charlotte plus qu'à la femme qu'il avait épousée.

L'idée de la perdre le rongeait. Corrodait son esprit. Il ne pouvait pas être damné à ce point. Personne n'était aussi maudit. Il la retrouverait. Il la sauverait. Il arracherait la tête de n'importe quel connard prêt à lui faire du mal, y compris la sienne.

Et après ?

Qui sait. Mais il était prêt à se battre pour avoir une chance d'être avec elle.

Le bruit d'un coup de feu le fit pivoter vers l'est tandis que son cœur se tordait méchamment dans sa poitrine. Il repéra le sentier devant lui, mais coupa plus haut dans la montagne, franchissant une petite crête de conifères denses. Il scruta la scène en contrebas, et tout son être se concentra sur la mission la plus importante de sa vie.

Les voilà.

Un petit groupe de personnes apparut à travers les branches.

Tom Harrison. TJ Harrison. Il eut la surprise d'apercevoir Kayla, mais il ne perdit pas de temps à essayer de comprendre.

Où était Charlotte ?

Il resta baissé, faisant avancer le cheval en restant à couvert.

Il aperçut alors Charlotte recroquevillée sur le sol, au milieu d'une tache écarlate maculant la neige.

Son esprit criait au déni, mais son corps continuait à progresser grâce à la seule mémoire musculaire. Il avançait. Prenait des décisions tactiques, alors même que la peur qu'il éprouvait pour elle menaçait de le consumer.

TJ essayait d'empêcher son père de tirer à nouveau sur Charlotte. Ils luttaient pour prendre le contrôle de l'arme. Dès que TJ perdrait ce combat, Charlotte recevrait une balle dans la tête.

Kayla cria.

Le coup de feu partit, et TJ tomba à genoux.

Le tableau devant Novak resta en suspens alors même qu'il galopait vers eux.

Tom Harrison lâcha l'arme et s'agrippa à son fils, les deux mains bien visibles, sans quoi Novak lui aurait tiré une balle dans la tête.

Il immobilisa le cheval d'une main et en descendit d'un bond. Il plaqua Tom au sol et l'obligea à relâcher TJ, en lui serrant un poignet, puis l'autre, dans le dos et en le menottant. Novak récupéra le pistolet de Tom et le glissa dans l'une de ses poches.

— Aidez-le !

Tom poussa un cri d'angoisse.

Charlotte roula sur le dos, haletante.

— Contente que tu aies pu te joindre à la fête, Payne.

Elle sourit, plus courageuse que n'importe qui.

— Je savais que tu viendrais.

Il était touché par sa confiance. Elle faisait naître en lui des émotions et de la gratitude mélangées à autre chose. Quelque chose de plus grand et de plus effrayant.

— Il t'a tiré dessus ?

Novak ouvrit le manteau de Charlotte et ressentit une vague de soulagement en sentant le gilet pare-balles.

Elle sourit et grimaça en même temps, et agita son gant vers lui. Il réalisa que c'était de là que venait le sang.

— Il m'a touché le bout des doigts. Ça fait un mal de chien, mais ça va maintenant que j'ai retrouvé mon souffle.

Le fait qu'elle soit blessée, mais pas morte, atténua sa réticence habituelle à s'ouvrir aux autres. Sa lâcheté habituelle. Elle n'était pas morte, mais elle aurait pu l'être. Il se pencha et l'embrassa.

— Je ne suis pas prêt à mettre un terme à ce qu'il y a entre nous, SSA Blood.

Il avait tellement plus à lui dire, mais ils devaient sortir de ce blizzard avant de mourir de froid.

Tom roula dans la neige.

— Occupez-vous de mon fils !

Charlotte s'approcha de l'endroit où TJ gisait dans la neige, se serrant le ventre.

— Kayla, j'ai besoin que tu viennes ici et que tu m'aides.

Charlotte retira les bretelles du sac à dos de TJ de ses épaules et tenta d'ouvrir les fermetures d'une seule main. Kayla l'aida malgré ses tremblements.

Tom essayait de se rapprocher de TJ.

— Aidez-le ! Aidez mon fils !

Novak regarda les deux hommes pendant qu'il demandait par radio une évacuation sanitaire et informait les autres. Les conditions météorologiques étaient telles qu'il ne pensait pas qu'il serait possible de faire venir l'hélicoptère jusque-là. En regardant les deux hommes, il ne leur trouva aucun air de famille. Ils n'avaient rien en commun. Ni la taille, ni la carrure, ni la couleur de peau, ni les traits. Soudain, il comprit. L'enceinte sécurisée, le refus de parler aux autorités fédérales, le plan d'évasion désespéré, quel qu'en soit le coût en termes de vies humaines.

— Putain de merde, dit Novak en s'agenouillant tout en gardant l'homme en vue.

Il vérifia qu'il n'y avait pas de plaie de sortie, ce qui fit pousser à TJ un cri de douleur.

— Désolé, gamin.

Ouaip. Il y avait du sang sur la neige derrière lui.

— Passe-moi quelque chose à presser contre la plaie, demanda-t-il à Charlotte.

— Il y a une trousse de secours sur le côté de mon sac. Mais je ne m'attendais pas à ce qu'on me tire dessus. Qu'est-ce que tu as fait, papa ?

La voix de TJ était tendue, la bouche étirée par la douleur.

— Je suis désolé, fils. Je suis vraiment désolé. C'était un accident. Tu n'aurais pas dû être touché !

Charlotte remit à Novak une pochette rouge et une couverture de survie. Elle faisait tout d'une seule main. Elle était probablement plus mal en point qu'elle ne le laissait entendre. Mais le jeune risquait de mourir s'ils n'agissaient pas rapidement.

Novak pressa un vêtement contre le ventre de l'enfant pendant qu'il le retournait pour s'occuper de son dos.

— Il y a quelques sachets de QuikClot dedans, lui dit TJ, la respiration sifflante.

Novak grogna. Malgré les températures glaciales, il souleva toutes les couches de vêtements de TJ et nettoya la blessure par balle qu'il trouva. Il ouvrit un emballage d'agent hémostatique et lui laissa quelques secondes pour opérer. Cela pourrait permettre de maintenir l'enfant en vie jusqu'à ce qu'il soit transféré dans un centre de traumatologie, en fonction de ce que la balle avait touché d'autre sur son passage. Novak appliqua une gaze propre sur la plaie, la pansa puis fit rouler TJ sur le dos, ignorant ses gémissements de douleur. Pour arrêter l'hémorragie, il répéta l'opération sur la plaie d'entrée pendant que Tom Harrison gémissait.

— Je suis désolé, fils.

— Ce n'est pas votre fils, rétorqua Novak.

La mâchoire de Tom se décrocha. TJ roula la tête en signe de confusion.

Les arbres s'agitaient violemment.

— Tu peux marcher ? demanda Novak à Charlotte.

— Oui.

Elle se montrait résolument optimiste. C'était elle tout craché. Il lui saisit doucement le poignet et retira le gant, s'assurant qu'elle ne puisse pas voir la blessure. *Merde.* Il cacha son inquiétude et versa un autre paquet d'agent de coagulation sur les doigts mutilés de la jeune femme, puis enveloppa sa main dans de la gaze. Puis il referma son manteau et mit son propre gant épais sur sa main blessée pour la protéger des engelures. Il l'embrassa à nouveau.

— Je me suis inquiété quand j'ai réalisé que tu n'étais pas avec les autres.

L'inquiétude ne suffisait pas à décrire les émotions qui l'avaient envahi lorsqu'il avait découvert qu'elle avait disparu.

— Mon fils se vide de son sang pendant que vous perdez du temps !

— Et à qui la faute ? grogna Novak. Et comme je l'ai dit, arrêtez votre petit jeu, ce n'est pas votre fils.

— Si, je le suis, rétorqua TJ d'un ton amer.

Novak regarde Kayla.

— J'ai besoin que tu restes aux côtés de la SSA Blood et que tu continues à mettre un pied devant l'autre jusqu'à ce qu'on trouve de l'aide. Tu peux le faire ?

La jeune fille semblait prête à ployer sous une simple brise, mais elle acquiesça. Son cheval s'était enfui. Novak espérait que l'animal avait trouvé comment rentrer.

Il fouilla dans le sac à dos de TJ et trouva une petite tente. Il la sortit du sac et étala le matériau orange sur le sol à côté du jeune homme blessé. Puis il fit rouler l'enfant sur la toile.

— C'est une bonne idée. Détachez mes mains, et je pourrai vous aider à le tirer. Il est tout ce qu'il me reste, dit Tom désespérément.

Novak le fixa du regard.

— Il n'est pas à vous, Tom. Vous savez qu'il n'est pas à vous, et je sais qu'il n'est pas à vous.

— Comment ça ? demanda Charlotte.

— On a analysé l'ADN de contact présent sur le corps de Brenna. L'un des résultats correspond à une personne disparue. Avancez.

Cet ordre s'adressait à Tom.

— C'est pour ça que Tom et sa femme se sont éloignés de la civilisation et se sont enfermés dans un bunker en béton. Non pas parce qu'ils pensaient que c'était la fin du monde, mais pour se cacher des autorités. C'est pour ça que Tom refusait de nous parler. Il était terrifié à l'idée qu'on le découvre, quand on aurait prélevé l'ADN de TJ.

TJ serrait sa blessure.

— Papa ? De quoi il parle ?

Les lèvres de Tom se retroussèrent de colère.

— Rien, fils. C'est un menteur. Tous les fédéraux sont des menteurs, et ils diront n'importe quoi pour essayer de nous monter les uns contre les autres.

Charlotte avait l'air contemplative en mettant le sac de TJ sur sa bonne épaule. Parce qu'il s'agissait d'une preuve et qu'elle tenait à faire son travail correctement.

Ce fut à ce moment-là qu'il eut une révélation aveuglante. Il *aimait* cette femme. Et il ne s'en remettrait probablement jamais quand elle déciderait que c'était fini entre eux.

Faire le job. La mettre en sécurité. Il souffrirait plus tard.

Il chassa cette nouvelle réalité indésirable de son esprit. Il ne souhaitait rien de plus que de botter le cul de Tom Harrison jusqu'en bas de la montagne, mais il devait mettre ces gens à l'abri, car ce blizzard commençait à être critique. S'il ne les tirait pas de là rapidement, ils risquaient tous d'y rester.

Charlotte savait que sa main était grièvement blessée, mais elle ignorait la douleur. Le froid l'aidait. Le fait que Novak soit intervenu et lui ait assuré qu'il était intéressé par une relation avec elle jouait également beaucoup. Elle était ravie, mais une partie d'elle était en proie à la confusion. Elle aurait voulu qu'il lui en dise plus. Qu'il lui déclare son amour éternel. Même s'il n'était pas le genre d'homme qu'elle avait prévu d'épouser. Elle essayait d'imaginer à nouveau ce futur idéal, mais l'homme de sa vie se transformait sans cesse en Novak, arborant un de ses sourires provocateurs.

Comment avait-elle pu tomber amoureuse d'un homme

qui n'était pas du tout fait pour elle ?

La neige lui piquait les yeux et la ramena à ses efforts pour survivre et sortir de cette tempête.

Elle utilisait sa main valide pour aider Kayla. Tom Harrison se servait de ses mains liées pour hisser un côté de la bâche où se trouvait TJ sur le flanc de la colline. C'était Novak qui faisait le plus gros du travail. Tom essayait de l'aider.

Elle regardait Novak bouger, admirant son physique puissant et sa façon de se mouvoir. Il était également intelligent. Vraiment intelligent. Elle était stupide de l'avoir sous-estimé. Il ne parlait peut-être pas beaucoup, mais ses neurones fonctionnaient très bien. Il avait compris les motivations de Tom Harrison et, soudain, tous les actes de cet homme prenaient un sens. Le fait que TJ soit un bébé volé était le cygne noir qu'ils recherchaient. C'était la fameuse information qu'ils ignoraient qu'ils ignoraient.

Dans le calme relatif qui régnait parmi d'épais conifères, elle pressa Tom Harrison de répondre à ses questions. Il s'était montré prêt à la tuer de sang-froid pour protéger son secret, pour garder TJ auprès de lui, quel qu'en soit le prix.

— Pourquoi avoir volé un bébé, Tom ? Qu'est-il arrivé à votre vrai fils ?

Tom commença à sangloter.

— Je ne sais pas de quoi vous parlez. Vous êtes des menteurs !

Charlotte ignora ses protestations.

— Ça explique tout. Surtout que TJ ne ressemble ni à vous ni à votre femme.

— Taisez-vous. Taisez-vous.

— C'est certainement la raison pour laquelle vous avez paniqué lorsque votre commandant vous a dit de venir nous parler. Dès que TJ serait entré dans le système, vous saviez que nous comprendrions. Votre femme a-t-elle tué l'autre enfant, Tom ?

Il poussa un hoquet d'indignation.

— Non. Il est mort.

Il semblait comprendre que ses aveux marquaient la fin de tout. Ou peut-être l'avait-il réalisé plus tôt, quand il lui avait tiré dessus.

— Notre fils est mort et ma femme était inconsolable. Elle ne pouvait plus avoir de bébé. Je pensais qu'elle allait mourir de chagrin et que j'allais la perdre, elle aussi.

Tom jeta un coup d'œil à TJ, mais le jeune homme n'écoutait pas. Il avait perdu connaissance, et Charlotte craignait qu'il ne s'en sorte pas.

Novak redoubla d'efforts pour tirer la forme inerte de TJ sur une autre petite côte avant qu'ils ne recommencent à descendre, essayant de revenir sur leurs traces dans des conditions proches d'une tempête de neige.

— Alors vous avez pris le bébé de quelqu'un d'autre, s'écria Charlotte.

Kayla déclinait rapidement. Charlotte lui saisit le bras.

— Tu vas t'en sortir, Kayla. Pense à Brenna. Pense à TJ. Tu peux le faire.

— Est-ce qu'il va s'en sortir ? demanda Kayla en redressant ses frêles épaules.

— Oui. Ne perds pas espoir.

Soudain, des silhouettes coururent vers eux.

Six membres de la HRT, plus McKenzie et Eban.

Elle n'avait jamais été aussi heureuse de sa vie de voir la cavalerie arriver. Elle sentit le soulagement l'envahir. Ils allaient s'en sortir. Tout irait bien.

Quelques instants plus tard, elle se retrouva portée par des bras puissants. Peut-être qu'elle s'était évanouie. Elle n'en était pas sûre. Elle reconnut l'odeur de l'homme qui la tenait, la sensation de son torse musclé. Elle était dans les bras de Payne Novak, et ça la rendait euphorique.

— Merci d'être venu me chercher, murmura-t-elle.

Il l'embrassa sur le front, ignorant la présence des autres agents et le regard sévère d'Eban.

— Je serais probablement morte à l'heure qu'il est si tu n'étais pas arrivé.

— Ne dis pas ça, dit-il d'un ton ferme.

— Heureux de voir que vous êtes toujours parmi nous, SSA Blood.

Le regard de McKenzie s'arrêta sur la façon dont Novak la serrait contre lui alors que quatre opérateurs de l'équipe d'intervention récupéraient TJ et commençaient à descendre la montagne en le portant dans la civière de fortune.

Un opérateur souleva Kayla, et l'autre lut à Tom ses droits alors qu'ils s'empressaient tous de se mettre en sécurité.

— Ça se présente comment ?

Charlotte leva la main, couverte par le gant surdimensionné de Novak. La douleur était vive, et elle savait que le froid glacial engourdissait l'étendue réelle des dégâts.

— Ça va aller. Quelques points de suture et tu seras comme neuve.

Mais il s'efforçait de ne pas croiser son regard.

— J'ai intérêt à être encore capable de tirer après ça, parce que je ne quitterai pas la CNU.

Elle s'entraînait aussi avec sa main gauche, mais elle n'avait jamais été aussi précise.

— Je suis une foutue négociatrice. Les négociateurs ne sont pas censés se faire tirer dessus.

— Peut-être que la prochaine fois, tu resteras à ta place, répliqua Novak.

— Aucune chance.

Elle sourit parce qu'il en avait besoin.

— Peut-être que je vais te dénoncer au Bureau de la responsabilité professionnelle pour ne pas avoir respecté la procédure.

— Tant que j'ai l'occasion de jouer les siamois avec toi de temps en temps, je m'en contenterai.

— Vraiment ?

Il semblait toujours aussi incertain, comme s'il ne savait pas à quel point elle avait apprécié sa compagnie. À quel point elle était tombée amoureuse de lui alors qu'elle ne lui en avait pas donné la permission.

Mais elle n'est pas encore prête à prononcer les mots.

— Vraiment.

Elle avait dû s'endormir, car lorsqu'elle se réveilla, elle était dans les airs et Novak lui tenait la main.

Les médecins s'occupaient de TJ. Elle espérait qu'il se remettrait.

Novak embrassa ses doigts indemnes.

— Je te tiens, Charlotte.

— Mais est-ce que tu me garderas ? plaisanta-t-elle d'un ton légèrement mordant.

Mais peut-être ne plaisantait-elle pas, car ses yeux étaient plantés dans les siens, attendant sa réponse.

Ses doigts se serrèrent sur les siens.

— Je ne te laisserai pas partir, chérie. Jamais.

— Tant mieux.

Elle soutint son regard bleu-vert, soudain envahie par la fatigue.

— Parce que je pense que je pourrais bien t'aimer, Payne Novak, et que ça ne faisait pas partie de mes projets de vie.

Elle s'assoupit, l'entendant lui crier quelque chose de très loin, mais incapable de lutter contre l'obscurité. Incapable de répondre à ses suppliques.

CHAPITRE TRENTE-CINQ

Il avait dit à Charlotte qu'il voulait donner une chance à leur relation, et Charlotte avait fait monter les enchères en lui disant carrément qu'elle l'aimait, même s'il ne correspondait pas à l'idée qu'elle s'était faite de son avenir.

Puis elle s'était évanouie, et il lui avait crié de rester avec lui. Même à ce moment-là, les mots fatidiques n'avaient pas pu franchir ses lèvres. Qu'est-ce qui n'allait pas chez lui ? Les émotions se bousculaient en lui. De quoi avait-il si peur ? Il s'en voulait de ne pas s'être ouvert à elle avant qu'elle ne s'évanouisse. Quel meilleur moment pour lui avouer ses sentiments que lorsqu'il l'avait trouvée en sang dans la neige ? Et si elle mourait ? Et il avait été trop lâche pour avouer que ces quelques jours passés avec elle avaient détruit toutes ses défenses, fait tomber tous ses murs ?

Mais elle ne mourrait pas.

Elle était actuellement au bloc. L'objectif était qu'elle puisse conserver l'usage de ses doigts. Peut-être allait-on pouvoir rattacher la phalange distale de l'annulaire de sa main droite. En raison de la température glaciale et de la rapidité avec laquelle elle avait été transportée à l'hôpital, les médecins étaient confiants. Et s'il y avait un problème dont ils n'étaient pas au courant ? Et si elle avait été touchée ailleurs et que les médecins ne l'avaient pas remarqué ?

McKenzie entra dans la salle d'attente, téléphone portable à l'oreille. Il leva la main pour empêcher Novak de parler.

— Non, Monsieur le Président. La SSA Blood est toujours au bloc, mais elle devrait se rétablir complètement.

Elle a intérêt à se rétablir.

— Nous avons un suspect au bloc. Il est dans un état critique après que l'homme qui l'a élevé lui a tiré dessus, déclara McKenzie.

TJ serait-il considéré comme un suspect ou une victime lorsque la vérité éclaterait ? Cela dépendrait probablement de ce qu'il avait fait à Brenna Longie.

— On ignore où se trouve l'un des suspects, mais nous pensons qu'il se trouvait dans le sous-sol du complexe au moment de l'explosion et qu'il est probablement mort ou au fond d'un bunker. Il faudra du temps pour savoir ce qu'il est devenu. Nous devons attendre que la tempête passe.

Malcolm Resnick avait peut-être réussi à s'échapper de la même manière que Tom Harrison, mais Tom avait juré que l'homme ne connaissait pas l'existence du tunnel. Il était probable qu'il se soit caché, espérant que le FBI ne pourrait pas le trouver, sans savoir que Tom avait piégé l'endroit avec suffisamment d'explosifs pour le réduire en cendres.

Tous les autres étaient sortis vivants de la montagne et étaient interrogés séparément pour tenter de comprendre ce qui s'était passé.

— Le propriétaire des lieux, que nous considérons comme le meneur, est en garde à vue. Oui, monsieur, il semble que sa défunte épouse et lui aient enlevé un enfant de deux ans nommé Dale Singer il y a seize ans pour remplacer leur petit garçon décédé.

Les parents biologiques de TJ avaient été informés que leur enfant avait été retrouvé vivant, mais ils n'en savaient pas davantage. Pas encore. Qui pouvait bien savoir ce qui allait se passer dans cette situation ? TJ n'arriverait pas nécessairement à les considérer comme ses parents. Il pourrait ne pas survivre à ses blessures. Mais rien de tout cela n'avait d'importance. Tout ce qui comptait, c'était de remettre Charlotte sur pied, et ensuite, il pourrait lui apprendre à tirer aussi bien de la main gauche que de la main droite. Tout ce qu'il fallait, c'était de l'entraînement et de l'engagement. Et il était prêt à s'engager à fond. À cent pour cent pour l'aider. Être avec elle. Si seulement il trouvait le courage de lui parler de ces sentiments qui le terrifiaient tant.

— Le chef d'équipe de la HRT qui a pénétré dans l'enceinte pour désamorcer les explosifs des portes ? dit McKenzie tandis que Novak grimaçait. Il est juste là, Monsieur le Président.

McKenzie glissa le téléphone dans la main de Novak.

— C'est pour vous.

Et merde. Novak porta le téléphone à son oreille et se racla la gorge.

— Monsieur le Président.

Il reconnut immédiatement la voix de Joshua Hague.

— Merci pour vos actes héroïques du jour. Votre bravoure a permis d'éviter ce qui aurait pu être une grave tragédie.

— Je n'ai fait que mon travail, monsieur. Comme tous les autres agents fédéraux et les policiers aujourd'hui. Je ne suis pas un « héros ». Je fais partie d'une équipe de professionnels.

Formidable. Il corrigeait le président des États-Unis.

Heureusement, l'homme rit.

— Et modeste en plus.

Novak sentit son estomac se nouer. Il n'était pas modeste, il ne méritait tout simplement pas d'être distingué.

— Merci, monsieur, ajouta Novak avant de rendre rapidement le portable à McKenzie comme s'il s'agissait d'une grenade.

McKenzie le prit, l'évaluant d'un œil critique. Novak se doutait qu'il allait avoir le droit à des remontrances.

Enfin, il raccrocha.

— Du nouveau ?

Il fit un signe de tête en direction des portes qui menaient au bloc.

Novak secoua la tête. Il n'aurait même pas dû être là. Il aurait dû être avec ses hommes en train de débriefer l'opération. De remplir des formulaires et de remballer leur matériel, au cas où leur présence serait rapidement requise ailleurs.

McKenzie s'assit sur une chaise en face de lui.

— Je suppose que mon plan pour vous mettre au diapason a un peu trop bien fonctionné ?

Novak serra les poings, ne sachant que faire de ses mains.

— On dirait bien. Mais ne blâmez pas la SSA Blood pour tout ça. Tout est de ma faute.

McKenzie leva les yeux au ciel.

— Croyez-moi, si c'est ce que je pense, vous êtes aussi responsables l'un que l'autre.

Novak resta silencieux. Il ne comptait pas mettre en péril la carrière de Charlotte.

— Les autres négociateurs voulaient être là, mais je leur ai donné l'ordre de commencer à faire leurs bagages et à remplir la paperasse. Je suis sûr qu'ils vont arriver d'ici peu.

Novak ne voulait pas avoir affaire à eux. Ni aux négociateurs, ni à son équipe, ni à McKenzie.

— Je sais ce que vous traversez. J'ai vécu exactement la même chose avec Tess. J'ai failli perdre la femme que j'aimais.

La chaise grinça.

— Vous lui avez déjà dit ?

Novak pinça les lèvres. Il secoua la tête.

— Si vous pensez que c'est bien réel, n'attendez pas trop longtemps.

Novak acquiesça à nouveau.

McKenzie rit et se leva. Novak se prépara à désobéir à l'ordre direct de retourner au ranch pour le débriefing. Au lieu de ça, McKenzie lui tendit un trousseau de clés.

— Des gardes ont été affectés à TJ et Kayla. La fille est interrogée par l'agent Makimi en ce moment même.

— Pour ce que ça vaut, je ne pense pas que Kayla ait été impliquée dans quoi que ce soit de criminel. Et TJ s'est battu avec Tom pour l'empêcher d'appuyer une seconde fois sur la gâchette pour viser Charlotte.

L'estomac de Novak se retourna.

— Elle serait morte sans ce jeune homme. C'est pour ça qu'il s'est pris une balle.

McKenzie hocha la tête.

— J'ai besoin que vous rentriez à la base, Novak. Il y a beaucoup à faire. Mais je vous laisserai assez de temps pour voir Charlotte et vous assurer que tout va bien. Vous savez que vous ne pourrez pas repousser la paperasse éternellement, n'est-ce pas ?

Un côté de la bouche de Novak se retroussa.

— Malheureusement, je le sais.

McKenzie serra l'épaule de Novak avant de se diriger vers la porte, et Novak resta assis à fixer une marque sur le sol. Enfin, la chirurgienne vint lui parler, arborant un sourire suffisant qui lui indiquait que l'opération s'était bien déroulée.

Il poussa un soupir de soulagement.

— Je peux la voir ?

Elle sourit.

— Vous pouvez la voir quelques instants, mais va probablement dormir pendant encore plusieurs heures.

Elle suivit la chirurgienne jusqu'à la salle de réveil, où se trouvait Charlotte, maigre et pâle, dans son lit. Sa main bandée était maintenue en écharpe sur sa poitrine. Ça allait lui faire sacrément mal quand elle se réveillerait. La blessure était affreuse, la chair déchiquetée, les muscles mutilés. Mais un seul os avait été brisé par la balle et la chirurgienne avait essayé de le remettre en place. Ils devaient attendre de voir si la blessure guérissait bien.

Il prit la main valide de Charlotte et l'embrassa sur le front. Pour une négociatrice, elle avait réussi à s'attirer beaucoup d'ennuis en très peu de temps. Pour une fois, c'était lui qui s'inquiétait.

Il se pencha et l'embrassa rapidement, sur les lèvres cette fois, mais elle était dans les vapes. Pas de réaction. Sa peau était chaude et douce.

— Je reviendrai dès que possible, lui dit-il.

Il détestait devoir la quitter, mais les infirmières avaient promis de l'appeler dès qu'elle se réveillerait. Il reviendrait à ce moment-là. Et il lui dirait ce qu'il ressentait.

Quand Charlotte se réveilla de son opération, elle essaya de ne pas être déçue de voir Eban à son chevet plutôt que Novak.

Elle tenta de bouger sa main droite, mais celle-ci était entravée par des bandages et une écharpe serrée. *Aoutch.* Ça faisait un mal de chien. Eban se leva de sa chaise et lui sourit.

— Fais doucement. Tu vas t'en sortir, mais la chirurgienne a dû s'occuper de deux de tes doigts.

— Qu'est-ce qui s'est passé dans l'enceinte ? Quelqu'un a été blessé ?

Il lui raconta les derniers événements.

— Ton petit ami a été un vrai dur à cuire.

Il lui expliqua comment ils avaient découvert les explosifs et la minuterie, puis comment Novak avait identifié les pièges des portes de l'enceinte et essayé de les désamorcer pendant que les gens évacuaient par le mur.

Le fait qu'Eban ait parlé de Novak comme de son « petit ami » la fit sourire. C'était une forme d'excuse. Une approbation de l'homme dont elle était tombée amoureuse, même si elle n'en avait pas besoin.

Mais où était-il ? Probablement avec McKenzie.

Il lui avait dit qu'il ne la laisserait pas. Ses joues s'enflammèrent lorsqu'elle se souvint de la façon dont elle lui avait dit qu'elle l'aimait. *Pfiu.* Mais c'était la vérité.

La question était de savoir si Payne Novak pourrait un jour l'aimer en retour.

Elle le persuaderait. Elle planifierait toute une campagne pour lui faire comprendre qu'elle était la meilleure chose qui lui soit arrivée. En espérant qu'il ne soit pas trop difficile à convaincre. Elle bâilla. À chaque jour suffisait sa peine. Elle essayait de ne pas s'inquiéter de ses doigts abîmés. Seul le temps lui dirait si elle en perdrait l'usage, et probablement aussi son emploi.

— Tout le monde s'en est sorti vivant ? demanda-t-elle, déjà en train de s'assoupir et incapable de se préoccuper de quoi que ce soit d'autre que d'aller mieux.

— La seule personne qui manque à l'appel est Malcolm Resnick. On l'a vu pour la dernière fois près des quartiers privés des Harrison.

Les infirmières entrèrent et firent sortir Eban. Il lui dit

qu'il devrait retourner au ranch et qu'il reviendrait le lendemain.

Les infirmières voulaient lui administrer de la morphine pour soulager la douleur avant de la laisser dormir, mais elle ne les laissa pas faire. Elles lui donnèrent du Paracétamol puissant à la place.

Quatre heures plus tard, elle avait l'impression que sa main était en feu, et la douleur traversait son poignet et remontait le long de son bras.

Charlotte n'avait aucune idée de l'heure qu'il était, mais il faisait encore nuit dehors. Difficile de croire que la veille au soir, à la même heure, elle faisait l'amour avec Novak.

Elle n'avait ni téléphone ni vêtements. Et bon sang, où était passée son arme ? Elle espérait que Novak s'en était occupé pour elle.

TJ avait-il survécu ?

Elle se débarrassa des couvertures et sortit du lit. Les carreaux étaient froids sous ses pieds alors qu'elle se dirigeait vers la porte de sa chambre individuelle. Elle passa la tête dans le couloir, consciente que ses fesses étaient nues sous la blouse.

Elle se servit de sa main valide pour fermer le dos de sa blouse tout en traînant les pieds dans le couloir. Elle reconnaissait l'étage où elle se trouvait. Le même que celui de Bob Jones, mais le garde n'était pas à son poste. Peut-être qu'avec la fin du siège, la presse avait perdu son appétit pour cette histoire.

Elle se rendit au bureau des infirmières, mais il n'y avait personne. Elle tendit la main vers le téléphone pour appeler Novak, mais des bruits de pas s'approchèrent et elle retira sa main avec culpabilité.

— Je cherchais mon téléphone, expliqua-t-elle.

Mais l'infirmière la renvoya au lit.

Charlotte souffrait trop pour dormir et était trop têtue pour prendre des opioïdes.

Peut-être que Bob Jones était lui aussi réveillé ? Quelqu'un avait-il pensé à lui dire qu'ils avaient arrêté TJ et que celui-ci avait accusé Malcolm Resnick du meurtre de Brenna ?

Elle décida de passer la tête dans sa chambre, au cas où il serait réveillé et voudrait parler.

Elle chercha l'infirmière, mais elle était repartie. Elle se dirigea donc vers la porte de Bob Jones et s'arrêta devant. Devait-elle frapper ? Et s'il était endormi ? Au lieu de ça, elle l'ouvrit prudemment.

La vue d'un homme nu étendu sur le sol la fit bondir à l'intérieur.

— Je ne ferais pas ça si j'étais vous.

Charlotte se figea et se retourna lentement. Bob Jones était sorti du lit. Il portait l'uniforme de l'adjoint. Il pointait également l'arme de l'adjoint vers son visage.

Elle se rendit alors compte qu'elle avait commis une erreur de débutante. Ils s'étaient tous fait berner. Ils avaient traité Bob Jones comme un témoin alors qu'il aurait dû être traité comme un suspect.

— Il n'y a jamais eu de cougar. Resnick et vous étiez complices, dit-elle d'un ton morne.

Ses yeux brillaient méchamment dans la faible lumière.

— Nous avions un accord. Maintenant, nous allons faire une petite promenade.

— Je ne suis pas vraiment habillée pour ça.

Elle commença à claquer des dents.

Son sourire lui donna la chair de poule.

— Je ne suis pas d'accord.

Il fit bouger le canon de l'arme, mais il était trop loin pour qu'elle puisse s'en emparer.

— Si vous faites du bruit, je vous tire dessus.

Bon sang. Elle avait assez vu de gens brandir des armes et lui tirer dessus au cours des douze dernières heures.

— Vous me tuerez comme Brenna. C'était vous, n'est-ce pas ?

Il secoua la tête.

— Ce n'est pas moi. C'est Malcolm. Moi, je l'aurais gardée vivante pendant un moment.

Charlotte frissonna devant le sous-entendu. Était-ce le sort qu'il lui réservait ?

— Vous avez fait porter le chapeau à TJ. C'est vous qui avez tout déclenché.

Elle fronça les sourcils, essayant de se rapprocher de lui et de son arme.

Il comprit ce qu'elle essayait de faire.

— Approchez-vous, et je tire.

— Ce que je ne comprends pas, c'est ce que vous faisiez là en premier lieu.

Puis les pièces du puzzle se mirent soudain en place.

— TJ a dit que son oncle leur volait de l'or, à son père et lui.

— Bravo.

— Attachez-moi et laissez-moi ici.

Il sourit.

— Je ne crois pas, non. Allez. C'est l'heure d'y aller, ma grande.

Elle regarde la blouse fine comme du papier et ses pieds nus.

— Si je sors comme ça, je vais mourir de froid.

Il garda un air indifférent.

— Je suppose que vous avez le choix entre mourir de froid ou vous prendre une balle. Allez, on bouge.

CHAPITRE TRENTE-SIX

Novak était allongé sur le siège avant de la Chevrolet, tout habillé, ses bottes posées sur le tableau de bord. Il était retourné à l'hôpital malgré le blizzard. Malgré le regard exaspéré de McKenzie. Malgré la montagne de paperasse qui l'attendait.

L'équipe avait compris.

D'après l'infirmière à qui il avait parlé, Charlotte dormait. Il avait donc pensé qu'il pourrait faire une sieste et se faufiler au moment du changement d'équipe.

Le problème, c'était qu'il avait trop froid pour dormir.

Il s'apprêtait à mettre le moteur en marche lorsqu'une voiture s'arrêta et s'immobilisa devant une porte latérale. Une seconde plus tard, il vit un adjoint ouvrir une sortie de secours. L'homme poussa ensuite une femme portant une blouse d'hôpital dans la neige. Il crut d'abord que ses yeux lui jouaient des tours, puis il réalisa qu'il s'agissait de Charlotte et que l'adjoint avait son arme pointée sur elle.

Sérieusement ?

Il appela McKenzie, qui répondit trop vite pour quelqu'un qui aurait dû dormir.

— On a un problème.

Il n'arrivait pas à croire qu'il arrivait à sembler si calme alors qu'il aurait voulu hurler sur l'agresseur pour qu'il la laisse partir.

— Je suis sur le parking de l'hôpital et je vois une voiture avec un conducteur, plus un adjoint, qui ressemble beaucoup à notre agent de protection de la nature blessé, qui tient en joue une femme portant une blouse d'hôpital et une écharpe.

— La SSA Blood ?

Novak serra les dents.

— Oui. Je ne sais pas qui est le conducteur, mais vous devez envoyer des agents dès que possible et des policiers en renfort. Je vais les suivre. En fait, je ne vais pas les laisser quitter ce parking.

Novak mit le portable sur haut-parleur et le jeta dans le porte-gobelet. Puis il tourna la clé de contact. Il n'alluma pas les feux en attendant que le petit pick-up passe juste derrière lui.

La rage coulait dans ses veines. Une détermination mortelle suintait de chacun de ses pores. Il sortit une carabine HK416 de sous le siège passager et attendit. Il avait peur de blesser Charlotte, mais il n'avait pas vraiment le choix.

Il les regarda s'éloigner doucement de l'hôpital. Pensant clairement s'en tirer avec un meurtre.

Ils étaient à environ cinq mètres lorsqu'il fit vrombir le moteur et recula à pleine vitesse, franchissant un petit talus d'herbe et percutant de plein fouet la portière du conducteur.

L'impact fit sortir le pick-up de la route. Novak enfonça la pédale de frein et bondit hors du véhicule, tirant dans les pneus avant et arrière pour que le véhicule ne puisse plus repartir.

Le conducteur sauta et s'enfuit en courant. C'était Malcolm Resnick.

Les cafards survivaient à l'apocalypse, mais Resnick n'irait pas bien loin. Novak entendait déjà des agents sortir de l'hôpital et s'élancer à sa poursuite. L'un d'eux se dirigea vers lui, mais Novak ne quittait pas des yeux l'agent fédéral Bob Jones, qui se trouvait sur la banquette arrière du pick-up, l'arme braquée sur la tempe de Charlotte. Elle tremblait violemment de froid ou de peur. Tout ce que Novak savait, c'était qu'elle souffrait, et ça le rendait fou de rage.

Ses yeux étaient défiants et écarquillés, plissés aux coins par la douleur.

Une boule se forma dans la gorge de Novak. Il ne lui avait toujours pas dit ce qu'elle ressentait.

— Laissez-la partir, Jones.

— Laissez-moi partir, ou je tue cette salope.

— C'est terminé.

Novak s'efforça de chasser l'émotion de sa voix. Il le faisait tous les jours. Au quotidien. Mais il n'avait pas l'habitude d'avoir quelqu'un qu'il aimait dans le rôle de l'otage.

— Je vais sortir par cette portière et faire le tour du pick-up. Ensuite, je monterai dans votre véhicule et je m'en irai, répliqua Jones. Je la laisserai indemne. Je veux votre véhicule. Rien d'autre.

Novak acquiesça, le visage impassible.

Bob Jones s'extirpa de la banquette arrière, tout en gardant Charlotte serrée contre lui.

Elle ne portait même pas de pantoufles.

La rage grandit en lui, mais Novak la repoussa dans une autre partie de son cerveau et repéra son arme. Jones continuait d'avancer, essayant de se dissimuler derrière Charlotte. Utilisant une femme blessée comme bouclier.

— Vous voulez savoir qui vous a sauvé il y a quatre nuits, Bob ? demanda Charlotte, la voix vibrant de colère. C'est Novak, ici présent. Il a risqué sa vie pour sauver la vôtre.

Jones cracha dans la neige.

— C'est très aimable à vous.

— Je suppose que vous avez décidé de faire de TJ votre bouc émissaire ce jour-là, mais ça s'est retourné contre vous quand quelqu'un de l'enceinte vous a tiré dessus.

Jones laissa échapper un rire amer.

— Ils ont mieux visé que je ne l'avais prévu. Je n'avais pas l'intention de m'approcher davantage, mais quelqu'un m'a pris pour cible. C'était de ma faute.

Charlotte respira d'un coup sec.

— Vous êtes sûr que c'est Malcolm qui a tué Brenna ?

— Oui. On l'a surprise en train de nous espionner.

— Et vous faisiez quoi, exactement ? demanda Novak.

— Malcolm est accro à la drogue. Je l'aide pour les livraisons. Ensuite, il a trouvé un tas d'or chez Tom Harrison et a eu besoin d'aide pour sortir le pactole de là. Le plan prévoyait qu'on fasse moitié-moitié.

Novak n'était pas certain que les choses se seraient passées ainsi.

— Malcolm a attrapé la fille et l'a poussée. Elle a trébuché et s'est cogné la tête contre un arbre.

Jones enfonça plus profondément son arme dans le crâne de Charlotte.

— C'était un accident. Je suis allé mettre le sac de pièces d'or en sécurité dans le pick-up et je suis revenu pour déplacer le corps plus loin dans les bois. TJ était déjà là.

L'or devait se trouver à l'arrière du pick-up le jour où Charlotte et lui s'étaient rendus au bureau de l'US Fish and Wildlife Service.

— Vous deviez craindre que quelqu'un regarde dans votre véhicule et le trouve.

Charlotte essayait de distraire Jones.

Elle savait aussi bien que Novak que Jones essaierait de les abattre. C'était sa seule échappatoire.

— Restez où vous êtes et ne faites rien, murmura Novak à l'agent qui arrivait en renfort.

Il surveillait le doigt de Bob sur la gâchette et ne se déconcentra pas lorsque Charlotte prit la parole. Elle essayait de pousser Jones à baisser la garde. Le regard de Novak restait fixé sur l'homme qui voulait lui arracher la meilleure partie de son avenir. Il avait eu une mère qui avait essayé de le faire en le maltraitant et en le tourmentant. Il avait eu une ex-femme qui avait essayé de le faire avec des promesses non tenues et un mépris total. Il ne comptait pas laisser un autre être humain lui retirer son bonheur.

Bob contourna l'arrière du Suburban de Novak, et Novak se déplaça en parallèle, de l'autre côté. L'homme dut relâcher son emprise sur Charlotte pour ouvrir la portière passager de la Chevrolet. À cet instant précis, Charlotte bondit vers la gauche et Novak tira à travers la vitre.

Jones s'écroula par terre, raide mort.

Novak passa sa carabine en bandoulière et se mit à courir, ôtant les éclats de verre du corps de Charlotte et l'attirant contre lui. Il la prit dans ses bras tandis que l'autre agent confirmait que Bob Jones ne serait plus jamais un problème.

Novak sprinta vers la chaleur de l'hôpital tandis que les dents de Charlotte claquaient comme des tirs de mitrailleuse. Il s'engouffra par la porte principale et courut jusqu'à l'endroit où un feu brûlait dans la cheminée.

Il la plaça devant l'âtre, retira sa veste et l'enroula autour de son corps tremblant.

Puis il s'assit, enleva ses bottes et ses chaussettes, et souleva les pieds gelés de la jeune femme pour lui enfiler ses chaussettes. Puis il la serra contre lui, en faisant attention à sa main blessée, et la berça dans ses bras.

— Je t'aime, Charlotte. Tu me fais constamment peur, mais je ne supporte pas l'idée de ne pas être avec toi.

Elle eut un rire qui ressemblait à un sanglot.

— Je t'aime aussi. Je ne sais absolument pas pourquoi.

Elle sourit lorsqu'il grimaça.

— Hormis le fait que tu n'arrêtes pas de me sauver la vie, que tu es intelligent et que tu m'écoutes même si tu n'es pas toujours d'accord avec moi.

Un groupe d'infirmières se précipita dans le couloir. Il ne voulait pas la laisser partir, mais il les laissa la ramener vers sa chambre pour qu'elles puissent la réchauffer et vérifier ses points de suture.

— Et tu es vraiment doué au lit, Novak, dit-elle, malgré les ricanements des autres personnes présentes dans la pièce.

— Appelle-moi Payne

— Toujours.

Elle lui toucha le côté du visage et il faillit s'effondrer de soulagement.

— Dans mon cœur, je t'appelle toujours comme ça.

Les infirmières et les médecins se pressaient autour d'eux, mais il refusait de partir. Ils avaient trouvé le jeune adjoint inconscient à côté, et avaient commencé à s'occuper de lui, mais il était déjà en train de revenir à lui.

Lorsqu'ils eurent installé Charlotte et qu'elle accepta finalement un antidouleur, il prit sa main valide.

— Quelle est la première chose que tu veux faire quand on rentrera à Quantico ? lui demanda-t-il.

— Je veux aller faire les courses avec toi.

Il fronça les sourcils.

— Sérieusement ? Faire les courses est l'idée que tu te fais d'un premier rendez-vous ? Je devrais peut-être réévaluer la situation.

Sa tête roula contre l'oreiller.

— Je me suis toujours imaginé faire les courses avec l'homme de mes rêves. Qu'il soit patient et gentil pendant que je choisis les ingrédients pour un dîner romantique.

— Et ce fantasme implique du sexe ?

Ses lèvres se retroussèrent.

— Ça dépendra de la façon dont on s'entendra pendant les courses.

Ses doigts s'enroulèrent autour des siens avant qu'elle n'admette :

— Mes parents ont divorcé deux fois et je ne les ai jamais vus faire les courses avec leur partenaire sans se chamailler.

— Donc c'est un test.

Elle rit.

— C'est un test.

— Tu sais que je suis un compétiteur, n'est-ce pas ? dit-il en embrassant ses doigts.

— J'avais remarqué. Moi aussi.

— Je m'en étais rendu compte. On va être les meilleurs clients de toute l'histoire.

Il se pencha et déposa un baiser sur ses lèvres. Le fait qu'elle soit encore gelée le terrifiait.

— Fais-moi de la place.

Pieds nus, il se glissa dans le lit à côté d'elle, se lova contre son côté indemne et la serra dans ses bras. Il aurait voulu rester ainsi pour les huit décennies à venir. Elle posa sa tête contre son torse et, au bout de quelques minutes, cessa de trembler.

Trente minutes plus tard, McKenzie passa la tête par la porte, mais Novak ne bougea pas, et McKenzie ne fit aucun commentaire sur leur position. Charlotte dormait enfin, et Novak aurait tenu tête au président en personne s'il avait voulu la réveiller.

— Resnick est en garde à vue, dit simplement McKenzie avant de repartir.

Tant mieux. Ça évitait à Novak de devoir se lancer dans une chasse à l'homme.

D'une manière ou d'une autre, en seulement quelques jours, cette femme était devenue la chose la plus importante de sa vie, et il avait l'intention d'être son protecteur à partir de maintenant. Il avait l'intention de l'aimer. Et de faire les courses avec le sourire, même si c'était de la torture.

ÉPILOGUE

TJ regardait par la vitre latérale la terre prendre une teinte orange plus vif et la végétation passer des arbres majestueux aux cactus et aux broussailles.

Kayla glissa sa main dans la sienne.

— Comment ça va ? Tu veux qu'on fasse une pause ?

Il se tourna vers elle. Elle était si belle et pourtant si fragile. Elle était venue le chercher à la porte arrière de l'hôpital lorsqu'il avait finalement pu sortir ce matin-là.

Le FBI avait abandonné toutes les poursuites, ce qui aurait dû le rassurer, mais il était encore sous le choc.

— C'est moi qui devrais m'occuper de toi, et non l'inverse, lui dit-il.

Il se sentait honteux. C'était une émotion à laquelle il était habitué. Le psy qui venait le voir à l'hôpital presque tous les jours lui avait dit qu'il devait se pardonner et se donner le temps de gérer la perte et la trahison.

Kayla avait elle aussi connu ça.

— Je suis désolée pour Brenna.

Il le lui avait déjà dit, mais il ne voulait pas qu'elle pense qu'il avait oublié qu'elle souffrait aussi. Il ne regrettait pas que ce soit Brenna plutôt que Kayla qui ait perdu la vie sur la montagne ce jour-là. Même si cet aveu lui faisait ressentir encore plus de culpabilité.

— Elle me manque.

La bouche de Kayla se serra en regardant la route.

— Je suis heureuse d'avoir pu lui offrir des funérailles dignes de ce nom.

TJ acquiesça, bien qu'il n'y ait pas assisté. Il était encore en garde à vue à l'époque. Des semaines d'interrogatoires avaient été nécessaires avant qu'il ne soit autorisé à voir Kayla.

Son père avait essayé de le joindre depuis la prison, mais TJ avait refusé de lui parler. Malgré tout ce que Tom Harrison avait fait, TJ l'aimait toujours. Il aimait encore sa mère. Ils étaient les seuls parents dont il se souvenait, et ils l'avaient farouchement aimé. Trop farouchement. Tom aurait été prêt à tuer des dizaines de personnes, y compris des enfants, pour protéger leur secret.

TJ ne lui pardonnerait jamais ça. Ni le fait qu'il avait tiré sur l'agent fédéral et qu'il aurait abattu Kayla si elle les avait retardés.

C'était impardonnable.

Le secret choquant de Tom et Martha signifiait que TJ avait d'autres parents. Des gens qui avaient connu une douleur inimaginable parce que son père et sa mère voulaient un enfant et leur avaient pris le leur.

TJ devait les rencontrer. Mais cette idée lui semblait une trahison à l'égard de Tom et de Martha. Et ce n'était pas juste pour lui ou pour ses parents biologiques. C'étaient eux qui avaient subi un préjudice. C'étaient eux qui avaient enduré la perte d'un enfant, sans savoir pendant seize ans s'il était vivant ou mort.

Qui ferait ça ?

Des monstres.

Seuls des monstres pouvaient faire ça, et TJ les aimait tous les deux.

— Où on va ? demanda-t-il, même s'il s'en moquait.

Tant qu'ils laissaient derrière eux la pagaille de son ancienne vie.

— Brenna a toujours voulu voir la Vallée de la Mort. Je me suis dit que j'allais y répandre ses cendres pour que son vœu soit exaucé. Ça te va ?

Tout ce qu'il voulait, c'était laisser derrière lui la destruction, les mensonges et le cirque médiatique qu'était devenue sa vie dans les semaines qui avaient suivi la tentative désespérée d'évasion de son père.

— Tant que je suis avec toi.

Elle lui adressa un grand sourire.

— Dis-moi si tu veux qu'on s'arrête quelque part en chemin. On pourrait trouver une chambre dans un motel pour la nuit.

— Tu ne veux pas camper ?

Elle secoua la tête.

— Je n'ai plus de tente. Les Fédéraux ne me l'ont pas encore rendue. Et l'un d'entre nous s'est fait tirer dessus et je ne veux pas qu'il fasse une rechute.

Il tressaillit à nouveau. Non pas à cause de la douleur insoutenable, mais à cause de l'angoisse dans les yeux de son père lorsqu'il avait réalisé ce qu'il avait fait.

— Je te rembourserai.

Il devait trouver un emploi, mais ne savait pas trop quoi faire de sa vie.

— Je n'ai pas besoin de ton argent, TJ.

Il rit, ce qui tira sur la cicatrice de son ventre.

— Tant mieux. Parce que je n'en ai pas.

— Je croyais que ton père t'avait cédé toutes les terres et l'or que les Fédéraux ont déterrés ?

— Je n'en veux pas. Je ne veux rien de tout ça.

— Il t'a élevé. Il a fait tout ça parce qu'il t'aimait. À qui d'autre il pourrait donner tout ça ?

TJ haussa les épaules.

— Il finira bien par sortir un jour. Il pourra s'en servir.

Kayla lui jeta un regard incertain.

— TJ, il ne sortira jamais. Enlever un bébé ? Faire exploser un bunker avec l'intention de tuer des gens ? Tirer sur Charlotte ? Il ne sortira jamais.

TJ haussa les épaules.

— Accepte les terres. Crées-y une réserve naturelle ou autre. Tu aimes cette montagne. Protège-la.

Il pensa aux créatures mystérieuses qui vivaient dans cette forêt. L'idée de les laisser vulnérables l'anéantissait. Il la regarda et lui posa la question la plus importante.

— Tu accepterais d'y retourner ? D'habiter dans la région ?

Elle acquiesça.

— Je pensais acheter le ranch où les fédéraux logeaient. Il est à vendre.

TJ écarquilla les yeux. Il pourrait travailler dans un ranch. Il savait monter à cheval et effectuer des tâches physiques éprouvantes.

Les doigts de Kayla se serrèrent sur le volant.

— Mais je ne veux pas y vivre sans toi. Je t'aime, TJ. Ça n'a pas changé. Tu es quelqu'un de bien. Tu n'as rien fait de mal.

TJ n'arrivait pas à déglutir. Il tendit le bras et lui serra les doigts.

— Je t'aime, moi aussi.

Elle sourit et illumina son monde.

— Et quand tu seras prêt à revoir tes parents biologiques,

je viendrai avec toi. Je te tiendrai la main et on traversera cette épreuve ensemble.

L'avenir de TJ s'éclaircit pour ce qui semblait être la première fois depuis qu'il avait trouvé le corps de Brenna à Eagle Mountain.

— Je leur ai parlé au téléphone. C'était bizarre. Je sais qu'ils voulaient me rendre visite à l'hôpital, mais je n'étais pas prêt.

— C'est normal. On ira les voir le moment venu.

— Merci.

Il déglutit péniblement. Même son nom était faux. TJ. Tom Junior. Il ne serait jamais Dale Singer. Dale Singer était mort. TJ n'était pas sûr de ce qu'ils ressentiraient à ce sujet. Tant qu'ils n'auraient pas parlé, vraiment parlé, il ne le saurait jamais.

Il regardait fixement cette femme magnifique, étonnante, qui avait complètement changé sa vie et l'avait rendue digne d'être vécue.

— Merci d'être la fille dont je suis tombé amoureux.

Elle rit et lui adressa un sourire provocateur.

— On est dans le même bateau. Avec un peu de chance, on a des années devant nous, mais je ne considère rien comme acquis. Je vais t'aimer probablement beaucoup plus fort que ce à quoi tu penses.

Il secoua la tête.

— Je suis prêt à tout. J'ai passé trop de temps à faire ce que les autres voulaient. La seule personne dont je me soucie maintenant, c'est toi.

Et peut-être qu'un jour prochain, il s'intéresserait aussi à ses parents biologiques. Ils pourraient peut-être établir une sorte de relation. Petit à petit.

Une partie du poids qui pesait sur ses épaules s'envola. Il

n'avait pas besoin de décider tout de suite. Comme l'avait dit le psy, il pourrait prendre le temps. Le temps de guérir aux côtés de cette femme qui faisait désormais partie intégrante de son cœur.

C'était la veille de Noël, et Novak nettoyait ses armes dans le local à équipement de la HRT à Quantico.

Tant qu'il n'y avait pas d'incident majeur à gérer, il était libre pendant la majeure partie des vacances de Noël. Le problème, c'était que Charlotte s'était envolée la veille pour la Californie afin de rendre visite à son père, et qu'il était resté à errer comme un jeune homme en mal d'amour.

Mais ce n'était pas la question. Depuis ce qui s'était passé dans l'État de Washington, ils avaient passé pratiquement tout leur temps libre ensemble. Même les courses avaient été amusantes, car il avait découvert qu'il aimait particulièrement le sucré, surtout s'il pouvait le lécher à même le corps de Charlotte. Trouver de nouvelles garnitures était devenu son passe-temps favori.

Il poussa un soupir malheureux. Elle lui manquait.

Elle l'avait invité à l'accompagner pour rencontrer son père, mais Kurt Montana étant toujours à l'étranger, Novak avait estimé qu'il ne pouvait pas raisonnablement traverser le pays.

Encore et toujours le devoir.

Pour la première fois de sa vie, il en voulait à son travail d'entraver sa vie privée. Avant, c'était tout ce qu'il avait. Mais désormais, ce n'était plus le cas. Vraiment plus.

Angeletti l'avait invité au déjeuner de Noël de sa famille le lendemain. Au moins une perspective réjouissante. Il allait devoir adopter une humeur festive pour ne pas plomber l'ambiance.

Lorsque toutes les armes brillèrent, il se lava les mains dans l'évier et décida de rentrer chez lui, dans son appartement vide et pathétique, et de préparer quelque chose d'un peu plus inventif que des toasts pour marquer le coup.

Lorsqu'il se gara devant son appartement, il resta assis dans son pick-up et regarda par la fenêtre. Le ciel était à l'image de ses émotions. Sombre. Morose. Il sortit son téléphone. Appela Charlotte.

— Je prends le prochain vol.

— Attends. Non...

— L'équipe Blue est en standby. Si un incident nécessite l'intervention de l'équipe Gold, je trouverai un moyen de rentrer.

— Non...

— Charlotte, je vais le faire. Je dois juste faire mes valises et appeler la compagnie aérienne. Je t'aime. À bientôt.

Il raccrocha avant de pouvoir changer d'avis. Maintenant qu'il avait pris sa décision, il devait agir rapidement.

Il se dirigea en courant vers la porte et monta les escaliers jusqu'au troisième étage. Il avait parcouru la moitié du salon avant d'apercevoir le sapin de Noël installé dans un coin. Charlotte était assise à sa table, vêtue d'un manteau, d'un chapeau et de ce qui ressemblait à plusieurs pulls.

Devant elle trônait un jeu de cartes flambant neuf.

— Tu devrais fermer à clé.

Elle fit un signe de tête en direction de la porte, tandis qu'un sourire se dessinait sur ses lèvres.

Novak était pétrifié.

— Tu es là.

Son sourire s'élargit.

— J'ai réalisé combien d'années j'avais passées à faire ce qu'on attendait de moi pour rendre les autres heureux.

Ses yeux bleus pétillaient lorsqu'ils se posèrent sur les siens.

— J'ai décidé cette année de faire ce qui *me* rendait heureuse

Les mots lui pleuvaient dessus comme une pluie d'or.

— *Tu* me rends heureux, Charlotte. Avec toi, j'ai l'impression d'être l'homme le plus chanceux du monde.

Elle sourit et commença à battre lentement les cartes.

— Tant mieux. Tu vas avoir besoin de beaucoup de chance cette fois-ci.

Ses doigts étaient encore en cours de cicatrisation. Il savait qu'ils étaient parfois douloureux. C'était ce qui arrivait lorsque les os se ressoudaient. Elle avait perdu certaines fonctions, mais elles revenaient lentement. Son patron, Quentin Savage, avait clairement fait comprendre à l'administration du FBI qu'il ne tolérerait en aucun cas que Charlotte quitte son équipe, même si elle ne pouvait plus tirer. Mais Novak se sentait beaucoup mieux en sachant qu'elle pouvait se défendre si nécessaire. Il l'avait emmenée si souvent au stand de tir qu'elle était devenue presque aussi douée de la main gauche qu'elle ne l'était auparavant de la main droite. Une fois que sa blessure serait complètement guérie, il se concentrerait sur la remise à niveau de cette main également.

Il enleva ses bottes et mit le verrou. Novak s'assit et observa sa main. Il haussa un sourcil.

Les joues de Charlotte étaient roses en raison de toutes les couches de vêtements qu'elle portait.

— Ça va ? Tu n'as trop chaud ?

Ils avaient joué au poker à plusieurs reprises et, à chaque fois, Charlotte s'était retrouvée en sous-vêtements avant que Novak ne perde sa chemise.

— Je me suis préparée.

Il y avait une lueur dans ses yeux.

Il fallut cinq manches avant qu'elle ne remporte une main. Il enleva lentement son sweat à capuche et se réjouit du regard agacé qu'elle jeta sur son t-shirt.

Cinq autres manches et elle n'avait plus qu'un soutien-gorge cramoisi qu'il n'avait jamais vu auparavant.

Elle passa une main dans ses cheveux.

— Je ne comprends pas. D'habitude, je suis douée aux cartes.

— Je t'ai dit que j'avais de la chance.

— À ce stade, c'est plus que de la chance.

Elle secoua la tête.

— J'ai eu des nouvelles de Kayla hier, reprit-elle.

— Ah oui ?

Il savait qu'elle essayait de le distraire tandis qu'elle se débarrassait de son legging. Les sous-vêtements de Noël assortis lui donnèrent soudain chaud.

— Elle achète le Maple Tree Ranch.

— Tu plaisantes. Tant mieux pour elle.

Il rit. Tom Harrison était en prison en attendant son procès. Malcolm Resnick était détenu dans le même établissement fédéral, mais il avait conclu un accord pour éviter la peine de mort avant de reconnaître ses crimes. Les autorités avaient exhumé le corps de Martha Harrison et avaient découvert des traces de thallium dans son corps. Resnick avait apparemment glissé de la mort aux rats dans la nourriture de sa sœur quand elle lui avait demandé de quitter Eagle Mountain. Elle l'avait surpris en train de les voler, Tom et elle. Novak était persuadé que si Tom mettait la main sur son beau-frère, ce dernier était un homme mort.

Deux individus avaient avoué avoir tiré sur l'agent de protection de la nature et l'adjoint local. Ils avaient tous les deux été inculpés et le département de la justice semblait considérer que justice avait été rendue. Quelques aspirants révolutionnaires avaient été arrêtés et étaient derrière les barreaux. Le gouvernement ne prenait pas à la légère les complots visant à tuer des agents fédéraux.

— Je te suis.

Novak avait un full. Des rois et des as.

Les épaules de Charlotte s'affaissèrent.

— Comment ? Comment tu fais ça ?

Novak ne pouvait supporter une seconde de plus de l'avoir si près de lui sans pouvoir la toucher. Il se leva et la mit debout.

— Je me couche.

Elle rit lorsqu'il la porta dans ses bras et se dirigea vers sa chambre.

— Je t'ai acheté quelques cadeaux.

Il n'avait pas la moindre idée au début et craignait d'avoir mal choisi.

— Mais il y en a un que je ne peux pas aller chercher avant plusieurs jours.

Il l'allongea sur le lit.

— Je t'ai aussi acheté un cadeau. En fait, je t'en ai acheté plusieurs.

Charlotte regarda avec insistance sa lingerie de fête.

Novak rit.

— Et je t'en suis très reconnaissant.

Il passa l'heure suivante à lui montrer à quel point, et, lorsqu'ils eurent terminé, ils eurent tous les deux besoin d'une bonne douche avant de remettre le couvert.

Finalement, ils s'assirent sur son canapé en buvant une bière, admirant le sapin qu'elle avait acheté et décoré pendant qu'il était au travail. Il jouait avec ses cheveux.

— Tu as vu ton père ?

— Oui. Je lui ai dit « bonjour » et j'ai fait demi-tour pour prendre le prochain vol pour rentrer. J'ai dû faire appel à mes talents de négociatrice pour avoir une place à bord, mais la police de l'air manquait d'effectifs alors j'en ai profité.

Il alla chercher la boîte à bijoux qu'il avait fait emballer dans la boutique. Il la lui tendit et l'embrassa.

— Ce n'est pas encore Noël.

Mais Charlotte était déjà en train de l'ouvrir. C'était un bracelet à breloques en argent qu'elle avait longuement regardé au magasin. Elle sourit de plaisir en commençant à examiner les breloques qu'il avait choisies. Des cœurs enlacés. Un globe terrestre qui tournait, parce qu'elle voulait voyager. Une arme. Un panier de courses. Un chaton.

Elle fronça les sourcils.

— Pourquoi tu m'as offert une breloque de chaton ? C'est une référence douteuse à ma chatte ?

Il manqua de s'étouffer.

— Non. Et merde, mais maintenant je ne regarderai plus jamais ce bracelet sans avoir cette image en tête.

Elle sourit, mais fronça à nouveau les sourcils.

— Alors pourquoi ?

Il l'embrassa.

— Tu dois prendre ton mal en patience.

— Tu m'offres un chaton ? manqua-t-elle de crier.

Il fit la grimace.

— C'est censé être une surprise.

— Tu m'as pris un chaton !

Elle se mit à danser en cercle avec enthousiasme.

Il sourit.

— Je sais que tu aimes garder les animaux de tes amis. Je me suis dit qu'il était peut-être temps d'en avoir un à toi. À nous deux, on arrivera bien à s'occuper d'un chat, pas vrai ?

Elle se mit à califourchon sur lui et se pencha pour l'embrasser.

— Ça semble faire beaucoup de responsabilités.

Il remonta ses mains le long de ses côtés.

— On est des professionnels. On peut gérer.

— Pourquoi attendre quelques jours ? demanda-t-elle en se retirant.

— Parce que tu n'étais pas là.

— Je suis là maintenant. À quelle heure ferme le refuge ?

Novak consulta son téléphone. Il sourit.

— Dans quelques heures. Tu veux aller la chercher maintenant ?

— C'est une femelle ?

Charlotte était déjà en train d'enfiler ses vêtements.

Novak avait espéré qu'un chaton serait un cadeau approprié. Il était ravi que Charlotte soit si heureuse. Ils atteignirent le refuge quelques minutes avant qu'il ne ferme pour les fêtes. Il avait déjà acheté tout ce dont le chaton avait besoin et avait prévu de tout emballer avant que Charlotte ne rentre.

— Elle est magnifique, roucoula Charlotte devant la petite boule de poils.

— Il ne nous reste plus qu'à trouver une famille pour son frère et on aura placé toute la portée, dit la femme derrière le comptoir avec un sourire entendu.

Novak secoua la tête, résigné, tandis que Charlotte remplissait d'autres documents.

Une fois qu'ils furent installés dans son pick-up, il réalisa qu'ils avaient encore besoin d'aller au magasin. Il n'avait même pas une miche de pain chez lui.

— Où tu veux passer Noël ? Chez toi ou chez moi ? demanda-t-il.

— Je m'en fiche tant que tu es là.

Son sourire était le seul cadeau dont il avait besoin.

— Passons d'abord chez moi chercher tout ce que j'ai acheté pour eux, et on pourra aller chez toi pour qu'ils s'installent.

Il désigna les chatons qui miaulaient depuis leur caisse de transport.

— Je n'ai rien à manger, le prévint Charlotte.

Pour elle, l'absence de nourriture se traduisait par un congélateur plein de plats préparés, mais pas de salade fraîche. Pour lui, cela se traduisait par une bouteille de ketchup presque vide.

— Je passerai acheter ce qu'il nous faut ou bien on commandera, la rassura-t-il.

Les chatons miaulèrent, Charlotte sourit et Novak eut enfin l'impression que sa vie était sur la bonne voie. Il avait enfin l'impression d'avoir tout ce dont il avait toujours rêvé.

— Je t'aime, Payne. Je t'aime tellement.

— Je t'aime aussi. Je pense qu'on devrait s'associer et lancer notre propre émission de télévision.

— Blood et Payne, ça sonne bien.

Il se racla la gorge, nerveux.

— Que dirais-tu d'un partenariat ?

— Tu veux dire vivre ensemble ?

Il voulait bien plus que ça, mais il s'en contenterait pour commencer.

— On pourrait chercher un appartement plus grand.

Elle s'approcha de lui et glissa sa main dans la sienne.

— Une maison. Je veux avoir une maison avec nos chatons et toi.

Il irait vivre où elle voudrait. Dans ce qu'elle voudrait. Il savait aussi que ses coéquipiers allaient se moquer de lui pour avoir offert des chatons à Charlotte pour Noël, mais il se sentait plus heureux qu'il ne l'avait été depuis des années. Il avait tout ce qu'il voulait. Tout ce dont il avait besoin.

— Joyeux Noël, SSA Blood.

— Joyeuses fêtes de fin d'année, Payne.

Ses mots suffirent à ébranler son cœur. Il se sentait soudain un membre à part entière de la race humaine. Digne même d'une femme comme elle.

◆

Merci d'avoir lu ***De froides vérités***. J'espère que vous avez apprécié la progression de Charlotte Blood et Payne Novak vers leur happy end. Vous voulez en savoir plus sur le mystérieux négociateur du FBI Max Hawthorne ? Lisez le premier chapitre de son histoire dans ***Baisers frappés***.

L'agent du FBI Max Hawthorne doit négocier la libération de la fille de l'ambassadeur des États-Unis avant que les ravisseurs ne vendent la jeune femme au plus offrant. Ce n'est sans doute pas le meilleur moment pour tomber amoureux de la timide, mais intrigante assistante de l'ambassadeur, qui a certainement quelque chose à cacher.

Commandez *Baisers frappés* dès aujourd'hui !
Inscrivez-vous à la newsletter française de Toni Anderson
pour être informé(e) des nouvelles parutions : https://www.
toniandersonauthor.com/french-translations/

DÉFINITIONS UTILES DE QUELQUES ACRONYMES UTILISÉS DANS LES LIVRES DE TONI ANDERSON

ADA (Assistant District Attorney) : substitut du procureur

PG : procureur général

ASAC (Assistant Special Agent in Charge) : agent spécial adjoint responsable

ASC (Assistant Section Chief) : chef de section adjoint

ATF (Alcohol, Tobacco, and Firearms) : Alcool, tabac et armes à feu

DSC : Département des sciences du comportement

BOLO (Be On the Look-Out) : avis de recherche

BORTAC : Unité tactique de la patrouille frontalière américaine

BUCAR (Bureau Car) : voiture du FBI

CBP (US Customs and Border Patrol) : Service des douanes et de la protection des frontières des États-Unis

TCC : thérapie cognitivo-comportementale

CIRG (Critical Incident Response Group) : groupe de réaction aux incidents critiques

CMU (Crisis Management Unit) : cellule de gestion de crise

CN (Crisis Negotiator) : négociateur de crise

CNU (Crisis Negotiation Unit) : cellule de négociation de crise

CO (Commanding Officer) : commandant

CODIS (Combined DNA Index System) : banque de données des profils ADN

PC : poste de commandement

CQB (Close-Quarters Battle) : combat rapproché

DA (District Attorney) : procureur

DEA (Drug Enforcement Administration) : administration pour le contrôle des drogues

DEVGRU (Naval Special Warfare Development Group) : équipe spéciale antiterroriste de l'US Navy

DIA (Defense Intelligence Agency) : agence du renseignement de la Défense

DHS (Department of Homeland Security) : Département de la Sécurité intérieure

DDN : date de naissance

DOD (Department of Defense) : Département de la Défense

DOJ (Department of Justice) : Département de la Justice

DS (Diplomatic Security) : sécurité diplomatique

DSS (US Diplomatic Security Service) : Service de sécurité diplomatique des États-Unis

DVI (Disaster Victim Identification) : identification des victimes de catastrophes

EMDR (Eye Movement Desensitization & Reprocessing) : intégration neuro-émotionnelle par les mouvements oculaires

EMT (Emergency Medical Technician) : urgentiste

ERT (Evidence Response Team) : (police) scientifique

FOA (First-Office Assignment) : première affectation

FBI (Federal Bureau of Investigation) : Bureau fédéral d'enquête

FNG (Fucking New Guy) : bleu (nouvelle recrue)

FO (Field Office) : bureau régional

FWO (Federal Wildlife Officer) : agent fédéral de protection de la nature

IC (Incident Commander) : commandant de l'intervention

IC (Intelligence Community) : Communauté du renseignement

ICE (US Immigration and Customs Enforcement) : agence de police douanière et de contrôle des frontières

HAHO (High Altitude High Opening) : chute opérationnelle (saut en parachute)

HRT (Hostage Rescue Team) : équipe de libération d'otages

HT (Hostage-Taker) : preneur d'otages

JEH : bâtiment J. Edgar Hoover (siège du FBI)

K&R (Kidnap and Ransom) : enlèvement avec demande de rançon

LAPD (Los Angeles Police Department) : Département de police de Los Angeles

LEO (Law Enforcement Officer) : agent des forces de l'ordre

LZ (Landing Zone) : zone d'atterrissage

ML : médecin légiste

MO : mode opératoire

NAT (New Agent Trainee) : nouvel agent stagiaire

NCAVC (National Center for Analysis of Violent Crime) : Centre national pour l'analyse des crimes violents

NCIC (National Crime Information Center) : Centre national d'information sur la criminalité

NFT (Non-Fungible Token) : jeton non fongible

NOTS (New Operator Training School) : école de formation des nouveaux opérateurs

NPS (National Park Service) : Service des parcs nationaux

NYFO (New York Field Office) : bureau régional de New York

CO : crime organisé

OCU (Organized Crime Unit) : Unité de lutte contre le crime organisé

OPR (Office of Professional Responsibility) : Bureau de la responsabilité professionnelle

POTUS (President of the United States) : Président des États-Unis

PT (Physiology Technician) : technicien en physiologie

SSPT : syndrome de stress post-traumatique

RA (Resident Agency) : agence locale

GRC (Royal Canadian Mounted Police) : Gendarmerie royale du Canada

RSO (Senior Regional Security Officer) : agent de sécurité régionale du service diplomatique américain

SA (Special Agent) : agent spécial

SAC (Special Agent-in-Charge) : agent spécial en charge

SANE (Sexual Assault Nurse Examiners) : infirmières qualifiées pour examiner les victimes d'agression sexuelle

SAS (Special Air Squadron) : Forces spéciales aériennes (unité des forces spéciales britanniques)

SD (Secure Digital) : Carte SD

SIOC (Strategic Information & Operations) Informations et opérations stratégiques

SF (Special Forces) : Forces spéciales

SSA (Supervisory Special Agent) : agent spécial superviseur

SWAT (Special Weapons and Tactics) : Armes et tactiques spéciales

TC (Tactical Commander) : tacticien

TDY (Temporary Duty Yonder) : assignation temporaire

TEDAC (Terrorist Explosive Device Analytical Center) : Centre d'analyse des engins explosifs terroristes

TOD (Time of Death) : heure du décès

UAF (University of Alaska, Fairbanks) : Université de l'Alaska de Fairbanks

UBC (Undocumented Border Crosser) : clandestin franchissant la frontière

UNSUB (Unknown Subject) : sujet inconnu, suspect

USSS (United States Secret Service) : Services secrets des États-Unis

ViCAP (Violent Criminal Apprehension Program) : Programme d'arrestation pour actes criminels violents

VIN (Numéro de série du véhicule) : numéro d'identification du véhicule

WFO (Washington Field Office) : bureau régional de Washington

REMERCIEMENTS

L'écriture d'un livre est à la fois un travail solitaire et collectif. Un immense merci à Kathy Altman qui est la meilleure partenaire critique de l'histoire. À Rachel Grant pour son expertise en matière de bêta-lecture. À Jodie Griffin qui a lu une première version de ce livre et m'a assuré qu'elle n'était pas entièrement à jeter. Je tiens à remercier Rachel Grant (encore), Carolyn Crane et Jenn Stark, qui me tiennent compagnie en ligne, répondent à mes questions souvent saugrenues et m'apportent leur soutien indéfectible lorsque ma confiance est en berne. Merci également à Leanne Sparks, Amy Gamet, Melinda Leigh et Kendra Elliot pour notre rencontre virtuelle hebdomadaire qui implique alcool et entraide.

Merci à ma formidable graphiste, Regina Wamba, pour sa magnifique couverture. Je remercie également Jessica de chez Inkslingers PR pour son soutien. Merci à mes relectrices, Deb Nemeth et Joan Turner de JRT Editing, ainsi qu'à ma correctrice, Alicia Dean. Je suis consciente du rôle crucial que vous jouez pour assurer la cohérence de mes livres.

Comme toujours, merci à ma famille. Mon mari et moi nous attendions à voir nos oisillons quitter le nid cette année, mais au lieu de ça, nous sommes quatre adultes dans une maison qui nous semble subitement trop petite. Je suis heureuse que les enfants soient à la maison. Je suis reconnaissante d'avoir un toit au-dessus de la tête. J'ai beaucoup de chance, y compris d'avoir d'aussi incroyables lecteurs. Merci beaucoup. Merci, merci, merci.

Et merci à mon incroyable équipe de traduction française chez Valentin Translation, en particulier Diane Garo. Vous êtes formidables.

COLD JUSTICE® – MOST WANTED

Cold Silence (Book #1)
Cold Deceit (Book #2)
Cold Snap (Book #3)
Cold Fury (Book #4 Coming soon)

À PROPOS DE L'AUTEUR

Toni Anderson est une auteure de best-sellers classés par le *New York Times* et *USA Today*, finaliste de RITA®, accro aux sciences, touriste professionnelle, amoureuse des chiens, jardinière et maman. Originaire d'une petite ville d'Angleterre, Toni a étudié la biologie marine à l'Université de Liverpool (B.Sc.) et l'Université de St. Andrews (Ph.D.) avec l'intention de ne jamais s'éloigner de l'océan. Jusqu'à ce que ce plan vole en éclats et qu'elle atterrisse dans les prairies canadiennes avec son mari, professeur de biologie, deux enfants, un chien rescapé et un gecko léopard nonchalant. Ses plus belles réussites sont d'avoir compris le fonctionnement du métro de Tokyo, gravi le mont Ben Lomond, plongé dans la Grande Barrière de corail et survécu à de nombreux hivers à Winnipeg. Elle adore voyager à des fins de recherche et elle a eu la chance de visiter le centre des opérations et de l'information stratégique au quartier général du FBI à Washington en 2016. Elle a également réussi l'exploit notoire de déclencher une sortie de route lors de sa formation en course-poursuite à l'académie de police pour écrivains, dans le Wisconsin. Chaud devant, le monde, j'arrive !

Inscrivez-vous à la newsletter de Toni Anderson en française :
www.toniandersonauthor.com/french-translations
Découvrez la bibliographie de Toni Anderson :
https://www.toniandersonauthor.com/french-translations/

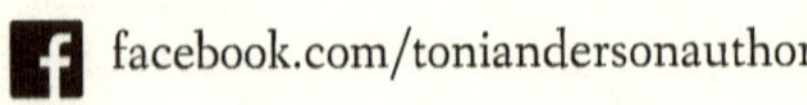 facebook.com/toniandersonauthor

instagram.com/toni_anderson_author